Crepúsculo

Un amor peligroso

ALFAGUARA

ALFAGUARA

www.alfaguarainfantilyjuvenil.com

Título Original: TWILIGHT
Publicado de acuerdo con Little, Brown and Company (Inc.), New York, New York, USA

Torrelaguna, 60. 28043 Madrid
Teléfono: 91 744 90 60

Decimoquinta edición: noviembre de 2008

ISBN: 978-84-204-6928-7
Depósito legal: M-51.755-2008
Printed in Spain - Impreso en España por
Dédalo Offset, S. L., Pinto (Madrid).

Crepúsculo

Un amor peligroso

STEPHENIE MEYER

ALFAGUARA

Para mi hermana mayor Emily,
sin cuyo entusiasmo esta historia
aún seguiría inconclusa.

Él revela honduras y secretos,
conoce lo que ocultan las tinieblas,
y la luz mora junto a Él.

Daniel 2:22

Prefacio

Nunca me había detenido a pensar en cómo iba a morir, aunque me habían sobrado los motivos en los últimos meses, pero no hubiera imaginado algo parecido a esta situación incluso de haberlo intentado.

Con la respiración contenida, contemplé fijamente los ojos oscuros del cazador al otro lado de la gran habitación. Éste me devolvió la mirada complacido.

Seguramente, morir en lugar de otra persona, alguien a quien se ama, era una buena forma de acabar. Incluso noble. Eso debería contar algo.

Sabía que no afrontaría la muerte ahora de no haber ido a Forks, pero, aterrada como estaba, no me arrepentía de esta decisión. Cuando la vida te ofrece un sueño que supera con creces cualquiera de tus expectativas, no es razonable lamentarse de su conclusión.

El cazador sonrió de forma amistosa cuando avanzó con aire despreocupado para matarme.

Primer encuentro

Mi madre me llevó al aeropuerto con las ventanillas del coche bajadas. En Phoenix, la temperatura era de veinticuatro grados y el cielo de un azul perfecto y despejado. Me había puesto mi blusa favorita, sin mangas y con cierres a presión blancos; la llevaba como gesto de despedida. Mi equipaje de mano era un anorak.

En la península de Olympic, al noroeste del Estado de Washington, existe un pueblecito llamado Forks cuyo cielo casi siempre permanece encapotado. En esta insignificante localidad llueve más que en cualquier otro sitio de los Estados Unidos. Mi madre se escapó conmigo de aquel lugar y de sus tenebrosas y sempiternas sombras cuando yo apenas tenía unos meses. Me había visto obligada a pasar allí un mes cada verano hasta que por fin me impuse al cumplir los catorce años; así que, en vez de eso, los tres últimos años, Charlie, mi padre, había pasado sus dos semanas de vacaciones conmigo en California.

Y ahora me exiliaba a Forks, un acto que me aterraba, ya que detestaba el lugar.

Adoraba Phoenix. Me encantaba el sol, el calor abrasador, y la vitalidad de una ciudad que se extendía en todas las direcciones.

—Bella —me dijo mamá por enésima vez antes de subir al avión—, no tienes por qué hacerlo.

Mi madre y yo nos parecemos mucho, salvo por el pelo corto y las arrugas de la risa. Tuve un ataque de pánico cuando contemplé sus ojos grandes e ingenuos. ¿Cómo podía permitir que se las arreglara sola, ella que era tan cariñosa, caprichosa y atolondrada? Ahora tenía a Phil, por supuesto, por lo que probablemente se pagarían las facturas, habría comida en el frigorífico y gasolina en el depósito del coche, y podría apelar a él cuando se encontrara perdida, pero aun así...

—Es que *quiero* ir —le mentí. Siempre se me ha dado muy mal eso de mentir, pero había dicho esa mentira con tanta frecuencia en los últimos meses que ahora casi sonaba convincente.

—Saluda a Charlie de mi parte —dijo con resignación.

—Sí, lo haré.

—Te veré pronto —insistió—. Puedes regresar a casa cuando quieras. Volveré tan pronto como me necesites.

Pero en sus ojos vi el sacrificio que le suponía esa promesa.

—No te preocupes por mí —le pedí—. Todo irá estupendamente. Te quiero, mamá.

Me abrazó con fuerza durante un minuto; luego, subí al avión y ella se marchó.

Para llegar a Forks tenía por delante un vuelo de cuatro horas de Phoenix a Seattle, y desde allí a Port Angeles una hora más en avioneta y otra más en coche. No me desagrada volar, pero me preocupaba un poco pasar una hora en el coche con Charlie.

Lo cierto es que Charlie había llevado bastante bien todo aquello. Parecía realmente complacido de que por primera vez fuera a vivir con él de forma más o menos permanente. Ya me había matriculado en el instituto y me iba a ayudar a comprar un coche.

Pero estaba convencida de que iba a sentirme incómoda en su compañía. Ninguno de los dos éramos muy habladores que se diga, y, de todos modos, tampoco tenía nada que contarle. Sabía que mi decisión lo hacía sentirse un poco confuso, ya que, al igual que mi madre, yo nunca había ocultado mi aversión hacia Forks.

Estaba lloviendo cuando el avión aterrizó en Port Angeles. No lo consideré un presagio, simplemente era inevitable. Ya me había despedido del sol.

Charlie me esperaba en el coche patrulla, lo cual no me extrañó. Para las buenas gentes de Forks, Charlie es el jefe de policía Swan. La principal razón de querer comprarme un coche, a pesar de lo escaso de mis ahorros, era que me negaba en redondo a que me llevara por todo el pueblo en un coche con luces rojas y azules en el techo. No hay nada que ralentice más la velocidad del tráfico que un poli.

Charlie me abrazó torpemente con un solo brazo cuando bajaba a trompicones la escalerilla del avión.

—Me alegro de verte, Bella —dijo con una sonrisa al mismo tiempo que me sostenía firmemente—. Apenas has cambiado. ¿Cómo está Renée?

—Mamá está bien. Yo también me alegro de verte, papá —no le podía llamar Charlie a la cara.

Traía pocas maletas. La mayoría de mi ropa de Arizona era demasiado ligera para llevarla en Washington. Mi madre y yo habíamos hecho un fondo común con nuestros recursos para complementar mi vestuario de invierno, pero, a pesar de todo, era escaso. Todas cupieron fácilmente en el maletero del coche patrulla.

—He localizado un coche perfecto para ti, y muy barato —anunció una vez que nos abrochamos los cinturones de seguridad.

—¿Qué tipo de coche?

Desconfié de la manera en que había dicho «un coche perfecto *para ti*» en lugar de simplemente «un coche perfecto».

—Bueno, es un monovolumen, un Chevy para ser exactos.

—¿Dónde lo encontraste?

—¿Te acuerdas de Billy Black, el que vivía en La Push?

La Push es una pequeña reserva india situada en la costa.

—No.

—Solía venir de pesca con nosotros durante el verano —me explicó.

Por eso no me acordaba de él. Se me da bien olvidar las cosas dolorosas e innecesarias.

—Ahora está en una silla de ruedas —continuó Charlie cuando no respondí—, por lo que no puede conducir y me propuso venderme su camión por una ganga.

—¿De qué año es?

Por la forma en que le cambió la cara, supe que era la pregunta que no deseaba oír.

—Bueno, Billy ha realizado muchos arreglos en el motor. En realidad, tampoco tiene tantos años.

Esperaba que no me tuviera en tan poca estima como para creer que iba a dejar pasar el tema así como así.

—¿Cuándo lo compró?

—En 1984... Creo.

—¿Y era nuevo entonces?

—En realidad, no. Creo que era nuevo a principios de los sesenta, o a lo mejor a finales de los cincuenta —confesó con timidez.

—¡Papá, por favor! ¡No sé nada de coches! No podría arreglarlo si se estropeara y no me puedo permitir pagar un taller.

—Nada de eso, Bella, el trasto funciona a las mil maravillas. Hoy en día no los fabrican tan buenos.

El trasto, repetí en mi fuero interno. Al menos tenía posibilidades como apodo.

—¿Y qué entiendes por barato?

Después de todo, ése era el punto en el que yo no iba a ceder.

—Bueno, cariño, ya te lo he comprado como regalo de bienvenida.

Charlie me miró de reojo con rostro expectante.

Vaya. Gratis.

—No tenías que hacerlo, papá. Iba a comprarme un coche.

—No me importa. Quiero que te encuentres a gusto aquí.

Charlie mantenía la vista fija en la carretera mientras hablaba. Se sentía incómodo al expresar sus emociones en voz alta. Yo lo había heredado de él, de ahí que también mirara hacia la carretera cuando le respondí:

—Es estupendo, papá. Gracias. Te lo agradezco de veras.

Resultaba innecesario añadir que era imposible estar a gusto en Forks, pero él no tenía por qué sufrir conmigo. Y a caballo regalado no le mires el diente, ni el motor.

—Bueno, de nada. Eres bienvenida —masculló, avergonzado por mis palabras de agradecimiento.

Intercambiamos unos pocos comentarios más sobre el tiempo, que era húmedo, y básicamente ésa fue toda la conversación. Miramos a través de las ventanillas en silencio.

El paisaje era hermoso, por supuesto, no podía negarlo. Todo era de color verde: los árboles, los troncos cubiertos de musgo, el dosel de ramas que colgaba de los mismos, el suelo cubierto de helechos. Incluso el aire que se filtraba entre las hojas tenía un matiz de verdor.

Era demasiado verde, un planeta alienígena.

Finalmente llegamos al hogar de Charlie. Vivía en una casa pequeña de dos dormitorios que compró con mi madre durante los primeros días de su matrimonio. Ésos fueron los únicos días de su matrimonio, los primeros. Allí, aparcado en la calle delante de una casa que nunca cambiaba, estaba mi nuevo monovolumen, bueno, nuevo para mí. El vehículo era de un rojo desvaído, con guardabarros grandes y redondos y una cabina de aspecto bulboso. Para mi enorme sorpresa, me encantó. No sabía si funcionaría, pero podía imaginarme al volante. Además, era uno de esos modelos de hierro sólido que jamás sufren daños, la clase de coches que ves en un accidente de tráfico con la pintura intacta y rodeado de los trozos del coche extranjero que acaba de destrozar.

—¡Caramba, papá! ¡Me encanta! ¡Gracias!

Ahora, el día de mañana parecía bastante menos terrorífico. No me vería en la tesitura de elegir entre andar tres kilómetros bajo la lluvia hasta el instituto o dejar que el jefe de policía me llevara en el coche patrulla.

—Me alegra que te guste —dijo Charlie con voz áspera, nuevamente avergonzado.

Subir todas mis cosas hasta el primer piso requirió un solo viaje escaleras arriba. Tenía el dormitorio de la cara oeste, el que daba al patio delantero. Conocía bien la habitación; había sido la mía desde que nací. El suelo de madera, las paredes pintadas de azul claro, el techo a dos aguas, las cortinas de encaje ya amarillentas flanqueando las ventanas... Todo aquello formaba parte de mi infancia. Los únicos cambios que había introducido Charlie se limitaron a sustituir la cuna por una cama y añadir un escritorio cuando crecí. Encima de éste había ahora un ordenador de segunda mano con el cable del módem grapado al suelo hasta la toma de teléfono más próxima. Mi madre lo había estipulado de ese modo para que estuviéramos en contacto con facilidad. La mecedora que tenía desde niña aún seguía en el rincón.

Sólo había un pequeño cuarto de baño en lo alto de las escaleras que debería compartir con Charlie. Intenté no darle muchas vueltas al asunto.

Una de las cosas buenas que tiene Charlie es que no se queda revoloteando a tu alrededor. Me dejó sola para que deshiciera mis maletas y me instalara, una hazaña que hubiera sido del todo imposible para mi madre. Resultaba estupendo estar sola, no tener que sonreír ni poner buena cara; fue un respiro que me permitió contemplar a través del cristal la cortina de lluvia con desaliento y derramar algunas lágrimas. No estaba de humor para una gran llantina. Eso podía esperar hasta que me acostara y me pusiera a reflexionar sobre lo que me aguardaba al día siguiente.

El aterrador cómputo de estudiantes del instituto de Forks era de tan sólo trescientos cincuenta y siete, ahora trescientos cincuenta y ocho. Solamente en mi clase de tercer año en Phoenix había más de setecientos alumnos. Todos los jóvenes de por aquí se habían criado juntos y sus abuelos habían aprendido a andar juntos. Yo sería la chica nueva de la gran ciudad, una curiosidad, un bicho raro.

Tal vez podría utilizar eso a mi favor si tuviera el aspecto que se espera de una chica de Phoenix, pero físicamente no encajaba en modo alguno. Debería ser alta, rubia, de tez bronceada, una jugadora de voleibol o quizá una animadora, todas esas cosas propias de quienes viven en el Valle del Sol.

Por el contrario, mi piel era blanca como el marfil a pesar de las muchas horas de sol de Arizona, sin tener siquiera la excusa de unos ojos azules o un pelo rojo. Siempre he sido delgada, pero más bien flojucha y, desde luego, no una atleta. Me faltaba la coordinación suficiente para practicar deportes sin hacer el ridículo o dañar a alguien, a mí misma o a cualquiera que estuviera demasiado cerca.

Después de colocar mi ropa en el viejo tocador de madera de pino, me llevé el neceser al cuarto de baño para asearme tras un día de viaje. Contemplé mi rostro en el espejo mientras me cepillaba el pelo enredado y húmedo. Tal vez se debiera a la luz, pero ya tenía un aspecto más cetrino y menos saludable. Puede que tenga una piel bonita, pero es muy clara, casi traslúcida, por lo que su apariencia depende del color del lugar y en Forks no había color alguno.

Mientras me enfrentaba a mi pálida imagen en el espejo, tuve que admitir que me engañaba a mí misma. Jamás encajaría, y no sólo por mis carencias físicas. Si no me había hecho un huequecito en una escuela de tres mil alumnos, ¿qué posibilidades iba a tener aquí?

No sintonizaba bien con la gente de mi edad. Bueno, lo cierto es que no sintonizaba bien con la gente. Punto. Ni siquiera mi madre, la persona con quien mantenía mayor proximidad, estaba en armonía conmigo; no íbamos por el mismo carril. A veces me preguntaba si veía las cosas igual que el resto del mundo. Tal vez la cabeza no me funcionara como es debido.

Pero la causa no importaba, sólo contaba el efecto. Y mañana no sería más que el comienzo.

Aquella noche no dormí bien, ni siquiera cuando dejé de llorar. El siseo constante de la lluvia y el viento sobre el techo no aminoraba jamás, hasta convertirse en un ruido de fondo. Me tapé la cabeza con la vieja y descolorida colcha y luego añadí la almohada, pero no conseguí conciliar el sueño antes de medianoche, cuando al fin la lluvia se convirtió en un fino sirimiri.

A la mañana siguiente, lo único que veía a través de la ventana era una densa niebla y sentí que la claustrofobia se apoderaba de mí. Aquí nunca se podía ver el cielo, parecía una jaula.

El desayuno con Charlie se desarrolló en silencio. Me deseó suerte en la escuela y le di las gracias, aun sabiendo que sus esperanzas eran vanas. La buena suerte solía esquivarme. Charlie se marchó primero, directo a la comisaría, que era su esposa y su familia. Examiné la cocina después de que se fuera, todavía sentada en una de las tres sillas, ninguna de ellas a juego, junto a la vieja mesa cuadrada de roble. La cocina era pequeña, con paneles oscuros en las paredes, armarios amarillo chillón y un suelo de linóleo blanco. Nada había cambiado. Hacía dieciocho años, mi madre había pintado los armarios con la esperanza de introducir un poco de luz solar en la casa. Había una hilera de fotos encima del pequeño hogar del cuarto de estar, que colindaba con la cocina y era del tamaño de una caja de zapatos. La primera foto era de la boda de Charlie con mi madre en Las Vegas, y luego la que nos tomó a los tres una amable enfermera del hospital donde nací, seguida por una sucesión de mis fotografías escolares hasta el año pasado. Verlas me resultaba muy embarazoso. Tenía que convencer a Charlie de que las pusiera en otro sitio, al menos mientras yo viviera aquí.

Era imposible permanecer en aquella casa y no darse cuenta de que Charlie no se había repuesto de la marcha de mi madre. Eso me hizo sentir incómoda.

No quería llegar demasiado pronto al instituto, pero no podía permanecer en la casa más tiempo, por lo que me puse el anorak, tan grueso que recordaba a uno de esos trajes empleados en caso de peligro biológico, y me encaminé hacia la llovizna.

Aún chispeaba, pero no lo bastante para que me calara mientras buscaba la llave de la casa, que siempre estaba escondida debajo del alero que había junto a la puerta, y cerrara. El ruido de mis botas de agua nuevas resultaba enervante. Añoraba el crujido habitual de la grava al andar. No pude detenerme a admirar de nuevo el vehículo, como deseaba, y me apresuré a escapar de la húmeda neblina que se arremolinaba sobre mi cabeza y se agarraba al pelo por debajo de la capucha.

Dentro del monovolumen estaba cómoda y a cubierto. Era obvio que Charlie o Billy debían de haberlo limpiado, pero la tapicería marrón de los asientos aún olía tenuemente a tabaco, gasolina y menta. El coche arrancó a la primera, con gran alivio por mi parte, aunque en medio de un gran estruendo, y luego hizo mucho ruido mientras avanzaba al ralentí. Bueno, un monovolumen tan antiguo debía de tener algún defecto. La anticuada radio funcionaba, un añadido que no me esperaba.

Fue fácil localizar el instituto pese a no haber estado antes. El edificio se hallaba, como casi todo lo demás en el pueblo, junto a la carretera. No resultaba obvio que fuera una escuela, sólo me detuve gracias al cartel que indicaba que se trataba del instituto de Forks. Se parecía a un conjunto de esas casas de intercambio en época de vacaciones construidas con ladrillos de color granate. Había tantos árboles y arbustos que a primera vista no podía verlo en su totalidad. ¿Dónde estaba el ambiente de un instituto?, me pregunté con nostalgia. ¿Dónde estaban las alambradas y los detectores de metales?

Aparqué frente al primer edificio, encima de cuya entrada había un cartelito que rezaba «Oficina principal». No vi otros coches aparcados allí, por lo que estuve segura de que estaba en zona prohibida, pero decidí que iba a pedir indicaciones en lugar de dar vueltas bajo la lluvia como una tonta. De mala gana salí de la cabina calentita del monovolumen y recorrí un sendero de piedra flanqueado por setos oscuros. Respiré hondo antes de abrir la puerta.

En el interior había más luz y se estaba más caliente de lo que esperaba. La oficina era pequeña: una salita de espera con sillas plegables acolchadas, una basta alfombra con motas anaranjadas, noticias y premios pegados sin orden ni concierto en las paredes y un gran reloj que hacía tictac de forma ostensible. Las plantas crecían por doquier en sus macetas de plástico, por si no hubiera suficiente vegetación fuera.

Un mostrador alargado dividía la habitación en dos, con cestas metálicas llenas de papeles sobre la encimera y anuncios de colores chillones pegados en el frontal. Detrás del mostrador había tres escritorios. Una pelirroja regordeta con gafas se sentaba en uno de ellos. Llevaba una camiseta de color púrpura que, de inmediato, me hizo sentir que yo iba demasiado elegante.

La mujer pelirroja alzó la vista.

—¿Te puedo ayudar en algo?

—Soy Isabella Swan —le informé, y de inmediato advertí en su mirada un atisbo de reconocimiento. Me esperaban. Sin duda, había sido el centro de los cotilleos. La hija de la caprichosa ex mujer del jefe de policía al fin regresaba a casa.

—Por supuesto —dijo.

Rebuscó entre los documentos precariamente apilados hasta encontrar los que buscaba.

—Precisamente aquí tengo el horario de tus clases y un plano de la escuela.

Trajo varias cuartillas al mostrador para enseñármelas. Repasó todas mis clases y marcó el camino más idóneo para cada una en el plano; luego, me entregó el comprobante de asistencia para que lo firmara cada profesor y se lo devolviera al finalizar las clases. Me dedicó una sonrisa y, al igual que Charlie, me dijo que esperaba que me gustara Forks. Le devolví la sonrisa más convincente posible.

Los demás estudiantes comenzaban a llegar cuando regresé al monovolumen. Los seguí, me uní a la cola de coches y conduje hasta el otro lado de la escuela. Supuso un alivio comprobar que casi todos los vehículos tenían aún más años que el mío, ninguno era ostentoso. En Phoenix, vivía en uno de los pocos barrios pobres del distrito Paradise Valley. Era habitual ver un Mercedes nuevo o un Porsche en el aparcamiento de los estudiantes. El mejor coche de los que allí había era un flamante Volvo, y destacaba. Aun así, apagué el motor en cuanto aparqué en una plaza libre para que el estruendo no atrajera la atención de los demás sobre mí.

Examiné el plano en el monovolumen, intentando memorizarlo con la esperanza de no tener que andar consultándolo todo el día. Lo guardé en la mochila, me la eché al hombro y respiré hondo. *Puedo hacerlo,* me mentí sin mucha convicción. *Nadie me va a morder.* Al final, suspiré y salí del coche.

Mantuve la cara escondida bajo la capucha y anduve hasta la acera abarrotada de jóvenes. Observé con alivio que mi sencilla chaqueta negra no llamaba la atención.

Una vez pasada la cafetería, el edificio número tres resultaba fácil de localizar, ya que había un gran «3» pintado en negro sobre un fondo blanco con forma de cuadrado en la esquina del lado este. Noté que mi respiración se acercaba a hiperventilación al aproximarme a la puerta. Para paliarla, contuve el aliento y entré detrás de dos personas que llevaban impermeables de estilo unisex.

El aula era pequeña. Los alumnos que tenía delante se detenían en la entrada para colgar sus abrigos en unas perchas; había varias. Los imité. Se trataba de dos chicas, una rubia de tez clara como la porcelana y otra, también pálida, de pelo castaño claro. Al menos, mi piel no sería nada excepcional aquí.

Entregué el comprobante al profesor, un hombre alto y calvo al que la placa que descansaba sobre su escritorio lo identificaba como Sr. Mason. Se quedó mirándome embobado al leer mi nombre, pero no me dedicó ninguna palabra de aliento, y yo, por supuesto, me puse colorada como un tomate. Pero al menos me envió a un pupitre vacío al fondo de la clase sin presentarme al resto de los compañeros. A éstos les resultaba difícil mirarme al estar sentada en la última fila, pero se las arreglaron para conseguirlo. Mantuve la vista clavada en la lista de lecturas que me había entregado el profesor. Era bastante básica: Brontë, Shakespeare, Chaucer, Faulkner. Los había leído a todos, lo cual era cómodo… y aburrido. Me pregunté si mi madre me enviaría la carpeta con los antiguos trabajos de clase o si creería que la estaba engañando. Recreé nuestra discusión mientras el profesor continuaba con su perorata.

Cuando sonó el zumbido casi nasal del timbre, un chico flacucho, con acné y pelo grasiento, se ladeó desde un pupitre al otro lado del pasillo para hablar conmigo.

—Tú eres Isabella Swan, ¿verdad?

Parecía demasiado amable, el típico miembro de un club de ajedrez.

—Bella —le corregí. En un radio de tres sillas, todos se volvieron para mirarme.

—¿Dónde tienes la siguiente clase? —preguntó.

Tuve que comprobarlo con el programa que tenía en la mochila.

—Eh… Historia, con Jefferson, en el edificio seis.

Mirase donde mirase, había ojos curiosos por doquier.

—Voy al edificio cuatro, podría mostrarte el camino —demasiado amable, sin duda—. Me llamo Eric —añadió.

Sonreí con timidez.

—Gracias.

Recogimos nuestros abrigos y nos adentramos en la lluvia, que caía con más fuerza. Hubiera jurado que varias personas nos seguían lo bastante cerca para escuchar a hurtadillas. Esperaba no estar volviéndome paranoica.

—Bueno, es muy distinto de Phoenix, ¿eh? —preguntó.

—Mucho.

—Allí no llueve a menudo, ¿verdad?

—Tres o cuatro veces al año.

—Vaya, no me lo puedo ni imaginar.

—Hace mucho sol —le expliqué.

—No se te ve muy bronceada.

—Es la sangre albina de mi madre.

Me miró con aprensión. Suspiré. No parecía que las nubes y el sentido del humor encajaran demasiado bien. Después de estar varios meses aquí, habría olvidado cómo emplear el sarcasmo.

Pasamos junto a la cafetería de camino hacia los edificios de la zona sur, cerca del gimnasio. Eric me acompañó hasta la puerta, aunque la podía identificar perfectamente.

—En fin, suerte —dijo cuando rocé el picaporte—. Tal vez coincidamos en alguna otra clase.

Parecía esperanzado. Le dediqué una sonrisa que no comprometía a nada y entré.

El resto de la mañana transcurrió de forma similar. Mi profesor de Trigonometría, el señor Varner, a quien habría odiado de todos modos por la asignatura que enseñaba, fue el único que me obligó a permanecer delante de toda la clase para presentarme a mis compañeros. Balbuceé, me sonrojé y tropecé con mis propias botas al volver a mi pupitre.

Después de dos clases, empecé a reconocer varias caras en cada asignatura. Siempre había alguien con más coraje que los demás que se presentaba y me preguntaba si me gustaba Forks. Procuré actuar con diplomacia, pero por lo general mentí mucho. Al menos, no necesité el plano.

Una chica se sentó a mi lado tanto en clase de Trigonometría como de Español, y me acompañó a la cafetería para almorzar. Era muy pequeña, varios centímetros por debajo de mi uno sesenta, pero casi alcanzaba mi estatura gracias a su oscura melena de rizos alborotados. No me acordaba de su nombre, por lo que me limité a sonreír mientras parloteaba sobre los profesores y las clases. Tampoco intenté comprenderlo todo.

Nos sentamos al final de una larga mesa con varias de sus amigas, a quienes me presentó. Se me olvidaron los nombres de todas en cuanto los pronunció. Parecían orgullosas por tener el coraje de hablar conmigo. El chico de la clase de Lengua y Literatura, Eric, me saludó desde el otro lado de la sala.

Y allí estaba, sentada en el comedor, intentando entablar conversación con siete desconocidas llenas de curiosidad, cuando los vi por primera vez.

Se sentaban en un rincón de la cafetería, en la otra punta de donde yo me encontraba. Eran cinco. No conversaban ni comían pese a que todos tenían delante una bandeja de comida. No me miraban de forma estúpida como casi todos los demás, por lo que no había peligro: podía estudiarlos sin temor a encontrarme con un par de ojos excesivamente interesados. Pero no fue eso lo que atrajo mi atención.

No se parecían lo más mínimo a ningún otro estudiante. De los tres chicos, uno era fuerte, tan musculoso que parecía un verdadero levantador de pesas, y de pelo oscuro y rizado. Otro, más alto y delgado, era igualmente musculoso y tenía el cabello del color de la miel. El último era desgarbado, menos corpulento, y llevaba despeinado el pelo castaño dorado. Tenía un aspecto más juvenil que los otros dos, que podrían estar en la universidad o incluso ser profesores aquí en vez de estudiantes.

Las chicas eran dos polos opuestos. La más alta era escultural. Tenía una figura preciosa, del tipo que se ve en la portada del número dedicado a trajes de baño de la revista *Sports Illustrated,* y con el que todas las chicas pierden buena parte de su autoestima sólo por estar cerca. Su pelo rubio caía en cascada hasta la mitad de la espalda. La chica baja tenía aspecto de duendecillo de facciones finas, un fideo. Su pelo corto era rebelde, con cada punta señalando en una dirección, y de un negro intenso.

Aun así, todos se parecían muchísimo. Eran blancos como la cal, los estudiantes más pálidos de cuantos vivían en aquel pueblo sin sol. Más pálidos que yo, que soy albina. Todos tenían ojos muy oscuros, a pesar de la diferente gama de colores de los cabellos, y ojeras malvas, similares al morado de los hematomas. Era como si todos padecieran de insomnio o se estuvieran recuperando de una rotura de nariz, aunque sus narices, al igual que el resto de sus facciones, eran rectas, perfectas, simétricas.

Pero nada de eso era el motivo por el que no conseguía apartar la mirada.

Continué mirándolos porque sus rostros, tan diferentes y tan similares al mismo tiempo, eran de una belleza inhumana y devastadora. Eran rostros como nunca esperas ver, excepto tal vez en las páginas retocadas de una revista de moda. O pintadas por un artista antiguo, como el semblante de un ángel. Resultaba difícil decidir quién era más bello, tal vez la chica rubia perfecta o el joven de pelo castaño dorado.

Los cinco desviaban la mirada los unos de los otros, también del resto de los estudiantes y de cualquier cosa hasta donde pude colegir. La chica más pequeña se levantó con la bandeja —el refresco sin abrir, la manzana sin morder— y se alejó con un trote grácil, veloz, propio de un corcel desbocado. Asombrada por sus pasos de ágil bailarina, la contemplé vaciar su bandeja y deslizarse por la puerta trasera a una velocidad superior a lo que habría considerado posible. Miré rápidamente a los otros, que permanecían sentados, inmóviles.

—¿Quiénes son *ésos?* —pregunté a la chica de la clase de Español, cuyo nombre se me había olvidado.

Y de repente, mientras ella alzaba los ojos para ver a quiénes me refería, aunque probablemente ya lo supiera por la entonación de mi voz, el más delgado y de aspecto más juvenil, la miró. Durante una fracción de segundo se fijó en mi vecina, y después sus ojos oscuros se posaron sobre los míos.

Él desvió la mirada rápidamente, aún más deprisa que yo, ruborizada de vergüenza. Su rostro no denotaba interés alguno en esa mirada furtiva, era como si mi compañera hubiera pronunciado su nombre y él, pese a haber decidido no reaccionar previamente, hubiera levantado los ojos en una involuntaria respuesta.

Avergonzada, la chica que estaba a mi lado se rió tontamente y fijó la vista en la mesa, igual que yo.

—Son Edward y Emmett Cullen, y Rosalie y Jasper Hale. La que se acaba de marchar se llama Alice Cullen; todos viven con el doctor Cullen y su esposa —me respondió con un hilo de voz.

Miré de soslayo al chico guapo, que ahora contemplaba su bandeja mientras desmigajaba una rosquilla con sus largos y níveos dedos. Movía la boca muy deprisa, sin abrir apenas sus labios perfectos. Los otros tres continuaron con la mirada perdida, y, aun así, creí que hablaba en voz baja con ellos.

¡Qué nombres tan raros y anticuados!, pensé. Era la clase de nombres que tenían nuestros abuelos, pero tal vez estuvieran de moda aquí, quizá fueran los nombres propios de un pueblo pequeño. Entonces recordé que mi vecina se llamaba Jessica, un nombre perfectamente normal. Había dos chicas con ese nombre en mi clase de Historia en Phoenix.

—Son... guapos.

Me costó encontrar un término mesurado.

—¡Ya te digo! —Jessica asintió mientras soltaba otra risita tonta—. Pero están *juntos.* Me refiero a Emmett y Rosalie, y a Jasper y Alice, y *viven* juntos.

Su voz resonó con toda la conmoción y reprobación de un pueblo pequeño, pero, para ser sincera, he de confesar que aquello daría pie a grandes cotilleos incluso en Phoenix.

—¿Quiénes son los Cullen? —pregunté—. No parecen parientes...

—Claro que no. El doctor Cullen es muy joven, tendrá entre veinte y muchos y treinta y pocos. Todos son adoptados. Los Hale, los rubios, son hermanos gemelos, y los Cullen son su familia de acogida.

—Parecen un poco mayores para estar con una familia de acogida.

—Ahora sí, Jasper y Rosalie tienen dieciocho años, pero han vivido con la señora Cullen desde los ocho. Es su tía o algo parecido.

—Es muy generoso por parte de los Cullen cuidar de todos esos niños siendo tan jóvenes.

—Supongo que sí —admitió Jessica muy a su pesar. Me dio la impresión de que, por algún motivo, el médico y su mujer no le caían bien. Por las miradas que lanzaba en dirección a sus hijos adoptivos, supuse que eran celos; luego, como si con eso disminuyera la bondad del matrimonio, agregó—: Aunque tengo entendido que la señora Cullen no puede tener hijos.

Mientras manteníamos esta conversación, dirigía miradas furtivas una y otra vez hacia donde se sentaba aquella extraña familia. Continuaban mirando las paredes y no habían probado bocado.

—¿Siempre han vivido en Forks? —pregunté. De ser así, seguro que los habría visto en alguna de mis visitas durante las vacaciones de verano.

—No —dijo con una voz que daba a entender que tenía que ser obvio, incluso para una recién llegada como yo—. Se mudaron aquí hace dos años, vinieron desde algún lugar de Alaska.

Experimenté una punzada de compasión y alivio. Compasión porque, a pesar de su belleza, eran extranjeros y resultaba evidente que no se les admitía. Alivio por no ser la única recién llegada y, desde luego, no la más interesante.

Uno de los Cullen, el más joven, levantó la vista mientras yo los estudiaba y nuestras miradas se encontraron, en esta ocasión con una manifiesta curiosidad. Cuando desvié los ojos, me pareció que en los suyos brillaba una expectación insatisfecha.

—¿Quién es el chico dc pelo cobrizo? —pregunté.

Lo miré de refilón. Seguía observándome, pero no con la boca abierta, a diferencia del resto de los estudiantes. Su rostro reflejó una ligera contrariedad. Volví a desviar la vista.

—Se llama Edward. Es guapísimo, por supuesto, pero no pierdas el tiempo con él. No sale con nadie. Quizá ninguna de las chicas del instituto le parece lo bastante guapa —dijo con desdén, en una muestra clara de despecho. Me pregunté cuándo la habría rechazado.

Me mordí el labio para ocultar una sonrisa. Entonces lo miré de nuevo. Había vuelto el rostro, pero me pareció ver estirada la piel de sus mejillas, como si también estuviera sonriendo.

Los cuatro abandonaron la mesa al mismo tiempo, escasos minutos después. Todos se movían con mucha elegancia, incluso el forzudo. Me desconcertó verlos. El que respondía al nombre de Edward no me miró de nuevo.

Permanecí en la mesa con Jessica y sus amigas más tiempo del que me hubiera quedado de haber estado sola. No quería llegar tarde a mis clases el primer día. Una de mis nuevas amigas, que tuvo la consideración de recordarme que se llamaba Angela, tenía, como yo, clase de segundo de Biología a la hora siguiente. Nos dirigimos juntas al aula en silencio. También era tímida.

Nada más entrar en clase, Angela fue a sentarse a una mesa con dos sillas y un tablero de laboratorio con la parte superior de color negro, exactamente igual a las de Phoenix. Ya compartía la mesa con otro estudiante. De hecho, todas las mesas estaban ocupadas, salvo una. Reconocí a Edward Cullen, que estaba sentado cerca del pasillo central junto a la única silla vacante, por lo poco común de su cabello.

Lo miré de forma furtiva mientras avanzaba por el pasillo para presentarme al profesor y que éste me firmara el comprobante de asistencia. Entonces, justo cuando yo pasaba, se puso rígido en la silla. Volvió a mirarme fijamente y nuestras miradas se encontraron. La expresión de su rostro era de lo más extraña, hostil, airada. Pasmada, aparté la vista y me sonrojé otra vez. Tropecé con un libro que había en el suelo y me tuve que aferrar al borde de una mesa. La chica que se sentaba allí soltó una risita.

Me había dado cuenta de que tenía los ojos negros, negros como carbón.

El señor Banner me firmó el comprobante y me entregó un libro, ahorrándose toda esa tontería de la presentación. Supe que íbamos a caernos bien. Por supuesto, no le quedaba otro remedio que mandarme a la única silla vacante en el centro del aula. Mantuve la mirada fija en el suelo mientras iba a sentarme junto a él, ya que la hostilidad de su mirada aún me tenía aturdida.

No alcé la vista cuando deposité el libro sobre la mesa y me senté, pero lo vi cambiar de postura al mirar de reojo. Se inclinó en la dirección opuesta, sentándose al borde de la silla. Apartó el rostro como si algo apestara. Olí mi pelo con disimulo. Olía a fresas, el aroma de mi champú favorito. Me pareció un aroma bastante inocente. Dejé caer mi pelo sobre el hombro derecho para crear una pantalla oscura entre nosotros e intenté prestar atención al profesor.

Por desgracia, la clase versó sobre la anatomía celular, un tema que ya había estudiado. De todos modos, tomé apuntes con cuidado, sin apartar la vista del cuaderno.

No me podía controlar y de vez en cuando echaba un vistazo a través del pelo al extraño chico que tenía a mi lado. Éste no relajó aquella postura envarada —sentado al borde de la silla, lo más lejos posible de mí— durante toda la clase. La mano izquierda, crispada en un puño, descansaba sobre el muslo. Se había arremangado la camisa hasta los codos. Debajo de su piel clara podía verle el antebrazo, sorprendentemente duro y musculoso. No era de complexión tan liviana como parecía al lado del más fornido de sus hermanos.

La lección parecía prolongarse mucho más que las otras. ¿Se debía a que las clases estaban a punto de acabar o porque estaba esperando a que abriera el puño que cerraba con tanta fuerza? No lo abrió. Continuó sentado, tan inmóvil que parecía no respirar.

¿Qué le pasaba? ¿Se comportaba de esa forma habitualmente? Cuestioné mi opinión sobre la acritud de Jessica durante el almuerzo. Quizá no era tan resentida como había pensado.

No podía tener nada que ver conmigo. No me conocía de nada.

Me atreví a mirarle a hurtadillas una vez más y lo lamenté. Me estaba mirando otra vez con esos ojos negros suyos llenos de repugnancia. Mientras me apartaba de él, cruzó por mi mente una frase: «Si las miradas matasen…».

El timbre sonó en ese momento. Yo di un salto al oírlo y Edward Cullen abandonó su asiento. Se levantó con garbo de espaldas a mí —era mucho más alto de lo que pensaba— y cruzó la puerta del aula antes de que nadie se hubiera levantado de su silla.

Me quedé petrificada en la silla, contemplando con la mirada perdida cómo se iba. Era realmente mezquino. No había derecho. Empecé a recoger los bártulos muy despacio mientras intentaba reprimir la ira que me embargaba, con miedo a que se me llenaran los ojos de lágrimas. Solía llorar cuando me enfadaba, una costumbre humillante.

—Eres Isabella Swan, ¿no? —me preguntó una voz masculina.

Al alzar la vista me encontré con un chico guapo, de rostro aniñado y el pelo rubio en punta cuidadosamente arreglado con gel. Me dirigió una sonrisa amable. Obviamente, no parecía creer que yo oliera mal.

—Bella —le corregí, con una sonrisa.

—Me llamo Mike.

—Hola, Mike.

—¿Necesitas que te ayude a encontrar la siguiente clase?

—Voy al gimnasio, y creo que lo puedo encontrar.

—Es también mi siguiente clase.

Parecía emocionado, aunque no era una gran coincidencia en una escuela tan pequeña.

Fuimos juntos. Hablaba por los codos e hizo el gasto de casi toda la conversación, lo cual fue un alivio. Había vivido en California hasta los diez años, por eso entendía cómo me sentía ante la ausencia del sol. Resultó ser la persona más agradable que había conocido aquel día.

Pero cuando íbamos a entrar al gimnasio me preguntó:

—Oye, ¿le clavaste un lápiz a Edward Cullen, o qué? Jamás lo había visto comportarse de ese modo.

Tierra, trágame, pensé. Al menos no era la única persona que lo había notado y, al parecer, aquél *no era* el comportamiento habitual de Edward Cullen. Decidí hacerme la tonta.

—¿Te refieres al chico que se sentaba a mi lado en Biología? —pregunté sin malicia.

—Sí —respondió—. Tenía cara de dolor o algo parecido.

—No lo sé —le respondí—. No he hablado con él.

—Es un tipo raro —Mike se demoró a mi lado en lugar de dirigirse al vestuario—. Si hubiera tenido la suerte de sentarme a tu lado, yo sí hubiera hablado contigo.

Le sonreí antes de cruzar la puerta del vestuario de las chicas. Era amable y estaba claramente interesado, pero eso no bastó para disminuir mi enfado.

El entrenador Clapp, el profesor de Educación física, me consiguió un uniforme, pero no me obligó a vestirlo para la clase de aquel día. En Phoenix, sólo teníamos que asistir dos años a Educación física. Aquí era una asignatura obligatoria los cuatro años. Forks era mi infierno personal en la tierra en el más literal de los sentidos.

Contemplé los cuatro partidillos de voleibol que se jugaban de forma simultánea. Me dieron náuseas al verlos y recordar los muchos golpes que había dado, y recibido, cuando jugaba al voleibol.

Al fin sonó la campana que indicaba el final de las clases. Me dirigí lentamente a la oficina para entregar el comprobante con las firmas. Había dejado de llover, pero el viento era más frío y soplaba con fuerza. Me envolví con mis propios brazos para protegerme.

Estuve a punto de dar media vuelta e irme cuando entré en la cálida oficina. Edward Cullen se encontraba de pie, enfrente del escritorio. Lo reconocí de nuevo por el desgreñado pelo castaño dorado. Al parecer, no me había oído entrar. Me apoyé contra la pared del fondo, a la espera de que la recepcionista pudiera atenderme.

Estaba discutiendo con ella con voz profunda y agradable. Intentaba cambiar la clase de Biología de la sexta hora a otra hora, a cualquier otra.

No me podía creer que eso fuera por mi culpa. Debía de ser otra cosa, algo que había sucedido antes de que yo entrara en el laboratorio de Biología. La causa de su aspecto contrariado debía de ser otro lío totalmente diferente. Era imposible que aquel desconocido sintiera una aversión tan intensa y repentina hacia mí.

La puerta se abrió de nuevo y una súbita corriente de viento helado hizo susurrar los papeles que había sobre la mesa y me alborotó los cabellos sobre la cara. La recién llegada se limitó a andar hasta el escritorio, depositó una nota sobre el cesto de papeles y salió, pero Edward Cullen se envaró y se giró —su agraciado rostro parecía ridículo— para traspasarme con sus penetrantes ojos llenos de odio. Durante un instante sentí un estremecimiento de verdadero pánico, hasta se me erizó el vello de los brazos. La mirada no duró más de un segundo, pero me heló la sangre en las venas más que el gélido viento. Se giró hacia la recepcionista y rápidamente dijo con voz aterciopelada:

—Bueno, no importa. Ya veo que es imposible. Muchas gracias por su ayuda.

Giró sobre sí mismo sin mirarme y desapareció por la puerta.

Me dirigí con timidez hacia el escritorio —por una vez con el rostro lívido en lugar de colorado— y le entregué el comprobante de asistencia con todas las firmas.

—¿Cómo te ha ido el primer día, cielo? —me preguntó de forma maternal.

—Bien —mentí con voz débil.

No pareció muy convencida.

Era casi el último coche que quedaba en el aparcamiento cuando entré en el monovolumen. Me pareció un refugio, el lugar más acogedor de aquel horrendo y húmedo agujero. Permanecí varios minutos sentada mirando por el parabrisas con la mirada ausente, pero pronto tuve tanto frío que necesité encender la calefacción. Arranqué y el motor rugió. Me dirigí de vuelta a la casa de Charlie, y traté de no llorar durante todo el camino.

Libro abierto

El día siguiente fue mejor… y peor.

Fue mejor porque no llovió, aunque persistió la nubosidad densa y oscura; y más fácil, porque sabía qué podía esperar del día. Mike se acercó para sentarse a mi lado durante la clase de Lengua y me acompañó hasta la clase siguiente mientras Eric, el que parecía miembro de un club de ajedrez, lo fulminaba con la mirada. Me sentí halagada. Nadie me observaba tanto como el día anterior. Durante el almuerzo me senté con un gran grupo que incluía a Mike, Eric, Jessica y otros cuantos cuyos nombres y caras ya recordaba. Empecé a sentirme como si flotara en el agua en vez de ahogarme.

Fue peor porque estaba agotada. El ulular del viento alrededor de la casa no me había dejado dormir. También fue peor porque el Sr. Varner me llamó en la clase de Trigonometría, aun cuando no había levantado la mano, y di una respuesta equivocada. Rayó en lo espantoso porque tuve que jugar al voleibol y la única vez que no me aparté de la trayectoria de la pelota y la golpeé, ésta impactó en la cabeza de un compañero de equipo. Y fue peor porque Edward Cullen no apareció por la escuela, ni por la mañana ni por la tarde.

Que llegara la hora del almuerzo —y con ella las coléricas miradas de Cullen— me estuvo aterrorizando durante toda la mañana. Por un lado, deseaba plantarle cara y exigirle una explicación. Mientras permanecía insomne en la cama llegué a imaginar incluso lo que le diría, pero me conocía demasiado bien para creer que de verdad tendría el coraje de hacerlo. En comparación conmigo, el león cobardica de *El mago de Oz* era Terminator.

Sin embargo, cuando entré en la cafetería junto a Jessica —intenté contenerme y no recorrer la sala con la mirada para buscarle, aunque fracasé estrepitosamente— vi a sus cuatro hermanos, por llamarlos de alguna manera, sentados en la misma mesa, pero él no los acompañaba.

Mike nos interceptó en el camino y nos desvió hacia su mesa. Jessica parecía eufórica por la atención, y sus amigas pronto se reunieron con nosotros. Pero estaba incomodísima mientras escuchaba su despreocupada conversación, a la espera de que él acudiese. Deseaba que se limitara a ignorarme cuando llegara, y demostrar de ese modo que mis suposiciones eran infundadas.

Pero no llegó, y me fui poniendo más y más tensa conforme pasaba el tiempo.

Cuando al final del almuerzo no se presentó, me dirigí hacia la clase de Biología con más confianza. Mike, que empezaba a asumir todas las características de los perros golden retriever, me siguió fielmente de camino a clase. Contuve el aliento en la puerta, pero Edward Cullen tampoco estaba en el aula. Suspiré y me dirigí a mi asiento. Mike me siguió sin dejar de hablarme de un próximo viaje a la playa y se quedó junto a mi mesa hasta que sonó el timbre. Entonces me sonrió apesadumbrado y se fue a sentar al lado de una chica con un aparato ortopédico en los dientes y una horrenda permanente. Al parecer, iba a tener que hacer algo con Mike, y no iba a ser fácil. La diplomacia resultaba vital en un pueblecito como éste, donde todos vivían pegados los unos a los otros. Tener tacto no era lo mío, y carecía de experiencia a la hora de tratar con chicos que fueran más amables de la cuenta.

El tener la mesa para mí sola y la ausencia de Edward supuso un gran alivio. Me lo repetí hasta la saciedad, pero no lograba quitarme de la cabeza la sospecha de que yo era el motivo de su ausencia. Resultaba ridículo y egotista creer que yo fuera capaz de afectar tanto a alguien. Era imposible. Y aun así la posibilidad de que fuera cierto no dejaba de inquietarme.

Cuando al fin concluyeron las clases y hubo desaparecido mi sonrojo por el incidente del partido de voleibol, me enfundé los vaqueros y un jersey azul marino y me apresuré a salir del vestuario, feliz de esquivar por el momento a mi amigo, el golden retriever. Me dirigí a toda prisa al aparcamiento, ahora atestado de estudiantes que salían a la carrera. Me subí al coche y busqué en mi bolsa para cerciorarme de que tenía todo lo necesario.

La noche pasada había descubierto que Charlie era incapaz de cocinar otra cosa que huevos fritos y beicon, por lo que le pedí que me dejara encargarme de las comidas mientras durara mi estancia. Él se mostró dispuesto a cederme las llaves de la sala de banquetes. También me percaté de que no había comida en casa, por lo que preparé la lista de la compra, tomé el dinero de un jarrón del aparador que llevaba la etiqueta «dinero para la comida» y ahora iba de camino hacia el supermercado Thriftway.

Puse en marcha aquel motor ensordecedor, hice caso omiso a los rostros que se volvieron en mi dirección y di marcha atrás con mucho cuidado al ponerme en la cola de coches que aguardaban para salir del aparcamiento. Mientras esperaba, intenté fingir que era otro coche el que producía tan ensordecedor estruendo. Vi que los dos Cullen y los gemelos Hale se subían a su coche. El flamante Volvo, por supuesto. Me habían fascinado tanto sus rostros que no había reparado antes en el atuendo; pero ahora que me fijaba, era obvio que todos iban magníficamente vestidos, de forma sencilla, pero con una ropa que parecía hecha por modistos. Con aquella hermosura y gracia de movimientos, podrían llevar harapos y parecer guapos. El tener tanto belleza como dinero era pasarse de la raya, pero hasta donde alcanzaba a comprender, la vida, por lo general, solía ser así. No parecía que la posesión de ambas cosas les hubiera dado cierta aceptación en el pueblo.

No, no creía que fuera de ese modo. En absoluto. Ese aislamiento debía de ser voluntario, no lograba imaginar ninguna puerta cerrada ante tanta belleza.

Contemplaron mi ruidoso monovolumen cuando les pasé, como el resto, pero continué mirando al frente y experimenté un gran alivio cuando estuve fuera del campus.

El Thriftway no estaba muy lejos de la escuela, unas pocas calles más al sur, junto a la carretera. Me sentí muy a gusto dentro del supermercado, me pareció normal. En Phoenix era yo quien hacía la compra, por lo que asumí con gusto el hábito de ocuparme de las tareas familiares. El mercado era lo bastante grande como para que no oyera el tamborileo de la lluvia sobre el tejado y me recordara dónde me encontraba.

Al llegar a casa, saqué los comestibles y los metí allí donde encontré un hueco libre. Esperaba que a Charlie no le importara. Envolví las patatas en papel de aluminio y las puse en el horno para hacer patatas asadas, dejé en adobo un filete y lo coloqué sobre una caja de huevos en el frigorífico.

Subí a mi habitación con la mochila después de hacer todo eso. Antes de ponerme con los deberes, me puse un chándal seco, me recogí la melena en una coleta y abrí el *mail* por vez primera. Tenía tres mensajes. Mi madre me había escrito.

Bella:

Escríbeme en cuanto llegues y cuéntame cómo te ha ido el vuelo. ¿Llueve? Ya te echo de menos. Casi he terminado de hacer las maletas para ir a Florida, pero no encuentro mi blusa rosa. ¿Sabes dónde la puse? Phil te manda saludos.

Mamá

Suspiré y leí el siguiente mensaje. Lo había enviado ocho horas después del primero. Decía:

¿Por qué no me has contestado? ¿A qué esperas?

Mamá

El último era de esa mañana.

Isabella:

Si no me has contestado a las 17:30, voy a llamar a Charlie.

Miré el reloj. Aún quedaba una hora, pero mi madre solía adelantarse a los acontecimientos.

Mamá:

Tranquila. Ahora te escribo. No cometas ninguna imprudencia.

Bella

Envié el *mail* y empecé a escribir otra vez.

Mamá:

Todo va fenomenal. Llueve, por supuesto. He esperado a escribirte cuando tuviera algo que contarte. La escuela no es mala, sólo un poco repetitiva. He conocido a unos cuantos compañeros muy amables que se sientan conmigo durante el almuerzo.

Tu blusa está en la tintorería. Se supone que la ibas a recoger el viernes.

Charlie me ha comprado un monovolumen. ¿Te lo puedes creer? Me encanta. Es un poco antiguo, pero muy sólido, y eso me conviene, ya me conoces.

Yo también te echo de menos. Pronto volveré a escribir, pero no voy a estar revisando el correo electrónico cada cinco minutos. Respira hondo y relájate. Te quiero.

Bella

Había decidido volver a leer *Cumbres borrascosas* por placer —era la novela que estábamos estudiando en clase de Literatura—, y en ello estaba cuando Charlie llegó a casa. Había perdido la noción del tiempo, por lo que me apresuré a bajar las escaleras, sacar del horno las patatas y meter el filete para asarlo.

—¿Bella? —gritó mi padre al oírme en la escalera.

¿Quién iba a ser si no?, me pregunté.

—Hola, papá, bienvenido a casa.

—Gracias.

Colgó el cinturón con la pistola y se quitó las botas mientras yo trajinaba en la cocina. Que yo supiera, jamás había disparado en acto de servicio. Pero siempre la mantenía preparada. De niña, cuando yo venía, le quitaba las balas al llegar a casa. Imagino que ahora me consideraba lo bastante madura como para no matarme por accidente, y no lo bastante deprimida como para suicidarme.

—¿Qué vamos a comer? —preguntó con recelo.

Mi madre solía practicar la cocina creativa, y sus experimentos culinarios no siempre resultaban comestibles. Me sorprendió, y entristeció, que todavía se acordara.

—Filete con patatas —contesté para tranquilizarlo.

Parecía encontrarse fuera de lugar en la cocina, de pie y sin hacer nada, por lo que se marchó con pasos torpes al cuarto de estar para ver la tele mientras yo cocinaba. Preparé una ensalada al mismo tiempo que se hacía el filete y puse la mesa.

Lo llamé cuando estuvo lista la cena y olfateó en señal de apreciación al entrar en la cocina.

—Huele bien, Bella.

—Gracias.

Comimos en silencio durante varios minutos, lo cual no resultaba nada incómodo. A ninguno de los dos nos disgustaba el silencio. En cierto modo, teníamos caracteres compatibles para vivir juntos.

—Y bien, ¿qué tal el instituto? ¿Has hecho alguna amiga? —me preguntó mientras se echaba más.

—Tengo unas cuantas clases con una chica que se llama Jessica y me siento con sus amigas durante el almuerzo. Y hay un chico, Mike, que es muy amable. Todos parecen buena gente.

Con una notable excepción.

—Debe de ser Mike Newton. Un buen chico y una buena familia. Su padre es el dueño de una tienda de artículos deportivos a las afueras del pueblo. Se gana bien la vida gracias a los excursionistas que pasan por aquí.

—¿Conoces a la familia Cullen? —pregunté vacilante.

—¿La familia del doctor Cullen? Claro. El doctor Cullen es un gran hombre.

—Los hijos... son un poco diferentes. No parece que en el instituto caigan demasiado bien.

El aspecto enojado de Charlie me sorprendió.

—¡Cómo es la gente de este pueblo! —murmuró—. El doctor Cullen es un eminente cirujano que podría trabajar en cualquier hospital del mundo y ganaría diez veces más que aquí —continuó en voz más alta—. Tenemos suerte de que vivan acá, de que su mujer quiera quedarse en un pueblecito. Es muy valioso para la comunidad, y esos chicos se comportan bien y son muy educados. Albergué ciertas dudas cuando llegaron con tantos hijos adoptivos. Pensé que habría problemas, pero son muy maduros y no me han dado el más mínimo problema. Y no puedo decir lo mismo de los hijos de algunas familias que han vivido en este pueblo desde hace generaciones. Se mantienen unidos, como debe hacer una familia, se van de *camping* cada tres fines de semana... La gente tiene que hablar sólo porque son recién llegados.

Era el discurso más largo que había oído pronunciar a Charlie. Debía de molestarle mucho lo que decía la gente.

Di marcha atrás.

—Me parecen bastante agradables, aunque he notado que son muy reservados. Y todos son muy guapos —añadí para hacerles un cumplido.

—Tendrías que ver al doctor —dijo Charlie, y se rió—. Por fortuna, está felizmente casado. A muchas de las enfermeras del hospital les cuesta concentrarse en su tarea cuando él anda cerca.

Nos quedamos callados y terminamos de cenar. Recogió la mesa mientras me ponía a fregar los platos. Regresó al cuarto de estar para ver la tele. Cuando terminé de fregar —no había lavavajillas—, subí con desgana a hacer los deberes de Matemáticas. Sentí que lo hacía por hábito. Esa noche fue silenciosa, por fin. Agotada, me dormí enseguida.

El resto de la semana transcurrió sin incidentes. Me acostumbré a la rutina de las clases. Aunque no recordaba todos los nombres, el viernes era capaz de reconocer los rostros de la práctica totalidad de los estudiantes del instituto. En clase de gimnasia los miembros de mi equipo aprendieron a no pasarme el balón y a interponerse delante de mí si el equipo contrario intentaba aprovecharse de mis carencias. Los dejé con sumo gusto.

Edward Cullen no volvió a la escuela.

Todos los días vigilaba la puerta con ansiedad hasta que los Cullen entraban en la cafetería sin él. Entonces podía relajarme y participar en la conversación que, por lo general, versaba sobre una excursión a La Push Ocean Park para dentro de dos semanas, un viaje que organizaba Mike. Me invitaron y accedí a ir, más por ser cortés que por placer. Las playas deben ser calientes y secas.

Cuando llegó el viernes, yo ya entraba con total tranquilidad en clase de Biología sin preocuparme de si Edward estaría allí. Hasta donde sabía, había abandonado la escuela. Intentaba no pensar en ello, pero no conseguía reprimir del todo la preocupación de que fuera la culpable de su ausencia, por muy ridículo que pudiera parecer.

Mi primer fin de semana en Forks pasó sin acontecimientos dignos de mención. Charlie no estaba acostumbrado a quedarse en una casa habitualmente vacía, y lo pasaba en el trabajo. Limpié la casa, avancé en mis deberes y escribí a mi madre varios correos electrónicos de fingida jovialidad. El sábado fui a la biblioteca, pero tenía pocos libros, por lo que no me molesté en hacerme la tarjeta de socio. Pronto tendría que visitar Olympia o Seattle y buscar una buena librería. Me puse a calcular con despreocupación cuánta gasolina consumiría el monovolumen y el resultado me produjo escalofríos.

Durante todo el fin de semana cayó una lluvia fina, silenciosa, por lo que pude dormir bien.

Mucha gente me saludó en el aparcamiento el lunes por la mañana, no recordaba los nombres de todos, pero agité la mano y sonreí a todo el mundo. En clase de Literatura, fiel a su costumbre, Mike se sentó a mi lado. El profesor nos puso un examen sorpresa sobre *Cumbres borrascosas*. Era fácil, sin complicaciones.

En general, a aquellas alturas me sentía mucho más cómoda de lo que había creído. Más satisfecha de lo que hubiera esperado jamás.

Al salir de la clase, el aire estaba lleno de remolinos blancos. Oí a los compañeros dar gritos de júbilo. El viento me cortó la nariz y las mejillas.

—¡Vaya! —exclamó Mike—. Nieva.

Estudié las pelusas de algodón que se amontaban al lado de la acera y, arremolinándose erráticamente, pasaban junto a mi cara.

—¡Uf!

Nieve. Mi gozo en un pozo. Mike se sorprendió.

—¿No te gusta la nieve?

—No. Significa que hace demasiado frío incluso para que llueva —obviamente—. Además, pensaba que caía en forma de copos, ya sabes, que cada uno era único y todo eso. Éstos se parecen a los extremos de los bastoncillos de algodón.

—¿Es que nunca has visto nevar? —me preguntó con incredulidad.

—¡Sí, por supuesto! —hice una pausa y añadí—: En la tele.

Mike se rió. Entonces una gran bola húmeda y blanda impactó en su nuca. Nos volvimos para ver de dónde provenía. Sospeché de Eric, que andaba en dirección contraria, en la dirección equivocada para ir a la siguiente clase. Era evidente que

Mike pensó lo mismo, ya que se acuclilló y empezó a amontonar aquella papilla blancuzca.

—Te veo en el almuerzo, ¿vale? —continué andando sin dejar de hablar—. Me refugio dentro cuando la gente se empieza a lanzar bolas de nieve.

Mike asintió con la cabeza sin apartar los ojos de la figura de Eric, que emprendía la retirada.

Se pasaron toda la mañana charlando alegremente sobre la nieve. Al parecer era la primera nevada del nuevo año. Mantuve el pico cerrado. Sí, era más seca que la lluvia... hasta que se descongelaba en los calcetines.

Jessica y yo nos dirigimos a la cafetería con mucho cuidado después de la clase de Español. Las bolas de nieve volaban por doquier. Por si acaso, llevaba la carpeta en las manos, lista para emplearla como escudo si era menester. Jessica se rió de mí, pero había algo en la expresión de mi rostro que le desaconsejó lanzarme una bola de nieve.

Mike nos alcanzó cuando entramos en la sala; se reía mientras la nieve que tenía en las puntas del su pelo se fundía. Él y Jessica conversaban animadamente sobre la pelea de bolas de nieve; hicimos cola para comprar la comida. Por puro hábito, eché una ojeada hacia la mesa del rincón. Entonces, me quedé petrificada. La ocupaban cinco personas.

Jessica me tomó por el brazo.

—¡Eh! ¿Bella? ¿Qué quieres?

Bajé la vista, me ardían las orejas. Me recordé a mí misma que no había motivo alguno para sentirme cohibida. No había hecho nada malo.

—¿Qué le pasa a Bella? —le preguntó Mike a Jessica.

—Nada —contesté—. Hoy sólo quiero un refresco.

Me puse al final de la cola.

—¿Es que no tienes hambre? —preguntó Jessica.

—La verdad es que estoy un poco mareada —dije, con la vista aún clavada en el suelo.

Aguardé a que tomaran la comida y los seguí a una mesa sin apartar los ojos de mis pies.

Bebí el refresco a pequeños sorbos. Tenía un nudo en el estómago. Mike me preguntó dos veces, con una preocupación innecesaria, cómo me encontraba. Le respondí que no era nada, pero especulé con la posibilidad de fingir un poco y escaparme a la enfermería durante la próxima clase.

Ridículo. No tenía por qué huir.

Decidí permitirme una única miradita a la mesa de la familia Cullen. Si me observaba con furia, pasaría de la clase de Biología, ya que era una cobarde.

Mantuve el rostro inclinado hacia el suelo y miré de reojo a través de las pestañas. Alcé levemente la cabeza.

Se reían. Edward, Jasper y Emmett tenían el pelo totalmente empapado por la nieve. Alice y Rosalie retrocedieron cuando Emmett se sacudió el pelo chorreante para salpicarlas. Disfrutaban del día nevado como los demás, aunque ellos parecían salidos de la escena de una película, y los demás no.

Pero, aparte de la alegría y los juegos, algo era diferente, y no lograba identificar qué. Estudié a Edward con cuidado. Decidí que su tez estaba menos pálida, tal vez un poco colorada por la pelea con bolas de nieve, y que las ojeras eran menos acusadas, pero había algo más. Lo examinaba, intentando aislar ese cambio, sin apartar la vista de él.

—Bella, ¿a quién miras? —interrumpió Jessica, siguiendo la trayectoria de mi mirada.

En ese preciso momento, los ojos de Edward centellearon al encontrarse con los míos.

Ladeé la cabeza para que el pelo me ocultara el rostro, aunque estuve segura de que, cuando nuestras miradas se cruzaron, sus ojos no parecían tan duros ni hostiles como la última vez que le vi. Simplemente tenían un punto de curiosidad y, de nuevo, cierta insatisfacción.

—Edward Cullen te está mirando —me murmuró Jessica al oído, y se rió.

—No parece enojado, ¿verdad? —tuve que preguntar.

—No —dijo, confusa por la pregunta—. ¿Debería estarlo?

—Creo que no soy de su agrado —le confesé. Aún me sentía mareada, por lo que apoyé la cabeza sobre el brazo.

—A los Cullen no les gusta nadie... Bueno, tampoco se fijan en nadie lo bastante para les guste, pero te sigue mirando.

—No le mires —susurré.

Jessica se rió con disimulo, pero desvió la vista. Alcé la cabeza lo suficiente para cerciorarme de que lo había hecho. Estaba dispuesta a emplear la fuerza si era necesario.

Mike nos interrumpió en ese momento; estaba planificando una épica batalla de nieve en el aparcamiento y nos preguntó si deseábamos participar. Jessica asintió con entusiasmo. La forma en que miraba a Mike dejaba pocas dudas, asentiría a cualquier cosa que él sugiriera. Me callé. Iba a tener que esconderme en el gimnasio hasta que el aparcamiento estuviera vacío.

Me cuidé de no apartar la vista de mi propia mesa durante lo que restaba de la hora del almuerzo. Decidí respetar el pacto que había alcanzado conmigo misma. Asistiría a clase de Biología, ya que no parecía enfadado. Tanto me aterraba volver a sentarme a su lado que tuve unos leves retortijones de estómago.

No me apetecía nada que Mike me acompañara a clase como de costumbre, ya que parecía ser el blanco predilecto de los francotiradores de bolas de nieve, pero, al llegar a la puerta, todos, salvo yo, gimieron al unísono. Estaba lloviendo, y el aguacero arrastraba cualquier rastro de nieve, dejando jirones de hielo en los bordes de las aceras. Me cubrí la cabeza con la capucha y escondí mi júbilo. Podría ir directamente a casa después de la clase de gimnasia.

Mike no cesó de quejarse mientras íbamos hacia el edificio cuatro.

Ya en clase, comprobé aliviada que mi mesa seguía vacía. El profesor Banner estaba repartiendo un microscopio y una cajita de diapositivas por mesa. Aún quedaban unos minutos antes de que empezara la clase y el aula era un hervidero de conversaciones. Dibujé unos garabatos de forma distraída en la tapa de mi cuaderno y mantuve los ojos lejos de la puerta. Oí con claridad cómo se movía la silla contigua, pero continué mirando mi dibujo.

—Hola —dijo una voz tranquila y musical.

Levanté la vista, sorprendida de que me hablara. Se sentaba lo más lejos de mi lado que le permitía la mesa, pero con la silla vuelta hacia mí. Llevaba el pelo húmedo y despeinado, pero, aun así, parecía que acababa de rodar un anuncio para una marca de champú. El deslumbrante rostro era amable y franco. Una leve sonrisa curvaba sus labios perfectos, pero los ojos aún mostraban recelo.

—Me llamo Edward Cullen —continuó—. No tuve la oportunidad de presentarme la semana pasada. Tú debes de ser Bella Swan.

Estaba confusa y la cabeza me daba vueltas. ¿Me lo había imaginado todo? Ahora se comportaba con gran amabilidad. Tenía que hablar, esperaba mi respuesta, pero no se me ocurría nada convencional que contestar.

—¿Cómo sabes mi nombre? —tartamudeé.

Se rió de forma suave y encantadora.

—Creo que todo el mundo sabe tu nombre. El pueblo entero te esperaba.

Hice una mueca. Sabía que debía de ser algo así, pero insistí como una tonta.

—No, no, me refería a que me llamaste Bella.

Pareció confuso.

—¿Prefieres Isabella?

—No, me gusta Bella —dije—, pero creo que Charlie, quiero decir, mi padre, debe de llamarme Isabella a mis espaldas, porque todos me llaman Isabella —intenté explicar, y me sentí como una completa idiota.

—Oh.

No añadió nada. Violenta, desvié la mirada.

Gracias a Dios, el señor Banner empezó la clase en ese momento. Intenté prestar atención cuando explicó que íbamos a realizar una práctica. Las diapositivas estaban desordenadas. Teníamos que trabajar en parejas para identificar las fases de la mitosis de las células de la punta de la raíz de una cebolla en cada diapositiva y clasificarlas correctamente. No podíamos consultar los libros. En veinte minutos, el profesor iba a visitar cada mesa para verificar quiénes habían aprobado.

—Empezad —ordenó.

—¿Las damas primero, compañera? —preguntó Edward.

Alcé la vista y le vi esbozar una sonrisa burlona tan arrebatadora que sólo pude contemplarle como una tonta.

—Puedo empezar yo si lo deseas.

La sonrisa de Edward se desvaneció. Sin duda, se estaba preguntando si yo era mentalmente capaz.

—No —dije, sonrojada—, yo lo hago.

Me lucí un poquito. Ya había hecho esta práctica y sabía qué tenía que buscar. Debería resultarme sencillo. Coloqué la primera diapositiva bajo el microscopio y ajusté rápidamente el campo de visión del objetivo a 40X. Examiné la capa durante unos segundos.

—Profase —afirmé con aplomo.

—¿Te importa si lo miro? —me preguntó cuando empezaba a quitar la diapositiva. Me tomó la mano para detenerme mientras formulaba la pregunta.

Tenía los dedos fríos como témpanos, como si los hubiera metido en un ventisquero antes de la clase, pero no retiré la mano con brusquedad por ese motivo. Cuando me tocó, la mano me ardió igual que si entre nosotros pasara una corriente eléctrica.

—Lo siento —musitó y retiró la mano de inmediato, pero alcanzó el microscopio. Lo miré atolondrada mientras examinaba la diapositiva en menos tiempo aún del que yo había necesitado.

—Profase —asintió, y lo escribió con esmero en el primer espacio de nuestra hoja de trabajo. Sustituyó con velocidad la primera diapositiva por la segunda y le echó un vistazo por encima.

—Anafase —murmuró, y lo anotó mientras hablaba.

Procuré que mi voz sonara indiferente.

—¿Puedo?

Esbozó una sonrisa burlona y empujó el microscopio hacia mí.

Miré por la lente con avidez, pero me llevé un chasco. ¡Maldición! Había acertado.

—¿Me pasas la diapositiva número tres? —extendí la mano sin mirarle.

Me la entregó, esta vez con cuidado para no rozarme la piel. Le dirigí la mirada más fugaz posible al decir:

—Interfase.

Le pasé el microscopio antes de que me lo pudiera pedir. Echó un vistazo y luego lo apuntó. Lo hubiera escrito mientras él miraba por el microscopio, pero me acobardó su caligrafía clara y elegante. No quise estropear la hoja con mis torpes garabatos.

Acabamos antes que todos los demás. Vi cómo Mike y su compañera comparaban dos diapositivas una y otra vez y cómo otra pareja abría un libro debajo de la mesa.

Pero eso me dejaba sin otra cosa que hacer, excepto intentar no mirar a Edward… sin éxito. Lo hice de reojo. De nuevo me estaba observando con ese punto de frustración en la mirada. De repente identifiqué cuál era la sutil diferencia de su rostro.

—¿Acabas de ponerte lentillas? —le solté sin pensarlo.

Mi inesperada pregunta lo dejó perplejo.

—No.

—Vaya —musité—. Te veo los ojos distintos.

Se encogió de hombros y desvió la mirada.

De hecho, estaba segura de que habían cambiado. Recordaba vívidamente el intenso color negro de sus ojos la última vez que me miró colérico. Un negro que destacaba sobre la tez pálida y el pelo cobrizo. Hoy tenían un color totalmente distinto, eran de ocre extraño, más oscuro que un caramelo, pero con un matiz dorado. No entendía cómo podían haber cambiado tanto a no ser que, por algún motivo, me mintiera respecto a las lentillas. O tal vez Forks me estaba volviendo loca en el sentido literal de la palabra.

Observé que volvía a apretar los puños al bajar la vista. En aquel momento el profesor Banner llegó a nuestra mesa para ver por qué no estábamos trabajando y echó un vistazo a nuestra hoja, ya rellena. Entonces miró con más detenimiento las respuestas.

—En fin, Edward, ¿no crees que deberías dejar que Isabella también mirase por el microscopio?

—Bella —le corrigió él automáticamente—. En realidad, ella identificó tres de las cinco diapositivas.

El señor Banner me miró ahora con una expresión escéptica.

—¿Has hecho antes esta práctica de laboratorio? —preguntó.

Sonreí con timidez.

—Con la raíz de una cebolla, no.

—¿Con una blástula de pescado blanco?

—Sí.

El señor Banner asintió con la cabeza.

—¿Estabas en un curso avanzado en Phoenix?

—Sí.

—Bueno —dijo después de una pausa—. Supongo que es bueno que ambos seáis compañeros de laboratorio.

Murmuró algo más mientras se alejaba. Una vez que se fue, comencé a garabatear de nuevo en mi cuaderno.

—Es una lástima, lo de la nieve, ¿no? —preguntó Edward. Me pareció que se esforzaba por conversar un poco conmigo. La paranoia volvió a apoderarse de mí. Era como si hubiera escuchado mi conversación con Jessica durante el almuerzo e intentara demostrar que me equivocaba.

—En realidad, no —le contesté con sinceridad en lugar de fingir que era tan normal como el resto. Seguía intentando desembarazarme de aquella estúpida sensación de sospecha, y no lograba concentrarme.

—A ti no te gusta el frío.

No era una pregunta.

—Tampoco la humedad —le respondí.

—Para ti, debe de ser difícil vivir en Forks —concluyó.

—Ni te lo imaginas —murmuré con desaliento.

Por algún motivo que no pude alcanzar, parecía fascinado con lo que acababa de decir. Su rostro me turbaba de tal modo que intenté no mirarle más de lo que exigía la buena educación.

—En tal caso, ¿por qué viniste aquí?

Nadie me había preguntado eso, no de forma tan directa e imperiosa como él.

—Es... complicado.

—Creo que voy a poder seguirte —me instó.

Hice una larga pausa y entonces cometí el error de mirar esos relucientes ojos oscuros que me confundían y le respondí sin pensar.

—Mi madre se ha casado.

—No me parece tan complicado —discrepó, pero de repente se mostraba simpático—. ¿Cuándo ha sucedido eso?

—El pasado mes de septiembre —mi voz transmitía tristeza, hasta yo me daba cuenta.

—Pero él no te gusta —conjeturó Edward, todavía con tono atento.

—No, Phil es un buen tipo. Demasiado joven, quizá, pero amable.

—¿Por qué no te quedaste con ellos?

No entendía su interés, pero me seguía mirando con ojos penetrantes, como si la insulsa historia de mi vida fuera de capital importancia.

—Phil viaja mucho. Es jugador de béisbol profesional —casi sonreí.

—¿Debería sonarme su nombre? —preguntó, y me devolvió la sonrisa.

—Probablemente no. No juega *bien.* Sólo compite en la liga menor. Pasa mucho tiempo fuera.

—Y tu madre te envió aquí para poder viajar con él —fue de nuevo una afirmación, no una pregunta. Alcé ligeramente la barbilla.

—No, no me envió aquí. Fue cosa mía.

Frunció el ceño.

—No lo entiendo —confesó, y pareció frustrado.

Suspiré. ¿Por qué le explicaba todo aquello? Continuaba contemplándome con una manifiesta curiosidad.

—Al principio, mamá se quedaba conmigo, pero le echaba mucho de menos. La separación la hacía desdichada, por lo que decidí que había llegado el momento venir a vivir con Charlie —concluí con voz apagada.

—Pero ahora tú eres desgraciada —señaló.

—¿Y? —repliqué con voz desafiante.

—No parece demasiado justo.

Se encogió de hombros, aunque su mirada todavía era intensa. Me reí sin alegría.

—¿Es que no te lo ha dicho nadie? La vida no es justa.

—Creo haberlo oído antes —admitió secamente.

—Bueno, eso es todo —insistí, preguntándome por qué todavía me miraba con tanto interés.

Me evaluó con la mirada.

—Das el pego —dijo arrastrando las palabras—, pero apostaría a que sufres más de lo que aparentas.

Le hice una mueca, resistí el impulso de sacarle la lengua como una niña de cinco años, y desvié la vista.

—¿Me equivoco?

Traté de ignorarlo.

—Creo que no —murmuró con suficiencia.

—¿Y a ti qué te importa? —pregunté irritada. Desvié la mirada y contemplé al profesor deteniéndose en otras mesas.

—Muy buena pregunta —musitó en voz tan baja que me pregunté si hablaba consigo mismo; pero, después de unos segundos de silencio, comprendí que era la única respuesta que iba a obtener.

Suspiré, mirando enfurruñada la pizarra.

—¿Te molesto? —preguntó. Parecía divertido.

Le miré sin pensar y otra vez le dije la verdad.

—No exactamente. Estoy más molesta conmigo. Es fácil ver lo que pienso. Mi madre me dice que soy un libro abierto.

Fruncí el ceño.

—Nada de eso, me cuesta leerte el pensamiento.

A pesar de todo lo que yo había dicho y él había intuido, parecía sincero.

—Ah, será que eres un buen lector de mentes —contesté.

—Por lo general, sí —exhibió unos dientes perfectos y blancos al sonreír.

El señor Banner llamó al orden a la clase en ese momento, le miré y escuché con alivio. No me podía creer que acabara de contarle mi deprimente vida a aquel chico guapo y estrafalario que tal vez me despreciara. Durante nuestra conversación había parecido absorto, pero ahora, al mirarlo de soslayo, le vi inclinarse de nuevo para poner la máxima distancia entre nosotros y agarrar el borde de la mesa, con las manos tensas.

Traté de fingir atención mientras el señor Banner mostraba con transparencias del retroproyector lo que yo había visto sin dificultad en el microscopio, pero era incapaz de controlar mis pensamientos.

Cuando al fin el timbre sonó, Edward se apresuró a salir del aula con la misma rapidez y elegancia del pasado lunes. Y, como el lunes pasado, le miré fijamente.

Mike acudió brincando a mi lado y me recogió los libros. Le imaginé meneando el rabo.

—¡Qué rollo! —gimió—. Todas las diapositivas eran exactamente iguales. ¡Qué suerte tener a Cullen como compañero!

—No tuve ninguna dificultad —dije, picada por su suposición, pero me arrepentí inmediatamente y antes de que se molestara añadí—: Es que ya he hecho esta práctica.

—Hoy Cullen estuvo bastante amable —comentó mientras nos poníamos los impermeables. No parecía demasiado complacido.

Intenté mostrar indiferencia y dije:

—Me pregunto qué mosca le picaría el lunes.

No presté ninguna atención a la cháchara de Mike mientras nos encaminábamos hacia el gimnasio y tampoco estuve atenta en clase de Educación física. Mike formaba parte de mi equipo ese día y muy caballerosamente cubrió tanto mi posición como la suya, por lo que pude pasar el tiempo pensando en las musarañas salvo cuando me tocaba sacar a mí. Mis compañeros de equipo se agachaban rápidamente cada vez que me tocaba servir.

La lluvia se había convertido en niebla cuando anduve hacia el aparcamiento, pero me sentí mejor al entrar en la seca cabina del monovolumen. Encendí la calefacción sin que, por una vez, me importase el ruido del motor, que tanto me atontaba. Abrí la cremallera del impermeable, bajé la capucha y ahuequé mi pelo mojado para que se secara mientras volvía a casa.

Miré alrededor antes de dar marcha atrás. Fue entonces cuando me percaté de una figura blanca e inmóvil, la de Edward Cullen, que se apoyaba en la puerta delantera del Volvo a unos tres coches de distancia y me miraba fijamente. Aparté la vista y metí la marcha atrás tan deprisa que estuve a punto de chocar contra un Toyota Corolla oxidado. Fue una suerte para el

Toyota que pisara el freno con fuerza. Era la clase de coche que mi monovolumen podía reducir a chatarra. Respiré hondo, aún con la vista al otro lado de mi coche, y volví a meter la marcha con más cuidado y éxito. Seguía con la mirada hacia delante cuando pasé junto al Volvo, pero juraría que lo vi reírse cuando le miré de soslayo.

El prodigio

Algo había cambiado cuando abrí los ojos por la mañana.

Era la luz, algo más clara aunque siguiera teniendo el matiz gris verdoso propio de un día nublado en el bosque. Comprendí que faltaba la niebla que solía envolver mi ventana.

Me levanté de la cama de un salto para mirar fuera y gemí de pavor.

Una fina capa de nieve cubría el césped y el techo de mi coche, y blanqueaba el camino, pero eso no era lo peor. Toda la lluvia del día anterior se había congelado, recubriendo las agujas de los pinos con diseños fantásticos y hermosísimos, pero convirtiendo la calzada en una superficie resbaladiza y mortífera. Ya me costaba mucho no caerme cuando el suelo estaba seco; tal vez fuera más seguro que volviera a la cama.

Charlie se había marchado al trabajo antes de que yo bajara las escaleras. En muchos sentidos, vivir con él era como tener mi propia casa y me encontraba disfrutando de la soledad en lugar de sentirme sola.

Engullí un cuenco de cereales y bebí un poco de zumo de naranja a morro. La perspectiva de ir al instituto me emocionaba, y me asustaba saber que la causa no era el estimulante entorno educativo que me aguardaba ni la perspectiva de ver a mis nuevos amigos. Si no quería engañarme, debía admitir que deseaba acudir al instituto para ver a Edward Cullen, lo cual era una soberana tontería.

Después de que el día anterior balbuceara como una idiota y me pusiera en ridículo, debería evitarlo a toda costa. Además, desconfiaba de él por haberme mentido sobre sus ojos. Aún me atemorizaba la hostilidad que emanaba de su persona, todavía se me trababa la lengua cada vez que imaginaba su rostro perfecto. Era plenamente consciente de que jugábamos en ligas diferentes, distantes. Por todo eso, no debería estar tan ansiosa por verle.

Necesité de toda mi concentración para caminar sin matarme por la acera cubierta de hielo en dirección a la carretera; aun así, estuve a punto de perder el equilibrio cuando al fin llegué al coche, pero conseguí agarrarme al espejo y me salvé. Estaba claro, el día iba a ser una pesadilla.

Mientras conducía hacia la escuela, para distraerme de mi temor a sucumbir, a entregarme a especulaciones no deseadas sobre Edward Cullen, pensé en Mike y en Eric, y en la evidente diferencia entre cómo me trataban los adolescentes del pueblo y los de Phoenix. Tenía el mismo aspecto que en Phoenix, estaba segura. Tal vez sólo fuera que esos chicos me habían visto pasar lentamente por las etapas menos agraciadas de la adolescencia y aún pensaban en mí de esa forma. O tal vez se debía a que era nueva en un lugar donde escaseaban las novedades. Posiblemente, el hecho de que fuera terriblemente patosa aquí se consideraba como algo encantador en lugar de patético, y me encasillaban en el papel de damisela en apuros. Fuera cual fuera la razón, me desconcertaba que Mike se comportara como un perrito faldero y que Eric se hubiera convertido en su rival. Hubiera preferido pasar desapercibida.

El monovolumen no parecía tener ningún problema en avanzar por la carretera cubierta de hielo ennegrecido, pero aun así conducía muy despacio para no causar una escena de caos en Main Street.

Cuando llegué al instituto y salí del coche, vi el motivo por el que no había tenido percances. Un objeto plateado me llamó la atención y me dirigí a la parte trasera del monovolumen, apoyándome en él todo el tiempo, para examinar las llantas, recubiertas por finas cadenas entrecruzadas. Charlie había madrugado para poner cadenas a los neumáticos del coche. Se me hizo un nudo en la garganta, ya que no estaba acostumbrada a que alguien cuidara de mí, y la silenciosa preocupación de Charlie me pilló desprevenida.

Estaba de pie junto a la parte trasera del vehículo, intentando controlar aquella repentina oleada de sentimientos que me embargó al ver las cadenas, cuando oí un sonido extraño.

Era un chirrido fuerte que se convertía rápidamente en un estruendo. Sobresaltada, alcé la vista.

Vi varias cosas a la vez. Nada se movía a cámara lenta, como sucede en las películas, sino que el flujo de adrenalina hizo que mi mente obrara con mayor rapidez, y pudiera asimilar al mismo tiempo varias escenas con todo lujo de detalles.

Edward Cullen se encontraba a cuatro coches de distancia, y me miraba con rostro de espanto. Su semblante destacaba entre un mar de caras, todas con la misma expresión horrorizada. Pero en aquel momento tenía más importancia una furgoneta azul oscuro que patinaba con las llantas bloqueadas chirriando contra los frenos, y que dio un brutal trompo sobre el hielo del aparcamiento. Iba a chocar contra la parte posterior del monovolumen, y yo estaba en medio de los dos vehículos. Ni siquiera tendría tiempo para cerrar los ojos.

Algo me golpeó con fuerza, aunque no desde la dirección que esperaba, inmediatamente antes de que escuchara el terrible crujido que se produjo cuando la furgoneta golpeó contra la base de mi coche y se plegó como un acordeón. Me golpeé la cabeza contra el asfalto helado y sentí que algo frío y compacto me sujetaba contra el suelo. Estaba tendida en la calzada, detrás del coche color café que estaba junto al mío, pero no tuve ocasión de advertir nada más porque la camioneta seguía acercándose. Después de raspar la parte trasera del monovolumen, había dado la vuelta y estaba a punto de aplastarme *de nuevo.*

Me percaté de que había alguien a mi lado al oír una maldición en voz baja, y era imposible no reconocerla. Dos grandes manos blancas se extendieron delante de mí para protegerme y la furgoneta se detuvo vacilante a treinta centímetros de mi cabeza. De forma providencial, ambas manos cabían en la profunda abolladura del lateral de la carrocería de la furgoneta.

Entonces, aquellas manos se movieron con tal rapidez que se volvieron borrosas. De repente, una sostuvo la carrocería de la furgoneta por debajo mientras algo me arrastraba. Empujó mis piernas hasta que toparon con los neumáticos del coche marrón. Con un seco crujido metálico que estuvo a punto de perforarme los tímpanos, la furgoneta cayó pesadamente en el asfalto entre el estrépito de las ventanas al hacerse añicos. Cayó exactamente donde hacía un segundo estaban mis piernas.

Reinó un silencio absoluto durante un prolongado segundo antes de que todo el mundo se pusiera a chillar. Oí a más de un persona que me llamaba en la repentina locura que se desató a continuación, pero en medio de todo aquel griterío escuché con mayor claridad la voz suave y desesperada de Edward Cullen que me hablaba al oído.

—¿Bella? ¿Cómo estás?

—Estoy bien.

Mi propia voz me resultaba extraña. Intenté incorporarme y entonces me percaté de que me apretaba contra su costado con mano de acero.

—Ve con cuidado —dijo mientras intentaba soltarme—. Creo que te has dado un buen porrazo en la cabeza.

Sentí un dolor palpitante encima del oído izquierdo.

—¡Ay! —exclamé, sorprendida.

—Tal y como pensaba…

Por increíble que pudiera parecer, daba la impresión de que intentaba contener la risa.

—¿Cómo demo…? —me paré para aclarar las ideas y orientarme—. ¿Cómo llegaste aquí tan rápido?

—Estaba a tu lado, Bella —dijo; el tono de su voz volvía a ser serio.

Quise incorporarme, y esta vez me lo permitió, quitó la mano de mi cintura y se alejó cuanto le fue posible en aquel estrecho lugar. Contemplé la expresión inocente de su rostro, lleno de preocupación. Sus ojos dorados me desorientaron de nuevo. ¿Qué era lo que acababa de preguntarle?

Nos localizaron enseguida. Había un gentío con lágrimas en las mejillas gritándose entre sí, y gritándonos a nosotros.

—No te muevas —ordenó alguien.

—¡Sacad a Tyler de la furgoneta! —chilló otra persona.

El bullicio nos rodeó. Intenté ponerme en pie, pero la mano fría de Edward me detuvo.

—Quédate ahí por ahora.

—Pero hace frío —me quejé. Me sorprendió cuando se rió quedamente, pero con un tono irónico—. Estabas allí, lejos —me acordé de repente, y dejó de reírse—. Te encontrabas al lado de tu coche.

Su rostro se endureció.

—No, no es cierto.

—Te vi.

A nuestro alrededor reinaba el caos. Oí las voces más rudas de los adultos, que acababan de llegar, pero sólo prestaba atención a nuestra discusión. Yo tenía razón y él iba a reconocerlo.

—Bella, estaba contigo, a tu lado, y te quité de en medio.

Dio rienda suelta al devastador poder de su mirada, como si intentara decirme algo crucial.

—No —dije con firmeza.

El dorado de sus ojos centelleó.

—Por favor, Bella.

—¿Por qué? —inquirí.

—Confía en mí —me rogó. Su voz baja me abrumó. Entonces oí las sirenas.

—¿Prometes explicármelo todo después?

—Muy bien —dijo con brusquedad, repentinamente exasperado.

—Muy bien —repetí encolerizada.

Se necesitaron seis EMT[1] y dos profesores, el señor Varner y el entrenador Clapp, para desplazar la furgoneta de forma que pudieran pasar las camillas. Edward la rechazó con vehemencia. Intenté imitarle, pero me traicionó al chivarles que había sufrido un golpe en la cabeza y que tenía una contusión. Casi me morí de vergüenza cuando me pusieron un collarín. Parecía que todo el instituto estaba allí, mirando con gesto adusto, mientras me introducían en la parte posterior de la ambulancia. Dejaron que Edward fuera delante. Eso me enfureció.

Para empeorar las cosas, el jefe de policía Swan llegó antes de que me pusieran a salvo.

---

[1] [N. del T.] Siglas de *Emergency Medical Technician* (Técnicos Médicos de Emergencia).

—¡Bella! —gritó con pánico al reconocerme en la camilla.

—Estoy perfectamente, Char... papá —dije con un suspiro—. No me pasa nada.

Se giró hacia el EMT más cercano en busca de una segunda opinión. Lo ignoré y me detuve a analizar el revoltijo de imágenes inexplicables que se agolpaban en mi mente. Cuando me alejaron del coche en camilla, había visto una abolladura profunda en el parachoques del coche marrón. Encajaba a la perfección con el contorno de los hombros de Edward, como si se hubiera apoyado contra el vehículo con fuerza suficiente para dañar el bastidor metálico.

Y luego estaba la familia de Edward, que nos miraba a lo lejos con una gama de expresiones que iban desde la reprobación hasta la ira, pero no había el menor atisbo de preocupación por la integridad de su hermano.

Intenté hallar una solución lógica que explicara lo que acababa de ver, una explicación que excluyera la posibilidad de que hubiera enloquecido.

La policía escoltó a la ambulancia hasta el hospital del condado, por descontado. Me sentí ridícula todo el tiempo que tardaron en bajarme, y ver a Edward cruzar majestuosamente las puertas del hospital por su propio pie empeoraba las cosas. Me rechinaron los dientes.

Me condujeron hasta la sala de urgencias, una gran habitación con una hilera de camas separadas por cortinas de colores claros. Una enfermera me tomó la tensión y puso un termómetro debajo de mi lengua. Dado que nadie se molestó en correr las cortinas para concederme un poco de intimidad, decidí que no estaba obligada a llevar aquel feo collarín por más tiempo. En cuanto se fue la enfermera, desabroché el velcro rápidamente y lo tiré debajo de la cama.

Se produjo una nueva conmoción entre el personal del hospital. Trajeron otra camilla hacia la cama contigua a la mía. Reconocí a Tyler Crowley, de mi clase de Historia, debajo de los vendajes ensangrentados que le envolvían la cabeza. Tenía un aspecto cien veces peor que el mío, pero me miró con ansiedad.

—¡Bella, lo siento mucho!

—Estoy bien, Tyler, pero tú tienes un aspecto horrible. ¿Cómo te encuentras?

Las enfermeras empezaron a desenrollarle los vendajes manchados mientras hablábamos, y quedó al descubierto una miríada de cortes por toda la frente y la mejilla izquierda.

Tyler no prestó atención a mis palabras.

—¡Pensé que te iba a matar! Iba a demasiada velocidad y entré mal en el hielo...

Hizo una mueca cuando una enfermera empezó a limpiarle la cara.

—No te preocupes; no me alcanzaste.

—¿Cómo te apartaste tan rápido? Estabas allí y luego desapareciste.

—Pues... Edward me empujó para apartarme de la trayectoria de la camioneta.

Parecía confuso.

—¿Quién?

—Edward Cullen. Estaba a mi lado.

Siempre se me había dado muy mal mentir. No sonaba nada convincente.

—¿Cullen? No lo vi... ¡Vaya, todo ocurrió muy deprisa! ¿Está bien?

—Supongo que sí. Anda por aquí cerca, pero a él no le obligaron a utilizar una camilla.

Sabía que no estaba loca. En ese caso, ¿qué había ocurrido? No había forma de encontrar una explicación convincente para lo que había visto.

Luego me llevaron en silla de ruedas para sacar una placa de mi cabeza. Les dije que no tenía heridas, y estaba en lo cierto. Ni una contusión. Pregunté si podía marcharme, pero la enfermera me dijo que primero debía hablar con el doctor, por lo que quedé atrapada en la sala de urgencias mientras Tyler me acosaba con sus continuas disculpas. Siguió torturándose por mucho que intenté convencerle de que me encontraba perfectamente. Al final, cerré los ojos y le ignoré, aunque continuó murmurando palabras de remordimiento.

—¿Estará durmiendo? —preguntó una voz musical. Abrí los ojos de inmediato.

Edward se hallaba al pie de mi cama sonriendo con suficiencia. Le fulminé con la mirada. No resultaba fácil... Hubiera resultado más natural comérselo con los ojos.

—Oye, Edward, lo siento mucho... —empezó Tyler.

El interpelado alzó la mano para hacerle callar.

—No hay culpa sin sangre —le dijo con una sonrisa que dejó entrever sus dientes deslumbrantes. Se sentó en el borde de la cama de Tyler, me miró y volvió a sonreír con suficiencia.

—¿Bueno, cuál es el diagnóstico?

—No me pasa nada, pero no me dejan marcharme —me quejé—. ¿Por qué no te han atado a una camilla como a nosotros?

—Tengo enchufe —respondió—, pero no te preocupes, voy a liberarte.

Entonces entró un doctor y me quedé boquiabierta. Era joven, rubio y más guapo que cualquier estrella de cine, aunque estaba pálido y ojeroso; se le notaba cansado. A tenor de lo que me había dicho Charlie, ése debía de ser el padre de Edward.

—Bueno, señorita Swan —dijo el doctor Cullen con una voz marcadamente seductora—, ¿cómo se encuentra?

—Estoy bien —repetí, ojalá fuera por última vez.

Se dirigió hacia la mesa de luz vertical de la pared y la encendió.

—Las radiografías son buenas —dijo—. ¿Le duele la cabeza? Edward me ha dicho que se dio un golpe bastante fuerte.

—Estoy perfectamente —repetí con un suspiro mientras lanzaba una rápida mirada de enojo a Edward.

El médico me examinó la cabeza con sus fríos dedos. Se percató cuando esbocé un gesto de dolor.

—¿Le duele? —preguntó.

—No mucho.

Había tenido jaquecas peores.

Oí una risita, busqué a Edward con la mirada y vi su sonrisa condescendiente. Entrecerré los ojos con rabia.

—De acuerdo, su padre se encuentra en la sala de espera. Se puede ir a casa con él, pero debe regresar rápidamente si siente mareos o algún trastorno de visión.

—¿No puedo ir a la escuela? —inquirí al imaginarme los intentos de Charlie por ser atento.

—Hoy debería tomarse las cosas con calma.

Fulminé a Edward con la mirada.

—¿Puede *él* ir a la escuela?

—Alguien ha de darles la buena nueva de que hemos sobrevivido —dijo con suficiencia.

—En realidad —le corrigió el doctor Cullen— parece que la mayoría de los estudiantes están en la sala de espera.

—¡Oh, no! —gemí, cubriéndome el rostro con las manos.

El doctor Cullen enarcó las cejas.

—¿Quiere quedarse aquí?

—¡No, no! —insistí al tiempo que sacaba las piernas por el borde de la camilla y me levantaba con prisa, con demasiada prisa, porque me tambaleé y el doctor Cullen me sostuvo. Parecía preocupado.

—Me encuentro bien —volví a asegurarle. No merecía la pena explicarle que mi falta de equilibrio no tenía nada que ver con el golpe en la cabeza.

—Tome unas pastillas de Tylenol contra el dolor —sugirió mientras me sujetaba.

—No me duele mucho —insistí.

—Parece que ha tenido muchísima suerte —dijo con una sonrisa mientras firmaba mi informe con una floritura.

—La suerte fue que Edward estuviera a mi lado —le corregí mirando con dureza al objeto de mi declaración.

—Ah, sí, bueno —musitó el doctor Cullen, súbitamente ocupado con los papeles que tenía delante. Después, miró a Tyler y se marchó a la cama contigua. Tuve la intuición de que el doctor estaba al tanto de todo.

—Lamento decirle que *usted* se va a tener que quedar con nosotros un poquito más —le dijo a Tyler, y empezó a examinar sus heridas.

Me acerqué a Edward en cuanto el doctor me dio la espalda.

—¿Puedo hablar contigo un momento? —murmuré muy bajo. Se apartó un paso de mí, con la mandíbula tensa.

—Tu padre te espera —dijo entre dientes.

Miré al doctor Cullen y a Tyler, e insistí:

—Quiero hablar contigo a solas, si no te importa.

Me miró con ira, me dio la espalda y anduvo a trancos por la gran sala. Casi tuve que correr para seguirlo, pero se volvió para hacerme frente tan pronto como nos metimos en un pequeño corredor.

—¿Qué quieres? —preguntó molesto.

Su mirada era glacial y su hostilidad me intimidó, hablé con más severidad de la que pretendía.

—Me debes una explicación —le recordé.

—Te salvé la vida. No te debo nada.

Retrocedí ante el resentimiento de su tono.

—Me lo prometiste.

—Bella, te diste un fuerte golpe en la cabeza, no sabes de qué hablas.

Lo dijo de forma cortante. Me enfadé y le miré con gesto desafiante.

—No me pasaba nada en la cabeza.

Me devolvió la mirada de desafío.

—¿Qué quieres de mí, Bella?

—Quiero saber la verdad —dije—. Quiero saber por qué miento por ti.

—¿Qué *crees* que pasó? —preguntó bruscamente.

—Todo lo que sé —le contesté de forma atropellada— es que no estabas cerca de mí, en absoluto, y Tyler tampoco te vio, de modo que no me vengas con eso de que me he dado un golpe muy fuerte en la cabeza. La furgoneta iba a matarnos, pero no lo hizo. Tus manos dejaron abolladuras tanto en la carrocería de la furgoneta como en el coche marrón, pero has salido ileso. Y luego la sujetaste cuando me iba a aplastar las piernas…

Me di cuenta de que parecía una locura y fui incapaz de continuar. Sentí que los ojos se me llenaban de lágrimas de pura rabia. Rechiné los dientes para intentar contenerlas.

Edward me miró con incredulidad, pero su rostro estaba tenso y permanecía a la defensiva.

—¿Crees que aparté a pulso una furgoneta?

Su voz cuestionaba mi cordura, pero sólo sirvió para alimentar más mis sospechas, ya que parecía la típica frase perfecta que pronuncia un actor consumado. Apreté la mandíbula y me limité a asentir con la cabeza.

—Nadie te va a creer, ya lo sabes.

Su voz contenía una nota de burla y desdén.

—No se lo voy a decir a nadie.

Hablé despacio, pronunciando lentamente cada palabra, controlando mi enfado con cuidado. La sorpresa recorrió su rostro.

—Entonces, ¿qué importa?

—Me importa a mí —insistí—. No me gusta mentir, por eso quiero tener un buen motivo para hacerlo.

—¿Es que no me lo puedes agradecer y punto?

—Gracias.

Esperé, furiosa, echando chispas.

—No vas a dejarlo correr, ¿verdad?

—No.

—En tal caso... espero que disfrutes de la decepción.

Enfadados, nos miramos el uno al otro, hasta que al final rompí el silencio intentando concentrarme. Corría el peligro de que su rostro, hermoso y lívido, me distrajera. Era como intentar apartar la vista de un ángel destructor.

—¿Por qué te molestaste en salvarme? —pregunté con toda la frialdad que pude.

Se hizo una pausa y durante un breve momento su rostro bellísimo fue inesperadamente vulnerable.

—No lo sé —susurró.

Entonces me dio la espalda y se marchó.

Estaba tan enfadada que necesité unos minutos antes de poder moverme. Cuando pude andar, me dirigí lentamente hacia la salida que había al fondo del corredor.

La sala de espera superaba mis peores temores. Todos aquellos a quienes conocía en Forks parecían hallarse presentes, y todos me miraban fijamente. Charlie se acercó a toda prisa. Levanté las manos.

—Estoy perfectamente —le aseguré, hosca. Seguía exasperada y no estaba de humor para charlar.

—¿Qué dijo el médico?

—El doctor Cullen me ha reconocido, asegura que estoy bien y puedo irme a casa.

Suspiré. Mike y Jessica y Eric me esperaban y ahora se estaban acercando.

—Vámonos —le urgí.

Sin llegar a tocarme, Charlie me rodeó la espalda con un brazo y me condujo a las puertas de cristal de la salida. Saludé tímidamente con la mano a mis amigos con la esperanza de que comprendieran que no había de qué preocuparse. Fue un gran alivio subirme al coche patrulla, era la primera vez que experimentaba esa sensación.

Viajábamos en silencio. Estaba tan ensimismada en mis cosas que apenas era consciente de la presencia de Charlie. Estaba segura de que esa actitud a la defensiva de Edward en el pasillo no era sino la confirmación de unos sucesos tan extraños que difícilmente me hubiera creído de no haberlos visto con mis propios ojos.

Cuando llegamos a casa, Charlie habló al fin:

—Eh... Esto... Tienes que llamar a Renée.

Embargado por la culpa, agachó la cabeza. Me espanté.

—¡Se lo has dicho a mamá!

—Lo siento.

Al bajarme, cerré la puerta del coche patrulla con un portazo más fuerte de lo necesario.

Mi madre se había puesto histérica, por supuesto. Tuve que asegurarle que estaba bien por lo menos treinta veces antes de que se calmara. Me rogó que volviera a casa, olvidando que en aquel momento estaba vacía, pero resistir a sus súplicas me resultó mucho más fácil de lo que pensaba. El misterio que Edward representaba me consumía; aún más, él me obsesionaba. Tonta. Tonta. Tonta. No tenía tantas ganas de huir de Forks como debiera, como hubiera tenido cualquier persona normal y cuerda.

Decidí que sería mejor acostarme temprano esa noche. Charlie no dejaba de mirarme con preocupación y eso me sacaba de quicio. Me detuve en el cuarto de baño al subir y me tomé tres pastillas de Tylenol. Calmaron el dolor y me fui a dormir cuando éste remitió.

Ésa fue la primera noche que soñé con Edward Cullen.

Las invitaciones

En mi sueño reinaba una oscuridad muy densa, y aquella luz mortecina parecía proceder de la piel de Edward. No podía verle el rostro, sólo la espalda, mientras se alejaba de mi lado, dejándome sumida en la negrura. No lograba alcanzarlo por más que corriera; no se volvía por muy fuertemente que le llamara. Apenada, me desperté en medio de la noche y no pude volver a conciliar el sueño durante un tiempo que se me hizo eterno. Después de aquello, estuvo en mis sueños casi todas las noches, pero siempre en la distancia, nunca a mi alcance.

El mes siguiente al accidente fue violento, tenso y, al menos al principio, embarazoso.

Para mi desgracia, me convertí en el centro de atención durante el resto de la semana. Tyler Crowley se puso insoportable, me seguía a todas partes, obsesionado con compensarme de algún modo. Intenté convencerle de que lo único que quería era que olvidara lo ocurrido, sobre todo porque no me había sucedido nada, pero continuó insistiendo. Me seguía entre clase y clase y en el almuerzo se sentaba a nuestra mesa, ahora muy concurrida. Mike y Eric se comportaban con él de forma bastante más hostil que entre ellos mismos, lo cual me llevó a considerar la posibilidad de que hubiera conseguido otro admirador no deseado.

Nadie pareció preocuparse de Edward, aunque expliqué una y otra vez que el héroe era él, que me había apartado de la trayectoria de la furgoneta y que había estado a punto de resultar aplastado. Intenté ser convincente. Jessica, Mike, Eric y todos los demás comentaban siempre que no le habían visto hasta que apartaron la furgoneta.

Me preguntaba por qué nadie más había visto lo lejos que estaba antes de que me salvara la vida de un modo tan repentino como imposible. Con disgusto, comprendí que la causa más probable era que nadie estaba tan pendiente de Edward como yo. Nadie más le miraba de la forma en que yo lo hacía. ¡Lamentable!

Edward jamás se vio rodeado de espectadores curiosos que desearan oír la historia de primera mano. La gente lo evitaba como de costumbre. Los Cullen y los Hale se sentaban en la misma mesa, como siempre, sin comer, hablando sólo entre sí. Ninguno de ellos, y él menos, me miró ni una sola vez.

Cuando se sentaba a mi lado en clase, tan lejos de mí como se lo permitía la mesa, no parecía ser consciente de mi presencia. Sólo de forma ocasional, cuando cerraba los puños de repente, con la piel, tensa sobre los nudillos, aún más blanca, me preguntaba si realmente me ignoraba tanto como aparentaba.

Deseaba no haberme apartado del camino de la furgoneta de Tyler. Ésa era la única conclusión a la que podía llegar.

Tenía mucho interés en hablar con él, y lo intenté al día siguiente del accidente. La última vez que le vi, fuera de la sala de urgencias, los dos estábamos demasiado furiosos. Yo seguía enfadada porque no me confiaba la verdad a pesar de que había cumplido al pie de la letra mi parte del trato. Pero lo cierto es que me había salvado la vida, sin importar cómo lo hiciera, y de noche, el calor de mi ira se desvaneció para convertirse en una respetuosa gratitud.

Ya estaba sentado cuando entré en Biología, mirando al frente. Me senté, esperando que se girara hacia mí. No dio señales de haberse percatado de mi presencia.

—Hola, Edward —dije en tono agradable para demostrarle que iba a comportarme.

Ladeó la cabeza levemente hacia mí sin mirarme, asintió una vez y miró en la dirección opuesta.

Y ése fue el último contacto que había tenido con él, aunque todos los días estuviera ahí, a treinta centímetros. A veces, incapaz de contenerme, le miraba a cierta distancia, en la cafetería o en el aparcamiento. Contemplaba cómo sus ojos dorados se oscurecían de forma evidente día a día, pero en clase no daba más muestras de saber de su existencia que las que él me mostraba a mí. Me sentía miserable. Y los sueños continuaron.

A pesar de mis mentiras descaradas, el tono de mis correos electrónicos alertó a Renée de mi tristeza y telefoneó unas cuantas veces, preocupada. Intenté convencerla de que sólo era el clima, que me aplanaba.

Al menos, a Mike le complacía la obvia frialdad existente entre mi compañero de laboratorio y yo. Noté que le preocupaba que me hubiera impresionado el atrevido rescate de Edward. Quedó muy aliviado cuando se dio cuenta de que parecía haber tenido el efecto opuesto. Su confianza aumentó hasta sentarse al borde de mi mesa para conversar antes de que empezara la clase de Biología, ignorando a Edward de forma tan absoluta como él a nosotros.

Por fortuna, la nieve se fundió después de aquel peligroso día. Mike quedó desencantado por no haber podido organizar su pelea de bolas de nieve, pero le complacía que pronto pudiéramos hacer la excursión a la playa. No obstante, continuó lloviendo a cántaros y pasaron las semanas.

Jessica me hizo tomar conciencia de que se fraguaba otro acontecimiento… El primer martes de marzo me telefoneó y me pidió permiso para invitar a Mike en la elección de las chicas para el baile de primavera que tendría lugar en dos semanas.

—¿Seguro que no te importa? ¿No pensabas pedírselo? —insistió cuando le dije que no me importaba lo más mínimo.

—No, Jess, no voy a ir —le aseguré.

Bailar se encontraba claramente fuera del abanico de mis habilidades.

—Va a ser realmente divertido.

Su esfuerzo por convencerme fue poco entusiasta. Sospechaba que Jessica disfrutaba más con mi inexplicable popularidad que con mi compañía.

—Diviértete con Mike —la animé.

Me sorprendió que al día siguiente no mostrara su efusivo ego de costumbre en clase de Trigonometría y Español. Permaneció callada mientras caminaba a mi lado entre una clase y otra, y me dio miedo preguntarle la razón. Si Mike la había rechazado, yo era la última persona a la que se lo querría contar.

Mis temores se acrecentaron durante el almuerzo, cuando Jessica se sentó lo más lejos que pudo de Mike y charló animadamente con Eric. Mike estuvo inusualmente callado.

Mike continuó en silencio mientras me acompañaba a clase. El aspecto violento de su rostro era una mala señal, pero no abordó el tema hasta que estuve sentada en mi pupitre y él se encaramó sobre la mesa. Como siempre, era consciente de que Edward se sentaba lo bastante cerca para tocarlo, y tan distante como si fuera una mera invención de mi imaginación.

—Bueno —dijo Mike, mirando al suelo—, Jessica me ha pedido que la acompañe al baile de primavera.

—Eso es estupendo —conferí a mi voz un tono de entusiasmo manifiesto—. Te vas a divertir un montón con ella.

—Eh, bueno… —se quedó sin saber qué decir mientras estudiaba mi sonrisa; era obvio que mi respuesta no le satisfacía—. Le dije que tenía que pensármelo.

—¿Por qué lo hiciste?

Dejé que mi voz reflejara cierta desaprobación, aunque me aliviaba saber que no le había dado a Jessica una negativa definitiva. Se puso colorado como un tomate y bajó la vista. La lástima hizo vacilar mi resolución.

—Me preguntaba si… Bueno…, si tal vez tenías intención de pedírmelo tú.

Me tomé un momento de respiro, soportando a duras penas la oleada de culpabilidad que recorría todo mi ser, pero con el rabillo del ojo vi que Edward inclinaba la cabeza hacia mí con gesto de reflexión.

—Mike, creo que deberías aceptar la propuesta de Jess —le dije.

—¿Se lo has pedido ya a alguien?

¿Se había percatado Edward de que Mike posaba los ojos en él?

—No —le aseguré—. No tengo intención de acudir al baile.

—¿Por qué? —quiso saber Mike.

No deseaba ponerle al tanto de los riesgos que bailar suponía para mi integridad, por lo que improvisé nuevos planes sobre la marcha.

—Ese sábado voy a ir a Seattle —le expliqué. De todos modos, necesitaba salir del pueblo y era el momento perfecto para hacerlo.

—¿No puedes ir otro fin de semana?

—Lo siento, pero no —respondí—. No deberías hacer esperar a Jessica más tiempo. Es de mala educación.

—Sí, tienes razón —mascullo y, abatido, se dio la vuelta para volver a su asiento.

Cerré los ojos y me froté las sienes con los dedos en un intento de desterrar de mi mente los sentimientos de culpa y lástima. El señor Banner comenzó a hablar. Suspiré y abrí los ojos.

Edward me miraba con curiosidad, aquel habitual punto de frustración de sus ojos negros era ahora aún más perceptible. Le devolví la mirada, esperando que él apartara la suya, pero en lugar de eso, continuó estudiando mis ojos a fondo y con gran intensidad. Me comenzaron a temblar las manos.

—¿Señor Cullen? —le llamó el profesor, que aguardaba la respuesta a una pregunta que yo no había escuchado.

—El ciclo de Krebs —respondió Edward; parecía reticente mientras se volvía para mirar al señor Banner.

Clavé la vista en el libro en cuanto los ojos de Edward me liberaron, intentando centrarme. Tan cobarde como siempre, dejé caer el pelo sobre el hombro derecho para ocultar el rostro. No era capaz de creer el torrente de emociones que palpitaba en mi interior, y sólo porque había tenido a bien mirarme por primera vez en seis semanas. No podía permitirle tener ese grado de influencia sobre mí. Era patético; más que patético, era enfermizo.

Intenté ignorarle con todas mis fuerzas durante el resto de la hora y, dado que era imposible, que al menos no supiera que estaba pendiente de él. Me volví de espaldas a él cuando al fin sonó la campana, esperando que, como de costumbre, se marchara de inmediato.

—¿Bella?

Su voz no debería resultarme tan familiar, como si la hubiera conocido toda la vida en vez de tan sólo unas pocas semanas antes.

Sin querer, me volví lentamente. No quería sentir lo que sabía que iba a sentir cuando contemplase aquel rostro tan perfecto. Tenía una expresión cauta cuando al fin me giré hacia él. La suya era inescrutable. No dijo nada.

—¿Qué? ¿Me vuelves a dirigir la palabra? —le pregunté finalmente con una involuntaria nota de petulancia en la voz. Sus labios se curvaron, escondiendo una sonrisa.

—No, en realidad no —admitió.

Cerré los ojos e inspiré hondo por la nariz, consciente de que me rechinaban los dientes. Él aguardó.

—Entonces, ¿qué quieres, Edward? —le pregunté sin abrir los ojos; era más fácil hablarle con coherencia de esa manera.

—Lo siento —parecía sincero—. Estoy siendo muy grosero, lo sé, pero de verdad que es mejor así.

Abrí los ojos. Su rostro estaba muy serio.

—No sé qué quieres decir —le dije con prevención.

—Es mejor que no seamos amigos —me explicó—, confía en mí.

Entrecerré los ojos. Había oído eso antes.

—Es una lástima que no lo descubrieras antes —murmuré entre dientes—. Te podías haber ahorrado todo ese pesar.

—¿Pesar? —la palabra y el tono de mi voz le pillaron con la guardia baja, sin duda—. ¿Pesar por qué?

—Por no dejar que esa estúpida furgoneta me hiciera puré.

Estaba atónito. Me miró fijamente sin dar crédito a lo que oía. Casi parecía enfadado cuando al fin habló:

—¿Crees que me arrepiento de haberte salvado la vida?

—*Sé* que es así —repliqué con brusquedad.

—No sabes nada.

Definitivamente, se había enfadado. Alejé bruscamente mi rostro del suyo, mordiéndome la lengua para callarme todas las fuertes acusaciones que quería decirle a la cara. Recogí los libros y luego me puse en pie para dirigirme hacia la puerta. Pretendí hacer una salida dramática de la clase, pero, cómo no, se me enganchó una bota con la jamba de la puerta y se me cayeron los libros. Me quedé ahí un momento, sopesando la posibilidad de dejarlos en el suelo. Entonces suspiré y me agaché para recogerlos. Pero él ya estaba ahí, los había apilado. Me los entregó con rostro severo.

—Gracias —dije con frialdad.

Entrecerró los ojos.

—¡No hay de qué! —replicó.

Me enderecé rápidamente, volví a apartarme de él y me alejé caminando a clase de Educación física sin volver la vista atrás.

La hora de gimnasia fue brutal. Cambiamos de deporte, jugamos a baloncesto. Mi equipo jamás me pasaba la pelota, lo cual era estupendo, pero me caí un montón de veces, y en ocasiones arrastraba a gente conmigo. Ese día me movía peor de lo habitual porque Edward ocupaba toda mi mente. Intentaba concentrarme en mis pies, pero él seguía deslizándose en mis pensamientos justo cuando más necesitaba mantener el equilibrio.

Como siempre, salir fue un alivio. Casi corrí hacia el monovolumen, ya que había demasiada gente a la que quería evitar. El vehículo había sufrido unos daños mínimos a raíz del accidente. Había tenido que sustituir las luces traseras y hubiera realizado algún retoque en la chapa de haber dispuesto de un equipo de pintura de verdad. Los padres de Tyler habían tenido que vender la furgoneta por piezas.

Estuvo a punto de darme un patatús cuando, al doblar la esquina, vi una figura alta y oscura reclinada contra un lateral del coche. Luego comprendí que sólo se trataba de Eric. Comencé a andar de nuevo.

—Hola, Eric —le saludé.

—Hola, Bella.

—¿Qué hay? —pregunté mientras abría la puerta. No presté atención al tono incómodo de su voz, por lo que sus siguientes palabras me pillaron desprevenida.

—Me preguntaba... si querrías venir al baile conmigo.

La voz se le quebró al pronunciar la última palabra.

—Creí que era la chica quien elegía —respondí, demasiado sorprendida para ser diplomática.

—Bueno, sí —admitió avergonzado.

Recobré la compostura e intenté ofrecerle mi sonrisa más cálida.

—Te agradezco que me lo pidas, pero ese día voy a estar en Seattle.

—Oh. Bueno, quizás la próxima vez.

—Claro —acepté, y entonces me mordí la lengua. No quería que se lo tomara al pie de la letra.

Se marchó de vuelta al instituto arrastrando los pies. Oí una débil risita.

Edward pasó andando delante de mi coche, con la vista al frente y los labios fruncidos. Abrí la puerta con un brusco tirón, entré de un salto y la cerré con un sonoro golpe detrás de mí. Aceleré el motor en punto muerto de forma ensordecedora y salí marcha atrás hacia el pasillo. Edward ya estaba en su automóvil, a dos coches de distancia, deslizándose con suavidad delante de mí, cortándome el paso. Se detuvo ahí para esperar a su familia. Pude ver a los cuatro tomar aquella dirección, aunque todavía estaban cerca de la cafetería. Consideré seriamente la posibilidad de embestir por detrás a su flamante Volvo, pero había demasiados testigos. Miré por el espejo retrovisor. Comenzaba a formarse una cola. Inmediatamente detrás de mí, Tyler Crowley me saludaba con la mano desde su recién adquirido Sentra de segunda mano. Estaba demasiado fuera de mis casillas para saludarlo.

Oí a alguien llamar con los nudillos en el cristal de la ventana del copiloto mientras permanecía allí sentada, mirando a cualquier parte excepto al coche que tenía delante. Al girarme, vi a Tyler. Confusa, volví a mirar por el retrovisor. Su coche seguía en marcha con la puerta izquierda abierta. Me incliné dentro de la cabina para bajar la ventanilla. Estaba helado hasta el tuétano. Abrí el cristal hasta la mitad y me detuve.

—Lo siento, Tyler —seguía sorprendida, ya que resultaba evidente que no era culpa mía—. El coche de los Cullen me tiene atrapada.

—Oh, lo sé. Sólo quería preguntarte algo mientras estábamos aquí bloqueados.

Esbozó una amplia sonrisa. No podía ser cierto.

—¿Me vas a pedir que te acompañe al baile de primavera? —continuó.

—No voy a estar en el pueblo, Tyler.

Mi voz sonó un poquito cortante. Intenté recordar que no era culpa suya que Mike y Eric ya hubieran colmado el vaso de mi paciencia por aquel día.

—Ya, eso me dijo Mike —admitió.

—Entonces, ¿por qué...?

Se encogió de hombros.

—Tenía la esperanza de que fuera una forma de suavizarle las calabazas.

Vale, eso era totalmente culpa suya.

—Lo siento, Tyler —repliqué mientras intentaba esconder mi irritación—, pero me voy de verdad.

—Está bien. Aún nos queda el baile de fin de curso.

Caminó de vuelta a su coche antes de que pudiera responderle. Supe que mi rostro reflejaba la sorpresa. Miré hacia delante y observé a Alice, Rosalie, Emmett y Jasper dirigiéndose al Volvo. Edward no me quitaba el ojo de encima por el espejo retrovisor. Resultaba evidente que se estaba partiendo de risa, como si lo hubiera escuchado todo. Estiré el pie hacia el acelerador, un golpecito no heriría a nadie, sólo rayaría el reluciente esmalte de la carrocería. Aceleré el motor en punto muerto.

Pero ya habían entrado los cuatro y Edward se alejaba a toda velocidad. Regresé a casa conduciendo despacio y con precaución, sin dejar de hablar para mí misma todo el camino.

Al llegar, decidí hacer enchiladas de pollo para cenar. Era un plato laborioso que me mantendría ocupada. El teléfono sonó mientras cocía a fuego lento las cebollas y los chiles. Casi no me atrevía a contestar, pero podían ser mamá o Charlie.

Era Jessica, que estaba exultante. Mike la había alcanzado después de clase para aceptar la invitación. Lo celebré con ella durante unos instantes mientras removía la comida. Jessica debía colgar, ya que quería telefonear a Angela y a Lauren para decírselo. Le sugerí por «casualidad» que quizás Angela, la chica tímida que iba a Biología conmigo, se lo podía pedir a Eric. Y Lauren, una estirada que me ignoraba durante el almuerzo, se lo podía pedir a Tyler; tenía entendido que estaba disponible. Jess pensó que era una gran idea. De hecho, ahora que tenía seguro a Mike, sonó sincera cuando dijo que deseaba que fuera al baile. Le mencioné el pretexto del viaje a Seattle.

Después de colgar, intenté concentrarme en la cocina, sobre todo al cortar el pollo. No me apetecía hacer otro viaje a urgencias. Pero la cabeza me daba vueltas de tanto analizar cada palabra que hoy había pronunciado Edward. ¿A qué se refería con que era mejor que no fuéramos amigos?

Sentí un retortijón en el estómago cuando comprendí el significado. Debía de haber visto cuánto me obsesionaba y no quería darme esperanzas, por lo que no podíamos siquiera ser amigos…, porque él no estaba nada interesado en mí.

Naturalmente que no le interesaba, pensé con enfado mientras me lloraban los ojos —reacción provocada por las cebollas—. Yo no era interesante y él sí. Interesante… y brillante, misterioso, perfecto…, y guapo, y posiblemente capaz de levantar una furgoneta con una sola mano.

Vale, de acuerdo. Podía dejarle tranquilo. Le dejaría solo. Soportaría la sentencia que me había impuesto a mí misma aquí, en el purgatorio; luego, si Dios quería, alguna universidad del sudeste, o tal vez Hawai, me ofrecería una beca. Concentré la mente en playas soleadas y palmeras mientras terminaba las enchiladas y las metía en el horno.

Charlie parecía receloso cuando percibió el aroma a pimientos verdes al llegar a casa. No le podía culpar, la comida mexicana comestible más cercana se encontraba probablemente al sur de California. Pero era un poli, aunque fuera en aquel pequeño pueblecito, de modo que tuvo suficientes redaños para tomar el primer bocado. Pareció gustarle. Resultaba divertido comprobar lo despacio que empezaba a confiar en mí en los asuntos culinarios. Cuando estaba a punto de acabar, le pregunté:

—¿Papá?

—¿Sí?

—Esto… Quería que supieras que voy a ir a Seattle el sábado de la semana que viene…, si te parece bien.

No le pedí permiso, era sentar un mal precedente, pero me sentí maleducada. Intenté arreglarlo con ese fin de frase.

—¿Por qué?

Parecía sorprendido, como si fuera incapaz de imaginar algo que Forks no pudiera ofrecer.

—Bueno, quiero conseguir algunos libros porque la librería local es bastante pequeña, y tal vez mire algo de ropa.

Tenía más dinero del habitual, ya que no había tenido que pagar el coche gracias a Charlie, aunque me dejaba un buen pellizco en las gasolineras.

—Lo más probable es que el monovolumen consuma mucha gasolina —apuntó, haciéndose eco de mis pensamientos.

—Lo sé. Pararé en Montessano y Olympia, y en Tacoma si fuera necesario.

—¿Vas a ir tú sola? —preguntó. No sabía si sospechaba que tenía un novio secreto o si se preocupaba por el tema del coche.

—Sí.

—Seattle es una ciudad muy grande, te podrías perder —señaló preocupado.

—Papá, Phoenix es cinco veces más grande que Seattle y sé leer un mapa, no te preocupes.

—¿No quieres que te acompañe?

Intenté ser astuta al tiempo que ocultaba mi pánico.

—No te preocupes, papá. Voy a ir de tiendas y me pasaré el día en los probadores... Será aburrido.

—Oh, vale.

La sola de idea de sentarse en tiendas de ropa femenina por un periodo de tiempo indeterminado le hizo desistir de inmediato.

—Gracias —le sonreí.

—¿Estarás de vuelta a tiempo para el baile?

Maldición. Sólo en un pueblo tan pequeño, un padre sabe cuándo tienen lugar los bailes del instituto.

—No, yo no bailo, papá.

Él por encima de todos los demás debería entenderlo. No había heredado de mi madre mis problemas de equilibrio. Lo comprendió.

—Ah, vale —había caído en la cuenta.

A la mañana siguiente, cuando me detuve en el aparcamiento, dejé mi coche lo más lejos posible del Volvo plateado. Quise apartarme del camino de la tentación para no acabar debiéndole a Edward un coche nuevo. Al salir del coche jugueteé con las llaves, que cayeron en un charco cercano. Mientras me agachaba para recogerlas, surgió de repente una mano nívea y las tomó antes que yo. Me erguí bruscamente. Edward Cullen estaba a mi lado, recostado como por casualidad contra mi automóvil.

—¿Cómo lo haces? —pregunté, asombrada e irritada.

—¿Hacer qué?

Me tendió las llaves mientras hablaba y las dejó caer en la palma de mi mano cuando las fui a coger.

—Aparecer del aire.

—Bella, no es culpa mía que seas excepcionalmente despistada.

Como de costumbre, hablaba en calma, con voz pausada y aterciopelada. Fruncí el ceño ante aquel rostro perfecto. Hoy sus ojos volvían a relucir con un tono profundo y dorado como la miel. Entonces tuve que bajar los míos para reordenar mis ideas, ahora confusas.

—¿A qué vino taponarme el paso ayer noche? —quise saber, aún rehuyendo su mirada—. Se suponía que fingías que yo no existía ni te dabas cuenta de que echaba chispas.

—Eso fue culpa de Tyler, no mía —se rió con disimulo—. Tenía que darle su oportunidad.

—Tú... —dije entrecortadamente.

No se me ocurría ningún insulto lo bastante malo. Pensé que la fuerza de mi rabia lo achantaría, pero sólo parecía divertirse aún más.

—No finjo que no existas —continuó.

—¿Quieres matarme a rabietas dado que la furgoneta de Tyler no lo consiguió?

La ira destelló en sus ojos castaños. Frunció los labios y desaparecieron todas las señales de alegría.

—Bella, eres totalmente absurda —murmuró con frialdad.

Sentí un hormigueo en las palmas de las manos y me entró un ansia de pegar a alguien. Estaba sorprendida. Por lo general, no era una persona violenta. Le di la espalda y comencé a alejarme.

—Espera —gritó. Seguí andando, chapoteando enojada bajo la lluvia, pero se puso a mi altura y mantuvo mi paso con facilidad.

—Lo siento. He sido descortés —dijo mientras caminaba. Le ignoré—. No estoy diciendo que no sea cierto —prosiguió—, pero, de todos modos, no ha sido de buena educación.

—¿Por qué no me dejas sola? —refunfuñé.

—Quería pedirte algo, pero me desviaste del tema —volvió a reír entre dientes. Parecía haber recuperado el buen humor.

—¿Tienes un trastorno de personalidad múltiple? —le pregunté con acritud.

—Y lo vuelves a hacer.

Suspiré.

—Vale, entonces, ¿qué me querías pedir?

—Me preguntaba si el sábado de la próxima semana, ya sabes, el día del baile de primavera…

—¿Intentas ser *gracioso?* —lo interrumpí, girándome hacia él. Mi rostro se empapó cuando alcé la cabeza para mirarle. En sus ojos había una perversa diversión.

—Por favor, ¿vas a dejarme terminar?

Me mordí el labio y junté las manos, entrelazando los dedos, para no cometer ninguna imprudencia.

—Te he escuchado decir que vas a ir a Seattle ese día y me preguntaba si querrías dar un paseo.

Aquello fue totalmente inesperado.

—¿Qué? —no estaba segura de adónde quería llegar.

—¿Quieres dar un paseo hasta Seattle?

—¿Con quién? —pregunté, desconcertada.

—Conmigo, obviamente —articuló cada sílaba como si se estuviera dirigiendo a un discapacitado.

Seguía sin salir de mi asombro.

—¿Por qué?

—Planeaba ir a Seattle en las próximas semanas y, para ser honesto, no estoy seguro de que tu monovolumen lo pueda conseguir.

—Mi coche va perfectamente, muchísimas gracias por tu preocupación.

Hice ademán de seguir andando, pero estaba demasiado sorprendida para mantener el mismo nivel de ira.

—¿Puede llegar gastando un solo depósito de gasolina?

Volvió a mantener el ritmo de mis pasos.

—No veo que sea de tu incumbencia.

Estúpido propietario de un flamante Volvo.

—El despilfarro de recursos limitados es asunto de todos.

—De verdad, Edward, no te sigo —me recorrió un escalofrío al pronunciar su nombre; odié la sensación—. Creía que no querías ser amigo mío.

—Dije que sería mejor que no lo fuéramos, no que no lo deseara.

—Vaya, gracias, eso lo aclara *todo* —le repliqué con feroz sarcasmo.

Me di cuenta de que había dejado de andar otra vez. Ahora estábamos al abrigo del tejado de la cafetería, por lo que podía contemplarle el rostro con mayor comodidad, lo cual, desde luego, no me ayudaba a aclarar las ideas.

—Sería más… prudente para ti que no fueras mi amiga —explicó—, pero me he cansado de alejarme de ti, Bella.

Sus ojos eran de una intensidad deliciosa cuando pronunció con voz seductora aquella última frase. Me olvidé hasta de respirar.

—¿Me acompañarás a Seattle? —preguntó con voz todavía vehemente.

Aún era incapaz de hablar, por lo que sólo asentí con la cabeza. Sonrió levemente y luego su rostro se volvió serio.

—Deberías alejarte de mí, de veras —me previno—. Te veré en clase.

Se dio la vuelta de forma brusca y desanduvo el camino que habíamos recorrido.

Grupo sanguíneo

Me dirigí a clase de Lengua aún en las nubes, tal era así que al entrar ni siquiera me di cuenta de que la clase había comenzado.

—Gracias por venir, señorita Swan —saludó despectivamente el señor Mason.

Me sonrojé de vergüenza y me dirigí rápidamente a mi asiento.

No me di cuenta de que en el pupitre contiguo de siempre se sentaba Mike hasta el final de la clase. Sentí una punzada de culpabilidad, pero tanto él como Eric se reunieron conmigo en la puerta como de costumbre, por lo que supuse que me habían perdonado del todo. Mike parecía volver a ser el mismo mientras caminábamos, hablaba entusiasmado sobre el informe del tiempo para el fin de semana. La lluvia exigía hacer una acampada más corta, pero aquel viaje a la playa parecía posible. Simulé interés para maquillar el rechazo de ayer. Resultaría difícil; fuera como fuera, con suerte, sólo se suavizaría a los cuarenta y muchos años.

Pasé el resto de la mañana pensando en las musarañas. Resultaba difícil creer que las palabras de Edward y la forma en que me miraba no fueran fruto de mi imaginación. Tal vez sólo fuese un sueño muy convincente que confundía con la realidad. Eso parecía más probable que el que yo le atrajera de veras a cualquier nivel.

Por eso estaba tan impaciente y asustada al entrar en la cafetería con Jessica. Le quería ver el rostro para verificar si volvía a ser la persona indiferente y fría que había conocido durante las últimas semanas o, si por algún milagro, de verdad había oído lo que creía haber oído esa mañana. Jessica cotorreaba sin cesar sobre sus planes para el baile —Lauren y Angela ya se lo habían pedido a los otros chicos e iban a acudir todos juntos—, completamente indiferente a mi desinterés.

Un flujo de desencanto recorrió mi ser cuando de forma infalible miré a la mesa de los Cullen. Los otros cuatro hermanos estaban ahí, pero él se hallaba ausente. ¿Se había ido a casa? Abatida, me puse a la cola detrás de la parlanchina Jessica. Había perdido el apetito y sólo compré un botellín de limonada. Únicamente quería sentarme y enfurruñarme.

—Edward Cullen te vuelve a mirar —dijo Jessica; interrumpió mi distracción al pronunciar su nombre—. Me pregunto por qué se sienta solo hoy.

Volví bruscamente la cabeza y seguí la dirección de su mirada para ver a Edward, con su sonrisa pícara, que me observaba desde una mesa vacía en el extremo opuesto de la cafetería al que solía sentarse. Una vez atraída mi atención, alzó la mano y movió el dedo índice para indicarme que lo acompañara. Me guiñó el ojo cuando lo miré incrédula.

—¿Se refiere a *ti?* —preguntó Jessica con un tono de insultante incredulidad en la voz.

—Puede que necesite ayuda con los deberes de Biología —musité para contentarla—. Eh, será mejor que vaya a ver qué quiere.

Pude sentir cómo me miraba al alejarme.

Insegura, me quedé de pie detrás de la silla que había enfrente de Edward al llegar a su mesa.

—¿Por qué no te sientas hoy conmigo? —me preguntó con una sonrisa.

Lo hice de inmediato, contemplándolo con precaución. Seguía sonriendo. Resultaba difícil concebir que existiera alguien tan guapo. Temía que desapareciera en medio de una repentina nube de humo y que yo me despertara. Él debía de esperar que yo comentara algo y por fin conseguí decir:

—Esto es diferente.

—Bueno —hizo una pausa y el resto de las palabras salieron de forma precipitada—. Decidí que, ya puesto a ir al infierno, lo podía hacer del todo.

Esperé a que dijera algo coherente. Transcurrieron los segundos y después le indiqué:

—Sabes que no tengo ni idea de a qué te refieres.

—Cierto —volvió a sonreír y cambió de tema—. Creo que tus amigos se han enojado conmigo por haberte raptado.

—Sobrevivirán.

Sentía los ojos de todos ellos clavados en mi espalda.

—Aunque es posible que no quiera liberarte —dijo con un brillo pícaro en sus ojos.

Tragué saliva y se rió.

—Pareces preocupada.

—No —respondí, pero mi voz se quebró de forma ridícula—. Más bien sorprendida. ¿A qué se debe este cambio?

—Ya te lo dije. Me he hartado de permanecer lejos de ti, por lo que me he rendido.

Seguía sonriendo, pero sus ojos de color ocre estaban serios.

—¿Rendido? —repetí confusa.

—Sí, he dejado de intentar ser bueno. Ahora voy a hacer lo que quiero, y que sea lo que tenga que ser.

Su sonrisa se desvaneció mientras se explicaba y el tono de su voz se endureció.

—Me he vuelto a perder.

La arrebatadora sonrisa reapareció.

—Siempre digo demasiado cuando hablo contigo, ése es uno de los problemas.

—No te preocupes... No me entero de nada —le repliqué secamente.

—Cuento con ello.

—Ya. En cristiano, ¿somos amigos ahora?

—Amigos... —meditó dubitativo.

—O no —musité.

Esbozó una amplia sonrisa.

—Bueno, supongo que podemos intentarlo, pero ahora te prevengo que no voy a ser un buen amigo para ti.

El aviso oculto detrás de su sonrisa era real.

—Lo repites un montón —recalqué al tiempo que intentaba ignorar el repentino temblor de mi vientre y mantenía serena la voz.

—Sí, porque no me escuchas. Sigo a la espera de que me creas. Si eres lista, me evitarás.

—Me parece que tú también te has formado tu propia opinión sobre mi mente preclara.

Entrecerré los ojos y él sonrió disculpándose.

—En ese caso —me esforcé por resumir aquel confuso intercambio de frases—, hasta que yo sea lista... ¿Vamos a intentar ser amigos?

—Eso parece casi exacto.

Busqué con la mirada mis manos, en torno a la botella de limonada, sin saber qué hacer.

—¿Qué piensas? —preguntó con curiosidad.

Alcé la vista hasta esos profundos ojos dorados que me turbaban los sentidos y, como de costumbre, respondí la verdad:

—Intentaba averiguar qué eres.

Su rostro se crispó, pero consiguió mantener la sonrisa, no sin cierto esfuerzo.

—¿Y has tenido fortuna en tus pesquisas? —inquirió con desenvoltura.

—No demasiada —admití.

Se rió entre dientes.

—¿Qué teorías barajas?

Me sonrojé. Durante el último mes había estado vacilando entre Batman y Spiderman. No había forma de admitir aquello.

—¿No me lo quieres decir? —preguntó, ladeando la cabeza con una sonrisa terriblemente tentadora.

Negué con la cabeza.

—Resulta demasiado embarazoso.

—Eso es realmente frustrante, ya lo sabes —se quejó.

—No —disentí rápidamente con una dura mirada—. No concibo por qué ha de resultar frustrante, en absoluto, sólo porque alguien rehúse revelar sus pensamientos, sobre todo después de haber efectuado unos cuantos comentarios crípticos, especialmente ideados para mantenerme en vela toda la noche, pensando en su posible significado… Bueno, ¿por qué iba a resultar frustrante?

Hizo una mueca.

—O mejor —continué, ahora el enfado acumulado fluía libremente—, digamos que una persona realiza un montón de cosas raras, como salvarte la vida bajo circunstancias imposibles un día y al siguiente tratarte como si fueras un paria, y jamás te explica ninguna de las dos, incluso después de haberlo prometido. Eso tampoco debería resultar *demasiado* frustrante.

—Tienes un poquito de genio, ¿verdad?

—No me gusta aplicar un doble rasero.

Nos contemplamos el uno al otro sin sonreír.

Miró por encima de mi hombro y luego, de forma inesperada, rió por lo bajo.

—¿Qué?

—Tu novio parece creer que estoy siendo desagradable contigo. Se debate entre venir o no a interrumpir nuestra discusión.

Volvió a reírse.

—No sé de quién me hablas —dije con frialdad—, pero, de todos modos, estoy segura de que te equivocas.

—Yo, no. Te lo dije, me resulta fácil saber qué piensan la mayoría de las personas.

—Excepto yo, por supuesto.

—Sí, excepto tú —su humor cambió de repente. Sus ojos se hicieron más inquietantes—. Me pregunto por qué será.

La intensidad de su mirada era tal que tuve que apartar la vista. Me concentré en abrir el tapón de mi botellín de limonada. Lo desenrosqué sin mirar, con los ojos fijos en la mesa.

—¿No tienes hambre? —preguntó distraído.

—No —no me apetecía mencionar que mi estómago ya estaba lleno de… mariposas. Miré el espacio vacío de la mesa delante de él—. ¿Y tú?

—No. No estoy hambriento.

No comprendí su expresión, parecía disfrutar de algún chiste privado.

—¿Me puedes hacer un favor? —le pedí después de un segundo de vacilación.

De repente, se puso en guardia.

—Eso depende de lo que quieras.

—No es mucho —le aseguré. Él esperó con cautela y curiosidad.

—Sólo me preguntaba si podrías ponerme sobre aviso la próxima vez que decidas ignorarme por mi propio bien. Únicamente para estar preparada.

Mantuve la vista fija en el botellín de limonada mientras hablaba, recorriendo el círculo de la boca con mi sonrosado dedo.

—Me parece justo.

Apretaba los labios para no reírse cuando alcé los ojos.

—Gracias.

—En ese caso, ¿puedo pedir una respuesta a cambio? —pidió.

—Una.

—Cuéntame una teoría.

¡Ahí va!

—Ésa, no.

—No hiciste distinción alguna, sólo prometiste una respuesta —me recordó.

—Claro, y tú no has roto ninguna promesa —le recordé a mi vez.

—Sólo una teoría... No me reiré.

—Sí lo harás.

Estaba segura de ello. Bajó la vista y luego me miró con aquellos ardientes ojos ocres a través de sus largas pestañas negras.

—Por favor —respiró al tiempo que se inclinaba hacia mí.

Parpadeé con la mente en blanco. ¡Cielo santo! ¿Cómo lo conseguía?

—Eh... ¿Qué? —pregunté, deslumbrada.

—Cuéntame sólo una de tus pequeñas teorías, por favor.

Su mirada aún me abrasaba. ¿También era un hipnotizador? ¿O era yo una incauta irremediable?

—Pues... Eh... ¿Te mordió una araña radiactiva?

—Eso no es muy imaginativo.

—Lo siento, es todo lo que tengo —contesté, ofendida.

—Ni siquiera te has acercado —dijo con fastidio.

—¿Nada de arañas?

—No.

—¿Ni un poquito de radiactividad?
—Nada.
—Maldición —suspiré.
—Tampoco me afecta la kriptonita —se rió entre dientes.
—Se suponía que no te ibas a reír, ¿te acuerdas?
Hizo un esfuerzo por recobrar la compostura.
—Con el tiempo, lo voy a averiguar —le advertí.
—Desearía que no lo intentaras —dijo, de nuevo con gesto serio.
—¿Por…?
—¿Qué pasaría si no fuera un superhéroe? ¿Y si fuera el chico malo? —sonrió jovialmente, pero sus ojos eran impenetrables.
—Oh, ya veo —dije. Algunas de las cosas que había dicho encajaron de repente.
—¿Sí?
De pronto, su rostro se había vuelto adusto, como si temiera haber revelado demasiado sin querer.
—¿Eres peligroso?
Era una suposición, pero el pulso se me aceleró cuando, de forma instintiva, comprendí la verdad de mis propias palabras. Lo *era.* Me lo había intentado decir todo el tiempo. Se limitó a mirarme, con los ojos rebosantes de alguna emoción que no lograba comprender.
—Pero no malo —susurré al tiempo que movía la cabeza—. No, no creo que seas malo.
—Te equivocas.
Su voz apenas era audible. Bajó la vista al tiempo que me arrebataba el tapón de la botella y lo hacía girar entre los dedos. Lo contemplé fijamente mientras me preguntaba por qué no me asustaba. Hablaba en serio, eso era evidente, pero sólo me sen-

tía ansiosa, con los nervios a flor de piel… y, por encima de todo lo demás, fascinada, como de costumbre siempre que me encontraba cerca de él.

El silencio se prolongó hasta que me percaté de que la cafetería estaba casi vacía. Me puse en pie de un salto.

—Vamos a llegar tarde.

—Hoy no voy a ir a clase —dijo mientras daba vueltas al tapón tan deprisa que apenas podía verse.

—¿Por qué no?

—Es saludable hacer novillos de vez en cuando —dijo mientras me sonreía, pero en sus ojos relucía la preocupación.

—Bueno, yo sí voy.

Era demasiado cobarde para arriesgarme a que me pillaran. Concentró su atención en el tapón.

—En ese caso, te veré luego.

Indecisa, vacilé, pero me apresuré a salir en cuanto sonó el primer toque del timbre después de confirmar con una última mirada que él no se había movido ni un centímetro.

Mientras me dirigía a clase, casi a la carrera, la cabeza me daba vueltas a mayor velocidad que el tapón del botellín. Me había respondido a pocas preguntas en comparación con las muchas que había suscitado. Al menos, había dejado de llover.

Tuve suerte. El señor Banner no había entrado aún en clase cuando llegué. Me instalé rápidamente en mi asiento, consciente de que tanto Mike como Angela no dejaban de mirarme. Mike parecía resentido y Angela sorprendida, y un poco intimidada.

Entonces entró en clase el señor Banner y llamó al orden a los alumnos. Hacía equilibrios para sostener en brazos unas cajitas de cartón. Las soltó encima de la mesa de Mike y le dijo que comenzara a distribuirlas por la clase.

—De acuerdo, chicos, quiero que todos toméis un objeto de la caja.

El sonido estridente de los guantes de goma contra sus muñecas se me antojó de mal augurio.

—El primero contiene una tarjeta de identificación del grupo sanguíneo —continuó mientras tomaba una tarjeta blanca con las cuatro esquinas marcadas y la exhibía—. En segundo lugar, tenemos un aplicador de cuatro puntas —sostuvo en alto algo similar a un peine sin dientes—. El tercer objeto es una micro-lanceta esterilizada —alzó una minúscula pieza de plástico azul y la abrió. La aguja de la lanceta era invisible a esa distancia, pero se me revolvió estómago.

—Voy a pasar con un cuentagotas con suero para preparar vuestras tarjetas, de modo que, por favor, no empecéis hasta que pase yo… —comenzó de nuevo por la mesa de Mike, depositando con esmero una gota de agua en cada una de las cuatro esquinas—. Luego, con cuidado, quiero que os pinchéis un dedo con la lanceta.

Tomó la mano de Mike y le punzó la yema del dedo corazón con la punta de la lanceta. Oh, no. Un sudor viscoso me cubrió la frente.

—Depositad una gotita de sangre en cada una de las puntas —hizo una demostración. Apretó el dedo de Mike hasta que fluyó la sangre. Tragué de forma convulsiva, el estómago se revolvió aún más—. Entonces las aplicáis a la tarjeta del test —concluyó.

Sostuvo en alto la goteante tarjeta roja delante de nosotros para que la viéramos. Cerré los ojos, intenté oír por encima del pitido de mis oídos.

—El próximo fin de semana, la Cruz Roja se detiene en Port Angeles para recoger donaciones de sangre, por lo que he pensado que todos vosotros deberíais conocer vuestro grupo sanguíneo —parecía orgulloso de sí mismo—. Los menores de dieciocho años vais a necesitar un permiso de vuestros padres... Hay hojas de autorización encima de mi mesa.

Siguió cruzando la clase con el cuentagotas. Descansé la mejilla contra la fría y oscura superficie de la mesa, intentando mantenerme consciente. Todo lo que oía a mi alrededor eran chillidos, quejas y risitas cuando se ensartaban los dedos con la lanceta. Inspiré y expiré de forma acompasada por la boca.

—Bella, ¿te encuentras bien? —preguntó el señor Banner. Su voz sonaba muy cerca de mi cabeza. Parecía alarmado.

—Ya sé cuál es mi grupo sanguíneo, señor Banner —dije con voz débil. No me atrevía a levantar la cabeza.

—¿Te sientes débil?

—Sí, señor —murmuré mientras en mi fuero interno me daba de bofetadas por no haber hecho novillos cuando tuve la ocasión.

—Por favor, ¿alguien puede llevar a Bella a la enfermería? —pidió en voz alta.

No tuve que alzar la vista para saber que Mike se ofrecería voluntario.

—¿Puedes caminar? —preguntó el señor Banner.

—Sí —susurré. *Limítate a dejarme salir de aquí,* pensé. *Me arrastraré.*

Mike parecía ansioso cuando me rodeó la cintura con el brazo y puso mi brazo sobre su hombro. Me apoyé pesadamente sobre él mientras salía de clase.

Muy despacio, crucé el campus a remolque de Mike. Cuando doblamos la esquina de la cafetería y estuvimos fuera del campo de visión del edificio cuatro —en el caso de que el profesor Banner estuviera mirando—, me detuve.

—¿Me dejas sentarme un minuto, por favor? —supliqué.

Me ayudó a sentarme al borde del paseo.

—Y, hagas lo que hagas, ocúpate de tus asuntos —le avisé.

Aún seguía muy confusa. Me tumbé sobre un costado, puse la mejilla sobre el cemento húmedo y gélido de la acera y cerré los ojos. Eso pareció ayudar un poco.

—Vaya, te has puesto verde —comentó Mike, bastante nervioso.

—¿Bella? —me llamó otra voz a lo lejos.

¡No! Por favor, que esa voz tan terriblemente familiar sea sólo una imaginación.

—¿Qué le sucede? ¿Está herida?

Ahora la voz sonó más cerca, y parecía preocupada. No me lo estaba imaginando. Apreté los párpados con fuerza, me quería morir o, como mínimo, no vomitar.

Mike parecía tenso.

—Creo que se ha desmayado. No sé qué ha pasado, no ha movido ni un dedo.

—Bella —la voz de Edward sonó a mi lado. Ahora parecía aliviado—. ¿Me oyes?

—No —gemí—. Vete.

Se rió por lo bajo.

—La llevaba a la enfermería —explicó Mike a la defensiva—, pero no quiso avanzar más.

—Yo me encargo de ella —dijo Edward. Intuí su sonrisa en el tono de su voz—. Puedes volver a clase.

—No —protestó Mike—. Se supone que he de hacerlo yo.

De repente, la acera se desvaneció debajo de mi cuerpo. Abrí los ojos, sorprendida. Estaba en brazos de Edward, que me había levantado en vilo, y me llevaba con la misma facilidad que si pesara cinco kilos en lugar de cincuenta.

—¡Bájame!

Por favor, por favor, que no le vomite encima. Empezó a caminar antes de que terminara de hablar.

—¡Eh! —gritó Mike, que ya se hallaba a diez pasos detrás de nosotros.

Edward lo ignoró.

—Tienes un aspecto espantoso —me dijo al tiempo que esbozaba una amplia sonrisa.

—¡Déjame otra vez en la acera! —protesté.

El bamboleo de su caminar no ayudaba. Me sostenía con cuidado lejos de su cuerpo, soportando todo mi peso sólo con los brazos, sin que eso pareciera afectarle.

—¿De modo que te desmayas al ver sangre? —preguntó. Aquello parecía divertirle.

No le contesté. Cerré los ojos, apreté los labios y luché contra las náuseas con todas mis fuerzas.

—Y ni siquiera era la visión de tu propia sangre —continuó regodeándose.

No sé cómo abrió la puerta mientras me llevaba en brazos, pero de repente hacía calor, por lo que supe que habíamos entrado.

—Oh, Dios mío —dijo de forma entrecortada una voz de mujer.

—Se desmayó en Biología —le explicó Edward.

Abrí los ojos. Estaba en la oficina. Edward me llevaba dando zancadas delante del mostrador frontal en dirección a la puerta de la enfermería. La señora Cope, la recepcionista de rostro rubicundo, corrió delante de él para mantener la puerta abierta. La atónita enfermera, una dulce abuelita, levantó los ojos de la novela que leía mientras Edward me llevaba en volandas dentro de la habitación y me depositaba con suavidad encima del crujiente papel que cubría el colchón de vinilo marrón del único catre. Luego se colocó contra la pared, tan lejos como lo permitía la angosta habitación, con los ojos brillantes, excitados.

—Ha sufrido un leve desmayo —tranquilizó a la sobresaltada enfermera—. En Biología están haciendo la prueba del Rh.

La enfermera asintió sabiamente.

—Siempre le ocurre a alguien.

Edward se rió con disimulo.

—Quédate tendida un minutito, cielo. Se pasará.

—Lo sé —dije con un suspiro. Las náuseas ya empezaban a remitir.

—¿Te sucede muy a menudo? —preguntó ella.

—A veces —admití. Edward tosió para ocultar otra carcajada.

—Puedes regresar a clase —le dijo la enfermera.

—Se supone que me tengo que quedar con ella —le contestó con aquel tono suyo tan autoritario que la enfermera, aunque frunció los labios, no discutió más.

—Voy a traerte un poco de hielo para la frente, cariño —me dijo, y luego salió bulliciosamente de la habitación.

—Tenías razón —me quejé, dejando que mis ojos se cerraran.

—Suelo tenerla, ¿sobre qué tema en particular en esta ocasión?

—Hacer novillos *es* saludable.

Respiré de forma acompasada.

—Ahí fuera hubo un momento en que me asustaste —admitió después de hacer una pausa. La voz sonaba como si confesara una humillante debilidad—. Creí que Newton arrastraba tu cadáver para enterrarlo en los bosques.

—Ja, ja.

Continué con los ojos cerrados, pero cada vez me encontraba más entonada.

—Lo cierto es que he visto cadáveres con mejor aspecto. Me preocupaba que tuviera que vengar tu asesinato.

—Pobre Mike. Apuesto a que se ha enfadado.

—Me aborrece por completo —dijo Edward jovialmente.

—No lo puedes saber —disentí, pero de repente me pregunté si a lo mejor sí que podía.

—Vi su rostro... Te lo aseguro.

—¿Cómo es que me viste? Creí que te habías ido.

Ya me encontraba prácticamente recuperada. Las náuseas se hubieran pasado con mayor rapidez de haber comido algo durante el almuerzo, aunque, por otra parte, tal vez era afortunada por haber tenido el estómago vacío.

—Estaba en mi coche escuchando un CD.

Aquella respuesta tan sencilla me sorprendió. Oí la puerta y abrí los ojos para ver a la enfermera con una compresa fría en la mano.

—Aquí tienes, cariño —la colocó sobre mi frente y añadió—: Tienes mejor aspecto.

—Creo que ya estoy bien —dije mientras me incorporaba lentamente.

Me pitaban un poco los oídos, pero no tenía mareos. Las paredes de color menta no daban vueltas.

Pude ver que me iba a obligar a acostarme de nuevo, pero en ese preciso momento la puerta se abrió y la señora Cope se golpeó la cabeza contra la misma.

—Ahí viene otro —avisó.

Me bajé de un salto para dejar libre el camastro para el siguiente inválido. Devolví la compresa a la enfermera.

—Tome, ya no la necesito.

Entonces, Mike cruzó la puerta tambaleándose. Ahora sostenía a Lee Stephens, otro chico de nuestra clase de Biología, que tenía el rostro amarillento. Edward y yo retrocedimos hacia la pared para hacerles sitio.

—Oh, no —murmuró Edward—. Vámonos fuera de aquí, Bella.

Aturdida, le busqué con la mirada.

—Confía en mí... Vamos.

Di media vuelta y me aferré a la puerta antes de que se cerrara para salir disparada de la enfermería. Sentí que Edward me seguía.

—Por una vez me has hecho caso.

Estaba sorprendido.

—Olí la sangre —le dije, arrugando la nariz. Lee no se ha puesto malo por ver la sangre de otros, como yo.

—La gente no puede oler la sangre —me contradijo.

—Bueno, yo sí. Eso es lo que me pone mala. Huele a óxido... y a sal.

Se me quedó mirando con una expresión insondable.

—¿Qué? —le pregunté.

—No es nada.

Entonces, Mike cruzó la puerta, sus ojos iban de Edward a mí. La mirada que le dedicó a Edward me confirmó lo que éste me había dicho, que Mike lo aborrecía. Volvió a mirarme con gesto malhumorado.

—Tienes mejor aspecto —me acusó.

—Ocúpate de tus asuntos —volví a avisarle.

—Ya no sangra nadie más —murmuró—. ¿Vas a volver a clase?

—¿Bromeas? Tendría que dar media vuelta y volver aquí.

—Sí, supongo que sí. ¿Vas a venir este fin de semana a la playa?

Mientras hablaba, lanzó otra mirada fugaz hacia Edward, que se apoyaba con gesto ausente contra el desordenado mostrador, inmóvil como una estatua. Intenté que pareciera lo más amigable posible:

—Claro. Te dije que iría.

—Nos reuniremos en la tienda de mi padre a las diez.

Su mirada se posó en Edward otra vez, preguntándose si no estaría dando demasiada información. Su lenguaje corporal evidenciaba que no era una invitación abierta.

—Allí estaré —prometí.

—Entonces, te veré en clase de gimnasia —dijo, dirigiéndose con inseguridad hacia la puerta.

—Hasta la vista —repliqué.

Me miró una vez más con la contrariedad escrita en su rostro redondeado y se encorvó mientras cruzaba lentamente la puerta. Me invadió una oleada de compasión. Sopesé el hecho de ver su rostro desencantado otra vez en clase de Educación física.

—Gimnasia —gemí.

—Puedo hacerme cargo de eso —no me había percatado de que Edward se había acercado, pero me habló al oído—. Ve a sentarte e intenta parecer paliducha —murmuró.

Esto no suponía un gran cambio. Siempre estaba pálida, y mi reciente desmayo había dejado una ligera capa de sudor sobre mi rostro. Me senté en una de las crujientes sillas plegables acolchadas y descansé la cabeza contra la pared con los ojos cerrados. Los desmayos siempre me dejaban agotada.

Oí a Edward hablar con voz suave en el mostrador.

—¿Señora Cope?

—¿Sí?

No la había oído regresar a su mesa.

—Bella tiene gimnasia la próxima hora y creo que no se encuentra del todo bien. ¿Cree que podría dispensarla de asistir a esa clase? —su voz era aterciopelada. Pude imaginar lo convincentes que estaban resultando sus ojos.

—Edward —dijo la señora Cope sin dejar de ir y venir. ¿Por qué no era yo capaz de hacer lo mismo?—, ¿necesitas también que te dispense a ti?

—No. Tengo clase con la señora Goff. A ella no le importará.

—De acuerdo, no te preocupes de nada. Que te mejores, Bella —me deseó en voz alta. Asentí débilmente con la cabeza, sobreactuando un poquito.

—¿Puedes caminar o quieres que te lleve en brazos otra vez?

De espaldas a la recepcionista, su expresión se tornó sarcástica.

—Caminaré.

Me levanté con cuidado, seguía sintiéndome bien. Mantuvo la puerta abierta para mí, con la amabilidad en los labios y la burla en los ojos. Salí hacia la fría llovizna que empezaba a caer. Agradecí que se llevara el sudor pegajoso de mi rostro. Era la primera vez que disfrutaba de la perenne humedad que emanaba del cielo.

—Gracias —le dije cuando me siguió—. Merecía la pena seguir enferma para perderse la clase de gimnasia.

—Sin duda.

Me miró directamente, con los ojos entornados bajo la lluvia.

—De modo que vas a ir... Este sábado, quiero decir.

Esperaba que él viniera, aunque parecía improbable. No me lo imaginaba poniéndose de acuerdo con el resto de los chicos del instituto para ir en coche a algún sitio. No pertenecía al mismo mundo, pero la sola esperanza de que pudiera suceder me dio la primera punzada de entusiasmo que había sentido por ir a la excursión.

—¿Adónde vais a ir exactamente? —seguía mirando al frente, inexpresivo.

—A La Push, al puerto.

Estudié su rostro, intentando leer en el mismo. Sus ojos parecieron entrecerrarse un poco más. Me lanzó una mirada con el rabillo del ojo y sonrió secamente.

—En verdad, no creo que me hayan invitado.

Suspiré.

—Acabo de invitarte.

—No avasallemos más entre los dos al pobre Mike esta semana, no sea que se vaya a romper.

Sus ojos centellearon. Disfrutaba de la idea más de lo normal.

—El blandengue de Mike... —murmuré, preocupada por la forma en que había dicho «entre los dos». Me gustaba más de lo conveniente.

Ahora estábamos cerca del aparcamiento. Me desvié a la izquierda, hacia el monovolumen. Algo me agarró de la cazadora y me hizo retroceder.

—¿Adónde te crees que vas? —preguntó ofendido.

Edward me aferraba de la misma con una sola mano. Estaba perpleja.

—Me voy a casa.

—¿Acaso no me has oído decir que te iba a dejar a salvo en casa? ¿Crees que te voy a permitir que conduzcas en tu estado?

—¿En qué estado? ¿Y qué va a pasar con mi coche? —me quejé.

—Se lo tendré que dejar a Alice después de la escuela.

Me arrastró de la ropa hacia su coche. Todo lo que podía hacer era intentar no caerme, aunque, de todos modos, lo más probable es que me sujetara si perdía el equilibrio.

—¡Déjame! —insistí.

Me ignoró. Anduve haciendo eses sobre las aceras empapadas hasta llegar a su Volvo. Entonces, me soltó al fin. Me tropecé contra la puerta del copiloto.

—¡Eres tan *insistente!* —refunfuñé.

—Está abierto —se limitó a responder. Entró en el coche por el lado del conductor.

—Soy perfectamente capaz de conducir hasta casa.

Permanecí junto al Volvo echando chispas. Ahora llovía con más fuerza y el pelo goteaba sobre mi espalda al no haberme puesto la capucha. Bajó el cristal de la ventanilla automática y se inclinó sobre el asiento del copiloto:

—Entra, Bella.

No le respondí. Estaba calculando las oportunidades que tenía de alcanzar el monovolumen antes de que él me atrapara, y tenía que admitir que no eran demasiadas.

—Te arrastraría de vuelta aquí —me amenazó, adivinando mi plan.

Intenté mantener toda la dignidad que me fue posible al entrar en el Volvo. No tuve mucho éxito. Parecía un gato empapado y las botas crujían continuamente.

—Esto es totalmente innecesario —dije secamente.

No me respondió. Manipuló los mandos, subió la calefacción y bajó la música. Cuando salió del aparcamiento, me preparaba para castigarle con mi silencio —poniendo un mohín de total enfado—, pero entonces reconocí la música que sonaba y la curiosidad prevaleció sobre la intención.

—*¿Claro de luna?* —pregunté sorprendida.

—¿Conoces a Debussy? —él también parecía estar sorprendido.

—No mucho —admití—. Mi madre pone mucha música clásica en casa, pero sólo conozco a mis favoritos.

—También es uno de mis favoritos.

Siguió mirando al frente, a través de la lluvia, sumido en sus pensamientos.

Escuché la música mientras me relajaba contra la suave tapicería de cuero gris. Era imposible no reaccionar ante la conocida y relajante melodía. La lluvia emborronaba todo el paisaje más allá de la ventanilla hasta convertirlo en una mancha de tonalidades grises y verdes. Comencé a darme cuenta de lo rápido que íbamos, pero, no obstante, el coche se movía con tal firmeza y estabilidad que no notaba la velocidad, salvo por lo deprisa que dejábamos atrás el pueblo.

—¿Cómo es tu madre? —me preguntó de repente.

Lo miré de refilón, con curiosidad.

—Se parece mucho a mí, pero es más guapa —respondí. Alzó las cejas—; he heredado muchos rasgos de Charlie. Es más sociable y atrevida que yo. También es irresponsable y un poco excéntrica, y una cocinera impredecible. Es mi mejor amiga —me callé. Hablar de ella me había deprimido.

—Bella, ¿cuántos años tienes?

Por alguna razón que no conseguía comprender, la voz de Edward contenía un tono de frustración. Detuvo el coche y entonces comprendí que habíamos llegado ya a la casa de Charlie. Llovía con tanta fuerza que apenas conseguía ver la vivienda. Parecía que el coche estuviera en el lecho de un río.

—Diecisiete —respondí un poco confusa.

—No los aparentas —dijo con un tono de reproche que me hizo reír.

—¿Qué pasa? —inquirió, curioso de nuevo.

—Mi madre siempre dice que nací con treinta y cinco años y que cada año me vuelvo más madura —me reí y luego suspiré—. En fin, una de las dos debía ser adulta —me callé durante un segundo—. Tampoco tú te pareces mucho a un adolescente de instituto.

Torció el gesto y cambió de tema.

—En ese caso, ¿por qué se casó tu madre con Phil?

Me sorprendió que recordara el nombre. Sólo lo había mencionado una vez hacía dos meses. Necesité unos momentos para responder.

—Mi madre tiene… un espíritu muy joven para su edad. Creo que Phil hace que se sienta aún más joven. En cualquier caso, ella está loca por él —sacudí la cabeza. Aquella atracción suponía un misterio para mí.

—¿Lo apruebas?

—¿Importa? —le repliqué—. Quiero que sea feliz, y Phil es lo que ella quiere.

—Eso es muy generoso por tu parte… Me pregunto… —murmuró, reflexivo.

—¿El qué?

—¿Tendría ella esa misma cortesía contigo, sin importarle tu elección?

De repente, prestaba una gran atención. Nuestras miradas se encontraron.

—E-eso c-creo —tartamudeé—, pero, después de todo, ella es la madre. Es un poquito diferente.

—Entonces, nadie que asuste demasiado —se burló.

Le respondí con una gran sonrisa.

—¿A qué te refieres con que asuste demasiado? ¿Múltiples *piercings* en el rostro y grandes tatuajes?

—Supongo que ésa es una posible definición.

—¿Cuál es la tuya?

Pero ignoró mi pregunta y respondió con otra.

—¿Crees que puedo asustar?

Enarcó una ceja. El tenue rastro de una sonrisa iluminó su rostro.

—Eh… Creo que puedes hacerlo si te lo propones.

—¿Te doy miedo ahora?

La sonrisa desapareció del rostro de Edward y su rostro divino se puso repentinamente serio, pero yo respondí rápidamente:

—No.

La sonrisa reapareció.

—Bueno, ¿vas a contarme algo de tu familia? —pregunté para distraerle—. Debe de ser una historia mucho más interesante que la mía.

Se puso en guardia de inmediato.

—¿Qué es lo que quieres saber?

—¿Te adoptaron los Cullen? —pregunté para comprobar el hecho.

—Sí.

Vacilé unos momentos.

—¿Qué les ocurrió a tu padres?

—Murieron hace muchos años —contestó con toda naturalidad.

—Lo siento —murmuré.

—En realidad, los recuerdo de forma confusa. Carlisle y Esme llevan siendo mis padres desde hace mucho tiempo.

—Y tú los quieres —no era una pregunta. Resultaba obvio por el modo en que hablaba de ellos.

—Sí —sonrió—. No puedo concebir a dos personas mejores que ellos.

—Eres muy afortunado.

—Sé que lo soy.

—¿Y tu hermano y tu hermana?

Lanzó una mirada al reloj del salpicadero.

—A propósito, mi hermano, mi hermana, así como Jasper y Rosalie se van a disgustar bastante si tienen que esperarme bajo la lluvia.

—Oh, lo siento. Supongo que debes irte.

Yo no quería salir del coche.

—Y tú probablemente quieres recuperar el coche antes de que el jefe de policía Swan vuelva a casa para no tener que contarle el incidente de Biología.

Me sonrió.

—Estoy segura de que ya se ha enterado. En Forks no existen los secretos —suspiré.

Rompió a reír.

—Diviértete en la playa... Que tengáis buen tiempo para tomar el sol —me deseó mientras miraba las cortinas de lluvia.

—¿No te voy a ver mañana?

—No. Emmett y yo vamos a adelantar el fin de semana.

—¿Qué es lo que vais a hacer?

Una amiga puede preguntar ese tipo de cosas, ¿no? Esperaba que mi voz no dejara traslucir el desencanto.

—Nos vamos de excursión al bosque de Goat Rocks, al sur del monte Rainier.

—Ah, vaya, diviértete —intenté simular entusiasmo, aunque dudo que lo lograse. Una sonrisa curvó las comisuras de sus labios. Se giró para mirarme de frente, empleando todo el poder de sus ardientes ojos dorados.

—¿Querrías hacer algo por mí este fin de semana?

Asentí desvalida.

—No te ofendas, pero pareces ser una de esas personas que atraen los accidentes como un imán. Así que..., intenta no caerte al océano, dejar que te atropellen, ni nada por el estilo... ¿De acuerdo?

Esbozó una sonrisa malévola. Mi desvalimiento desapareció mientras hablaba. Le miré fijamente.

—Veré qué puedo hacer —contesté bruscamente mientras salía del Volvo, bajo la lluvia, de un salto. Cerré la puerta de un portazo.

Edward aún seguía sonriendo cuando se alejó al volante del coche.

Cuentos de miedo

En realidad, cuando me senté en mi habitación e intenté concentrarme en la lectura del tercer acto de *Macbeth*, estaba atenta a ver si oía el motor de mi coche. Pensaba que podría escuchar el rugido del motor por encima del tamborileo de la lluvia, pero, cuando aparté la cortina para mirar de nuevo, apareció allí de repente.

No esperaba el viernes con especial interés, sólo consistía en reasumir mi vida sin expectativas. Hubo unos pocos comentarios, por supuesto. Jessica parecía tener un interés especial por comentar el tema, pero, por fortuna, Mike había mantenido el pico cerrado y nadie parecía saber nada de la participación de Edward. No obstante, Jessica me formuló un montón de preguntas acerca de mi almuerzo y en clase de Trigonometría me dijo:

—¿Qué quería ayer Edward Cullen?

—No lo sé —respondí con sinceridad—. En realidad, no fue al grano.

—Parecías como enfadada —comentó a ver si me sonsacaba algo.

—¿Sí? — mantuve el rostro inexpresivo.

—Ya sabes, nunca antes le había visto sentarse con nadie que no fuera su familia. Era extraño.

—Extraño en verdad —coincidí.

Parecía asombrada. Se alisó sus rizos oscuros con impaciencia. Supuse que esperaba escuchar cualquier cosa que le pareciera una buena historia que contar.

Lo peor del viernes fue que, a pesar de saber que él no iba a estar presente, aún albergaba esperanzas. Cuando entré en la cafetería en compañía de Jessica y Mike, no pude evitar mirar la mesa en la que Rosalie, Alice y Jasper se sentaban a hablar con las cabezas juntas. No pude contener la melancolía que me abrumó al comprender que no sabía cuánto tiempo tendría que esperar antes de volverlo a ver.

En mi mesa de siempre no hacían más que hablar de los planes para el día siguiente. Mike volvía a estar animado, depositaba mucha fe en el hombre del tiempo, que vaticinaba sol para el sábado. Tenía que verlo para creerlo, pero hoy hacía más calor, casi doce grados. Puede que la excursión no fuera del todo espantosa.

Intercepté unas cuantas miradas poco amistosas por parte de Lauren durante el almuerzo, hecho que no comprendí hasta que salimos juntas del comedor. Estaba justo detrás de ella, a un solo pie de su pelo rubio, lacio y brillante, y no se dio cuenta, desde luego, cuando oí que le murmuraba a Mike:

—No sé por qué Bella —sonrió con desprecio al pronunciar mi nombre— no se sienta con los Cullen de ahora en adelante.

Hasta ese momento no me había percatado de la voz tan nasal y estridente que tenía, y me sorprendió la malicia que destilaba. En realidad, no la conocía muy bien; sin duda, no lo suficiente para que me detestara…, o eso había pensado.

—Es mi amiga, se sienta con nosotros —le replicó en susurros Mike, con mucha lealtad, pero también de forma un poquito posesiva. Me detuve para permitir que Jessica y Angela me adelantaran. No quería oír nada más.

Durante la cena de aquella noche, Charlie parecía entusiasmado por mi viaje a La Push del día siguiente. Sospecho que se sentía culpable por dejarme sola en casa los fines de semana, pero había pasado demasiados años forjando unos hábitos para romperlos ahora. Conocía los nombres de todos los chicos que iban, por supuesto, y los de sus padres y, probablemente, también los de sus tatarabuelos. Parecía aprobar la excursión. Me pregunté si aprobaría mi plan de ir en coche a Seattle con Edward Cullen. Tampoco se lo iba a decir.

—Papá —pregunté como por casualidad—, ¿conoces un lugar llamado Goat Rocks, o algo parecido? Creo que está al sur del monte Rainier.

—Sí... ¿Por qué?

Me encogí de hombros.

—Algunos chicos comentaron la posibilidad de acampar allí.

—No es buen lugar para acampar —parecía sorprendido—. Hay demasiados osos. La mayoría de la gente acude allí durante la temporada de caza.

—Oh —murmuré—, tal vez haya entendido mal el nombre.

Pretendía dormir hasta tarde, pero un insólito brillo me despertó. Abrí los ojos y vi entrar a chorros por la ventana una límpida luz amarilla. No me lo podía creer. Me apresuré a ir a la ventana para comprobarlo, y efectivamente, allí estaba el sol. Ocupaba un lugar equivocado en el cielo, demasiado bajo, y no parecía tan cercano como de costumbre, pero era el sol, sin duda. Las nubes se congregaban en el horizonte, pero en el medio del cielo se veía una gran área azul. Me demoré en la ventana todo lo que pude, temerosa de que el azul del cielo volviera a desaparecer en cuanto me fuera.

La tienda de artículos deportivos olímpicos de Newton se situaba al extremo norte del pueblo. La había visto con anterioridad, pero nunca me había detenido allí al no necesitar ningún artículo para estar al aire libre durante mucho tiempo. En el aparcamiento reconocí el Suburban de Mike y el Sentra de Tyler. Vi al grupo alrededor de la parte delantera del Suburban mientras aparcaba junto a ambos vehículos. Eric estaba allí en compañía de otros dos chicos con los que compartía clases; estaba casi segura de que se llamaban Ben y Conner. Jess también estaba, flanqueada por Angela y Lauren. Las acompañaban otras tres chicas, incluyendo una a la que recordaba haberle caído encima durante la clase de gimnasia del viernes. Ésta me dirigió una mirada asesina cuando bajé del coche, y le susurró algo a Lauren, que se sacudió la dorada melena y me miró con desdén.

De modo que aquél iba a ser uno de *esos* días.

Al menos Mike se alegraba de verme.

—¡Has venido! —gritó encantado—. ¿No te dije que hoy iba a ser un día soleado?

—Y yo te dije que iba a venir —le recordé.

—Sólo nos queda esperar a Lee y a Samantha, a menos que tú hayas invitado a alguien —agregó.

—No —mentí con desenvoltura mientras esperaba que no me descubriera y deseando al mismo tiempo que ocurriese un milagro y apareciera Edward.

Mike pareció satisfecho.

—¿Montarás en mi coche? Es eso o la minifurgoneta de la madre de Lee.

—Claro.

Sonrió gozoso. ¡Qué fácil era hacer feliz a Mike!

—Podrás sentarte junto a la ventanilla —me prometió. Oculté mi mortificación. No resultaba tan sencillo hacer felices a Mike y a Jessica al mismo tiempo. Ya la veía mirándonos ceñuda.

No obstante, el número jugaba a mi favor. Lee trajo a otras dos personas más y de repente se necesitaron todos los asientos. Me las arreglé para situar a Jessica en el asiento delantero del Suburban, entre Mike y yo. Mike podía haberse comportado con más elegancia, pero al menos Jess parecía aplacada.

Entre La Push y Forks había menos de veinticinco kilómetros de densos y vistosos bosques verdes que bordeaban la carretera. Debajo de los mismos serpenteaba el caudaloso río Quillayute. Me alegré de tener el asiento de la ventanilla. Giré la manivela para bajar el cristal —el Suburban resultaba un poco claustrofóbico con nueve personas dentro— e intenté absorber tanta luz solar como me fue posible.

Había visto las playas que rodeaban La Push muchas veces durante mis vacaciones en Forks con Charlie, por lo que ya me había familiarizado con la playa en forma de media luna de más de kilómetro y medio de First Beach. Seguía siendo impresionante. El agua de un color gris oscuro, incluso cuando la bañaba la luz del sol, aparecería coronada de espuma blanca mientras se mecía pesadamente hacia la rocosa orilla gris. Las paredes de los escarpados acantilados de las islas se alzaban sobre las aguas del malecón metálico. Éstos alcanzaban alturas desiguales y estaban coronados por austeros abetos que se elevaban hacia el cielo. La playa sólo tenía una estrecha franja de auténtica arena al borde del agua, detrás de la cual se acumulaban miles y miles de rocas grandes y lisas que, a lo lejos, parecían de un gris uniforme, pero de cerca tenían todos los matices posibles de una piedra: terracota, verdemar, lavanda, celeste grisáceo, dorado mate. La marca que dejaba la marea en la playa estaba sembrada de árboles de color ahuesado —a causa de la salinidad marina— arrojados a la costa por las olas.

Una fuerte brisa soplaba desde el mar, frío y salado. Los pelícanos flotaban sobre las ondulaciones de la marea mientras las gaviotas y un águila solitaria las sobrevolaban en círculos. Las nubes seguían trazando un círculo en el firmamento, amenazando con invadirlo de un momento a otro, pero, por ahora, el sol seguía brillando espléndido con su halo luminoso en el azul del cielo.

Elegimos un camino para bajar a la playa. Mike nos condujo hacia un círculo de leños arrojados a la playa por la marea. Era obvio que los habían utilizado antes para acampadas como la nuestra. En el lugar ya se veía el redondel de una fogata cubierto con cenizas negras. Eric y el chico que, según creía, se llamaba Ben recogieron ramas rotas de los montones más secos que se apilaban al borde del bosque, y pronto tuvimos una fogata con forma de tipi encima de los viejos rescoldos.

—¿Has visto alguna vez una fogata de madera varada en la playa? —me preguntó Mike.

Me sentaba en un banco de color blanquecino. En el otro extremo se congregaban las demás chicas, que chismorreaban animadamente. Mike se arrodilló junto a la hoguera y encendió una rama pequeña con un mechero.

—No —reconocí mientras él lanzaba con precaución la rama en llamas contra el tipi.

—Entonces, te va a gustar... Observa los colores.

Prendió otra ramita y la depositó junto a la primera. Las llamas comenzaron a lamer con rapidez la leña seca.

—¡Es azul! —exclamé sorprendida.

—Es a causa de la sal. ¿Precioso, verdad?

Encendió otra más y la colocó allí donde el fuego no había prendido y luego vino a sentarse a mi lado. Por fortuna, Jessica estaba junto a él, al otro lado. Se volvió hacia Mike y reclamó su atención. Contemplé las fascinantes llamas verdes y azules que chisporroteaban hacia el cielo.

Después de media hora de cháchara, algunos chicos quisieron dar una caminata hasta las marismas cercanas. Era un dilema. Por una parte, me encantan las pozas que se forman durante la bajamar. Me han fascinado desde niña; era una de las pocas cosas que me hacían ilusión cuando debía venir a Forks, pero, por otra, también me caía dentro un montón de veces. No es un buen trago cuando se tiene siete años y estás con tu padre. Eso me recordó la petición de Edward, de que no me cayera al mar.

Lauren fue quien decidió por mí. No quería caminar, ya que calzaba unos zapatos nada adecuados para hacerlo. La mayoría de las otras chicas, incluidas Jessica y Angela, decidieron quedarse también en la playa. Esperé a que Tyler y Eric se hubieran comprometido a acompañarlas antes de levantarme con sigilo para unirme al grupo de caminantes. Mike me dedicó una enorme sonrisa cuando vio que también iba.

La caminata no fue demasiado larga, aunque me fastidiaba perder de vista el cielo al entrar en el bosque. La luz verde de éste difícilmente podía encajar con las risas juveniles, era demasiado oscuro y aterrador para estar en armonía con las pequeñas bromas que se gastaban a mi alrededor. Debía vigilar cada paso que daba con sumo cuidado para evitar las raíces del suelo y las ramas que había sobre mi cabeza, por lo que no tardé en rezagarme. Al final me adentré en los confines esmeraldas de la foresta y encontré de nuevo la rocosa orilla. Había bajado la marea y un río fluía a nuestro lado de camino hacia el mar. A lo largo de sus orillas sembradas de guijarros había pozas poco profundas que jamás se secaban del todo. Eran un hervidero de vida.

Tuve buen cuidado de no inclinarme demasiado sobre aquellas lagunas naturales. Los otros fueron más intrépidos, brincaron sobre las rocas y se encaramaron a los bordes de forma precaria. Localicé una piedra de apariencia bastante estable en los aledaños de una de las lagunas más grandes y me senté con cautela, fascinada por el acuario natural que había a mis pies. Ramilletes de brillantes anémonas se ondulaban sin cesar al compás de la corriente invisible. Conchas en espiral rodaban sobre los repliegues en cuyo interior se ocultaban los cangrejos. Una estrella de mar inmóvil se aferraba a las rocas, mientras una rezagada anguila pequeña de estrías blancas zigzagueaba entre los relucientes juncos verdes a la espera de la pleamar. Me quedé completamente absorta, a excepción de una pequeña parte de mi mente, que se preguntaba qué estaría haciendo ahora Edward e intentaba imaginar lo que diría de estar aquí conmigo.

Finalmente, los muchachos sintieron apetito y me levanté con rigidez para seguirlos de vuelta a la playa. En esta ocasión intenté seguirles el ritmo a través del bosque, por lo que me caí unas cuantas veces, cómo no. Me hice algunos rasguños poco profundos en las palmas de las manos, y las rodillas de mis vaqueros se tiñeron de verdín, pero podía haber sido peor.

Cuando regresamos a First Beach, el grupo que habíamos dejado se había multiplicado. Al acercarnos pude ver el lacio y reluciente pelo negro y la piel cobriza de los recién llegados, unos adolescentes de la reserva que habían acudido para hacer un poco de vida social.

La comida ya había empezado a repartirse, y los chicos se apresuraron para pedir que la compartieran mientras Eric nos presentaba al entrar en el círculo de la fogata. Angela y yo fuimos las últimas en llegar y me di cuenta de que el más joven de los recién llegados, sentado sobre las piedras cerca del fuego, alzó la vista para mirarme con interés cuando Eric pronunció nuestros nombres. Me senté junto a Angela, y Mike nos trajo unos sándwiches y una selección de refrescos para que eligiéramos mientras el chico que tenía aspecto de ser el mayor de los visitantes pronunciaba los nombres de los otros siete jóvenes que lo acompañaban. Todo lo que pude comprender es que una de las chicas también se llamaba Jessica y que el muchacho cuya atención había despertado respondía al nombre de Jacob.

Resultaba relajante sentarse con Angela, era una de esas personas sosegadas que no sentían la necesidad de llenar todos los silencios con cotorreos. Me dejó cavilar tranquilamente sin molestarme mientras comíamos. Pensaba de qué forma tan deshilvanada transcurría el tiempo en Forks; a veces pasaba como en una nebulosa, con unas imágenes únicas que sobresalían con mayor claridad que el resto, mientras que en otras ocasiones cada segundo era relevante y se grababa en mi mente. Sabía con exactitud qué causaba la diferencia y eso me perturbaba.

Las nubes comenzaron a avanzar durante el almuerzo. Se deslizaban por el cielo azul y ocultaban de forma fugaz y momentánea el sol, proyectando sombras alargadas sobre la playa y oscureciendo las olas. Los chicos comenzaron a alejarse en duetos y tríos cuando terminaron de comer. Algunos descendieron hasta el borde del mar para jugar a la cabrilla lanzando piedras sobre la superficie agitada del mismo. Otros se congregaron para efectuar una segunda expedición a las pozas. Mike, con Jessica convertida en su sombra, encabezó otra a la tienda de la aldea. Algunos de los nativos los acompañaron y otros se fueron a pasear. Para cuando se hubieron dispersado todos, me había quedado sentada sola sobre un leño, con Lauren y Tyler muy ocupados con un reproductor de CD que alguien había tenido la ocurrencia de traer, y tres adolescentes de la reserva situados alrededor del fuego, incluyendo al jovencito llamado Jacob y al más adulto, el que había actuado de portavoz.

A los pocos minutos, Angela se fue con los paseantes y Jacob acudió andando despacio para sentarse en el sitio libre que aquélla había dejado a mi lado. A juzgar por su aspecto debería tener catorce, tal vez quince años. Llevaba el brillante pelo largo recogido con una goma elástica en la nuca. Tenía una preciosa piel sedosa de color rojizo y ojos oscuros sobre los pómulos pronunciados. Aún quedaba un ápice de la redondez de la infancia alrededor de su mentón. En suma, tenía un rostro muy bonito. Sin embargo, sus primeras palabras estropearon aquella impresión positiva.

—Tú eres Isabella Swan, ¿verdad?

Aquello era como empezar otra vez el primer día del instituto.

—Bella —dije con un suspiro.

—Me llamo Jacob Black —me tendió la mano con gesto amistoso—. Tú compraste el coche de mi papá.

—Oh —dije aliviada mientras le estrechaba la suave mano—. Eres el hijo de Billy. Probablemente debería acordarme de ti.

—No, soy el benjamín... Deberías acordarte de mis hermanas mayores.

—Rachel y Rebecca —recordé de pronto.

Charlie y Billy nos habían abandonado juntas muchas veces para mantenernos ocupadas mientras pescaban. Todas éramos demasiado tímidas para hacer muchos progresos como amigas. Por supuesto, había montado las suficientes rabietas para terminar con las excursiones de pesca cuando tuve once años.

—¿Han venido? —inquirí mientras examinaba a las chicas que estaban al borde del mar preguntándome si sería capaz de reconocerlas ahora.

—No —Jacob negó con la cabeza—. Rachel tiene una beca del Estado de Washington y Rebecca se casó con un surfista samoano. Ahora vive en Hawai.

—¿Está casada? Vaya —estaba atónita. Las gemelas apenas tenían un año más que yo.

—¿Qué tal te funciona el monovolumen? —preguntó.

—Me encanta, y va muy bien.

—Sí, pero es muy lento —se rió—. Respiré aliviado cuando Charlie lo compró. Papá no me hubiera dejado ponerme a trabajar en la construcción de otro coche mientras tuviéramos uno en perfectas condiciones.

—No es tan lento —objeté.

—¿Has intentado pasar de sesenta?

—No.

—Bien. No lo hagas.

Esbozó una amplia sonrisa y no pude evitar devolvérsela.

—Eso lo mejora en caso de accidente —alegué en defensa de mi automóvil.

—Dudo que un tanque pudiera con ese viejo dinosaurio —admitió entre risas.

—Así que fabricas coches… —comenté, impresionada.

—Cuando dispongo de tiempo libre y de piezas. ¿No sabrás por un casual dónde puedo adquirir un cilindro maestro para un Volkswagen Rabbit del ochenta y seis? —añadió jocosamente. Tenía una voz amable y ronca.

—Lo siento —me eché a reír—. No he visto ninguno últimamente, pero estaré ojo avizor para avisarte.

Como si yo supiera qué era eso. Era muy fácil conversar con él. Exhibió una sonrisa radiante y me contempló en señal de apreciación, de una forma que había aprendido a reconocer. No fui la única que se dio cuenta.

—¿Conoces a Bella, Jacob? —preguntó Lauren desde el otro lado del fuego con un tono que yo imaginé como insolente.

—En cierto modo, hemos sabido el uno del otro desde que nací —contestó entre risas, y volvió a sonreírme.

—¡Qué bien!

No parecía que fuera eso lo que pensara, y entrecerró sus pálidos ojos de besugo.

—Bella —me llamó de nuevo mientras estudiaba con atención mi rostro—, le estaba diciendo a Tyler que es una pena que ninguno de los Cullen haya venido hoy. ¿Nadie se ha acordado de invitarlos?

Su expresión preocupada no era demasiado convincente.

—¿Te refieres a la familia del doctor Carlisle Cullen? —preguntó el mayor de los chicos de la reserva antes de que yo pudiera responder, para gran irritación de Lauren. En realidad, tenía más de hombre que de niño y su voz era muy grave.

—Sí, ¿los conoces? —preguntó con gesto condescendiente, volviéndose en parte hacia él.

—Los Cullen no vienen aquí —respondió en un tono que daba el tema por zanjado e ignorando la pregunta de Lauren.

Tyler le preguntó a Lauren qué le parecía el CD que sostenía en un intento de recuperar su atención. Ella se distrajo.

Contemplé al desconcertante joven de voz profunda, pero él miraba a lo lejos, hacia el bosque umbrío que teníamos detrás de nosotros. Había dicho que los Cullen no venían aquí, pero el tono empleado dejaba entrever algo más, que no se les permitía, que lo tenían prohibido. Su actitud me causó una extraña impresión que intenté ignorar sin éxito. Jacob interrumpió el hilo de mis cavilaciones.

—¿Aún te sigue volviendo loca Forks?

—Bueno, yo diría que eso es un eufemismo —hice una mueca y él sonrió con comprensión.

Le seguía dando vueltas al breve comentario sobre los Cullen y de repente tuve una inspiración. Era un plan estúpido, pero no se me ocurría nada mejor. Albergaba la esperanza de que el joven Jacob aún fuera inexperto con las chicas, por lo que no vería lo penoso de mis intentos de flirteo.

—¿Quieres bajar a dar un paseo por la playa conmigo? —le pregunté mientras intentaba imitar la forma en que Edward me miraba a través de los párpados. No iba a causar el mismo efecto, estaba segura, pero Jacob se incorporó de un salto con bastante predisposición.

Las nubes terminaron por cerrar filas en el cielo, oscureciendo las aguas del océano y haciendo descender la temperatura, mientras nos dirigíamos hacia el norte entre rocas de múltiples tonalidades, en dirección al espigón de madera. Metí las manos en los bolsillos de mi chaquetón.

—De modo que tienes... ¿dieciséis años? —le pregunté al tiempo que intentaba no parecer una idiota cuando parpadeé como había visto hacer a las chicas en la televisión.

—Acabo de cumplir quince —confesó adulado.

—¿De verdad? —mi rostro se llenó de una falsa expresión de sorpresa—. Hubiera jurado que eras mayor.

—Soy alto para mi edad —explicó.

—¿Subes mucho a Forks? —pregunté con malicia, simulando esperar un sí por respuesta. Me vi como una tonta y temí que, disgustado, se diera la vuelta tras acusarme de ser una farsante, pero aún parecía adulado.

—No demasiado —admitió con gesto de disgusto—, pero podré ir las veces que quiera en cuanto haya terminado el coche... y tenga el carné —añadió.

—¿Quién era ese otro chico con el que hablaba Lauren? Parecía un poco viejo para andar con nosotros —me incluí a propósito entre los más jóvenes en un intento de dejarle claro que le prefería a él.

—Es Sam y tiene diecinueve años —me informó Jacob.

—¿Qué era lo que decía sobre la familia del doctor? —pregunté con toda inocencia.

—¿Los Cullen? Se supone que no se acercan a la reserva.

Desvió la mirada hacia la Isla de James mientras confirmaba lo que creía haber oído de labios de Sam.

—¿Por qué no?

Me devolvió la mirada y se mordió el labio.

—Vaya. Se supone que no debo decir nada.

—Oh, no se lo voy a contar a nadie. Sólo siento curiosidad.

Probé a esbozar una sonrisa tentadora al tiempo que me preguntaba si no me estaba pasando un poco, aunque él me devolvió la sonrisa y pareció tentado. Luego enarcó una ceja y su voz fue más ronca cuando me preguntó con tono agorero:

—¿Te gustan las historias de miedo?

—Me encantan —repliqué con entusiasmo, esforzándome para engatusarlo.

Jacob paseó hasta un árbol cercano varado en la playa cuyas raíces sobresalían como las patas de una gran araña blancuzca. Se apoyó levemente sobre una de las raíces retorcidas mientras me sentaba a sus pies, apoyándome sobre el tronco. Contempló las rocas. Una sonrisa pendía de las comisuras de sus labios carnosos y supe que iba a intentar hacerlo lo mejor que pudiera. Me esforcé para que se notara en mis ojos el vivo interés que yo sentía.

—¿Conoces alguna de nuestras leyendas ancestrales? —comenzó—. Me refiero a nuestro origen, el de los quileutes.

—En realidad, no —admití.

—Bueno, existen muchas leyendas. Se afirma que algunas se remontan al Diluvio. Supuestamente, los antiguos quileutes amarraron sus canoas a lo alto de los árboles más grandes de las montañas para sobrevivir, igual que Noé y el arca —me sonrió para demostrarme el poco crédito que daba a esas historias—. Otra leyenda afirma que descendemos de los lobos, y que éstos siguen siendo nuestros hermanos. La ley de la tribu prohíbe matarlos.

»Y luego están las historias sobre los *fríos*.

—¿Los fríos? —pregunté sin esconder mi curiosidad.

—Sí. Las historias de los fríos son tan antiguas como las de los lobos, y algunas son mucho más recientes. De acuerdo con la leyenda, mi propio tatarabuelo conoció a algunos de ellos. Fue él quien selló el trato que los mantiene alejados de nuestras tierras.

Entornó los ojos.

—¿Tu tatarabuelo? —le animé.

—Era el jefe de la tribu, como mi padre. Ya sabes, los fríos son los enemigos naturales de los lobos, bueno, no de los lobos en realidad, sino de los lobos que se convierten en hombres, como nuestros ancestros. Tú los llamarías licántropos.

—¿Tienen enemigos los hombres lobo?

—Sólo uno.

Lo miré con avidez, confiando en hacer pasar mi impaciencia por admiración. Jacob prosiguió:

—Ya sabes, los fríos han sido tradicionalmente enemigos nuestros, pero el grupo que llegó a nuestro territorio en la época de mi tatarabuelo era diferente. No cazaban como lo hacían los demás y no debían de ser un peligro para la tribu, por lo que mi antepasado llegó a un acuerdo con ellos. No los delataríamos a los rostros pálidos si prometían mantenerse lejos de nuestras tierras.

Me guiñó un ojo.

—Si no eran peligrosos, ¿por qué...? —intenté comprender al tiempo que me esforzaba por ocultarle lo seriamente que me estaba tomando esta historia de fantasmas.

—Siempre existe un riesgo para los humanos que están cerca de los fríos, incluso si son civilizados como ocurría con este clan —instiló un evidente tono de amenaza en su voz de forma deliberada—. Nunca se sabe cuándo van a tener demasiada sed como para soportarla.

—¿A qué te refieres con eso de «civilizados»?

—Sostienen que no cazan hombres. Supuestamente son capaces de sustituir a los animales como presas en lugar de hombres.

Intenté conferir a mi voz un tono lo más casual posible.

—¿Y cómo encajan los Cullen en todo esto? ¿Se parecen a los fríos que conoció tu tatarabuelo?

—No —hizo una pausa dramática—. Son los *mismos.*

Debió de creer que la expresión de mi rostro estaba provocada por el pánico causado por su historia. Sonrió complacido y continuó:

—Ahora son más, otro macho y una hembra nueva, pero el resto son los mismos. La tribu ya conocía a su líder, Carlisle, en tiempos de mi antepasado. Iba y venía por estas tierras incluso antes de que llegara tu gente.

Reprimió una sonrisa.

—¿Y qué son? ¿Qué *son* los fríos?

Sonrió sombríamente.

—Bebedores de sangre —replicó con voz estremecedora—. Tu gente los llama vampiros.

Permanecí contemplando el mar encrespado, no muy segura de lo que reflejaba mi rostro.

—Se te ha puesto la carne de gallina —rió encantado.

—Eres un estupendo narrador de historias —le felicité sin apartar la vista del oleaje.

—El tema es un poco fantasioso, ¿no? Me pregunto por qué papá no quiere que hablemos con nadie del asunto.

Aún no lograba controlar la expresión del rostro lo suficiente como para mirarle.

—No te preocupes. No te voy a delatar.

—Supongo que acabo de violar el tratado —se rió.

—Me llevaré el secreto a la tumba —le prometí, y entonces me estremecí.

—En serio, no le digas nada a Charlie. Se puso hecho una furia con mi padre cuando descubrió que algunos de nosotros no íbamos al hospital desde que el doctor Cullen comenzó a trabajar allí.

—No lo haré, por supuesto que no.

—¿Qué? ¿Crees que somos un puñado de nativos supersticiosos? —preguntó con voz juguetona, pero con un deje de precaución. Yo aún no había apartado los ojos del mar, por lo que me giré y le sonreí con la mayor normalidad posible.

—No. Creo que eres muy bueno contando historias de miedo. Aún tengo los pelos de punta.

—Genial.

Sonrió. Entonces el entrechocar de los guijarros nos alertó de que alguien se acercaba. Giramos las cabezas al mismo tiempo para ver a Mike y a Jessica caminando en nuestra dirección a unos cuarenta y cinco metros.

—Ah, estás ahí, Bella —gritó Mike aliviado mientras movía el brazo por encima de su cabeza.

—¿Es ése tu novio? —preguntó Jacob, alertado por los celos de la voz de Mike. Me sorprendió que resultase tan obvio.

—No, definitivamente no —susurré.

Le estaba tremendamente agradecida a Jacob y deseosa de hacerle lo más feliz posible. Le guiñé el ojo, girándome de espaldas con cuidado antes de hacerlo. Él sonrió, alborozado por mi torpe flirteo.

—Cuando tenga el carné… —comenzó.

—Tienes que venir a verme a Forks. Podríamos salir alguna vez —me sentí culpable al decir esto, sabiendo que lo había utilizado, pero Jacob me gustaba de verdad. Era alguien de quien podía ser amiga con facilidad.

Mike llegó a nuestra altura, con Jessica aún a pocos pasos detrás. Vi cómo evaluaba a Jacob con la mirada y pareció satisfecho ante su evidente juventud.

—¿Dónde has estado? —me preguntó pese a tener la respuesta delante de él.

—Jacob me acaba de contar algunas historias locales —le dije voluntariamente—. Ha sido muy interesante.

Sonreí a Jacob con afecto y él me devolvió la sonrisa.

—Bueno —Mike hizo una pausa, reevaluando la situación al comprobar nuestra complicidad—. Estamos recogiendo. Parece que pronto va a empezar a llover.

Todos alzamos la mirada al cielo encapotado. Sin duda, estaba a punto de llover.

—De acuerdo —me levanté de un salto—, voy.

—Ha sido un placer *volver* a verte —dijo Jacob, mofándose un poco de Mike.

—La verdad es que sí. La próxima vez que Charlie baje a ver a Billy, yo también vendré —prometí.

Su sonrisa se ensanchó.

—Eso sería estupendo.

—Y gracias —añadí de corazón.

Me calé la capucha en cuanto empezamos a andar con paso firme entre las rocas hacia el aparcamiento. Habían comenzado a caer unas cuantas gotas, formando marcas oscuras sobre las rocas en las que impactaban. Cuando llegamos al coche de Mike, los otros ya regresaban de vuelta, cargando con todo. Me deslicé al asiento trasero junto a Angela y Tyler, anunciando que ya había gozado de mi turno junto a la ventanilla. Angela se limitó a mirar por la ventana a la creciente tormenta y Lauren se removió en el asiento del centro para copar la atención de Tyler, por lo que sólo pude reclinar la cabeza sobre el asiento, cerrar los ojos e intentar no pensar con todas mis fuerzas.

Pesadilla

Le dije a Charlie que tenía un montón de deberes pendientes y ningún apetito. Había un partido de baloncesto que lo tenía entusiasmado, aunque, por supuesto, yo no tenía ni idea de por qué era especial, así que no se percató de nada inusual en mi rostro o en mi voz.

Una vez en mi habitación, cerré la puerta. Registré el escritorio hasta encontrar mis viejos cascos y los conecté a mi pequeño reproductor de CD. Elegí un disco que Phil me había regalado por Navidad. Era uno de sus grupos predilectos, aunque, para mi gusto, gritaban demasiado y abusaban un poco del bajo. Lo introduje en el reproductor y me tendí en la cama. Me puse los auriculares, pulsé el botón *play* y subí el volumen hasta que me dolieron los oídos. Cerré los ojos, pero la luz aún me molestaba, por lo que me puse una almohada encima del rostro.

Me concentré con mucha atención en la música, intentando comprender las letras, desenredarlas entre el complicado golpeteo de la batería. La tercera vez que escuché el CD entero, me sabía al menos la letra entera de los estribillos. Me sorprendió descubrir que, después de todo, una vez que conseguí superar el ruido atronador, el grupo me gustaba. Tenía que volver a darle las gracias a Phil.

Y funcionó. Los demoledores golpes me impedían pensar, que era el objetivo final del asunto. Escuché el CD una y otra vez hasta que canté de cabo a rabo todas las canciones y al fin me dormí.

Abrí los ojos en un lugar conocido. En un rincón de mi conciencia sabía que estaba soñando. Reconocí el verde fulgor del bosque y oí las olas batiendo las rocas en algún lugar cercano. Sabía que podría ver el sol si encontraba el océano. Intenté seguir el sonido del mar, pero entonces Jacob Black estaba allí, tiraba de mi mano, haciéndome retroceder hacia la parte más sombría del bosque.

—¿Jacob? ¿Qué pasa? —pregunté. Había pánico en su rostro mientras tiraba de mí con todas sus fuerzas para vencer mi resistencia, pero yo no quería entrar en la negrura.

—¡Corre, Bella, tienes que correr! —susurró aterrado.

—¡Por aquí, Bella! —reconocí la voz que me llamaba desde el lúgubre corazón del bosque; era la de Mike, aunque no podía verlo.

—¿Por qué? —pregunté mientras seguía resistiéndome a la sujeción de Jacob, desesperada por encontrar el sol.

Pero Jacob, que de repente se convulsionó, soltó mi mano y profirió un grito para luego caer sobre el suelo del bosque oscuro. Se retorció bruscamente sobre la tierra mientras yo lo contemplaba aterrada.

—¡Jacob! —chillé.

Pero él había desaparecido y lo había sustituido un gran lobo de ojos negros y pelaje de color marrón rojizo. El lobo me dio la espalda y se alejó, encaminándose hacia la costa con el pelo del dorso erizado, gruñendo por lo bajo y enseñando los colmillos.

—¡Corre, Bella! —volvió a gritar Mike a mis espaldas, pero no me di la vuelta. Estaba contemplando una luz que venía hacia mí desde la playa.

Y en ese momento Edward apareció caminando muy deprisa de entre los árboles, con la piel brillando tenuemente y los ojos negros, peligrosos. Alzó una mano y me hizo señas para que me acercara a él. El lobo gruñó a mis pies.

Di un paso adelante, hacia Edward. Entonces, él sonrió. Tenía dientes afilados y puntiagudos.

—Confía en mí —ronroneó.

Avancé un paso más.

El lobo recorrió de un salto el espacio que mediaba entre el vampiro y yo, buscando la yugular con los colmillos.

—¡No! —grité, levantando de un empujón la ropa de la cama.

El repentino movimiento hizo que los cascos tiraran el reproductor de CD de encima de la mesilla. Resonó sobre el suelo de madera.

La luz seguía encendida. Totalmente vestida y con los zapatos puestos, me senté sobre la cama. Desorientada, eché un vistazo al reloj de la cómoda. Eran las cinco y media de la madrugada.

Gemí, me dejé caer de espaldas y rodé de frente. Me quité las botas a puntapiés, aunque me sentía demasiado incómoda para conseguir dormirme. Volví a dar otra vuelta y desabotoné los vaqueros, sacándomelos a tirones mientras intentaba permanecer en posición horizontal. Sentía la trenza del pelo en la parte posterior de la cabeza, por lo que me ladeé, solté la goma y la deshice rápidamente con los dedos. Me puse la almohada encima de los ojos.

No sirvió de nada, por supuesto. Mi subconsciente había sacado a relucir exactamente las imágenes que había intentado evitar con tanta desesperación. Ahora iba a tener que enfrentarme a ellas.

Me incorporé, la cabeza me dio vueltas durante un minuto mientras la circulación fluía hacia abajo. Lo primero es lo primero, me dije a mí misma, feliz de retrasar el asunto lo máximo posible. Tomé mi neceser.

Sin embargo, la ducha no duró tanto como yo esperaba. Pronto no tuve nada que hacer en el cuarto de baño, incluso a pesar de haberme tomado mi tiempo para secarme el pelo con el secador. Crucé las escaleras de vuelta a mi habitación envuelta en una toalla. No sabía si Charlie aún dormía o si se había marchado ya. Fui a la ventana a echar un vistazo y vi que el coche patrulla no estaba. Se había ido a pescar otra vez.

Me puse lentamente el chándal más cómodo que tenía y luego arreglé la cama, algo que no hacía jamás. Ya no podía aplazarlo más, por lo que me dirigí al escritorio y encendí el viejo ordenador.

Odiaba utilizar Internet en Forks. El módem estaba muy anticuado, tenía un servicio gratuito muy inferior al de Phoenix, de modo que, viendo que tardaba tanto en conectarse, decidí servirme un cuenco de cereales entretanto.

Comí despacio, masticando cada bocado con lentitud. Al terminar, lavé el cuenco y la cuchara, los sequé y los guardé. Arrastré los pies escaleras arriba y lo primero de todo recogí del suelo el reproductor de CD y lo situé en el mismo centro de la mesa. Desconecté los cascos y los guardé en un cajón del escritorio. Luego volví a poner el mismo disco a un volumen lo bastante bajo para que sólo fuera música de fondo.

Me volví hacia el ordenador con otro suspiro. La pantalla estaba llena de *popups* de anuncios y comencé a cerrar todas las ventanitas. Al final me fui a mi buscador favorito, cerré unos cuantos *popups* más, y tecleé una única palabra.

Vampiro.

Fue de una lentitud que me sacó de quicio, por supuesto. Había mucho que cribar cuando aparecieron los resultados. Todo cuanto concernía a películas, series televisivas, juegos de rol, música *underground* y compañías de productos cosméticos góticos.

Entonces encontré un sitio prometedor: «Vampiros, de la A a la Z». Esperé con impaciencia a que el navegador cargara la página, haciendo clic rápidamente en cada anuncio que surgía en la pantalla para cerrarlo. Finalmente, la pantalla estuvo completa: era una página simple con fondo blanco y texto negro, de aspecto académico. La página de inicio me recibió con dos citas.

No hay en todo el vasto y oscuro mundo de espectros y demonios ninguna criatura tan terrible, ninguna tan temida y aborrecida, y aun así aureolada por una aterradora fascinación, como el vampiro, que en sí mismo no es espectro ni demonio, pero comparte con ellos su naturaleza oscura y posee las misteriosas y terribles cualidades de ambos.

Reverendo Montague Summers

Si hay en este mundo un hecho bien autenticado, ése es el de los vampiros. No le falta de nada: informes oficiales, declaraciones juradas de personajes famosos, cirujanos, sacerdotes y magistrados. Las pruebas judiciales son de lo más completas, y aun así, ¿hay alguien que crea en vampiros?

Rousseau

El resto del sitio consistía en un listado alfabético de los diferentes mitos de los vampiros por todo el mundo. El primero en el que hice clic fue el *danag,* un vampiro filipino a quien se suponía responsable de la plantación de taro en las islas mucho tiempo atrás. El mito aseguraba que los *danag* trabajaron con los hombres durante muchos años, pero la colaboración finalizó el día en que una mujer se cortó el dedo y un *danag* lamió la herida, ya que disfrutó tanto del sabor de la sangre que la desangró por completo.

Leí con atención las descripciones en busca de algo que me resultara familiar, dejando sólo lo verosímil. Parecía que la mayoría de los mitos sobre los vampiros se concentraban en reflejar a hermosas mujeres como demonios y a los niños como víctimas. También parecían estructuras creadas para explicar la alta tasa de mortalidad infantil y proporcionar a los hombres una coartada para la infidelidad. En muchas de las historias se mezclaban espíritus incorpóreos y admoniciones contra los entierros realizados incorrectamente. No había mucho que guardara parecido con las películas que había visto, y sólo a unos pocos, como el *estrie* hebreo y el *upier* polaco, les preocupaba el beber sangre.

Sólo tres entradas atrajeron de verdad mi atención: el rumano *varacolaci,* un poderoso no muerto que podía aparecerse como un hermoso humano de piel pálida, el eslovaco *nelapsi,* una criatura de tal fuerza y rapidez que era capaz de masacrar toda una aldea en una sola hora después de la medianoche, y otro más, el *stregoni benefici.*

Sobre este último había una única afirmación.

Stregoni benefici: vampiro italiano que afirmaba estar del lado del bien; era enemigo mortal de todos los vampiros diabólicos.

Aquella pequeña entrada constituía un alivio, era el único entre cientos de mitos que aseguraba la existencia de vampiros buenos.

Sin embargo, en conjunto, había pocos que coincidieran con la historia de Jacob o mis propias observaciones. Había realizado mentalmente un pequeño catálogo y lo comparaba cuidadosamente con cada mito mientras iba leyendo. Velocidad, fuerza, belleza, tez pálida, ojos que cambiaban de color, y luego los criterios de Jacob: bebedores de sangre, enemigos de los hombres lobo, piel fría, inmortalidad. Había muy pocos mitos en los que encajara al menos un factor.

Y había otro problema adicional a raíz de lo que recordaba de las pocas películas de terror que había visto y que se reforzaba con aquellas lecturas: los vampiros no podían salir durante el día porque el sol los quemaría hasta reducirlos a cenizas. Dormían en ataúdes todo el día y sólo salían de noche.

Exasperada, apagué el botón de encendido del ordenador sin esperar a cerrar el sistema operativo correctamente. Sentí una turbación aplastante a pesar de toda mi irritación. ¡Todo aquello era tan estúpido! Estaba sentada en mi cuarto rastreando información sobre vampiros. ¿Qué era lo que me sucedía? Decidí que la mayor parte de la culpa estaba fuera del umbral de mi puerta, en el pueblo de Forks y, por extensión, en la húmeda península de Olympic.

Tenía que salir de la casa, pero no había ningún lugar al que quisiera ir que no implicara conducir durante tres días. Volví a calzarme las botas, sin tener muy claro adónde dirigirme, y bajé las escaleras. Me envolví en mi impermeable sin comprobar qué tiempo hacía y salí por la puerta pisando fuerte.

Estaba nublado, pero aún no llovía. Ignoré el coche y empecé a caminar hacia el este, cruzando el patio de la casa de Charlie en dirección al bosque.

No transcurrió mucho tiempo antes de que me hubiera adentrado en él lo suficiente para que la casa y la carretera desaparecieran de la vista y el único sonido audible fuera el de la tierra húmeda al succionar mis botas y los súbitos silbos de los arrendajos.

La estrecha franja de un sendero discurría a lo largo del bosque; de lo contrario no me hubiera arriesgado a vagabundear de aquella manera por mis propios medios, ya que carecía de sentido de la orientación y era perfectamente capaz de perderme en parajes mucho menos alambicados. El sendero se adentraba más y más en el corazón del bosque, incluso puedo aventurar que casi siempre rumbo Este. Serpenteaba entre los abetos y las cicutas, entre los tejos y los arces. Tenía leves nociones de los árboles que había a mi alrededor, y todo cuanto sabía se lo debía a Charlie, que me había ido enseñando sus nombres desde la ventana del coche patrulla cuando yo era pequeña. A muchos no los identificaba y de otros no estaba del todo segura porque estaban casi cubiertos por parásitos verdes.

Seguí el sendero impulsada por mi enfado conmigo misma. Una vez que éste empezó a desaparecer, aflojé el paso. Unas gotas de agua cayeron desde el dosel de ramas de las alturas, pero no estaba segura de si empezaba a llover o si se trataba de los restos de la lluvia del día anterior, acumulada sobre el haz de las hojas, y que ahora goteaba lentamente en el suelo. Un árbol caído recientemente —sabía que esto era así porque no estaba totalmente cubierto de musgo— descansaba sobre el tronco de uno de sus hermanos, cuyo resultado era la formación de una especie de banco no muy alto a pocos —y seguros— pasos del sendero. Llegué hasta él saltando con precaución por encima de los helechos y me senté colocando la chaqueta de modo que estuviera entre el húmedo asiento y mi ropa. Apoyé la cabeza, cubierta por la capucha, contra el árbol vivo.

Aquél era el peor lugar al que podía haber acudido, debería de haberlo sabido, pero ¿a qué otro sitio podía ir? El bosque, de un verde intenso, se parecía demasiado al escenario del sueño de la última noche para alcanzar la paz de espíritu. Ahora que ya no oía el sonido de mis pasos sobre el barro, el silencio era penetrante. Los pájaros también permanecían callados y aumentó la frecuencia de las gotas, lo que parecía confirmar que allí arriba, en el cielo, estaba lloviendo. Ahora que me había sentado, la altura de los helechos sobrepasaba la de mi cabeza, por lo que cualquiera hubiera podido caminar por la senda a tres pies de distancia sin verme.

Allí, entre los árboles, resultaba mucho más fácil creer en los disparates de los que me avergonzaba dentro de la casa. Nada había cambiado en aquel bosque durante miles de años, y todos los mitos y leyendas de mil países diferentes me parecían mucho más verosímiles en medio de aquella calima verde que en mi despejado dormitorio.

Me obligué a concentrarme en las dos preguntas vitales que debía contestar, pero lo hice a regañadientes.

Primero tenía que decidir si podía ser cierto lo que Jacob me había dicho sobre los Cullen.

Mi mente respondió de inmediato con una rotunda negativa. Resultaba estúpido y mórbido entretenerse con unas ideas tan ridículas. Pero, en ese caso, ¿qué pasaba?, me pregunté. No había una explicación racional a por qué seguía viva en aquel momento. Hice recuento mental de lo que había observado con mis propios ojos: lo inverosímil de su fortaleza y velocidad, el color cambiante de los ojos, del negro al dorado y viceversa, la belleza sobrehumana, la piel fría y pálida, y otros pequeños detalles de los que había tomado nota poco a poco: no parecía comer jamás y se movía con una gracia turbadora. Y luego estaba la forma en que hablaba a veces, con cadencias poco habituales y frases que encajaban mejor con el estilo de una novela de finales del siglo XIX que de una clase del siglo XXI. Había hecho novillos el día que hicimos la prueba del grupo sanguíneo, tampoco se negó a ir de *camping* a la playa hasta que supo adónde íbamos a ir, y parecía saber lo que pensaban cuantos le rodeaban, salvo yo. Me había dicho que era el malo de la película, peligroso…

¿Podían ser vampiros los Cullen?

Bueno, eran *algo.* Y lo que empezaba a tomar forma delante de mis ojos incrédulos excedía la posibilidad de una explicación racional. Ya fuera uno de los fríos o se cumpliera mi teoría del superhéroe, Edward Cullen no era… humano. Era algo más.

Así pues… tal vez. Ésa iba a ser mi respuesta por el momento.

Y luego estaba la pregunta más importante. ¿Qué iba a hacer si resultaba ser cierto?

¿Qué haría si Edward fuera… un vampiro? Apenas podía obligarme a pensar esas palabras. Involucrar a nadie más estaba fuera de lugar. Ni siquiera yo misma me lo creía, quedaría en ridículo ante cualquiera a quien se lo dijera.

Sólo dos alternativas parecían prácticas. La primera era aceptar su aviso: ser lista y evitarle todo lo posible, cancelar nuestros planes y volver a ignorarlo tanto como fuera capaz, fingir que entre nosotros existía un grueso e impenetrable muro de cristal en la única clase que estábamos obligados a compartir, decirle que se alejara de mí… y esta vez en serio.

Me invadió de repente una desesperación tan agónica cuando consideré esa opción que el mecanismo de mi mente de rechazar el dolor provocó que pasara rápidamente a la siguiente alternativa.

No hacer nada diferente. Después de todo, hasta la fecha, no me había causado daño alguno aunque fuera algo… siniestro. De hecho, sería poco más que una abolladura en el guardabarros de Tyler si él no hubiera actuado con tanta rapidez. Tanta, me dije a mí misma, que podría haber sido puro reflejo: *¿Cómo puede ser malo si tiene reflejos para salvar vidas?,* pensé. No hacía más que darle vueltas sin obtener respuestas.

Había una cosa de la que estaba segura, si es que estaba segura de algo: el oscuro Edward del sueño de la pasada noche sólo era una reacción de mi miedo ante el mundo del que había hablado Jacob, no del propio Edward. Aun así, cuando chillé de pánico ante el ataque del hombre lobo, no fue el miedo al licántropo lo que arrancó de mis labios ese grito de «¡no!», sino a que él resultara herido. A pesar de que me había llamado con los colmillos afilados, temía por *él*.

Y supe que tenía mi respuesta. Ignoraba si en realidad había tenido elección alguna vez. Ya me había involucrado demasiado en el asunto. Ahora que lo sabía, si es que lo sabía, no podía hacer nada con mi aterrador secreto, ya que cuando pensaba en él, en su voz, sus ojos hipnóticos y la magnética fuerza de su personalidad, no quería otra cosa que estar con él de inmediato, incluso si... Pero no podía pensar en ello, no aquí, sola en la penumbra del bosque, no mientras la lluvia lo hiciera tan sombrío como el crepúsculo debajo del dosel de ramas y disperso como huellas en un suelo enmarañado de tierra. Me estremecí y me levanté deprisa de mi escondite, preocupada porque la lluvia hubiera borrado la senda.

Pero ésta permanecía allí, nítida y sinuosa, para que saliera del goteante laberinto verde. La seguí de forma apresurada, con la capucha bien calada sobre la cabeza, sin dejar de sorprenderme, mientras pasaba entre los árboles casi a la carrera, de lo lejos que había llegado. Empecé a preguntarme si me dirigía a alguna salida o si la senda llevaría hasta más allá de los confines del bosque. Atisbé algunos claros a través de la maraña de ramas antes de que me entrara demasiado pánico, y luego oí un coche pasar por la carretera, y allí estaba el jardín de Charlie que se extendía delante de mí, y la casa, que me llamaba y me prometía calor y calcetines secos.

Apenas era mediodía cuando entré. Subí las escaleras y me puse ropa de estar por casa, unos vaqueros y una camiseta, ya que no iba a salir. No me costó mucho esfuerzo concentrarme en la tarea para ese día, un trabajo sobre *Macbeth* que debía entregar el miércoles. Pergeñé un primer borrador del trabajo con una satisfacción y serenidad que no sentía desde... Bueno, para ser sincera, desde el jueves.

Ésa había sido siempre mi forma de ser. Adoptar decisiones era la parte que más me dolía, la que me llevaba por la calle de la amargura. Pero una vez que tomaba la decisión, me limitaba a seguirla... Por lo general, con el alivio que daba el haberla tomado. A veces, el alivio se teñía de desesperación, como cuando resolví venir a Forks, pero seguía siendo mejor que pelear con las alternativas.

Era ridículamente fácil vivir con esta decisión. Peligrosamente fácil.

De ese modo, el día fue tranquilo y productivo. Terminé mi trabajo antes de las ocho. Charlie volvió a casa con abundante pesca, lo que me llevó a pensar en adquirir un libro de recetas para pescado cuando estuviera en Seattle la semana siguiente. Los escalofríos que corrían por mi espalda cada vez que pensaba en ese viaje no diferían de los que sentía antes de mi paseo con Jacob Black. Creía que serían distintos. Deberían serlo, ¡deberían serlo! Sabía que debería estar asustada, pero lo que sentía no era miedo exactamente.

Dormí sin sueños aquella noche, rendida como estaba por haberme levantado el domingo tan temprano y haber descansando tan poco la noche anterior. Por segunda vez desde mi llegada a Forks, me despertó la brillante luz de un día soleado.

Me levanté de un salto y corrí hacia la ventana; comprobé con asombro que apenas había nubes en el cielo, y las pocas que había sólo eran pequeños jirones algodonosos de color blanco que posiblemente no trajeran lluvia alguna. Abrí la ventana y me sorprendió que se abriera sin ruido ni esfuerzo alguno a pesar de que no se había abierto en quién sabe cuántos años, y aspiré el aire, relativamente seco. Casi hacía calor y apenas soplaba viento. Por mis venas corría la adrenalina.

Charlie estaba terminando de desayunar cuando bajé las escaleras y de inmediato se apercibió de mi estado de ánimo.

—Ahí fuera hace un día estupendo —comentó.

—Sí —coincidí con una gran sonrisa.

Me devolvió la sonrisa. La piel se arrugó alrededor de sus ojos castaños. Resultaba fácil ver por qué mi madre y él se habían lanzado alegremente a un matrimonio tan prematuro cuando Charlie sonreía. Gran parte del joven romántico que fue en aquellos días se había desvanecido antes de que yo le conociera, cuando su rizado pelo castaño —del mismo color que el mío, aunque de diferente textura— comenzaba a escasear y revelaba lentamente cada vez más y más la piel brillante de la frente. Pero cuando sonreía, podía atisbar un poco del hombre que se había fugado con Renée cuando ésta sólo tenía dos años más que yo ahora.

Desayuné animadamente mientras contemplaba revolotear las motas de polvo en los chorros de luz que se filtraban por la ventana trasera. Charlie me deseó un buen día en voz alta y luego oí que el coche patrulla se alejaba. Vacilé al salir de casa, impermeable en mano. No llevarlo equivaldría a tentar al destino. Lo doblé sobre el brazo con un suspiro y salí caminando bajo la luz más brillante que había visto en meses.

A fuerza de emplear a fondo los codos, fui capaz de bajar del todo los dos cristales de las ventanillas del monovolumen. Fui una de las primeras en llegar al instituto. No había comprobado la hora con las prisas de salir al aire libre. Aparqué y me dirigí hacia los bancos del lado sur de la cafetería, que de vez en cuando se usaban para algún *picnic*. Los bancos estaban todavía un poco húmedos, por lo que me senté sobre el impermeable, contenta de poder darle un uso. Había terminado los deberes, fruto de una escasa vida social, pero había unos cuantos problemas de Trigonometría que no estaba segura de haber resuelto bien. Abrí el libro aplicadamente, pero me puse a soñar despierta a la mitad de la revisión del primer problema. Garabateé distraídamente unos bocetos en los márgenes de los deberes. Después de algunos minutos, de repente me percaté de que había dibujado cinco pares de ojos negros que me miraban fijamente desde el folio. Los borré con la goma.

—¡Bella! —oí gritar a alguien, y parecía la voz de Mike.

Al mirar a mi alrededor comprendí que la escuela se había ido llenando de gente mientras estaba allí sentada, distraída. Todo el mundo llevaba camisetas, algunos incluso vestían *shorts* a pesar de que la temperatura no debería sobrepasar los doce grados. Mike se acercaba saludando con el brazo, lucía unos *shorts* de color caqui y una camiseta a rayas de rugby.

Se sentó a mi lado con una sonrisa de oreja a oreja y las cuidadas puntas del pelo reluciendo a la luz del sol. Estaba tan encantado de verme que no pude evitar sentirme satisfecha.

—No me había dado cuenta antes de que tu pelo tiene reflejos rojos —comentó mientras atrapaba entre los dedos un mechón que flotaba con la ligera brisa.

—Sólo al sol.

Me sentí incómoda cuando colocó el mechón detrás de mi oreja.

—Hace un día estupendo, ¿eh?

—La clase de días que me gustan —dije mostrando mi acuerdo.

—¿Qué hiciste ayer?

El tono de su voz era demasiado posesivo.

—Me dediqué sobre todo al trabajo de Literatura.

No añadí que lo había terminado, no era necesario parecer pagada de mí misma. Se golpeó la frente con la base de la mano.

—Ah, sí... Hay que entregarlo el jueves, ¿verdad?

—Esto... Creo que el miércoles.

—¿El miércoles? —frunció el ceño—. Mal asunto. ¿Sobre qué has escrito el tuyo?

—Acerca de la posible misoginia de Shakespeare en el tratamiento de los personajes femeninos.

Me contempló como si le hubiera hablado en chino.

—Supongo que voy a tener que ponerme a trabajar en eso esta noche —dijo desanimado—. Te iba a preguntar si querías salir.

—Ah.

Me había pillado con la guardia bajada. ¿Por qué ya no podía mantener una conversación agradable con Mike sin que acabara volviéndose incómoda?

—Bueno, podíamos ir a cenar o algo así... Puedo trabajar más tarde.

Me sonrió lleno de esperanza.

—Mike... —odiaba que me pusieran en un aprieto—. Creo que no es una buena idea.

Se le descompuso el rostro.

—¿Por qué? —preguntó con mirada cautelosa. Mis pensamientos volaron hacia Edward, preguntándome si también Mike pensaba lo mismo.

—Creo, y te voy dar una buena tunda sin remordimiento alguno como repitas una sola palabra de lo que voy a decir —le amenacé—, que eso heriría los sentimientos de Jessica.

Se quedó aturdido. Era obvio que no pensaba en esa dirección de ningún modo.

—¿Jessica?

—De verdad, Mike, ¿estás *ciego?*

—Vaya —exhaló claramente confuso.

Aproveché la ventaja para escabullirme.

—Es hora de entrar en clase, y no puedo llegar tarde.

Recogí los libros y los introduje en mi mochila.

Caminamos en silencio hacia el edificio tres. Mike iba con expresión distraída. Esperaba que, cualesquiera que fueran los pensamientos en los que estuviera inmerso, éstos le condujeran en la dirección correcta.

Cuando vi a Jessica en Trigonometría, desbordaba entusiasmo. Ella, Angela y Lauren iban a ir de compras a Port Angeles esa tarde para buscar vestidos para el baile y quería que yo también fuera, a pesar de que no necesitaba ninguno. Estaba indecisa. Sería agradable salir del pueblo con algunas amigas, pero Lauren estaría allí y quién sabía qué podía hacer esa tarde… Pero ése era definitivamente el camino erróneo para dejar correr mi imaginación…

De modo que le respondí que tal vez, explicándole que primero tenía que hablar con Charlie.

No habló de otra cosa que del baile durante todo el trayecto hasta clase de Español y continuó, como si no hubiera habido interrupción alguna, cuando la clase terminó al fin, cinco minutos más tarde de la hora, y mientras nos dirigíamos a almorzar. Estaba demasiado perdida en el propio frenesí de mis expectativas como para comprender casi nada de lo que decía. Estaba dolorosamente ávida de ver no sólo a Edward sino a todos los Cullen, con el fin de poder contrastar en ellos las nuevas sospechas que llenaban mi mente. Al cruzar el umbral de la cafetería, sentí deslizarse por la espalda y anidar en mi estómago el primer ramalazo de pánico. ¿Serían capaces de saber lo que pensaba? Luego me sobresaltó un sentimiento distinto. ¿Estaría esperándome Edward para sentarse conmigo otra vez?

Fiel a mi costumbre, miré primero hacia la mesa de los Cullen. Un estremecimiento de pánico sacudió mi vientre al percatarme de que estaba vacía. Con menor esperanza, recorrí la cafetería con la mirada, esperando encontrarle solo, esperándome. El lugar estaba casi lleno —la clase de Español nos había retrasado—, pero no había rastro de Edward ni de su familia. El desconsuelo hizo mella en mí con una fuerza agobiante.

Anduve vacilante detrás de Jessica, sin molestarme en fingir por más tiempo que la escuchaba.

Habíamos llegado lo bastante tarde para que todo el mundo se hubiera sentado ya en nuestra mesa. Esquivé la silla vacía junto a Mike a favor de otra al lado de Angela. Fui vagamente consciente de que Mike ofrecía amablemente la silla a Jessica, y de que el rostro de ésta se iluminaba como respuesta.

Angela me hizo unas cuantas preguntas en voz baja sobre el trabajo de *Macbeth,* a las que respondí con la mayor naturalidad posible mientras me hundía en las espirales de la miseria. También ella me invitó a acompañarlas por la tarde, y ahora acepté, agarrándome a cualquier cosa que me distrajera.

Comprendí que me había aferrado al último jirón de esperanza cuando vi el asiento contiguo vacío al entrar en Biología, y sentí una nueva oleada de desencanto.

El resto del día transcurrió lentamente, con desconsuelo. En Educación física tuvimos una clase teórica sobre las reglas del bádminton, la siguiente tortura que ponían en mi camino, pero al menos eso significó que pude estar sentada escuchando en lugar de ir dando tumbos por la pista. Lo mejor de todo es que el entrenador no terminó, por lo que tendría otra jornada sin ejercicio al día siguiente. No importaba que me entregaran una raqueta antes de dejarme libre el resto de la clase.

Me alegré de abandonar el campus. De esa forma podría poner mala cara y deprimirme antes de salir con Jessica y compañía, pero apenas había traspasado el umbral de la casa de Charlie, Jessica me telefoneó para cancelar nuestros planes. Intenté mostrarme encantada de que Mike la hubiera invitado a cenar, aunque lo que en realidad me aliviaba era que al fin él parecía que iba a tener éxito, pero ese entusiasmo me sonó falso hasta a mí. Ella reprogramó nuestro viaje de compras a la tarde noche del día siguiente.

Aquello me dejaba con poco que hacer para distraerme. Había pescado en adobo, con una ensalada y pan que había sobrado la noche anterior, por lo que no quedaba nada que preparar. Me mantuve concentrada en los deberes, pero los terminé a la media hora. Revisé el correo electrónico y leí los *mails* atrasados de mi madre, que eran cada vez más apremiantes conforme se acercaban a la actualidad. Suspiré y tecleé una rápida respuesta.

Mamá:

Lo siento. He estado fuera. Me fui a la playa con algunos amigos y luego tuve que escribir un trabajo para el instituto.

Mis excusas eran patéticas, por lo que renuncié a intentar justificarme.

Hoy hace un día soleado. Lo sé, yo también estoy muy sorprendida, por lo que me voy a ir al aire libre para empaparme de toda la vitamina D que pueda. Te quiero.

Bella

Decidí matar una hora con alguna lectura que no estuviera relacionada con las clases. Tenía una pequeña colección de libros que me había traído a Forks. El más gastado por el uso era una recopilación de obras de Jane Austen. Lo seleccioné y me dirigí al patio trasero. Al bajar las escaleras tomé un viejo edredón roto del armario de la ropa blanca.

Ya fuera, en el pequeño patio cuadrado de Charlie, doblé el edredón por la mitad, lejos del alcance de la sombra de los árboles, sobre el césped, que iba a permanecer húmedo sin importar durante cuánto tiempo brillara el sol. Me tumbé bocabajo, con los tobillos entrecruzados al aire, hojeando las diferentes novelas del libro mientras intentaba decidir cuál ocuparía mi mente a fondo. Mis favoritas eran *Orgullo y prejuicio* y *Sentido y sensibilidad.* Había leído la primera recientemente, por lo que comencé *Sentido y sensibilidad,* sólo para recordar al comienzo del capítulo tres que el protagonista de la historia se llamaba Edward. Enfadada, me puse a leer *Mansfield Park,* pero el héroe del texto se llamaba Edmund, y se parecía demasiado. ¿No había a finales del siglo XVIII más nombres? Aturdida, cerré el libro de golpe y me di la vuelta para tumbarme de espaldas. Me arremangué la blusa lo máximo posible y cerré los ojos. No quería pensar en otra cosa que no fuera el calor del sol sobre mi piel, me dije a mí misma. La brisa seguía siendo suave, pero su soplo lanzaba mechones de pelo sobre mi rostro, haciéndome cosquillas. Me recogí el pelo detrás de la cabeza, dejándolo extendido en forma de abanico sobre el edredón, y me concentré de nuevo en el calor que me acariciaba los párpados, los pómulos, la nariz, los labios, los antebrazos, el cuello y calentaba mi blusa ligera.

Lo próximo de lo que fui consciente fue el sonido del coche patrulla de Charlie al girar sobre las losas de la acera. Me incorporé sorprendida al comprender que la luz ya se había ocultado detrás de los árboles y que me había dormido. Miré a mi alrededor, hecha un lío, con la repentina sensación de no estar sola.

—¿Charlie? —pregunté, pero sólo oí cerrarse de un portazo la puerta de su coche frente a la casa.

Me incorporé de un salto, con los nervios a flor de piel sin ningún motivo, para recoger el edredón, ahora empapado, y el libro. Corrí dentro para echar algo de gasóleo a la estufa al tiempo que me daba cuenta de que la cena se iba a retrasar. Charlie estaba colgando el cinto con la pistola y quitándose las botas cuando entré.

—Lo siento, papá, la cena aún no está preparada. Me quedé dormida ahí fuera —dije reprimiendo un bostezo.

—No te preocupes —contestó—. De todos modos, quería enterarme del resultado del partido.

Vi la televisión con Charlie después de la cena, por hacer algo. No había ningún programa que quisiera ver, pero él sabía que no me gustaba el baloncesto, por lo que puso una estúpida comedia de situación que no disfrutamos ninguno de los dos. No obstante, parecía feliz de que hiciéramos algo juntos. A pesar de mi tristeza, me sentí bien por complacerle.

—Papá —dije durante los anuncios—, Jessica y Angela van a ir a mirar vestidos para el baile mañana por la tarde a Port Angeles y quieren que las ayude a elegir. ¿Te importa que las acompañe?

—¿Jessica Stanley? —preguntó.

—Y Angela Weber.

Suspiré mientras le daba todos los detalles.

—Pero tú no vas a asistir al baile, ¿no? —comentó. No lo entendía.

—No, papá, pero las voy a ayudar a elegir los vestidos —no tendría que explicarle esto a una mujer—. Ya sabes, aportar una crítica constructiva.

—Bueno, de acuerdo —pareció comprender que aquellos temas de chicas se le escapaban—. Aunque, ¿no hay colegio por la tarde?

—Saldremos en cuanto acabe el instituto, por lo que podremos regresar temprano. Te dejaré lista la cena, ¿vale?

—Bella, me he alimentado durante diecisiete años antes de que tú vinieras —me recordó.

—Y no sé cómo has sobrevivido —dije entre dientes para luego añadir con mayor claridad—: Te voy a dejar algo de comida fría en el frigorífico para que te prepares un par de sándwiches, ¿de acuerdo? En la parte de arriba.

Me dedicó una divertida mirada de tolerancia.

Al día siguiente, la mañana amaneció soleada. Me desperté con esperanzas renovadas que intenté suprimir con denuedo. Como el día era más templado, me puse una blusa escotada de color azul oscuro, una prenda que hubiera llevado en Phoenix durante lo más crudo del invierno.

Había planeado llegar al colegio justo para no tener que esperar a entrar en clase. Desmoralizada, di una vuelta completa al aparcamiento en busca de un espacio al tiempo que buscaba también el Volvo plateado, que, claramente, no estaba allí. Aparqué en la última fila y me apresuré a clase de Lengua, llegando sin aliento ni brío, pero antes de que sonara el timbre.

Ocurrió lo mismo que el día anterior. No pude evitar tener ciertas esperanzas que se disiparon dolorosamente cuando en vano recorrí con la mirada el comedor y comprobé que seguía vacío el asiento contiguo al mío de la mesa de Biología.

El plan de ir a Port Angeles por la tarde regresó con mayor atractivo al tener Lauren otros compromisos. Estaba ansiosa por salir del pueblo, para poder dejar de mirar por encima del hombro, con la esperanza de verlo aparecer de la nada como siempre hacía. Me prometí a mí misma que iba a estar de buen humor para no arruinar a Angela ni a Jessica el placer de la caza de vestidos. Puede que también yo hiciera algunas pequeñas compras. Me negaba a creer que esta semana podría ir de compras sola en Seattle porque Edward ya no estuviera interesado en nuestro plan. Seguramente no lo cancelaría sin decírmelo al menos.

Jessica me siguió hasta casa en su viejo Mercury blanco después de clase para que pudiera dejar los libros y mi coche. Me cepillé el pelo a toda prisa mientras estaba dentro, sintiendo resurgir una leve excitación ante la expectativa de salir de Forks. Sobre la mesa, dejé una nota para Charlie en la que le volvía a explicar dónde encontrar la cena, cambié mi desaliñada mochila escolar por un bolso que utilizaba muy de tarde en tarde y corrí a reunirme con Jessica. A continuación fuimos a casa de Angela, que nos estaba esperando. Mi excitación crecía exponencialmente conforme el coche se alejaba de los límites del pueblo.

Port Angeles

Jessica conducía aún más deprisa que Charlie, por lo que estuvimos en Port Angeles a eso de las cuatro. Hacía bastante tiempo que no había tenido una salida nocturna sólo de chicas; el subidón del estrógeno resultó vigorizante. Escuchamos canciones de rock mientras Jessica hablaba sobre los chicos con los que solíamos estar. Su cena con Mike había ido muy bien y esperaba que el sábado por la noche hubieran progresado hasta llegar a la etapa del primer beso. Sonreí para mis adentros, complacida. Angela estaba feliz de asistir al baile aunque en realidad no le interesaba Eric. Jess intentó hacerle confesar cuál era su tipo de chico, pero la interrumpí con una pregunta sobre vestidos poco después, para distraerla. Angela me dedicó una mirada de agradecimiento.

Port Angeles era una hermosa trampa para turistas, mucho más elegante y encantadora que Forks, pero Jessica y Angela la conocían bien, por lo que no planeaban desperdiciar el tiempo en el pintoresco paseo marítimo cerca de la bahía. Jessica condujo directamente hasta una de las grandes tiendas de la ciudad, situada a unas pocas calles del área turística de la bahía.

Se había anunciado que el baile sería de media etiqueta y ninguna de nosotras sabía con exactitud qué significaba aquello. Jessica y Angela parecieron sorprendidas y casi no se lo creyeron cuando les dije que nunca había ido a ningún baile en Phoenix.

—¿Ni siquiera has tenido un novio ni nada por el estilo? —me preguntó Jess dubitativa mientras cruzábamos las puertas frontales de la tienda.

—De verdad —intentaba convencerla sin querer confesar mis problemas con el baile—. Nunca he tenido un novio ni nada que se le parezca. No salía mucho en Phoenix.

—¿Por qué no? —quiso saber Jessica.

—Nadie me lo pidió —respondí con franqueza.

Parecía escéptica.

—Aquí te lo han pedido —me recordó—, y te has negado.

En ese momento estábamos en la sección de ropa juvenil, examinando las perchas con vestidos de gala.

—Bueno, excepto con Tyler —me corrigió Angela con voz suave.

—¿Perdón? —me quedé boquiabierta—. ¿Qué dices?

—Tyler le ha dicho a todo el mundo que te va a llevar al baile de la promoción —me informó Jessica con suspicacia.

—¿Que dice el qué?

Parecía que me estaba ahogando.

—Te dije que no era cierto —susurró Angela a Jessica.

Permanecí callada, aún en estado de *shock*, que rápidamente se convirtió en irritación. Pero ya habíamos encontrado la sección de vestidos y ahora teníamos trabajo por delante.

—Por eso no le caes bien a Lauren —comentó entre risitas Jessica mientras toqueteábamos la ropa.

Me rechinaron los dientes.

—¿Crees que Tyler dejaría de sentirse culpable si lo atropellara con el monovolumen, que eso le haría perder el interés en disculparse y quedaríamos en paz?

—Puede —Jess se rió con disimulo—, si es que lo está haciendo por ese motivo.

La elección de los vestidos no fue larga, pero ambas encontraron unos cuantos que probarse. Me senté en una silla baja dentro del probador, junto a los tres paneles del espejo, intentando controlar mi rabia.

Jess se mostraba indecisa entre dos. Uno era un modelo sencillo, largo y sin tirantes; el otro, un vestido de color azul, con tirantes finos, que le llegaba hasta la rodilla. Angela eligió un vestido color rosa claro cuyos pliegues realzaban su alta figura y resaltaban los tonos dorados de su pelo castaño claro. Las felicité a ambas con profusión y las ayudé a colocar en las perchas los modelos descartados.

Nos dirigimos a por los zapatos y otros complementos. Me limité a observar y criticar mientras ellas se probaban varios pares, porque, aunque necesitaba unos zapatos nuevos, no estaba de humor para comprarme nada. La tarde noche de chicas siguió a la estela de mi enfado con Tyler, que poco a poco fue dejando espacio a la melancolía.

—¿Angela? —comencé titubeante mientras ella intentaba calzarse un par de zapatos rosas con tacones y tiras. Estaba alborozada de tener una cita con un chico lo bastante alto como para poder llevar tacones. Jessica se había dirigido hacia el mostrador de la joyería y estábamos las dos solas.

—¿Sí?

Extendió la pierna y torció el tobillo para conseguir la mejor vista posible del zapato.

Me acobardé y dije:

—Me gustan.

—Creo que me los voy a llevar, aunque sólo van a hacer juego con este vestido —musitó.

—Venga, adelante. Están en venta —la animé.

Ella sonrió mientras volvía a colocar la tapa de una caja que contenía unos zapatos de color blanco y aspecto más práctico. Lo intenté otra vez.

—Esto… Angela… —la aludida alzó los ojos con curiosidad.

—¿Es normal que los Cullen falten mucho a clase?

Mantuvo los ojos fijos en los zapatos. Fracasé miserablemente en mi intento de parecer indiferente.

—Sí, cuando el tiempo es bueno agarran las mochilas y se van de excursión varios días, incluso el doctor —me contestó en voz baja y sin dejar de mirar a los zapatos—. Les encanta vivir al aire libre.

No me formuló ni una pregunta en lugar de las miles que hubiera provocado la mía en los labios de Jessica. Angela estaba empezando a caerme realmente bien.

—Vaya.

Zanjé el tema cuando Jessica regresó para mostrarnos un diamante de imitación que había encontrado en la joyería a juego con sus zapatos plateados.

Habíamos planeado ir a cenar a un pequeño restaurante italiano junto al paseo marítimo, pero la compra de la ropa nos había llevado menos tiempo del esperado. Jess y Angela fueron a dejar las compras en el coche y entonces bajamos dando un paseo hacia la bahía. Les dije que me reuniría con ellas en el restaurante en una hora, ya que quería buscar una librería. Ambas se mostraron deseosas de acompañarme, pero las animé a que se divirtieran. Ignoraban lo mucho que me podía abstraer cuando estaba rodeada de libros, era algo que prefería hacer sola. Se alejaron del coche charlando animadamente y yo me encaminé en la dirección indicada por Jess.

No hubo problema en encontrar la librería, pero no tenían lo que buscaba. Los escaparates estaban llenos de vasos de cristal, *dreamcatchers*[2] y libros sobre sanación espiritual. Ni siquiera entré. Desde fuera vi a una mujer de cincuenta años con una melena gris que le caía sobre la espalda. Lucía un vestido de los años sesenta y sonreía cordialmente detrás de un mostrador. Decidí que era una conversación que me podía evitar. Tenía que haber una librería normal en la ciudad.

Anduve entre las calles, llenas por el tráfico propio del final de la jornada laboral, con la esperanza de dirigirme hacia el centro. Caminaba sin saber adónde iba porque luchaba contra la desesperación, intentaba no pensar en él con todas mis fuerzas y, por encima de todo, pretendía acabar con mis esperanzas para el viaje del sábado, temiendo una decepción aún más dolorosa que el resto. Cuando alcé los ojos y vi un Volvo plateado aparcado en la calle todo se me vino encima. *Vampiro estúpido y voluble,* pensé.

Avancé pisando fuerte en dirección sur, hacia algunas tiendas de escaparates de apariencia prometedora, pero cuando llegué al lugar, sólo se trataba de un establecimiento de reparaciones y otro que estaba desocupado. Aún me quedaba mucho tiempo para ir en busca de Jess y Angela, y necesitaba recuperar el ánimo antes de reunirme con ellas. Después de mesarme los cabellos un par de veces al tiempo que suspiraba profundamente, continué para doblar la esquina.

---

[2] [N. del T.] Objeto consistente en un círculo del que penden plumas en cuyo centro hay una red; se cuelga en la pared de los dormitorios, ya que, según la tradición de los indios ojibwa, atrapa las pesadillas de los niños dormidos.

Al cruzar otra calle comencé a darme cuenta de que iba en la dirección equivocada. Los pocos viandantes que había visto se dirigían hacia el norte y la mayoría de los edificios de la zona parecían almacenes. Decidí dirigirme al este en la siguiente esquina y luego dar la vuelta detrás de unos bloques de edificios para probar suerte en otra calle y regresar al paseo marítimo.

Un grupo de cuatro hombres doblaron la esquina a la que me dirigía. Yo vestía de manera demasiado informal para ser alguien que volvía a casa después de la oficina, pero ellos iban demasiado sucios para ser turistas. Me percaté de que no debían de tener muchos más años que yo conforme se fueron aproximando. Iban bromeando entre ellos en voz alta, riéndose escandalosamente y dándose codazos unos a otros. Salí pitando lo más lejos posible de la parte interior de la acera para dejarles vía libre, caminé rápidamente mirando hacia la esquina, detrás de ellos.

—¡Eh, ahí! —dijo uno al pasar.

Debía de estar refiriéndose a mí, ya que no había nadie más por los alrededores. Alcé la vista de inmediato. Dos de ellos se habían detenido y los otros habían disminuido el paso. El más próximo, un tipo corpulento, de cabello oscuro y poco más de veinte años, era el que parecía haber hablado. Llevaba una camisa de franela abierta sobre una camiseta sucia, unos vaqueros con desgarrones y sandalias. Avanzó medio paso hacia mí.

—¡Pero bueno! —murmuré de forma instintiva.

Entonces desvié la vista y caminé más rápido hacia la esquina. Les podía oír reírse estrepitosamente detrás de mí.

—¡Eh, espera! —gritó uno de ellos a mis espaldas, pero mantuve la cabeza gacha y doblé la esquina con un suspiro de alivio. Aún les oía reírse ahogadamente a mis espaldas.

Me encontré andando sobre una acera que pasaba junto a la parte posterior de varios almacenes de colores sombríos, cada uno con grandes puertas en saliente para descargar camiones, cerradas con candados durante la noche. La parte sur de la calle carecía de acera, consistía en una cerca de malla metálica rematada en alambre de púas por la parte superior con el fin de proteger algún tipo de piezas mecánicas en un patio de almacenaje. En mi vagabundeo había pasado de largo por la parte de Port Angeles que tenía intención de ver como turista. Descubrí que anochecía cuando las nubes regresaron, arracimándose en el horizonte de poniente, creando un ocaso prematuro. Al oeste, el cielo seguía siendo claro, pero, rasgado por rayas naranjas y rosáceas, comenzaba a agrisarse. Me había dejado la cazadora en el coche y un repentino escalofrío hizo que me abrazara con fuerza el torso. Una única furgoneta pasó a mi lado y luego la carretera se quedó vacía.

De repente, el cielo se oscureció más y al mirar por encima del hombro para localizar a la nube causante de esa penumbra, me asusté al darme cuenta de que dos hombres me seguían sigilosamente a seis metros.

Formaban parte del mismo grupo que había dejado atrás en la esquina, aunque ninguno de los dos era el moreno que se había dirigido a mí. De inmediato, miré hacia delante y aceleré el paso. Un escalofrío que nada tenía que ver con el tiempo me recorrió la espalda. Llevaba el bolso en el hombro, colgando de la correa cruzada alrededor del pecho, como se suponía que tenía que llevarlo para evitar que me lo quitaran de un tirón. Sabía exactamente dónde estaba mi aerosol de autodefensa, en el talego de debajo de la cama que nunca había llegado a desempaquetar. No llevaba mucho dinero encima, sólo veintitantos dólares, pero pensé en arrojar «accidentalmente» el bolso y alejarme andando. Mas una vocecita asustada en el fondo de mi mente me previno que podrían ser algo peor que ladrones.

Escuché con atención los silenciosos pasos, mucho más si se los comparaba con el bullicio que estaban armando antes. No parecía que estuvieran apretando el paso ni que se encontraran más cerca. *Respira,* tuve que recordarme. *No sabes si te están siguiendo.* Continué andando lo más deprisa posible sin llegar a correr, concentrándome en el giro que había a mano derecha, a pocos metros. Podía oírlos a la misma distancia a la que se encontraban antes. Procedente de la parte sur de la ciudad, un coche azul giró en la calle y pasó velozmente a mi lado. Pensé en plantarme de un salto delante de él, pero dudé, inhibida al no saber si realmente me seguían, y entonces fue demasiado tarde.

Llegué a la esquina, pero una rápida ojeada me mostró un callejón sin salida que daba a la parte posterior de otro edificio. En previsión, ya me había dado media vuelta. Debía rectificar a toda prisa, cruzar como un bólido el estrecho paseo y volver a la acera. La calle finalizaba en la próxima esquina, donde había una señal de *stop.* Me concentré en los débiles pasos que me seguían mientras decidía si echar a correr o no. Sonaban un poco más lejanos, aunque sabía que, en cualquier caso, me podían alcanzar si corrían. Estaba segura de que tropezaría y me caería de ir más deprisa. Las pisadas sonaban más lejos, sin duda, y por eso me arriesgué a echar una ojeada rápida por encima del hombro. Vi con alivio que ahora estaban a doce metros de mí, pero ambos me miraban fijamente.

El tiempo que me costó llegar a la esquina se me antojó una eternidad. Mantuve un ritmo vivo, hasta el punto de rezagarlos un poco más con cada paso que daba. Quizás hubieran comprendido que me habían asustado y lo lamentaban. Vi cruzar la intersección a dos automóviles que se dirigieron hacia el norte. Estaba a punto de llegar, y suspiré aliviada. En cuanto hubiera dejado aquella calle desierta habría más personas a mi alrededor. En un momento doblé la esquina con un suspiro de agradecimiento.

Y me deslicé hasta el *stop*.

A ambos lados de la calle se alineaban unos muros blancos sin ventanas. A lo lejos podía ver dos intersecciones, farolas, automóviles y más peatones, pero todos ellos estaban demasiado lejos, ya que los otros dos hombres del grupo estaban en mitad de la calle, apoyados contra un edificio situado al oeste, mirándome con unas sonrisas de excitación que me dejaron petrificada en la acera. Súbitamente comprendí que no me habían estado siguiendo.

Me habían estado conduciendo como al ganado.

Me detuve por unos breves instantes, aunque me pareció mucho tiempo. Di media vuelta y me lancé como una flecha hacia el otro lado de la acera. Tuve la funesta premonición de que era un intento estéril. Las pisadas que me seguían se oían más fuertes.

—¡Ahí está!

La voz atronadora del tipo rechoncho de pelo negro rompió la intensa quietud y me hizo saltar. En la creciente oscuridad parecía que iba a pasar de largo.

—¡Sí! —gritó una voz a mis espaldas, haciéndome dar otro salto mientras intentaba correr calle abajo—. Apenas nos hemos desviado.

Ahora debía andar despacio. Estaba acortando con demasiada rapidez la distancia respecto a los dos que esperaban apoyados en la pared. Era capaz de chillar con mucha potencia e inspiré aire, preparándome para proferir un grito, pero tenía la garganta demasiado seca para estar segura del volumen que podría generar. Con un rápido movimiento deslicé el bolso por encima de la cabeza y aferré la correa con una mano, lista para dárselo o usarlo como arma, según lo dictasen las circunstancias.

El gordo, ya lejos del muro, se encogió de hombros cuando me detuve con cautela y caminó lentamente por la calle.

—Apártese de mí —le previne con voz que se suponía debía sonar fuerte y sin miedo, pero tenía razón en lo de la garganta seca, y salió... sin volumen.

—No seas así, ricura —gritó, y una risa ronca estalló detrás de mí.

Separé los pies, me aseguré en el suelo e intenté recordar, a pesar del pánico, lo poco de autodefensa que sabía. La base de la mano hacia arriba para romperle la nariz, con suerte, o incrustándosela en el cerebro. Introducir los dedos en la cuenca del ojo, intentando engancharlos alrededor del hueso para sacarle el ojo. Y el habitual rodillazo a la ingle, por supuesto. Esa misma vocecita pesimista habló de nuevo para recordarme que probablemente no tendría ninguna oportunidad contra uno, y eran cuatro. «*¡Cállate!*», le ordené a la voz antes de que el pánico me incapacitara. No iba a caer sin llevarme a alguno conmigo. Intenté tragar saliva para ser capaz de proferir un grito aceptable.

Súbitamente, unos faros aparecieron a la vuelta de la esquina. El coche casi atropelló al gordo, obligándole a retroceder hacia la acera de un salto. Me lancé al medio de la carretera. Ese auto iba a pararse o tendría que atropellarme, pero, de forma totalmente inesperada, el coche plateado derrapó hasta detenerse con la puerta del copiloto abierta a menos de un metro.

—Entra —ordenó una voz furiosa.

Fue sorprendente cómo ese miedo asfixiante se desvaneció al momento, y sorprendente también la repentina sensación de seguridad que me invadió, incluso antes de abandonar la calle, en cuanto oí *su* voz. Salté al asiento y cerré la puerta de un portazo.

El interior del coche estaba a oscuras, la puerta abierta no había proyectado ninguna luz, por lo que a duras penas conseguí verle el rostro gracias a las luces del salpicadero. Los neumáticos chirriaron cuando rápidamente aceleró y dio un volantazo que hizo girar el vehículo hacia los atónitos hombres de la calle antes de dirigirse al norte de la ciudad. Los vi de refilón cuando se arrojaron al suelo mientras salíamos a toda velocidad en dirección al puerto.

—Ponte el cinturón de seguridad —me ordenó; entonces comprendí que me estaba aferrando al asiento con las dos manos.

Le obedecí rápidamente. El chasquido al enganchar el cinturón sonó con fuerza en la penumbra. Se desvió a la izquierda para avanzar a toda velocidad, saltándose varias señales de *stop* sin detenerse.

Pero me sentía totalmente segura y, por el momento, daba igual adónde fuéramos. Le miré con profundo alivio, un alivio que iba más allá de mi repentina liberación. Estudié las facciones perfectas del rostro de Edward a la escasa luz del salpicadero, esperando a recuperar el aliento, hasta que me pareció que su expresión reflejaba una ira homicida.

—¿Estás enfadado conmigo? —le pregunté, sorprendida de lo ronca que sonó mi voz.

—No —respondió tajante, pero su tono era de furia.

Me quedé en silencio, contemplando su cara mientras él miraba al frente con unos ojos rojos como brasas, hasta que el coche se detuvo de repente. Miré alrededor, pero estaba demasiado oscuro para ver otra cosa que no fuera la vaga silueta de los árboles en la cuneta de la carretera. Ya no estábamos en la ciudad.

—¿Bella? —preguntó con voz tensa y mesurada.

—¿Sí?

Mi voz aún sonaba ronca. Intenté aclararme la garganta en silencio.

—¿Estás bien?

Aún no me había mirado, pero la rabia de su cara era evidente.

—Sí —contesté con voz ronca.

—Distráeme, por favor —ordenó.

—Perdona, ¿qué?

Suspiró con acritud.

—Limítate a charlar de cualquier cosa insustancial hasta que me calme —aclaró mientras cerraba los ojos y se pellizcaba el puente de la nariz con los dedos pulgar e índice.

—Eh... —me estrujé los sesos en busca de alguna trivialidad—. Mañana antes de clase voy a atropellar a Tyler Crowley.

Edward siguió con los ojos cerrados, pero curvó la comisura de los labios.

—¿Por qué?

—Va diciendo por ahí que me va a llevar al baile de promoción... O está loco o intenta hacer olvidar que casi me mata cuando... Bueno, tú lo recuerdas, y cree que la promoción es la forma adecuada de hacerlo. Estaremos en paz si pongo en peligro su vida y ya no podrá seguir intentando enmendarlo. No necesito enemigos, y puede que Lauren se apacigüe si Tyler me deja tranquila. Aunque también podría destrozarle el Sentra. No podrá llevar a nadie al baile de fin de curso si no tiene coche... —proseguí.

—Estaba enterado —sonó algo más sosegado.

—¿Sí? —pregunté incrédula; mi irritación previa se enardeció—. Si está paralítico del cuello para abajo, tampoco podrá ir al baile de fin de curso —musité, refinando mi plan.

Edward suspiró y al fin abrió los ojos.

—¿Estás bien?

—En realidad, no.

Esperé, pero no volvió a hablar. Reclinó la cabeza contra el asiento y miró el techo del Volvo. Tenía el rostro rígido.

—¿Qué es lo que pasa? —inquirí con un hilo de voz.

—A veces tengo problemas con mi genio, Bella.

También él susurraba, y no dejaba de mirar por la ventana mientras lo hacía, con los ojos entrecerrados.

—Pero no me conviene dar media vuelta y dar caza a esos... —no terminó la frase, desvió la mirada y volvió a luchar por controlar la rabia. Luego, continuó—: Al menos, eso es de lo que me intento convencer.

—Ah.

La palabra parecía inadecuada, pero no se me ocurría una respuesta mejor. De nuevo permanecimos sentados en silencio. Miré el reloj del salpicadero, que marcaba las seis y media pasadas.

—Jessica y Angela se van a preocupar —murmuré—. Iba a reunirme con ellas.

Arrancó el motor sin decir nada más, girando con suavidad y regresando rápidamente hacia la ciudad. Siguió conduciendo a gran velocidad cuando estuvimos bajo las lámparas, sorteando con facilidad los vehículos más lentos que cruzaban el paseo marítimo. Aparcó en paralelo al bordillo en un espacio que yo habría considerado demasiado pequeño para el Volvo, pero él lo encajó sin esfuerzo al primer intento. Miré por la ventana en busca de las luces de *La Bella Italia.* Jess y Angela acababan de salir y se alejaban caminando con rapidez.

—¿Cómo sabías dónde…? —comencé, pero luego me limité a sacudir la cabeza. Oí abrirse la puerta y me giré para verle salir.

—¿Qué haces?

—Llevarte a cenar.

Sonrió levemente, pero la mirada continuaba siendo severa. Se alejó del coche y cerró de un portazo. Me peleé con el cinturón de seguridad y me apresuré a salir también del coche. Me esperaba en la acera y habló antes de que pudiera despegar los labios.

—Detén a Jessica y Angela antes de que también deba buscarlas a ellas. Dudo que pudiera volver a contenerme si me tropiezo otra vez con tus amigos.

Me estremecí ante el tono amenazador de su voz.

—¡Jess, Angela! —les grité, saludando con el brazo cuando se volvieron. Se apresuraron a regresar. El manifiesto alivio de sus rostros se convirtió en sorpresa cuando vieron quién estaba a mi lado. A unos metros de nosotros, vacilaron.

—¿Dónde has estado? —preguntó Jessica con suspicacia.

—Me perdí —admití con timidez—, y luego me encontré con Edward.

Le señalé con un gesto.

—¿Os importaría que me uniera a vosotras? —preguntó con voz sedosa e irresistible. Por sus rostros estupefactos supe que él nunca antes había empleado a fondo sus talentos con ellas.

—Eh, sí, claro —musitó Jessica.

—De hecho —confesó Angela—, Bella, lo cierto es que ya hemos cenado mientras te esperábamos… Perdona.

—No pasa nada —me encogí de hombros—. No tengo hambre.

—Creo que deberías comer algo —intervino Edward en voz baja, pero autoritaria. Buscó a Jessica con la mirada y le habló un poco más alto—: ¿Os importa que lleve a Bella a casa esta noche? Así, no tendréis que esperar mientras cena.

—Eh, supongo que no... hay problema...

Jess se mordió el labio en un intento de deducir por mi expresión si era eso lo que yo quería. Le guiñé un ojo. Nada deseaba más que estar a solas con mi perpetuo salvador. Había tantas preguntas con las que no le podía bombardear mientras no estuviéramos solos...

—De acuerdo —Angela fue más rápida que Jessica—. Os vemos mañana, Bella, Edward...

Tomó la mano de Jessica y la arrastró hacia el coche, que pude ver un poco más lejos, aparcado en First Street. Cuando entraron, Jess se volvió y me saludó con la mano. Por su rostro supe que se moría de curiosidad. Le devolví el saludo y esperé a que se alejaran antes de volverme hacia Edward.

—De verdad, no tengo hambre —insistí mientras alzaba la mirada para estudiar su rostro. Su expresión era inescrutable.

—Compláceme.

Se dirigió hasta la puerta del restaurante y la mantuvo abierta con gesto obstinado. Evidentemente, no había discusión posible. Pasé a su lado y entré con un suspiro de resignación.

Era temporada baja para el turismo en Port Angeles, por lo que el restaurante no estaba lleno. Comprendí el brillo de los ojos de nuestra anfitriona mientras evaluaba a Edward. Le dio la bienvenida con un poco más de entusiasmo del necesario. Me sorprendió lo mucho que me molestó. Me sacaba varios centímetros y era rubia de bote.

—¿Tienen una mesa para dos? —preguntó Edward con voz tentadora, lo pretendiese o no.

Vi cómo los ojos de la rubia se posaban en mí y luego se desviaban, satisfecha por mi evidente normalidad y la falta de contacto entre Edward y yo. Nos condujo a una gran mesa para cuatro en el centro de la zona más concurrida del comedor.

Estaba a punto de sentarme cuando Edward me indicó lo contrario con la cabeza.

—¿Tiene, tal vez, algo más privado? —insistió con voz suave a la anfitriona. No estaba segura, pero me pareció que le entregaba discretamente una propina. No había visto a nadie rechazar una mesa salvo en las viejas películas.

—Naturalmente —parecía tan sorprendida como yo. Se giró y nos condujo alrededor de una mampara hasta llegar a una sala de reservados—. ¿Algo como esto?

—Perfecto.

Le dedicó una centelleante sonrisa a la dueña, dejándola momentáneamente deslumbrada.

—Esto... —sacudió la cabeza, bizqueando—. Ahora mismo les atiendo.

Se alejó caminando con paso vacilante.

—De veras, no deberías hacerle eso a la gente —le critiqué—. Es muy poco cortés.

—¿Hacer qué?

—Deslumbrarla... Probablemente, ahora está en la cocina hiperventilando.

Pareció confuso.

—Oh, venga —le dije un poco dubitativa—. Tienes que saber el efecto que produces en los demás.

Ladeó la cabeza con los ojos llenos de curiosidad.

—¿Los deslumbro?

—¿No te has dado cuenta? ¿Crees que todos ceden con tanta facilidad?

Ignoró mis preguntas.

—¿Te deslumbro a ti?

—Con frecuencia —admití.

Entonces llegó la camarera, con rostro expectante. La anfitriona había hecho mutis por el foro definitivamente, y la nueva chica no parecía decepcionada. Se echó un mechón de su cabello negro detrás de la oreja, y sonrió con innecesaria calidez.

—Hola. Me llamo Amber y voy a atenderles esta noche. ¿Qué les pongo de beber?

No pasé por alto que sólo se dirigía a él. Edward me miró.

—Voy a tomar una Coca-Cola.

Pareció una pregunta.

—Dos —dijo él.

—Enseguida las traigo —le aseguró con otra sonrisa innecesaria, pero él no lo vio, porque me miraba a mí.

—¿Qué pasa? —le pregunté cuando se fue la camarera. Tenía la mirada fija en mi rostro.

—¿Cómo te sientes?

—Estoy bien —contesté, sorprendida por la intensidad.

—¿No tienes mareos, ni frío, ni malestar...?

—¿Debería?

Se rió entre dientes ante la perplejidad de mi respuesta.

—Bueno, de hecho esperaba que entraras en estado de *shock*.

Su rostro se contrajo al esbozar aquella perfecta sonrisa de picardía.

—Dudo que eso vaya a suceder —respondí después de tomar aliento—. Siempre se me ha dado muy bien reprimir las cosas desagradables.

—Da igual, me sentiré mejor cuando hayas tomado algo de glucosa y comida.

La camarera apareció con nuestras bebidas y una cesta de colines en ese preciso momento. Permaneció de espaldas a mí mientras las colocaba sobre la mesa.

—¿Han decidido qué van a pedir? —preguntó a Edward.

—¿Bella? —inquirió él.

Ella se volvió hacia mí a regañadientes. Elegí lo primero que vi en el menú.

—Eh... Tomaré el ravioli de setas.

—¿Y usted?

Se volvió hacia Edward con una sonrisa.

—Nada para mí —contestó.

No, por supuesto que no.

—Si cambia de opinión, hágamelo saber.

La sonrisa coqueta seguía ahí, pero él no la miraba y la camarera se marchó descontenta.

—Bebe —me ordenó.

Al principio, di unos sorbitos a mi refresco obedientemente; luego, bebí a tragos más largos, sorprendida de la sed que tenía. Comprendí que me la había terminado toda cuando Edward empujó su vaso hacia mí.

—Gracias —murmuré, aún sedienta.

El frío del refresco se extendió por mi pecho y me estremecí.

—¿Tienes frío?

—Es sólo la Coca-Cola —le expliqué mientras volvía a estremecerme.

—¿No tienes una cazadora? —me reprochó.

—Sí —miré a la vacía silla contigua y caí en la cuenta—. Vaya, me la he dejado en el coche de Jessica.

Edward se quitó la suya. No podía apartar los ojos de su rostro, simplemente. Me concentré para obligarme a hacerlo en ese momento. Se estaba quitando su cazadora de cuero beis debajo de la cual llevaba un suéter de cuello vuelto que se ajustaba muy bien, resaltando lo musculoso que era su pecho.

Me entregó su cazadora y me interrumpió mientras me lo comía con los ojos.

—Gracias —dije nuevamente mientas deslizaba los brazos en su cazadora.

La prenda estaba helada, igual que cuando me ponía mi ropa a primera hora de la mañana, colgada en el vestíbulo, en el que hay mucha corriente de aire. Tirité otra vez. Tenía un olor asombroso. Lo olisqueé en un intento de identificar aquel delicioso aroma, que no se parecía a ninguna colonia. Las mangas eran demasiado largas y las eché hacia atrás para tener libres las manos.

—Tu piel tiene un aspecto encantador con ese color azul —observó mientras me miraba. Me sorprendió y bajé la vista, sonrojada, por supuesto.

Empujó la cesta con los colines hacia mí.

—No voy a entrar en estado de *shock,* de verdad —protesté.

—Pues deberías, una persona normal lo haría, y tú ni siquiera pareces alterada.

Daba la impresión de estar desconcertado. Me miró a los ojos y vi que los suyos eran claros, más claros de lo que anteriormente los había visto, de ese tono dorado que tiene el sirope de caramelo.

—Me siento segura contigo —confesé, impelida a decir de nuevo la verdad.

Aquello le desagradó y frunció su frente de alabastro. Ceñudo, sacudió la cabeza y murmuró para sí:

—Esto es más complicado de lo que pensaba.

Tomé un colín y comencé a mordisquearlo por un extremo, evaluando su expresión. Me pregunté cuándo sería el momento oportuno para empezar a interrogarle.

—Normalmente estás de mejor humor cuando tus ojos brillan —comenté, intentando distraerle de cualquiera que fuera el pensamiento que le había dejado triste y sombrío. Atónito, me miró.

—¿Qué?

—Estás de mal humor cuando tienes los ojos negros. Entonces, me lo veo venir —continué—. Tengo una teoría al respecto.

Entrecerró los ojos y dijo:

—¿Más teorías?

—Ajá.

Mastiqué un colín al tiempo que intentaba parecer indiferente.

—Espero que esta vez seas más creativa, ¿o sigues tomando ideas de los tebeos?

La imperceptible sonrisa era burlona, pero la mirada se mantuvo severa.

—Bueno, no. No la he sacado de un tebeo, pero tampoco me la he inventado —confesé.

—¿Y? —me incitó a seguir, pero en ese momento la camarera apareció detrás de la mampara con mi comida.

Me di cuenta de que, inconscientemente, nos habíamos ido inclinando cada vez más cerca uno del otro, ya que ambos nos erguimos cuando se aproximó. Dejó el plato delante de mí —tenía buena pinta— y rápidamente se volvió hacia Edward para preguntarle:

—¿Ha cambiado de idea? ¿No hay nada que le pueda ofrecer?

Capté el doble significado de sus palabras.

—No, gracias, pero estaría bien que nos trajera algo más de beber.

Él señaló los vasos vacíos que yo tenía delante con su larga mano blanca.

—Claro.

Quitó los vasos vacíos y se marchó.

—¿Qué decías?

—Te lo diré en el coche. Si… —hice una pausa.

—¿Hay condiciones?

Su voz sonó ominosa. Enarcó una ceja.

—Tengo unas cuantas preguntas, por supuesto.

—Por supuesto.

La camarera regresó con dos vasos de Coca-Cola. Los dejó sobre la mesa sin decir nada y se marchó de nuevo. Tomé un sorbito.

—Bueno, adelante —me instó, aún con voz dura.

Comencé por la pregunta menos exigente. O eso creía.

—¿Por qué estás en Port Angeles?

Bajó la vista y cruzó las manos alargadas sobre la mesa muy despacio para luego mirarme a través de las pestañas mientras aparecía en su rostro el indicio de una sonrisa afectada.

—Siguiente pregunta.

—Pero ésa es la más fácil —objeté.

—La siguiente —repitió.

Frustrada, bajé los ojos. Moví los platos, tomé el tenedor, pinché con cuidado un ravioli y me lo llevé a la boca con deliberada lentitud, pensando al tiempo que masticaba. Las setas estaban muy ricas. Tragué y bebí otro sorbo de mi refresco antes de levantar la vista.

—En tal caso, de acuerdo —le miré y proseguí lentamente—. Supongamos que, hipotéticamente, alguien es capaz de… saber qué piensa la gente, de leer sus mentes, ya sabes, salvo unas cuantas excepciones.

—Sólo *una* excepción —me corrigió—, hipotéticamente.

—De acuerdo entonces, una sola excepción.

Me estremecí cuando me siguió el juego, pero intenté parecer despreocupada.

—¿Cómo funciona? ¿Qué limitaciones tiene? ¿Cómo podría… ese alguien… encontrar a otra persona en el momento adecuado? ¿Cómo sabría que ella está en un apuro?

—¿Hipotéticamente?

—Claro.

—Bueno, si… ese alguien…

—Supongamos que se llama Joe —sugerí.

Esbozó una sonrisa seca.

—En ese caso, Joe. Si Joe hubiera estado atento, la sincronización no tendría por qué haber sido tan exacta —negó con la cabeza y puso los ojos en blanco—. Sólo tú podrías meterte en líos en un sitio tan pequeño. Destrozarías las estadísticas de delincuencia para una década, ya sabes.

—Estamos hablando de un caso hipotético —le recordé con frialdad.

Se rió de mí con ojos tiernos.

—Sí, cierto —aceptó—. ¿Qué tal si la llamamos Jane?

—¿Cómo lo supiste? —pregunté, incapaz de refrenar mi ansiedad. Comprendí que volvía a inclinarme hacia él.

Pareció titubear, dividido por algún dilema interno. Nuestras miradas se encontraron e intuí que en ese preciso instante estaba tomando la decisión de si decir o no la verdad.

—Puedes confiar en mí, ya lo sabes —murmuré.

Sin pensarlo, estiré el brazo para tocarle las manos cruzadas, pero Edward las retiró levemente y yo hice lo propio con las mías.

—No sé si tengo otra alternativa —su voz era un susurro—. Me equivoqué. Eres mucho más observadora de lo que pensaba.

—Creí que siempre tenías razón.

—Así era —sacudió la cabeza otra vez—. Hay otra cosa en la que también me equivoqué contigo. No eres un imán para los accidentes... Ésa no es una clasificación lo suficientemente extensa. Eres un imán para los problemas. Si hay algo peligroso en un radio de quince kilómetros, inexorablemente te encontrará.

—¿Te incluyes en esa categoría?

—Sin ninguna duda.

Su rostro se volvió frío e inexpresivo. Volví a estirar la mano por la mesa, ignorando cuando él retiró levemente las suyas, para tocar tímidamente el dorso de sus manos con las yemas de los dedos. Tenía la piel fría y dura como una piedra.

—Gracias —musité con ferviente gratitud—. Es la segunda vez.

Su rostro se suavizó.

—No dejarás que haya una tercera, ¿de acuerdo?

Fruncí el ceño, pero asentí con la cabeza. Apartó su mano de debajo de la mía y puso ambas sobre la mesa, pero se inclinó hacia mí.

—Te seguí a Port Angeles —admitió, hablando muy deprisa—. Nunca antes había intentado mantener con vida a alguien en concreto, y es mucho más problemático de lo que creía, pero eso tal vez se deba a que se trata de ti. La gente normal parece capaz de pasar el día sin tantas catástrofes.

Hizo una pausa. Me pregunté si debía preocuparme el hecho de que me siguiera, pero en lugar de eso, sentí un extraño espasmo de satisfacción. Me miró fijamente, preguntándose tal vez por qué mis labios se curvaban en una involuntaria sonrisa.

—¿Crees que me había llegado la hora la primera vez, cuando ocurrió lo de la furgoneta, y que has interferido en el destino? —especulé para distraerme.

—Ésa no fue la primera vez —replicó con dureza. Lo miré sorprendida, pero él miraba al suelo—. La primera fue cuando te conocí.

Sentí un escalofrío al oír sus palabras y recordar bruscamente la furibunda mirada de sus ojos negros aquel primer día, pero lo ahogó la abrumadora sensación de seguridad que sentía en presencia de Edward.

—¿Lo recuerdas? —inquirió con su rostro de ángel muy serio.

—Sí —respondí con serenidad.

—Y aun así estás aquí sentada —comentó con un deje de incredulidad en su voz y enarcó una ceja.

—Sí, estoy aquí... gracias a ti —me callé y luego le incité—. Porque de alguna manera has sabido encontrarme hoy.

Frunció los labios y me miró con los ojos entrecerrados mientras volvía a cavilar. Lanzó una mirada a mi plato, casi intacto, y luego a mí.

—Tú comes y yo hablo —me propuso.

Rápidamente saqué del plato otro ravioli con el tenedor, lo hice estallar en mi boca y mastiqué de forma apresurada.

—Seguirte el rastro es más difícil de lo habitual. Normalmente puedo hallar a alguien con suma facilidad siempre que haya «oído» su mente antes —me miró con ansiedad y comprendí que me había quedado helada. Me obligué a tragar, pinché otro ravioli y me lo metí en la boca.

—Vigilaba a Jessica sin mucha atención... Como te dije, sólo tú puedes meterte en líos en Port Angeles. Al principio no me di cuenta de que te habías ido por tu cuenta y luego, cuando comprendí que ya no estabas con ellas, fui a buscarte a la librería que vislumbré en la mente de Jessica. Te puedo decir que sé que no llegaste a entrar y que te dirigiste al sur. Sabía que tendrías que dar la vuelta pronto, por lo que me limité a esperarte, investigando al azar en los pensamientos de los viandantes para saber si alguno se había fijado en ti, y saber de ese modo dónde estabas. No tenía razones para preocuparme, pero estaba extrañamente ansioso...

Se sumió en sus pensamientos, mirando fijamente a la nada, viendo cosas que yo no conseguía imaginar.

—Comencé a conducir en círculos, seguía alerta. El sol se puso al fin y estaba a punto de salir y seguirte a pie cuando... —enmudeció, rechinando los dientes con súbita ira. Se esforzó en calmarse.

—¿Qué pasó entonces? —susurré. Edward seguía mirando al vacío por encima de mi cabeza.

—Oí lo que pensaban —gruñó; al torcer el gesto, el labio superior se curvó mostrando sus dientes—, y vi tu rostro en sus mentes.

De repente, se inclinó hacia delante, con el codo apoyado en la mesa y la mano sobre los ojos. El movimiento fue tan rápido que me sobresaltó.

—Resultó duro, no sabes cuánto, dejarlos... vivos —el brazo amortiguaba la voz—. Te podía haber dejado ir con Jessica y Angela, pero temía —admitió con un hilo de voz— que, si me dejabas solo, iría a por ellos.

Permanecí sentada en silencio, confusa, llena de pensamientos incoherentes, con las manos cruzadas sobre el vientre y recostada lánguidamente contra el respaldo de la silla. Él seguía con la mano en el rostro, tan inmóvil que parecía una estatua tallada.

Finalmente alzó la vista y sus ojos buscaron los míos, rebosando sus propios interrogantes.

—¿Estás lista para ir a casa? —preguntó.

—Lo estoy para salir de aquí —precisé, inmensamente agradecida de que nos quedara una hora larga de coche antes de llegar a casa juntos. No estaba preparada para despedirme de él.

La camarera apareció como si la hubiera llamado, o estuviera observando.

—¿Qué tal todo? —preguntó a Edward.

—Dispuestos para pagar la cuenta, gracias.

Su voz era contenida pero más ronca, aún reflejaba la tensión de nuestra conversación. Aquello pareció acallarla. Edward alzó la vista, aguardando.

—Claro —tartamudeó—. Aquí la tiene.

La camarera extrajo una carpetita de cuero del bolsillo delantero de su delantal negro y se la entregó.

Edward ya sostenía un billete en la mano. Lo deslizó dentro de la carpetita y se la devolvió de inmediato.

—Quédese con el cambio.

Sonrió, se puso de pie y le imité con torpeza. Ella volvió a dirigirle una sonrisa insinuante.

—Que tengan una buena noche.

Edward no apartó los ojos de mí mientras le daba las gracias. Reprimí una sonrisa.

Caminó muy cerca de mí hasta la puerta, pero siguió poniendo mucho cuidado en no tocarme. Recordé lo que Jessica había dicho de su relación con Mike, y cómo casi habían avanzado hasta la fase del primer beso. Suspiré. Edward me oyo, y me miró con curiosidad. Yo clavé la mirada en la acera, muy agradecida de que pareciera incapaz de saber lo que pensaba.

Abrió la puerta del copiloto y la sostuvo hasta que entré. Luego, la cerró detrás de mí con suavidad. Le contemplé dar la vuelta por la parte delantera del coche, de nuevo sorprendida por el garbo con que se movía. Probablemente debería haberme habituado a estas alturas, pero no era así. Tenía la sensación de que Edward no era la clase de persona a la que alguien pueda acostumbrarse.

Una vez dentro, arrancó y puso al máximo la calefacción. Había refrescado mucho y supuse que el buen tiempo se había terminado, aunque estaba bien caliente con su cazadora, oliendo su aroma cuando creía que no me veía.

Se metió entre el tráfico, aparentemente sin mirar, y fue esquivando coches en dirección a la autopista.

—Ahora —dijo de forma elocuente—, te toca a ti.

Teoría

—¿Puedo hacerte sólo una pregunta más? —imploré mientras aceleraba a toda velocidad por la calle desierta. No parecía prestar atención alguna a la carretera.

Suspiró.

—Una —aceptó. Frunció los labios, que se convirtieron en una línea llena de recelo.

—Bueno... Dijiste que sabías que no había entrado en la librería y que me había dirigido hacia el sur. Sólo me preguntaba cómo lo sabías.

Desvió la vista a propósito.

—Pensaba que habíamos pasado la etapa de las evasivas —refunfuñé.

Casi sonrió.

—De acuerdo. Seguí tu olor —miraba a la carretera, lo cual me dio tiempo para recobrar la compostura. No podía admitir que ésa fuera una respuesta aceptable, pero la clasifiqué cuidadosamente para estudiarla más adelante. Intenté retomar el hilo de la conversación. Tampoco estaba dispuesta a dejarle terminar ahí, no ahora que al fin me estaba explicando cosas.

—Aún no has respondido a la primera de mis preguntas —dije para ganar tiempo.

Me miró con desaprobación.

—¿Cuál?

—¿Cómo funciona lo de leer mentes? ¿Puedes leer la mente de cualquiera en cualquier parte? ¿Cómo lo haces? ¿Puede hacerlo el resto de tu familia…?

Me sentí estúpida al pedir una aclaración sobre una fantasía.

—Has hecho más de una pregunta —puntualizó. Me limité a entrecruzar los dedos y esperar—. Sólo yo tengo esa facultad, y no puedo oír a cualquiera en cualquier parte. Debo estar bastante cerca. Cuanto más familiar me resulta esa «voz», más lejos soy capaz de oírla, pero aun así, no más de unos pocos kilómetros —hizo una pausa con gesto meditabundo—. Se parece un poco a un enorme *hall* repleto de personas que hablan todas a la vez. Sólo es un zumbido, un bisbiseo de voces al fondo, hasta que localizo una voz, y entonces está claro lo que piensan… La mayor parte del tiempo no los escucho, ya que puede llegar a distraer demasiado y así es más fácil parecer *normal* —frunció el ceño al pronunciar la palabra—, y no responder a los pensamientos de alguien antes de que los haya expresado con palabras.

—¿Por qué crees que no puedes «oírme»? —pregunté con curiosidad.

Me miró con ojos enigmáticos.

—No lo sé —murmuró—. Mi única suposición es que tal vez tu mente funcione de forma diferente a la de los demás. Es como si tus pensamientos fluyeran en onda media y yo sólo captase los de frecuencia modulada.

Me sonrió, repentinamente divertido.

—¿Mi mente no funciona bien? ¿Soy un bicho raro?

Esas palabras me preocuparon más de lo previsto, probablemente porque había dado en la diana. Siempre lo había sospechado, y me avergonzaba tener la confirmación.

—Yo oigo voces en la cabeza y es a *ti* a quien le preocupa ser un bicho raro —se rió—. No te inquietes, es sólo una teoría... —su rostro se tensó—. Y eso nos trae de vuelta a ti.

Suspiré. *¿Cómo empezar?*

—Pensaba que habíamos pasado la etapa de las evasivas —me recordó con dulzura.

Aparté la vista del rostro de Edward por primera vez en un intento de hallar las palabras y vi el indicador de velocidad.

—¡Dios santo! —grité—. ¡Ve más despacio!

—¿Qué pasa? —se sobresaltó, pero el automóvil no desaceleró.

—¡Vas a ciento sesenta! —seguí chillando.

Eché una ojeada de pánico por la ventana, pero estaba demasiado oscuro para distinguir mucho. La carretera sólo era visible hasta donde alcanzaba la luz de los faros delanteros. El bosque que flanqueaba ambos lados de la carretera parecía un muro negro, tan duro como un muro de hierro si nos salíamos de la carretera a esa velocidad.

—Tranquilízate, Bella.

Puso los ojos en blanco sin reducir aún la velocidad.

—¿Pretendes que nos matemos? —quise saber.

—No vamos a chocar.

Intenté modular el volumen de mi voz al preguntar:

—¿Por qué vamos tan deprisa?

—Siempre conduzco así —se volvió y me sonrió torciendo la boca.

—¡No apartes la vista de la carretera!

—Nunca he tenido un accidente, Bella, ni siquiera me han puesto una multa —sonrió y se acarició varias veces la frente—. A prueba de radares detectores de velocidad.

—Muy divertido —estaba que echaba chispas—. Charlie es policía, ¿recuerdas? He crecido respetando las leyes de tráfico. Además, si nos la pegamos contra el tronco de un árbol y nos convertimos en una galleta de Volvo, tendrás que regresar a pie.

—Probablemente —admitió con una fuerte aunque breve carcajada—, pero tú no —suspiró y vi con alivio que la aguja descendía gradualmente hasta los ciento veinte.

—¿Satisfecha?

—Casi.

—Odio conducir despacio —musitó.

—¿A esto le llamas despacio?

—Basta de criticar mi conducción —dijo bruscamente—, sigo esperando tu última teoría.

Me mordí el labio. Me miró con ojos inesperadamente amables.

—No me voy a reír —prometió.

—Temo más que te enfades conmigo.

—¿Tan mala es?

—Bastante, sí.

Esperó. Tenía la vista clavada en mis manos, por lo que no le pude ver la expresión.

—Adelante —me animó con voz tranquila.

—No sé cómo empezar —admití.

—¿Por qué no empiezas por el principio? Dijiste que no era de tu invención.

—No.

—¿Cómo empezaste? ¿Con un libro? ¿Con una película? —me sondeó.

—No. Fue el sábado, en la playa —me arriesgué a alzar los ojos y contemplar su rostro. Pareció confundido—. Me encontré con un viejo amigo de la familia… Jacob Black —proseguí—. Su padre y Charlie han sido amigos desde que yo era niña.

Aún parecía perplejo.

—Su padre es uno de los ancianos de los quileute —lo examiné con atención. Una expresión helada sustituyó al desconcierto anterior—. Fuimos a dar un paseo… —evité explicarle todas mis maquinaciones para sonsacar la historia—, y él me estuvo contando viejas leyendas para asustarme —vacilé—. Me contó una…

—Continúa.

—… sobre vampiros.

En ese instante me di cuenta de que hablaba en susurros. Ahora no le podía ver la cara, pero sí los nudillos tensos, convulsos, de las manos en el volante.

—¿E inmediatamente te acordaste de mí?

Seguía tranquilo.

—No. Jacob mencionó a tu familia.

Permaneció en silencio, sin perder de vista la carretera. De repente, me alarmé, preocupada por proteger a Jacob.

—Sólo creía que era una superstición estúpida —añadí rápidamente—. No esperaba que yo me creyera ni una palabra —mi comentario no parecía suficiente, por lo que tuve que confesar—: Fue culpa mía. Le obligué a contármelo.

—¿Por qué?

—Lauren dijo algo sobre ti… Intentaba provocarme. Un joven mayor de la tribu mencionó que tu familia no acudía a la reserva, sólo que sonó como si aquello tuviera un significado especial, por lo que me llevé a Jacob a solas y le engañé para que me lo contara —admití con la cabeza gacha.

—¿Cómo le engañaste?

—Intenté flirtear un poco… Funcionó mejor de lo que había pensado —la incredulidad llenó mi voz cuando lo evoqué.

—Me gustaría haberlo visto —se rió entre dientes de forma sombría—. Y tú me acusas de confundir a la gente… ¡Pobre Jacob Black!

Me puse colorada como un tomate y contemplé la noche a través de la ventanilla.

—¿Qué hiciste entonces? —preguntó un minuto después.

—Busqué en Internet.

—¿Y eso te convenció? —su voz apenas parecía interesada, pero sus manos aferraban con fuerza el volante.

—No. Nada encajaba. La mayoría eran tonterías, y entonces… —me detuve.

—¿Qué?

—Decidí que no importaba —susurré.

—¡¿Que no importaba?! —el tono de su voz me hizo alzar los ojos. La máscara tan cuidadosamente urdida se había roto finalmente. Tenía cara de incredulidad, con un leve atisbo de la rabia que yo temía.

—No —dije suavemente—. No me importa lo que seas.

—¿No te importa que sea un monstruo? —su voz reflejó una nota severa y burlona—. ¿Que no sea *humano?*

—No.

Se calló y volvió a mirar al frente. Su rostro era oscuro y gélido.

—Te has enfadado —suspiré—. No debería haberte dicho nada.

—No —dijo con un tono tan severo como la expresión de su cara—. Prefiero saber qué piensas, incluso cuando lo que pienses sea una locura.

—Así que, ¿me equivoco otra vez? —le desafié.

—No me refiero a eso. «No importaba» —me citó, apretando los dientes.

—¿Estoy en lo cierto? —contesté con un respingo.

—*¿Importa?*

Respiré hondo.

—En realidad, no —hice una pausa—. Siento curiosidad.

Al menos, mi voz sonaba tranquila. De repente, se resignó.

—¿Sobre qué sientes curiosidad?

—¿Cuántos años tienes?

—Diecisiete —respondió de inmediato.

—¿Y cuánto hace que tienes diecisiete años?

Frunció los labios mientras miraba la carretera.

—Bastante —admitió, al fin.

—De acuerdo.

Sonreí, complacida de que al fin fuera sincero conmigo. Sus vigilantes ojos me miraban con más frecuencia que antes, cuando le preocupaba que entrara en estado de *shock*. Esbocé una sonrisa más amplia de estímulo y él frunció el ceño.

—No te rías, pero ¿cómo es que puedes salir durante el día?

En cualquier caso, se rió.

—Un mito.

—¿No te quema el sol?

—Un mito.

—¿Y lo de dormir en ataúdes?

—Un mito —vaciló durante un momento y un tono peculiar se filtró en su voz—. No puedo dormir.

Necesité un minuto para comprenderlo.

—¿Nada?

—Jamás —contestó con voz apenas audible.

Se volvió para mirarme con expresión de nostalgia. Sus ojos dorados sostuvieron mi mirada y perdí la oportunidad de pensar. Me quedé mirándolo hasta que él apartó la vista.

—Aún no me has formulado la pregunta más importante.

Ahora su voz sonaba severa y cuando me miró otra vez lo hizo con ojos gélidos. Parpadeé, todavía confusa.

—¿Cuál?

—¿No te preocupa mi dieta? —preguntó con sarcasmo.

—Ah —musité—, ésa.

—Sí, ésa —remarcó con voz átona—. ¿No quieres saber si bebo sangre?

Retrocedí.

—Bueno, Jacob me dijo algo al respecto.

—¿Qué dijo Jacob? —preguntó cansinamente.

—Que no cazabais personas. Dijo que se suponía que vuestra familia no era peligrosa porque sólo dabais caza a animales.

—¿Dijo que no éramos peligrosos?

Su voz fue profundamente escéptica.

—No exactamente. Dijo que se suponía que no lo erais, pero los quileutes siguen sin quereros en sus tierras, sólo por si acaso.

Miró hacia delante, pero no sabía si observaba o no la carretera.

—Entonces, ¿tiene razón en lo de que no cazáis personas? —pregunté, intentando alterar la voz lo menos posible.

—La memoria de los quileutes llega lejos… —susurró.

Lo acepté como una confirmación.

—Aunque no dejes que eso te satisfaga —me advirtió—. Tienen razón al mantener la distancia con nosotros.

—No comprendo.

—Intentamos… —explicó lentamente—, solemos ser buenos en todo lo que hacemos, pero a veces cometemos errores. Yo, por ejemplo, al permitirme estar a solas contigo.

—¿Esto es un error?

Oí la tristeza de mi voz, pero no supe si él también lo había advertido.

—Uno muy peligroso —murmuró.

A continuación, ambos permanecimos en silencio. Observé cómo giraban las luces del coche con las curvas de la carretera. Se movían con demasiada rapidez, no parecían reales, sino un videojuego. Era consciente de que el tiempo se me escapaba rápidamente, se me acababa como la carretera que recorríamos, y tuve un miedo espantoso a no disponer de otra oportunidad para estar con él de nuevo como en este momento, abiertamente, sin muros entre nosotros. Sus palabras apuntaban hacia un fin y retrocedí ante esa idea. No podía perder ninguno de los minutos que tenía a su lado.

—Cuéntame más —pedí con desesperación, sin preocuparme de lo que dijera, sólo para oír su voz de nuevo.

Me miró rápidamente, sobresaltado por el cambio que se había operado en mi voz.

—¿Qué más quieres saber?

—Dime por qué cazáis animales en lugar de personas —sugerí con voz aún alterada por la desesperación. Tomé conciencia de que tenía los ojos llorosos y luché contra el pesar que intentaba apoderarse de mí.

—No *quiero* ser un monstruo —explicó en voz muy baja.

—Pero ¿no bastan los animales?

Hizo una pausa.

—No puedo estar seguro, por supuesto, pero yo lo compararía con vivir a base de queso y leche de soja. Nos llamamos a nosotros mismos vegetarianos, es nuestro pequeño chiste privado. No sacia el apetito por completo, bueno, más bien la sed, pero nos mantiene lo bastante fuertes para resistir… la mayoría de las veces —su voz sonaba a presagio—. Unas veces es más difícil que otras.

—¿Te resulta muy difícil ahora?

—Sí.

Suspiró.

—Pero ahora no tienes hambre —aseveré con confianza, afirmando, no preguntando.

—¿Qué te hace pensar eso?

—Tus ojos. Te dije que tenía una teoría. Me he dado cuenta de que la gente, y los hombres en particular, se enfada cuando tiene hambre.

Se rió entre dientes.

—Eres muy observadora, ¿verdad?

No respondí, sólo escuché el sonido de su risa y lo grabé en la memoria.

—Este fin de semana estuvisteis cazando, ¿verdad? —quise saber cuando todo se hubo calmado.

—Sí —calló durante un segundo, como si estuviera decidiendo decir algo o no—. No quería salir, pero era necesario. Es un poco más fácil estar cerca de ti cuando no tengo sed.

—¿Por qué no querías marcharte?

—El estar lejos de ti me pone… ansioso —su mirada era amable e intensa; y me estremecí hasta la médula—. No bromeaba cuando te pedí que no te cayeras al mar o te dejaras atropellar el jueves pasado. Estuve abstraído todo el fin de semana, preocupándome por ti, y después de lo acaecido esta noche, me sorprende que hayas salido indemne del fin de semana —movió la cabeza; entonces recordó algo—. Bueno, no del todo.

—¿Qué?

—Tus manos —me recordó.

Observé las palmas de mis manos y las rasguñaduras casi curadas de los pulpejos. A Edward no se le escapaba nada.

—Me caí —reconocí con un suspiro.

—Eso es lo que pensé —las comisuras de sus labios se curvaron—. Supongo que, siendo tú, podía haber sido mucho peor, y esa posibilidad me atormentó mientras duró mi ausencia. Fueron tres días realmente largos y la verdad es que puse a Emmett de los nervios.

Me sonrió compungido.

—¿Tres días? ¿No acabas de regresar hoy?

—No, volvimos el domingo.

—Entonces, ¿por qué no fuisteis ninguno de vosotros al instituto?

Estaba frustrada, casi enfadada, al pensar el gran chasco que me había llevado a causa de su ausencia.

—Bueno, me has preguntado si el sol me daña, y no lo hace, pero no puedo salir a la luz del día... Al menos, no donde me pueda ver alguien.

—¿Por qué?

—Alguna vez te lo mostraré —me prometió.

Pensé en ello durante un momento.

—Me podías haber llamado —decidí.

Se quedó confuso.

—Pero sabía que estabas a salvo.

—Pero yo no sabía dónde estabas. Yo... —vacilé y entorné los ojos.

—¿Qué? —me impelió con voz arrulladora.

—Me disgusta no verte. También me pone ansiosa.

Me sonrojé al decirlo en voz alta. Se quedó quieto y alzó la vista con aprensión. Observé su expresión apenada.

—Ay —gimió en voz baja—, eso no está bien.

No comprendí esa respuesta.

—¿Qué he dicho?

—¿No lo ves, Bella? De todas las cosas en que te has visto involucrada, es una de las que me hace sentir peor —fijó los ojos en la carretera abruptamente; habló a borbotones, a tal velocidad que casi no lo comprendí—. No quiero oír que te sientas así —dijo con voz baja, pero apremiante—. Es un error. No es seguro. Bella, soy peligroso. Grábatelo, por favor.

—No.

Me esforcé por no parecer una niña enfurruñada.

—Hablo en serio —gruñó.

—También yo. Te lo dije, no me importa qué seas. Es demasiado tarde.

—Jamás digas eso —espetó con dureza y en voz baja.

Me mordí el labio, contenta de que no supiera cuánto dolía aquello. Contemplé la carretera. Ya debíamos de estar cerca. Conducía mucho más deprisa.

—¿En qué piensas? —inquirió con voz aún ruda.

Me limité a negar con la cabeza, no muy segura de que fuera capaz de hablar.

—¿Estás llorando?

No me había dado cuenta de que la humedad de mis ojos se había desbordado. Rápidamente, me froté la mejilla con la mano y, efectivamente, allí estaban las lágrimas delatoras, traicionándome.

—No —negué, pero mi voz se quebró.

Le vi extender hacia mí la diestra con vacilación, pero luego se contuvo y lentamente la volvió a poner en el volante.

—Lo siento —se disculpó con voz pesarosa.

Supe que no sólo se estaba disculpando por las palabras que me habían perturbado. La oscuridad se deslizaba a nuestro lado en silencio.

—Dime una cosa —pidió después de que hubiera transcurrido otro minuto, y le oí controlarse para que su tono fuera ligero.

—¿Sí?

—Esta noche, justo antes de que yo doblara la esquina, ¿en qué pensabas? No comprendí tu expresión... No parecías asustada, sino más bien concentrada al máximo en algo.

—Intentaba recordar cómo incapacitar a un atacante, ya sabes... autodefensa. Le iba a meter la nariz en el cerebro a ese... —pensé en el tipo moreno con una oleada de odio.

—¿Ibas a luchar contra ellos? —eso le perturbó—. ¿No pensaste en correr?

—Me caigo mucho cuando corro —admití.

—¿Y en chillar?

—Estaba a punto de hacerlo.

Sacudió la cabeza.

—Tienes razón. Definitivamente, estoy luchando contra el destino al intentar mantenerte con vida.

Suspiré. Al traspasar los límites de Forks fuimos más despacio. El viaje le había llevado menos de veinte minutos.

—¿Te veré mañana? —quise saber.

—Sí. También he de entregar un trabajo —me sonrió—. Te reservaré un asiento para almorzar.

Después de todo lo que habíamos pasado aquella noche, era una tontería que esa pequeña promesa me causara tal excitación y me impidiera articular palabra.

Estábamos enfrente de la casa de Charlie. Las luces estaban encendidas y mi coche en su sitio. Todo parecía absolutamente normal. Era como despertar de un sueño. Detuvo el vehículo, pero no me moví.

—¿Me prometes estar ahí mañana?

—Lo prometo.

Sopesé la respuesta durante unos instantes y luego asentí con la cabeza. Me quité la cazadora después de olerla por última vez.

—Te la puedes quedar… No tienes una para mañana —me recordó.

Se la devolví.

—No quiero tener que explicárselo a Charlie.

—Ah, de acuerdo.

Esbozó una amplia sonrisa. Con la mano en la manivela, vacilé mientras intentaba prolongar el momento.

—¿Bella? —dijo en tono diferente, serio y dubitativo.

—¿Sí? —me volví hacia él con demasiada avidez.

—¿Vas a prometerme algo?

—Sí —respondí, y al momento me arrepentí de mi incondicional aceptación. ¿Qué ocurría si me pedía que me alejara de él? No podía mantener esa promesa.

—No vayas sola al bosque.

Le miré fijamente, totalmente confusa.

—¿Por qué?

Frunció el ceño y miró con severidad por la ventana.

—No soy la criatura más peligrosa que ronda por ahí fuera. Dejémoslo así.

Me estremecí levemente ante su repentino tono sombrío, pero estaba aliviada. Al menos, ésta era una promesa fácil de cumplir.

—Lo que tú digas.

—Nos vemos mañana —suspiró, y supe que deseaba que saliera del coche.

—Entonces, hasta mañana.

Abrí la puerta a regañadientes.

—¿Bella?

Me di la vuelta mientras se inclinaba hacía mí, por lo que tuve su espléndido rostro pálido a unos centímetros del mío. Mi corazón se detuvo.

—Que duermas bien —dijo.

Su aliento rozó mi cara, aturdiéndome. Era el mismo exquisito aroma que emanaba de la cazadora, pero de una forma más concentrada. Parpadeé, totalmente deslumbrada. Edward se alejó.

Fui incapaz de moverme hasta que se me despejó un poco la mente. Entonces salí del coche con torpeza, teniendo que apoyarme en el marco de la puerta. Creí oírle soltar una risita, pero el sonido fue demasiado bajo para confirmar que fuera cierto.

Aguardó hasta que llegué a trancas y barrancas a la puerta y entonces oí el sonido del motor del coche. Me volví a tiempo de contemplar el vehículo plateado desapareciendo detrás de la esquina. Me di cuenta de que hacía mucho frío.

Tomé la llave de forma maquinal, abrí la puerta y entré. Charlie me llamó desde el cuarto de estar.

—¿Bella?

—Sí, papá, soy yo.

Fui hasta allí. Estaba viendo un partido de baloncesto.

—Has vuelto pronto.

—¿Sí? —estaba sorprendida.

—Aún no son ni las ocho —me dijo—. ¿Os habéis divertido?

—Sí, nos lo hemos pasado muy bien —la cabeza me dio vueltas al intentar recordar todo el asunto de la salida de chicas que había planeado—. Las dos encontraron vestidos.

—¿Te encuentras bien?

—Sólo cansada. He caminado mucho.

—Bueno, quizás deberías acostarte ya.

Parecía preocupado. Me pregunté qué aspecto tendría mi cara.

—Antes debo llamar a Jessica.

—Pero ¿no acabas de estar con ella? —preguntó sorprendido.

—Sí, pero me dejé la cazadora en su coche. Quiero asegurarme de que mañana me la trae.

—Bueno, al menos dale tiempo de llegar a casa.

—Cierto —acepté.

Fui a la cocina y caí exhausta en una silla. Entonces empecé a marearme de verdad. Me pregunté si, después de todo, no iba a entrar en estado de *shock*. *¡Contrólate!*, me dije.

El teléfono me sobresaltó cuando sonó de repente. Levanté el auricular de un tirón.

—¿Diga? —pregunté entrecortadamente.

—¿Bella?

—Hola, Jess. Ahora te iba a llamar.

—¿Estás en casa? —su voz reflejaba sorpresa y alivio.

—Sí. Me dejé la cazadora en tu coche. ¿Me la puedes traer mañana?

—Claro, pero ¡dime qué ha pasado! —exigió.

—Eh, mañana, en Trigonometría, ¿vale?

Lo pilló al vuelo.

—Ah, tu padre está ahí, ¿no?

—Sí, exacto.

—De acuerdo. En ese caso, mañana hablamos —percibí la impaciencia en su voz—. ¡Adiós!

—Adiós, Jess.

Subí lentamente las escaleras mientras un profundo sopor me nublaba la mente. Me preparé para irme a la cama sin prestar atención a lo que hacía. No me percaté de que estaba helada hasta que estuve en la ducha, con el agua —demasiado caliente— quemándome la piel. Tirité violentamente durante varios minutos; después, el chorro de agua relajó mis músculos agarrotados. Luego, sumamente cansada para moverme, permanecí en la ducha hasta que se acabó el agua caliente.

Salí a trompicones y envolví mi cuerpo con una toalla en un intento de conservar el calor del agua para que no regresaran las dolorosas tiritonas. Rápidamente me puse el pijama. Me acurruqué debajo de la colcha, aovillándome como una pelota, abrazándome, para conservar el calor. Me estremecí varias veces.

La cabeza me seguía dando vueltas, llena de imágenes que no lograba comprender y algunas otras que intentaba reprimir. Al principio, no tenía nada claro, pero cuando gradualmente me fui acercando al sueño, se me hicieron evidentes algunas certezas.

Estaba totalmente segura de tres cosas. Primera, Edward era un vampiro. Segunda, una parte de él, y no sabía lo potente que podía ser esa parte, tenía sed de mi sangre. Y tercera, estaba incondicional e irrevocablemente enamorada de él.

Interrogatorios

A la mañana siguiente resultó muy difícil discutir con esa parte de mí que estaba convencida de que la noche pasada había sido un sueño. Ni la lógica ni el sentido común estaban de mi lado. Me aferraba a las partes que no podían ser de mi invención, como el olor de Edward. Estaba segura de que algo así jamás hubiera sido producto de mis propios sueños.

En el exterior, el día era brumoso y oscuro. Perfecto. Edward no tenía razón alguna para no asistir a clase hoy. Me vestí con ropa de mucho abrigo al recordar que no tenía la cazadora, otra prueba de que mis recuerdos eran reales.

Al bajar las escaleras, descubrí que Charlie ya se había ido. Era más tarde de lo que creía. Devoré en tres bocados una barra de *muesli* acompañada de leche, que bebí a morro del cartón, y salí a toda prisa por la puerta. Con un poco de suerte, no empezaría a llover hasta que hubiera encontrado a Jessica.

Había más niebla de lo acostumbrado, el aire parecía impregnado de humo. Su contacto era gélido cuando se enroscaba a la piel expuesta del cuello y el rostro. No veía el momento de llegar al calor de mi vehículo. La neblina era tan densa que hasta que no estuve a pocos metros de la carretera no me percaté de que en ella había un coche, un coche plateado. Mi corazón latió despacio, vaciló y luego reanudó su ritmo a toda velocidad.

No vi de dónde había llegado, pero de repente estaba ahí, con la puerta abierta para mí.

—¿Quieres dar una vuelta conmigo hoy? —preguntó, divertido por mi expresión, sorprendiéndome aún desprevenida.

Percibí incertidumbre en su voz. Me daba a elegir de verdad, era libre de rehusar y una parte de él lo esperaba. Era una esperanza vana.

—Sí, gracias —acepté e intenté hablar con voz tranquila.

Al entrar en el caluroso interior del coche me di cuenta de que su cazadora color canela colgaba del reposacabezas del asiento del pasajero. Cerró la puerta detrás de mí y, antes de lo que era posible imaginar, se sentó a mi lado y arrancó el motor.

—He traído la cazadora para ti. No quiero que vayas a enfermar ni nada por el estilo.

Hablaba con cautela. Me di cuenta de que él mismo no llevaba cazadora, sólo una camiseta gris de manga larga con cuello de pico. De nuevo, el tejido se adhería a su pecho musculoso. El que apartara la mirada de aquel cuerpo fue un colosal tributo a su rostro.

—No soy tan delicada —dije, pero me puse la cazadora sobre el vientre e introduje los brazos en las mangas, demasiado largas, con la curiosidad de comprobar si el aroma podía ser tan bueno como lo recordaba. Era mejor.

—¿Ah, no? —me contradijo en voz tan baja que no estuve segura de si quería que lo oyera.

El vehículo avanzó a toda velocidad entre las calles cubiertas por los jirones de niebla. Me sentía cohibida. De hecho, lo estaba. La noche pasada todas las defensas estaban bajas... casi todas. No sabía si seguíamos siendo tan cándidos hoy. Me mordí la lengua y esperé a que hablara él.

Se volvió y me sonrió burlón.

—¿Qué? ¿No tienes veinte preguntas para hoy?

—¿Te molestan mis preguntas? —pregunté, aliviada.

—No tanto como tus reacciones.

Parecía bromear, pero no estaba segura. Fruncí el ceño.

—¿Reaccioné mal?

—No. Ése es el problema. Te lo tomaste todo demasiado bien, no es natural. Eso me hace preguntarme qué piensas en realidad.

—Siempre te digo lo que pienso de verdad.

—Lo censuras —me acusó.

—No demasiado.

—Lo suficiente para volverme loco.

—No quieres oírlo —mascullé casi en un susurro.

En cuanto pronuncié esas palabras, me arrepentí de haberlo hecho. El dolor de mi voz era muy débil. Sólo podía esperar que él no lo hubiera notado.

No me respondió, por lo que me pregunté si le había hecho enfadar. Su rostro era inescrutable mientras entrábamos en el aparcamiento del instituto. Ya tarde, se me ocurrió algo.

—¿Dónde están tus hermanos? —pregunté, muy contenta de estar a solas con él, pero recordando que habitualmente ese coche iba lleno.

—Han ido en el coche de Rosalie —se encogió de hombros mientras aparcaba junto a un reluciente descapotable rojo con la capota levantada—. Ostentoso, ¿verdad?

—Eh... ¡Caramba! —musité—. Si ella tiene *esto,* ¿por qué viene contigo?

—Como te he dicho, es ostentoso. Intentamos no desentonar.

—No tenéis éxito. —Me reí y sacudí la cabeza mientras salíamos del coche. Ya no llegábamos tarde; su alocada conducción me había traído a la escuela con tiempo de sobra—. Entonces, ¿por qué ha conducido Rosalie hoy si es más ostentoso?

—¿No lo has notado? Ahora, estoy rompiendo *todas* las reglas.

Se reunió conmigo delante del coche y permaneció muy cerca de mí mientras caminábamos hacia el campus. Quería acortar esa pequeña distancia, extender la mano y tocarle, pero temía que no fuera de su agrado.

—¿Por qué todos vosotros tenéis coches como ésos si queréis pasar desapercibidos? —me pregunté en voz alta.

—Un lujo —admitió con una sonrisa traviesa—. A todos nos gusta conducir deprisa.

—Me cuadra —musité.

Con los ojos a punto de salirse de sus órbitas, Jessica estaba esperando debajo del saliente del tejado de la cafetería. Sobre su brazo, bendita sea, estaba mi cazadora.

—Eh, Jessica —dije cuando estuvimos a pocos pasos—. Gracias por acordarte.

Me la entregó sin decir nada.

—Buenos días, Jessica —la saludó amablemente Edward. No tenía la culpa de que su voz fuera tan irresistible ni de lo que sus ojos eran capaces de obrar.

—Eh… Hola —posó sus ojos sobre mí, intentando reunir sus pensamientos dispersos—. Supongo que te veré en Trigonometría.

Me dirigió una mirada elocuente y reprimí un suspiro. ¿Qué demonios iba a decirle?

—Sí, allí nos vemos.

Se alejó, deteniéndose dos veces para mirarnos por encima del hombro.

—¿Qué le vas a contar? —murmuró Edward.

—¡Eh! ¡Creía que no podías leerme la mente! —susurré.

—No puedo —dijo, sobresaltado. La comprensión relució en los ojos de Edward—, pero puedo leer la suya. Te va a tender una emboscada en clase.

Gemí mientras me quitaba su cazadora y se la entregaba para reemplazarla por la mía. La dobló sobre su brazo.

—Bueno, ¿qué le vas a decir?

—Una ayudita —supliqué—, ¿qué quiere saber?

Edward negó con la cabeza y esbozó una sonrisa malévola.

—Eso no es elegante.

—No, lo que no es elegante es que no compartas lo que sabes.

Lo estuvo reflexionando mientras andábamos. Nos detuvimos en la puerta de la primera clase.

—Quiere saber si nos estamos viendo a escondidas, y también qué sientes por mí —dijo al final.

—¡Oh, no! ¿Qué debo decirle?

Intenté mantener la expresión más inocente. La gente pasaba a nuestro lado de camino a clase, probablemente mirando, pero apenas era consciente de su presencia.

—Humm —hizo una pausa para atrapar un mechón suelto que se había escapado del nudo de mi coleta y lo colocó en su lugar. Mi corazón resopló de hiperactividad—. Supongo que, si no te importa, le puedes decir que sí a lo primero... Es más fácil que cualquier otra explicación.

—No me importa —dije con un hilo de voz.

—En cuanto a la pregunta restante... Bueno, estaré a la escucha para conocer la respuesta.

Curvó una de las comisuras de la boca al esbozar mi sonrisa pícara predilecta. Se dio la vuelta y se alejó.

—Te veré en el almuerzo —gritó por encima del hombro. Las tres personas que traspasaban la puerta se detuvieron para mirarme.

Colorada e irritada, me apresuré a entrar en clase. ¡Menudo tramposo! Ahora estaba incluso más preocupada sobre lo que le iba a decir a Jessica. Me senté en mi sitio de siempre al tiempo que lanzaba la cartera contra el suelo con fastidio.

—Buenos días, Bella —me saludó Mike desde el asiento contiguo. Alcé la vista para ver el aspecto extraño y resignado de su rostro—. ¿Cómo te fue en Port Angeles?

—Fue… —no había una forma sincera de resumirlo—. Estuvo genial —concluí sin convicción—. Jessica consiguió un vestido estupendo.

—¿Dijo algo de la noche del lunes? —preguntó con los ojos relucientes. Sonreí ante el giro que había tomado la conversación.

—Dijo que se lo había pasado realmente bien —le confirmé.

—¿Seguro? —dijo con avidez.

—Segurísimo.

Entonces, el señor Mason llamó al orden a la clase y nos pidió que entregásemos nuestros trabajos. Lengua e Historia se pasaron de forma borrosa, mientras yo seguía preocupada sobre la forma en que iba a explicarle las cosas a Jessica. Me iba costar muchísimo si Edward estaba escuchando lo que decía a través de los pensamientos de Jessica. ¡Qué inoportuno podía llegar a ser su pequeño don cuando no servía para salvarme la vida!

La niebla se había disuelto hacia el final de la segunda hora, pero el día seguía oscuro, con nubes bajas y opresivas. Le sonreí al cielo.

Edward estaba en lo cierto, por supuesto. Jessica se sentaba en la fila de atrás cuando entré en clase de Trigonometría, casi botando fuera del asiento de pura agitación. Me senté a su lado con renuencia mientras me intentaba convencer a mí misma de que sería mejor zanjar el asunto lo antes posible.

—¡Cuéntamelo todo! —me ordenó antes de que me sentara.

—¿Qué quieres saber? —intenté salirme por la tangente.

—¿Qué ocurrió anoche?

—Me llevó a cenar y luego me trajo a casa.

Me miró con una forzada expresión de escepticismo.

—¿Cómo llegaste a casa tan pronto?

—Conduce como un loco —esperaba que oyera eso—. Fue aterrador.

—¿Fue como una cita? ¿Le habías dicho que os reunierais allí?

No había pensado en eso.

—No... Me sorprendió mucho verle en Forks.

Contrajo los labios contrariada ante la manifiesta sinceridad de mi voz.

—Pero él te ha recogido hoy para traerte a clase... —me sondeó.

—Sí, eso también ha sido una sorpresa. Se dio cuenta de que la noche pasada no tenía la cazadora —le expliqué.

—Así que... ¿vais a salir otra vez?

—Se ofreció a llevarme a Seattle el sábado, ya que cree que mi coche no es demasiado fiable. ¿Eso cuenta?

—Sí —asintió.

—Bueno, entonces, sí.

—V-a-y-a —magnificó la palabra hasta hacerla de cuatro sílabas—. Edward Cullen.

—Lo sé —admití. «Vaya» ni siquiera se acercaba.

—¡Aguarda! —alzó las manos con las palmas hacia mí como si estuviera deteniendo el tráfico—. ¿Te ha besado?

—No —farfullé—. No es de ésos.

Pareció decepcionada, y estoy segura de que yo también.

—¿Crees que el sábado…? —alzó las cejas.

—Lo dudo, de verdad.

Oculté muy mal el descontento de mi voz.

—¿Sobre qué hablasteis? —me susurró, presionándome en busca de más información. La clase había comenzado, pero el señor Varner no prestaba demasiada atención y no éramos las únicas que seguíamos hablando.

—No sé, Jess, de un montón de cosas —le respondí en susurros—. Hablamos un poco del trabajo de Literatura.

Muy, muy poco, creo que él lo mencionó de pasada.

—Por favor, Bella —imploró—. Dame algunos detalles.

—Bueno… De acuerdo. Tengo uno. Deberías haber visto a la camarera flirteando con él. Fue una pasada, pero él no le prestó ninguna atención.

A ver qué puede hacer Edward con eso.

—Eso es buena señal —asintió—. ¿Era guapa?

—Mucho, y probablemente tendría diecinueve o veinte años.

—Mejor aún. Debes de gustarle.

—Eso creo, pero resulta difícil de saber —suspirando, añadí en beneficio de Edward—. Es siempre tan críptico…

—No sé cómo has tenido suficiente valor para estar a solas con él —musitó.

—¿Por qué?

Me sorprendí, pero ella no comprendió mi reacción.

—Intimida tanto… Yo no sabría qué decirle.

Hizo una mueca, probablemente al recordar esta mañana o la pasada noche, cuando él empleó la aplastante fuerza de sus ojos sobre ella.

—Cometo algunas incoherencias cuando estoy cerca de él —admití.

—Oh, bueno. Es increíblemente guapo.

Jessica se encogió de hombros, como si eso excusara cualquier fallo, lo cual, en su opinión, probablemente fuera así.

—Él es mucho más que eso.

—¿De verdad? ¿Como qué?

Quise haberlo dejado correr casi tanto como esperaba que se lo tomara a broma cuando se enterara.

—No te lo puedo explicar ahora, pero es incluso más increíble *detrás* del rostro.

El vampiro que quería ser bueno, que corría a salvar vidas, ya que así no sería un monstruo… Miré hacia la parte delantera de la clase.

—¿Es eso *posible?* —dijo entre risitas.

La ignoré, intentando aparentar que prestaba atención al señor Varner.

—Entonces, ¿te gusta?

No se iba a dar por vencida.

—Sí —respondí de forma cortante.

—Me refiero a que si te gusta de verdad —me apremió.

—Sí —dije de nuevo, sonrojándome.

Esperaba que ese detalle no se registrara en los pensamientos de Jessica. Las respuestas monosilábicas le iban a tener que bastar.

—¿Cuánto te gusta?

—Demasiado —le repliqué en un susurro—, más de lo que yo le gusto a él, pero no veo la forma de evitarlo.

Solté un suspiro. Un sonrojo enmascaró el siguiente. Entonces, por fortuna, el señor Varner le hizo a Jessica una pregunta.

No tuvo oportunidad de continuar con el tema durante la clase y en cuanto sonó el timbre inicié una maniobra de evasión.

—En Lengua, Mike me ha preguntado si me habías dicho algo sobre la noche del lunes —le dije.

—¡Estás de guasa! ¡¿Qué le dijiste?! —exclamó con voz entrecortada, desviada por completo su atención del asunto—. ¡Dime exactamente qué dijo y cuál fue tu respuesta palabra por palabra!

Nos pasamos el resto del camino diseccionando la estructura de las frases y la mayor parte de la clase de Español con una minuciosa descripción de las expresiones faciales de Mike. No hubiera estirado tanto el tema de no ser porque me preocupaba convertirme de nuevo en el tema de la conversación.

Entonces sonó el timbre del almuerzo. El hecho de que me levantara de un salto de la silla y guardase precipitadamente los libros en la mochila con expresión animada, debió de suponer un indicio claro para Jessica, que comentó:

—Hoy no te vas a sentar con nosotros, ¿verdad?

—*Creo* que no.

No estaba segura de que no fuera a desaparecer inoportunamente otra vez. Pero Edward me esperaba a la salida de nuestra clase de Español, apoyado contra la pared; se parecía a un dios heleno más de lo que nadie debería tener derecho. Jessica nos dirigió una mirada, puso los ojos en blanco y se marchó.

—Te veo luego, Bella —se despidió, con una voz llena de implicaciones. Tal vez debería desconectar el timbre del teléfono.

—Hola —dijo Edward con voz divertida e irritada al mismo tiempo. Era obvio que había estado escuchando.

—Hola.

No se me ocurrió nada más que decir y él no habló —a la espera del momento adecuado, presumí—, por lo que el trayecto a la cafetería fue un paseo en silencio. El entrar con Edward en el abigarrado flujo de gente a la hora del almuerzo se pareció mucho a mi primer día: todos me miraban.

Encabezó el camino hacia la cola, aún sin despegar los labios, a pesar de que sus ojos me miraban cada pocos segundos con expresión especulativa. Me parecía que la irritación iba venciendo a la diversión como emoción predominante en su rostro. Inquieta, jugueteé con la cremallera de la cazadora.

Se dirigió al mostrador y llenó de comida una bandeja.

—¿Qué haces? —objeté—. ¿No irás a llevarte todo eso para mí?

Negó con la cabeza y se adelantó para pagar la comida.

—La mitad es para mí, por supuesto.

Enarqué una ceja.

Me condujo al mismo lugar en el que nos habíamos sentado la vez anterior. En el extremo opuesto de la larga mesa, un grupo de chicos del último curso nos miraron anonadados cuando nos sentamos uno frente a otro. Edward parecía ajeno a este hecho.

—Toma lo que quieras —dijo, empujando la bandeja hacia mí.

—Siento curiosidad —comenté mientras elegía una manzana y la hacía girar entre las manos—, ¿qué harías si alguien te desafiara a comer?

—Tú siempre sientes curiosidad.

Hizo una mueca y sacudió la cabeza. Me observó fijamente, atrapando mi mirada, mientras alzaba un pedazo de *pizza* de la bandeja, se la metía en la boca de una sola vez, la masticaba rápidamente y se la tragaba. Lo miré con los ojos abiertos como platos.

—Si alguien te desafía a tragar tierra, puedes, ¿verdad? —preguntó con condescendencia.

Arrugué la nariz.

—Una vez lo hice... en una apuesta —admití—. No fue tan malo.

Se echó a reír.

—Supongo que no me sorprende.

Algo por encima de mi hombro pareció atraer su atención.

—Jessica está analizando todo lo que hago. Luego, lo montará y desmontará para ti.

Empujó hacia mí el resto de la *pizza.* La mención de Jessica devolvió a su semblante una parte de su antigua irritación. Dejé la manzana y mordí la *pizza,* apartando la vista, ya que sabía que Edward estaba a punto de comenzar.

—¿De modo que la camarera era guapa? —preguntó de forma casual.

—¿De verdad que no te diste cuenta?

—No. No prestaba atención. Tenía muchas cosas en la cabeza.

—Pobre chica.

Ahora podía permitirme ser generosa.

—Algo de lo que le has dicho a Jessica..., bueno..., me molesta.

Se negó a que le distrajera y habló con voz ronca mientras me miraba con ojos de preocupación a través de sus largas pestañas.

—No me sorprende que oyeras algo que te disgustara. Ya sabes lo que se dice de los cotillas —le recordé.

—Te previne de que estaría a la escucha.

—Y yo de que tú no querrías saber todo lo que pienso.

—Lo hiciste —concedió, todavía con voz ronca—, aunque no tienes razón exactamente. Quiero saber todo lo que piensas... Todo. Sólo que desearía que no pensaras algunas cosas.

Fruncí el ceño.

—Ésa es una distinción importante.

—Pero, en realidad, ése no es el tema por ahora.

—Entonces, ¿cuál es?

En ese momento, nos inclinábamos el uno hacia el otro sobre la mesa. Su barbilla descansaba sobre las alargadas manos blancas; me incliné hacia delante apoyada en el hueco de mi mano. Tuve que recordarme a mí misma que estábamos en un comedor abarrotado, probablemente con muchos ojos curiosos fijos en nosotros. Resultaba demasiado fácil dejarse envolver por nuestra propia burbuja privada, pequeña y tensa.

—¿De verdad crees que te interesas por mí más que yo por ti? —murmuró, inclinándose más cerca mientras hablaba traspasándome con sus relucientes ojos negros.

Intenté acordarme de respirar. Tuve que desviar la mirada para recuperarme.

—Lo has vuelto a hacer —murmuré.

Abrió los ojos sorprendido.

—¿El qué?

—Aturdirme —confesé. Intenté concentrarme cuando volví a mirarlo.

—Ah —frunció el ceño.

—No es culpa tuya —suspiré—. No lo puedes evitar.

—¿Vas a responderme a la pregunta?

—Sí.

—¿Sí me vas a responder o sí lo piensas de verdad?

Se irritó de nuevo.

—Sí, lo pienso de verdad.

Fijé los ojos en la mesa, recorriendo la superficie de falso veteado. El silencio se prolongó.

Con obstinación, me negué a ser la primera en romperlo, luchando con todas mis fuerzas contra la tentación de atisbar su expresión.

—Te equivocas —dijo al fin con suave voz aterciopelada. Alcé la mirada y vi que sus ojos eran amables.

—Eso no lo puedes saber —discrepé en un cuchicheo. Negué con la cabeza en señal de duda; aunque mi corazón se agitó al oír esas palabras, pero no las quise creer con tanta facilidad.

—¿Qué te hace pensarlo?

Sus ojos de topacio líquido eran penetrantes, se suponía que intentaban, sin éxito, obtener directamente la verdad de mi mente.

Le devolví la mirada al tiempo que me esforzaba por pensar con claridad, a pesar de su rostro, para hallar alguna forma de explicarme. Mientras buscaba las palabras, le vi impacientarse. Empezó a fruncir el ceño, frustrado por mi silencio. Quité la mano de mi cuello y alcé un dedo.

—Déjame pensar —insistí.

Su expresión se suavizó, ahora satisfecho de que estuviera pensando una respuesta. Dejé caer la mano en la mesa y moví la mano izquierda para juntar ambas. Las contemplé mientras entrelazaba y liberaba los dedos hasta que al final hablé:

—Bueno, dejando a un lado lo obvio, en algunas ocasiones... —vacilé—. No estoy segura, yo no puedo leer mentes, pero algunas veces parece que intentas despedirte cuando estás diciendo otra cosa.

No supe resumir mejor la sensación de angustia que a veces me provocaban sus palabras.

—Muy perceptiva —susurró. Y mi angustia surgió de nuevo cuando confirmó mis temores—, aunque por eso es por lo que te equivocas —comenzó a explicar, pero entonces entrecerró los ojos—. ¿A qué te refieres con «lo obvio»?

—Bueno, mírame —dije, algo innecesario puesto que ya lo estaba haciendo—. Soy absolutamente normal; bueno, salvo por todas las situaciones en que la muerte me ha pasado rozando y por ser una inútil de puro torpe. Y mírate a ti.

Lo señalé con un gesto de la mano, a él y su asombrosa perfección. La frente de Edward se crispó de rabia durante un momento para suavizarse luego, cuando su mirada adoptó un brillo de comprensión.

—Nadie se ve a sí mismo con claridad, ya sabes. Voy a admitir que has dado en el clavo con los defectos —se rió entre dientes de forma sombría—, pero no has oído lo que pensaban todos los chicos de esta escuela el día de tu llegada.

—No me lo creo… —murmuré para mí y parpadeé, atónita.

—Confía en mí por esta vez, eres lo opuesto a lo normal.

Mi vergüenza fue mucho más intensa que el placer ante la mirada procedente de sus ojos mientras pronunciaba esas palabras. Le recordé mi argumento original rápidamente:

—Pero yo no estoy diciendo adiós —puntualicé.

—¿No lo ves? Eso demuestra que tengo razón. Soy quien más se preocupa, porque si he de hacerlo, si dejarlo es lo correcto —enfatizó mientras sacudía la cabeza, como si luchara contra esa idea—, sufriré para evitar que resultes herida, para mantenerte a salvo.

Le miré fijamente.

—¿Acaso piensas que yo no haría lo mismo?

—Nunca vas a tener que efectuar la elección.

Su impredecible estado de ánimo volvió a cambiar bruscamente y una sonrisa traviesa e irresistible le cambió las facciones.

—Por supuesto, mantenerte a salvo se empieza a parecer a un trabajo a tiempo completo que requiere de mi constante presencia.

—Nadie me ha intentado matar hoy —le recordé, agradecida por abordar un tema más liviano.

No quería que hablara más de despedidas. Si tenía que hacerlo, me suponía capaz de ponerme en peligro a propósito para retenerlo cerca de mí. Desterré ese pensamiento antes de que sus rápidos ojos lo leyeran en mi cara. Esa idea me metería en un buen lío.

—Aún —agregó.

—Aún —admití. Se lo hubiera discutido, pero ahora quería que estuviera a la espera de desastres.

—Tengo otra pregunta para ti —dijo con rostro todavía despreocupado.

—Dispara.

—¿Tienes que ir a Seattle este sábado de verdad o es sólo una excusa para no tener que dar una negativa a tus admiradores?

Hice una mueca ante ese recuerdo.

—Todavía no te he perdonado por el asunto de Tyler, ya sabes —le previne—. Es culpa tuya que se haya engañado hasta creer que le voy a acompañar al baile de gala.

—Oh, hubiera encontrado la ocasión para pedírtelo sin mi ayuda. En realidad, sólo quería ver tu cara —se rió entre dientes. Me hubiera enfadado si su risa no hubiera sido tan fascinante. Sin dejar de hacerlo, me preguntó—: Si te lo hubiera pedido, ¿me hubieras rechazado?

—Probablemente, no —admití—, pero lo hubiera cancelado después, alegando una enfermedad o un tobillo torcido.

Se quedó extrañado.

—¿Por qué?

Moví la cabeza con tristeza.

—Supongo que nunca me has visto en gimnasia, pero creía que tú lo entenderías.

—¿Te refieres al hecho de que eres incapaz de caminar por una superficie plana y estable sin encontrar algo con lo que tropezar?

—Obviamente.

—Eso no sería un problema —estaba muy seguro—. Todo depende de quién te lleve a bailar —vio que estaba a punto de protestar y me cortó—. Pero aún no me has contestado... ¿Estás decidida a ir a Seattle o te importaría que fuéramos a un lugar diferente?

En cuanto utilizó el plural, no me preocupé de nada más.

—Estoy abierta a sugerencias —concedí—, pero he de pedirte un favor.

Me miró con precaución, como hacía siempre que formulaba una pregunta abierta.

—¿Cuál?

—¿Puedo conducir?

Frunció el ceño.

—¿Por qué?

—Bueno, sobre todo porque cuando le dije a Charlie que me iba a Seattle, me preguntó concretamente si viajaba sola, como así era en ese momento. Probablemente, no le mentiría si me lo volviera a preguntar, pero dudo que lo haga de nuevo, y dejar el coche enfrente de la casa sólo sacaría el tema a colación de forma innecesaria. Y además, porque tu manera de conducir me asusta.

Puso los ojos en blanco.

—De todas las cosas por las que te tendría que asustar, a ti te preocupa mi conducción —movió la cabeza con desagrado, pero luego volvió a ponerse serio—. ¿No le quieres decir a tu padre que vas a pasar el día conmigo?

En su pregunta había un trasfondo que no comprendí.

—Con Charlie, menos es siempre más —en eso me mostré firme—. De todos modos, ¿adónde vamos a ir?

—Va a hacer buen tiempo, por lo que estaré fuera de la atención pública y podrás estar conmigo si así lo quieres.

Otra vez me dejaba la alternativa de elegir.

—¿Y me enseñarás a qué te referías con lo del sol? —pregunté, entusiasmada por la idea de desentrañar otra de las incógnitas.

—Sí —sonrió y se tomó un tiempo—. Pero si no quieres estar a solas conmigo, seguiría prefiriendo que no fueras a Seattle tú sola. Me estremezco al pensar con qué problemas te podrías encontrar en una ciudad de ese tamaño.

Me ofendí.

—Sólo en población, Phoenix es tres veces mayor que Seattle. En tamaño físico...

—Pero al parecer —me interrumpió— en Phoenix no te había llegado la hora, por lo que preferiría que permanecieras cerca de mí.

Sus ojos adquirieron de nuevo ese toque de desleal seducción. No conseguí debatir ni con la vista ni con los argumentos lo que, de todos modos, era un punto discutible.

—No me importa estar a solas contigo cuando suceda.

—Lo sé —suspiró con gesto inquietante—. Pero se lo deberías contar a Charlie.

—¿Por qué diablos iba a hacer eso?

Sus ojos relampaguearon con súbita fiereza.

—Para darme algún pequeño incentivo para que te traiga *de vuelta*.

Tragué saliva, pero, después de pensármelo un momento, estuve segura:

—Creo que me arriesgaré.

Resopló con enojo y desvió la mirada.

—Hablemos de cualquier otra cosa —sugerí.

—¿De qué quieres hablar? —preguntó, todavía sorprendido.

Miré a nuestro alrededor para asegurarme de que nadie nos podía oír. Mientras paseaba la mirada por el comedor, observé los ojos de la hermana de Edward, Alice, que me miraba fijamente, mientras que el resto le miraba a él. Desvié la mirada rápidamente, miré a Edward, y le pregunté lo primero que se me pasó por la cabeza.

—¿Por qué te fuiste a ese lugar, Goat Rocks, el último fin de semana? ¿Para cazar? Charlie dijo que no era un buen lugar para ir de acampada a causa de los osos.

Me miró fijamente, como si estuviera pasando por alto lo evidente.

—¿Osos? —pregunté entonces de forma entrecortada; él esbozó una sonrisa burlona—. Ya sabes, no estamos en temporada de osos —añadí con severidad para ocultar mi sorpresa.

—Si lees con cuidado, verás que las leyes recogen sólo la caza con armas —me informó.

Me contempló con regocijo mientras lo asimilaba lentamente.

—¿Osos? —repetí con dificultad.

—El favorito de Emmett es el oso pardo —dijo a la ligera, pero sus ojos escrutaban mi reacción. Intenté recobrar la compostura.

—¡Humm! —musité mientras tomaba otra porción de *pizza* como pretexto para bajar los ojos. La mastiqué muy despacio, y luego bebí un largo trago de refresco sin alzar la mirada.

—Bueno —dije después de un rato, mis ojos se encontraron con los suyos, ansiosos—, ¿cuál es tu favorito?

Enarcó una ceja y sus labios se curvaron con desaprobación.

—El puma.

—Ah —comenté con un tono de amable desinterés mientras volvía a tomar Coca-Cola.

—Por supuesto —dijo imitando mi tono—, debemos tener cuidado para no causar un impacto medioambiental desfavorable con una caza imprudente. Intentamos concentrarnos en zonas con superpoblación de depredadores... Y nos alejamos tanto como sea necesario. Aquí siempre hay ciervos y alces —sonrió con socarronería—. Nos servirían, pero ¿qué diversión puede haber en eso?

—Claro, qué diversión —murmuré mientras daba otro mordisco a la *pizza.*

—El comienzo de la primavera es la estación favorita de Emmett para cazar al oso —sonrió como si recordara alguna broma—. Acaban de salir de la hibernación y se muestran mucho más irritables.

—No hay nada más divertido que un oso pardo irritado —admití, asintiendo.

Se rió con disimulo y movió la cabeza.

—Dime lo que realmente estás pensando, por favor.

—Me lo intento imaginar, pero no puedo —admití—. ¿Cómo cazáis un oso sin armas?

—Oh, las tenemos —exhibió sus relucientes dientes con una sonrisa breve y amenazadora. Luché para reprimir un escalofrío que me delatara—, sólo que no de la clase que se contempló al legislar las leyes de caza. Si has visto atacar a un oso en la televisión, tendrías que poder visualizar cómo caza Emmett.

No pude evitar el siguiente escalofrío que bajó por mi espalda. Miré a hurtadillas a Emmett, al otro extremo de la cafetería, agradecida de que no estuviera mirando en mi dirección. De alguna manera, los prominentes músculos que envolvían sus brazos y su torso ahora resultaban más amenazantes.

Edward siguió la dirección de mi mirada y soltó una suave risa.

Le miré, enervada.

—¿También tú te pareces a un oso? —pregunté con un hilo de voz.

—Más al puma, o eso me han dicho —respondió a la ligera—. Tal vez nuestras preferencias sean significativas.

Intenté sonreír.

—Tal vez —repetí, pero tenía la mente rebosante de imágenes contrapuestas que no conseguía unir—, ¿es algo que podría llegar a ver?

—¡Absolutamente no!

Su cara se tornó aún más lívida de lo habitual y de repente su mirada era furiosa. Me eché hacia atrás, sorprendida —y asustada, aunque jamás lo admitiría— por su reacción. Él hizo lo mismo y cruzó los brazos a la altura del pecho.

—¿Demasiado aterrador para mí? —le pregunté cuando recuperé el control de mi voz.

—Si fuera eso, te sacaría fuera esta noche —dijo con voz tajante—. *Necesitas* una saludable dosis de miedo. Nada te podría sentar mejor.

—Entonces, ¿por qué? —le insté, ignorando su expresión enojada.

Me miró fijamente durante más de un minuto y al final dijo:

—Más tarde —se incorporó ágilmente—. Vamos a llegar con retraso.

Miré a mi alrededor, sorprendida de ver que tenía razón: la cafetería estaba casi vacía.

Cuando estaba a su lado, el tiempo y el espacio se desdibujaban de tal manera que perdía la noción de ambos. Me incorporé de un salto mientras recogía la mochila, colgada del respaldo de la silla.

—En tal caso, más tarde —admití.

No lo iba a olvidar.

Complicaciones

Todo el mundo nos miró cuando nos dirigimos juntos a nuestra mesa del laboratorio. Me di cuenta de que ya no orientaba la silla para sentarse todo lo lejos que le permitía la mesa. En lugar de eso, se sentaba bastante cerca de mí, nuestros brazos casi se tocaban.

El señor Banner —¡qué hombre tan puntual!— entró a clase de espaldas llevando una gran mesa metálica de ruedas con un vídeo y un televisor tosco y anticuado. Una clase con película. El relajamiento de la atmósfera fue casi tangible.

El profesor introdujo la cinta en el terco vídeo y se dirigió hacia la pared para apagar las luces.

Entonces, cuando el aula quedó a oscuras, adquirí conciencia plena de que Edward se sentaba a menos de tres centímetros de mí. La inesperada electricidad que fluyó por mi cuerpo me dejó aturdida, sorprendida de que fuera posible estar más pendiente de él de lo que ya lo estaba. Estuve a punto de no poder controlar el loco impulso de extender la mano y tocarle, acariciar aquel rostro perfecto en medio de la oscuridad. Crucé los brazos sobre mi pecho con fuerza, con los puños crispados. Estaba perdiendo el juicio.

Comenzaron los créditos de inicio, que iluminaron la sala de forma simbólica. Por iniciativa propia, mis ojos se precipitaron sobre él. Sonreí tímidamente al comprender que su postura era idéntica a la mía, con los puños cerrados debajo de los brazos. Correspondió a mi sonrisa. De algún modo, sus ojos conseguían brillar incluso en la oscuridad. Desvié la mirada antes de que empezara a hiperventilar. Era absolutamente ridículo que me sintiera aturdida.

La hora se me hizo eterna. No pude concentrarme en la película, ni siquiera supe de qué tema trataba. Intenté relajarme en vano, ya que la corriente eléctrica que parecía emanar de algún lugar de su cuerpo no cesaba nunca. De forma esporádica, me permitía alguna breve ojeada en su dirección, pero él tampoco parecía relajarse en ningún momento. El abrumador anhelo de tocarle también se negaba a desaparecer. Apreté los dedos contra las costillas hasta que me dolieron del esfuerzo.

Exhalé un suspiro de alivio cuando el señor Banner encendió las luces al final de la clase y estiré los brazos, flexionando los dedos agarrotados. A mi lado, Edward se rió entre dientes.

—Vaya, ha sido interesante —murmuró. Su voz tenía un toque siniestro y en sus ojos brillaba la cautela.

—Humm —fue todo lo que fui capaz de responder.

—¿Nos vamos? —preguntó mientras se levantaba ágilmente.

Casi gemí. Llegaba la hora de Educación física. Me alcé con cuidado, preocupada por la posibilidad de que esa nueva y extraña intensidad establecida entre nosotros hubiera afectado a mi sentido del equilibrio.

Caminó silencioso a mi lado hasta la siguiente clase y se detuvo en la puerta. Me volví para despedirme. Me sorprendió la expresión desgarrada, casi dolorida, y terriblemente hermosa de su rostro, y el anhelo de tocarle se inflamó con la misma intensidad que antes. Enmudecí, mi despedida se quedó en la garganta.

Vacilante y con el debate interior reflejado en los ojos, alzó la mano y recorrió rápidamente mi pómulo con las yemas de los dedos. Su piel estaba tan fría como de costumbre, pero su roce quemaba.

Se volvió sin decir nada y se alejó rápidamente a grandes pasos.

Entré en el gimnasio, mareada y tambaleándome un poco. Me dejé ir hasta el vestuario, donde me cambié como en estado de trance, vagamente consciente de que había otras personas en torno a mí. No fui consciente del todo hasta que empuñé una raqueta. No pesaba mucho, pero la sentí insegura en mi mano. Vi a algunos chicos de clase mirarme a hurtadillas. El entrenador Clapp nos ordenó jugar por parejas.

Gracias a Dios, aún quedaban algunos rescoldos de caballerosidad en Mike, que acudió a mi lado.

—¿Quieres formar pareja conmigo?

—Gracias, Mike... —hice un gesto de disculpa—. No tienes por qué hacerlo, ya lo sabes.

—No te preocupes, me mantendré lejos de tu camino —dijo con una amplia sonrisa.

Algunas veces, era muy fácil que Mike me gustara.

La clase no transcurrió sin incidentes. No sé cómo, con el mismo golpe me las arreglé para dar a Mike en el hombro y golpearme la cabeza con la raqueta. Pasé el resto de la hora en el rincón de atrás de la pista, con la raqueta sujeta bien segura detrás de la espalda. A pesar de estar en desventaja por mi causa, Mike era muy bueno, y ganó él solo tres de los cuatro partidos. Gracias a él, conseguí un buen resultado inmerecido cuando el entrenador silbó dando por finalizada la clase.

—Así... —dijo cuando nos alejábamos de la pista.

—Así... ¿qué?

—Tú y Cullen, ¿eh? —preguntó con tono de rebeldía. Mi anterior sentimiento de afecto se disipó.

—No es de tu incumbencia, Mike —le avisé mientras en mi fuero interno maldecía a Jessica, enviándola al infierno.

—No me gusta —musitó en cualquier caso.

—No tiene por qué —le repliqué bruscamente.

—Te mira como si… —me ignoró y prosiguió—: Te mira como si fueras algo comestible.

Contuve la histeria que amenazaba con estallar, pero a pesar de mis esfuerzos se me escapó una risita tonta. Me miró ceñudo. Me despedí con la mano y huí al vestuario.

Me vestí a toda prisa. Un revoloteo más fuerte que el de las mariposas golpeteaba incansablemente las paredes de mi estómago al tiempo que mi discusión con Mike se convertía en un recuerdo lejano. Me preguntaba si Edward me estaría esperando o si me reuniría con él en su coche. ¿Qué iba a ocurrir si su familia estaba ahí? Me invadió una oleada de pánico. ¿Sabían que lo sabía? ¿Se suponía que sabían que lo sabía, o no?

Salí del gimnasio en ese momento. Había decidido ir a pie hasta casa sin mirar siquiera al aparcamiento, pero todas mis preocupaciones fueron innecesarias. Edward me esperaba, apoyado con indolencia contra la pared del gimnasio. Su arrebatador rostro estaba calmado. Sentí peculiar sensación de alivio mientras caminaba a su lado.

—Hola —musité mientras esbozaba una gran sonrisa.

—Hola —me correspondió con otra deslumbrante—. ¿Cómo te ha ido en gimnasia?

Mi rostro se enfrió un poco.

—Bien —mentí.

—¿De verdad?

No estaba muy convencido. Desvió levemente la vista y miró por encima del hombro. Entrecerró los ojos. Miré hacia atrás para ver la espalda de Mike al alejarse.

—¿Qué pasa? —exigí saber.

Aún tenso, volvió a mirarme.

—Newton me saca de mis casillas.

—¿No habrás estado escuchando otra vez?

Me aterré. Todo atisbo de mi repentino buen humor se desvaneció.

—¿Cómo va esa cabeza? —preguntó con inocencia.

—¡Eres increíble!

Me di la vuelta y me alejé caminando con paso firme hacia el aparcamiento a pesar de que había descartado dirigirme hacia ese lugar.

Me dio alcance con facilidad.

—Fuiste tú quien mencionaste que nunca te había visto en clase de gimnasia. Eso despertó mi curiosidad.

No parecía arrepentido, de modo que le ignoré.

Caminamos en silencio —un silencio lleno de vergüenza y furia por mi parte— hacia su coche, pero tuve que detenerme unos cuantos pasos después, ya que un gentío, todos chicos, lo rodeaban. Luego, me di cuenta de que no rodeaban al Volvo, sino al descapotable rojo de Rosalie con un inconfundible deseo en los ojos. Ninguno alzó la vista hacia Edward cuando se deslizó entre ellos para abrir la puerta. Me encaramé rápidamente al asiento del copiloto, pasando también inadvertida.

—Ostentoso —murmuró.

—¿Qué tipo de coche es?

—Un M3.

—No hablo jerga de *Car and Driver.*

—Es un BMW.

Entornó los ojos sin mirarme mientras intentaba salir hacia atrás y no atropellar a ninguno de los fanáticos del automóvil.

Asentí. Había oído hablar del modelo.

—¿Sigues enfadada? —preguntó mientras maniobraba con cuidado para salir.

—Muchísimo.

Suspiró.

—¿Me perdonarás si te pido disculpas?

—Puede... si te disculpas de corazón —insistí—, y prometes no hacerlo otra vez.

Sus ojos brillaron con una repentina astucia.

—¿Qué te parece si me disculpo sinceramente y accedo a dejarte conducir el sábado? —me propuso como contraoferta.

Lo sopesé y decidí que probablemente era la mejor oferta que podría conseguir, por lo que la acepté:

—Hecho.

—Entonces, lamento haberte molestado —durante un prolongado periodo de tiempo, sus ojos relucieron con sinceridad, causando estragos en mi ritmo cardiaco. Luego, se volvieron pícaros—. A primera hora de la mañana del sábado estaré en el umbral de tu puerta.

—Humm... Que, sin explicación alguna, un Volvo se quede en la carretera no me va a ser de mucha ayuda con Charlie.

Esbozó una sonrisa condescendiente.

—No tengo intención de llevar el coche.

—¿Cómo...?

—No te preocupes —me cortó—. Estaré ahí sin coche.

Lo dejé correr. Tenía una pregunta más acuciante.

—¿Ya es «más tarde»? —pregunté de forma elocuente. Él frunció el ceño.

—Supongo que sí.

Mantuve la expresión amable mientras esperaba.

Paró el motor del coche después de aparcarlo detrás del mío. Alcé la vista sorprendida: habíamos llegado a casa de Charlie, por supuesto. Resultaba más fácil montar con Edward si sólo le miraba a él hasta concluir el viaje. Cuando volví a levantar la vista, él me contemplaba, evaluándome con la mirada.

—Y aún quieres saber por qué no puedes verme cazar, ¿no? —parecía solemne, pero creí atisbar un rescoldo de humor en el fondo de sus ojos.

—Bueno —aclaré—, sobre todo me preguntaba el motivo de tu reacción.

—¿Te asusté?

Sí. Sin duda, estaba de buen humor.

—No —le mentí, pero no picó.

—Lamento haberte asustado —persistió con una leve sonrisa, pero entonces desapareció la evidencia de toda broma—. Fue sólo la simple idea de que estuvieras allí mientras cazábamos.

Se le tensó la mandíbula.

—¿Estaría mal?

—En grado sumo —respondió apretando los dientes.

—¿Por…?

Respiró hondo y contempló a través del parabrisas las espesas nubes en movimiento que descendían hasta quedarse casi al alcance de la mano.

—Nos entregamos por completo a nuestros sentidos cuando cazamos —habló despacio, a regañadientes—, nos regimos menos por nuestras mentes. Domina sobre todo el sentido del olfato. Si estuvieras en cualquier lugar cercano cuando pierdo el control de esa manera… —sacudió la cabeza mientras se demoraba contemplando malhumorado las densas nubes.

Mantuve mi expresión firmemente controlada mientras esperaba que sus ojos me mirasen para evaluar la reacción subsiguiente. Mi rostro no reveló nada.

Pero nuestros ojos se encontraron y el silencio se hizo más profundo... y todo cambió. Descargas de la electricidad que había sentido aquella tarde comenzaron a cargar el ambiente mientras Edward contemplaba mis ojos de forma implacable. No me di cuenta de que no respiraba hasta que empezó a darme vueltas la cabeza. Cuando rompí a respirar agitadamente, quebrando la quietud, cerró los ojos.

—Bella, creo que ahora deberías entrar en casa —dijo con voz ronca sin apartar la vista de las nubes.

Abrí la puerta y la ráfaga de frío polar que irrumpió en el coche me ayudó a despejar la cabeza. Como estaba medio ida, tuve miedo de tropezar, por lo que salí del coche con sumo cuidado y cerré la puerta detrás de mí sin mirar atrás. El zumbido de la ventanilla automática al bajar me hizo darme la vuelta.

—¿Bella? —me llamó con voz más sosegada.

Se inclinó hacia la ventana abierta con una leve sonrisa en los labios.

—¿Sí?

—Mañana me toca a mí —afirmó.

—¿El qué te toca?

Ensanchó la sonrisa, dejando entrever sus dientes relucientes.

—Hacer las preguntas.

Luego se marchó. El coche bajó la calle a toda velocidad y desapareció al doblar la esquina antes de que ni siquiera hubiera podido poner en orden mis ideas. Sonreí mientras caminaba hacia la casa. Cuando menos, resultaba obvio que planeaba verme mañana.

Edward protagonizó mis sueños aquella noche, como de costumbre. Pero el clima de mi inconsciencia había cambiado. Me estremecía con la misma electricidad que había presidido la tarde, me agitaba y daba vueltas sin cesar, despertándome a menudo. Hasta bien entrada la noche no me sumí en un sueño agotado y sin sueños.

Al despertar no sólo estaba cansada, sino con los nervios a flor de piel. Me enfundé el suéter de cuello vuelto y los inevitables jeans mientras soñaba despierta con camisetas de tirantes y shorts. El desayuno fue el tranquilo y esperado suceso de siempre. Charlie se preparó unos huevos fritos y yo mi cuenco de cereales. Me preguntaba si se había olvidado de lo de este sábado, pero respondió a mi pregunta no formulada cuando se levantó para dejar su plato en el fregadero.

—Respecto a este sábado... —comenzó mientras cruzaba la cocina y abría el grifo.

Me encogí.

—¿Sí, papá?

—¿Sigues empeñada en ir a Seattle?

—Ése era el plan.

Hice una mueca mientras deseaba que no lo hubiera mencionado para no tener que componer cuidadosas medias verdades.

Esparció un poco de jabón sobre el plato y lo extendió con el cepillo.

—¿Estás segura de que no puedes estar de vuelta a tiempo para el baile?

—No voy a ir al baile, papá.

Le fulminé con la mirada.

—¿No te lo ha pedido nadie? —preguntó al tiempo que ocultaba su consternación concentrándose en enjuagar el plato.

Esquivé el campo de minas.

—Es la chica quien elige.

—Ah.

Frunció el ceño mientras secaba el plato.

Sentía simpatía hacia él. Debe de ser duro ser padre y vivir con el miedo a que tu hija encuentre al chico que le gusta, pero aún más duro el estar preocupado de que no sea así. Qué horrible sería, pensé con estremecimiento, si Charlie tuviera la más remota idea de qué era exactamente lo que me *gustaba.*

Entonces, Charlie se marchó, se despidió con un movimiento de la mano y yo subí las escaleras para cepillarme los dientes y recoger mis libros. Cuando oí alejarse el coche patrulla, sólo fui capaz de esperar unos segundos antes de echar un vistazo por la ventana. El coche plateado ya estaba ahí, en la entrada de coches de la casa.

Bajé las escaleras y salí por la puerta delantera, preguntándome cuánto tiempo duraría aquella extraña rutina. No quería que acabara jamás.

Me aguardaba en el coche sin aparentar mirarme cuando cerré la puerta de la casa sin molestarme en echar el pestillo. Me encaminé hacia el coche, me detuve con timidez antes de abrir la puerta y entré. Estaba sonriente, relajado y, como siempre, perfecto e insoportablemente guapo.

—Buenos días —me saludó con voz aterciopelada—. ¿Cómo estás hoy?

Me recorrió el rostro con la vista, como si su pregunta fuera algo más que una mera cortesía.

—Bien, gracias.

Siempre estaba bien, mucho mejor que bien, cuando me hallaba cerca de él. Su mirada se detuvo en mis ojeras.

—Pareces cansada.

—No pude dormir —confesé, y de inmediato me removí la melena sobre el hombro preparando alguna medida para ganar tiempo.

—Yo tampoco —bromeó mientras encendía el motor.

Me estaba acostumbrando a ese silencioso ronroneo. Estaba convencida de que me asustaría el rugido del monovolumen, siempre que llegara a conducirlo de nuevo.

—Eso es cierto —me reí—. Supongo que he dormido un poquito más que tú.

—Apostaría a que sí.

—¿Qué hiciste la noche pasada?

—No te escapes —rió entre dientes—. Hoy me toca hacer las preguntas a mí.

—Ah, es cierto. ¿Qué quieres saber?

Torcí el gesto. No lograba imaginar que hubiera nada en mi vida que le pudiera resultar interesante.

—¿Cuál es tu color favorito? —preguntó con rostro grave.

Puse los ojos en blanco.

—Depende del día.

—¿Cuál es tu color favorito hoy? —seguía muy solemne.

—El marrón, probablemente.

Solía vestirme en función de mi estado de ánimo. Edward resopló y abandonó su expresión seria.

—¿El marrón? —inquirió con escepticismo.

—Seguro. El marrón significa calor. Echo de menos el marrón. Aquí —me quejé—, una sustancia verde, blanda y mullida cubre todo lo que se suponía que debía ser marrón, los troncos de los árboles, las rocas, la tierra.

Mi pequeño delirio pareció fascinarle. Lo estuvo pensando un momento sin dejar de mirarme a los ojos.

—Tienes razón —decidió, serio de nuevo—. El marrón significa calor.

Rápidamente, aunque con cierta vacilación, extendió la mano y me apartó el pelo del hombro.

Para ese momento ya estábamos en el instituto. Se volvió de espaldas a mí mientras aparcaba.

—¿Qué CD has puesto en tu equipo de música? —tenía el rostro tan sombrío como si me exigiera una confesión de asesinato.

Me di cuenta de que no había quitado el CD que me había regalado Phil. Esbozó una sonrisa traviesa y un brillo peculiar iluminó sus ojos cuando le dije el nombre del grupo. Tiró de un saliente hasta abrir el compartimento de debajo del reproductor de CD del coche, extrajo uno de los treinta discos que guardaba apretujados en aquel pequeño espacio y me lo entregó.

—¿De Debussy a esto? —enarcó una ceja.

Era el mismo CD. Examiné la familiar carátula con la mirada gacha.

El resto del día siguió de forma similar. Me estuvo preguntando cada insignificante detalle de mi existencia mientras me acompañaba a Lengua, cuando nos reunimos después de Español, toda la hora del almuerzo. Las películas que me gustaban y las que aborrecía; los pocos lugares que había visitado; los muchos sitios que deseaba visitar; y libros, libros sin descanso.

No recordaba la última vez que había hablado tanto. La mayoría de las veces me sentía cohibida, con la certeza de resultarle aburrida, pero el completo ensimismamiento de su rostro y el interminable diluvio de preguntas me compelían a continuar. La mayoría eran fáciles, sólo unas pocas provocaron que me sonrojara, pero cuando esto ocurría, se iniciaba toda una nueva ronda de preguntas. Me había estado lanzando las preguntas con tanta rapidez que me sentía como si estuviera completando uno de esos test de Psiquiatría en los que tienes que contestar con la primera palabra que acude a tu mente. Estoy segura de que habría seguido con esa lista, cualquiera que fuera, que tenía en la cabeza de no ser porque se percató de mi repentino rubor.

Cuando me preguntó cuál era mi gema predilecta, sin pensar, me precipité a contestarle que el topacio. Enrojecí porque, hasta hacía poco, mi favorita era el granate. Era imposible olvidar la razón del cambio mientras sus ojos me devolvían la mirada y, naturalmente, no descansaría hasta que admitiera la razón de mi sonrojo.

—Dímelo —ordenó al final, una vez que la persuasión había fracasado, porque yo había hurtado los ojos a su mirada.

—Es el color de tus ojos hoy —musité, rindiéndome y mirándome las manos mientras jugueteaba con un mechón de mi cabello—. Supongo que te diría el ónice si me lo preguntaras dentro de dos semanas.

Le había dado más información de la necesaria en mi involuntaria honestidad, y me preocupaba haber provocado esa extraña ira que estallaba cada vez que cedía y revelaba con demasiada claridad lo obsesionada que estaba.

Pero su pausa fue muy corta y lanzó la siguiente pregunta:

—¿Cuáles son tus flores favoritas?

Suspiré aliviada y proseguí con el psicoanálisis.

Biología volvió a ser un engorro. Edward había continuado con su cuestionario hasta que el señor Banner entró en el aula arrastrando otra vez el equipo audiovisual. Cuando el profesor se aproximó al interruptor, me percaté de que Edward alejaba levemente su silla de la mía. No sirvió de nada. Saltó la misma chispa eléctrica y el mismo e incesante anhelo de tocarlo, como el día anterior, en cuanto la habitación se quedó a oscuras.

Me recliné en la mesa y apoyé el mentón sobre los brazos doblados. Los dedos ocultos aferraban el borde de la mesa mientras luchaba por ignorar el estúpido deseo que me desquiciaba.

No le miraba, temerosa de que fuera mucho más difícil mantener el autocontrol si él me miraba. Intenté seguir la película con todas mis fuerzas, pero al final de la hora no tenía ni idea de lo que acababa de ver. Suspiré aliviada cuando el señor Banner encendió las luces y por fin miré a Edward, que me estaba contemplando con unos ojos que no supe interpretar.

Se levantó en silencio y se detuvo, esperándome. Caminamos hacia el gimnasio sin decir palabra, como el día anterior, y también me acarició, esta vez con la palma de su gélida mano, desde la sien a la mandíbula sin despegar los labios... antes de darse la vuelta y alejarse.

La clase de Educación física pasó rápidamente mientras contemplaba el espectáculo del equipo unipersonal de bádminton de Mike, que hoy no me dirigía la palabra, ya fuera como reacción a mi expresión ausente o porque aún seguía enfadado por nuestra disputa del día anterior. Me sentí mal por ello en algún rincón de la mente, pero no me podía ocupar de él en ese momento.

Después, me apresuré a cambiarme, incómoda, sabiendo que cuanto más rápido me moviera, más pronto estaría con Edward. La precipitación me volvió más torpe de lo habitual, pero al fin salí por la puerta; sentí el mismo alivio al verle esperándome ahí y una amplia sonrisa se extendió por mi rostro. Respondió con otra antes de lanzarse a nuevas preguntas.

Ahora eran diferentes, aunque no tan fáciles de responder. Quería saber qué echaba de menos de Phoenix, insistiendo en las descripciones de cualquier cosa que desconociera. Nos sentamos frente a la casa de Charlie durante horas mientras el cielo oscurecía y nos cayó a plomo un repentino aguacero.

Intenté describir cosas imposibles como el aroma de la creosota —amargo, ligeramente resinoso, pero aun así agradable—, el canto fuerte y lastimero de las cigarras en julio, la liviana desnudez de los árboles, las propias dimensiones del cielo, cuyo azul se extendía de uno a otro confín en el horizonte sin otras interrupciones que las montañas bajas cubiertas de purpúreas rocas volcánicas.

Lo más arduo de explicar fue por qué me resultaba tan hermoso aquel lugar y también justificar una belleza que no dependía de la vegetación espinosa y dispersa, que a menudo parecía muerta, sino que tenía más que ver con la silueta de la tierra, las cuencas poco profundas de los valles entre colinas escarpadas y la forma en que conservaban la luz del sol. Me encontré gesticulando con las manos mientras se lo intentaba describir.

Sus preguntas discretas y perspicaces me dejaron explayarme a gusto y olvidar a la lúgubre luz de la tormenta la vergüenza por monopolizar la conversación. Al final, cuando hube acabado de detallar mi desordenada habitación en Phoenix, hizo una pausa en lugar de responder con otra cuestión.

—¿Has terminado? —pregunté con alivio.

—Ni por asomo, pero tu padre estará pronto en casa.

—¡Charlie! —de repente, recordé su existencia y suspiré. Estudié el cielo oscurecido por la lluvia, pero no me reveló nada—. ¿Es muy tarde? —me pregunté en voz alta al tiempo que miraba el reloj. La hora me había pillado por sorpresa. Charlie ya debería de estar conduciendo de vuelta a casa.

—Es la hora del crepúsculo —murmuró Edward al mirar el horizonte de poniente, oscurecido como estaba por las nubes.

Habló de forma pensativa, como si su mente estuviera en otro lugar lejano. Le contemplé mientras miraba fijamente a través del parabrisas. Seguía observándole cuando de repente sus ojos se volvieron hacia los míos.

—Es la hora más segura para nosotros —me explicó en respuesta a la pregunta no formulada de mi mirada—. El momento más fácil, pero también el más triste, en cierto modo... el fin de otro día, el regreso de la noche —sonrió con añoranza—. La oscuridad es demasiado predecible, ¿no crees?

—Me gusta la noche. Jamás veríamos las estrellas sin la oscuridad —fruncí el entrecejo—. No es que aquí se vean mucho.

Se rió, y repentinamente su estado de ánimo mejoró.

—Charlie estará aquí en cuestión de minutos, por lo que a menos que quieras decirle que vas a pasar conmigo el sábado...

Enarcó una ceja.

—Gracias, pero no —reuní mis libros mientras me daba cuenta de que me había quedado entumecida al permanecer sentada y quieta durante tanto tiempo—. Entonces, ¿mañana me toca a mí?

—¡Desde luego que no! —exclamó con fingida indignación—. No te he dicho que haya terminado, ¿verdad?

—¿Qué más queda?

—Lo averiguarás mañana.

Extendió una mano para abrirme la puerta y su súbita cercanía hizo palpitar alocadamente mi corazón.

Pero su mano se paralizó en la manija.

—Mal asunto —murmuró.

—¿Qué ocurre?

Me sorprendió verle con la mandíbula apretada y los ojos turbados. Me miró por un instante y me dijo con desánimo:

—Otra complicación.

Abrió la puerta de golpe con un rápido movimiento y, casi encogido, se apartó de mí con igual velocidad.

El destello de los faros a través de la lluvia atrajo mi atención mientras a escasos metros un coche negro subía el bordillo, dirigiéndose hacia nosotros.

—Charlie ha doblado la esquina —me avisó mientras vigilaba atentamente al otro vehículo a través del aguacero.

A pesar de la confusión y la curiosidad, bajé de un salto. El estrépito de la lluvia era mayor al rebotarme sobre la cazadora.

Quise identificar las figuras del asiento delantero del otro vehículo, pero estaba demasiado oscuro. Pude ver a Edward a la luz de los faros del otro coche. Aún miraba al frente, con la vista fija en algo o en alguien a quien yo no podía ver. Su expresión era una extraña mezcla de frustración y desafío.

Aceleró el motor en punto muerto y los neumáticos chirriaron sobre el húmedo pavimento. El Volvo desapareció de la vista en cuestión de segundos.

—Hola, Bella —llamó una ronca voz familiar desde el asiento del conductor del pequeño coche negro.

—¿Jacob? —pregunté, parpadeando bajo la lluvia.

Sólo entonces dobló la esquina el coche patrulla de Charlie y las luces del mismo alumbraron a los ocupantes del coche que tenía enfrente de mí.

Jacob ya había bajado. Su amplia sonrisa era visible incluso en la oscuridad. En el asiento del copiloto se sentaba un hombre mucho mayor, corpulento y de rostro memorable..., un rostro que se desbordaba, las mejillas llegaban casi hasta los hombros, las arrugas surcaban la piel rojiza como las de una vieja chaqueta de cuero. Los ojos, sorprendentemente familiares, parecían al mismo tiempo demasiado jóvenes y demasiado viejos para aquel ancho rostro. Era el padre de Jacob, Billy Black. Lo supe inmediatamente a pesar de que en los cinco años transcurridos desde que lo había visto por última vez me las había arreglado para olvidar su nombre hasta que Charlie lo mencionó el día de mi llegada. Me miraba fijamente, escrutando mi cara, por lo que le sonreí con timidez. Tenía los ojos desorbitados por la sorpresa o el pánico y resoplaba por la ancha nariz. Mi sonrisa se desvaneció.

«Otra complicación», había dicho Edward.

Billy seguía mirándome con intensa ansiedad. Gemí en mi fuero interno. ¿Había reconocido Billy a Edward con tanta facilidad? ¿Creía en las leyendas inverosímiles de las que se había mofado su hijo?

La respuesta estaba clara en los ojos de Billy. Sí, así era.

Juegos malabares

—¡Billy! —le llamó Charlie tan pronto como se bajó del coche.

Me volví hacia la casa y, una vez me hube guarecido debajo del porche, hice señales a Jacob para que entrase. Oí a Charlie saludarlos efusivamente a mis espaldas.

—Jake, voy a hacer como que no te he visto al volante —dijo con desaprobación.

—En la reserva conseguimos muy pronto los permisos de conducir —replicó Jacob mientras yo abría la puerta y encendía la luz del porche.

—Seguro que sí —se rió Charlie.

—De alguna manera he de dar una vuelta.

A pesar de los años transcurridos, reconocí con facilidad la voz retumbante de Billy. Su sonido me hizo sentir repentinamente más joven, una niña.

Entré en la casa, dejando abierta la puerta detrás de mí, y fui encendiendo las luces antes de colgar mi cazadora. Luego, permanecí en la puerta, contemplando con ansiedad cómo Charlie y Jacob ayudaban a Billy a salir del coche y a sentarse en la silla de ruedas.

Me aparté del camino mientras entraban a toda prisa sacudiéndose la lluvia.

—Menuda sorpresa —estaba diciendo Charlie.

—Hace ya mucho tiempo que no nos vemos. Confío en que no sea un mal momento —respondió Billy, cuyos inescrutables ojos oscuros volvieron a fijarse en mí.

—No, es magnífico. Espero que os podáis quedar para el partido.

Jacob mostró una gran sonrisa.

—Creo que ése es el plan… Nuestra televisión se estropeó la semana pasada.

Billy le dirigió una mueca a su hijo y añadió:

—Y, por supuesto, Jacob deseaba volver a ver a Bella.

Jacob frunció el ceño y agachó la cabeza mientras yo reprimía una oleada de remordimiento. Tal vez había sido demasiado convincente en la playa.

—¿Tenéis hambre? —pregunté mientras me dirigía hacia la cocina, deseosa de escaparme de la inquisitiva mirada de Billy.

—No, cenamos antes de venir —respondió Jacob.

—¿Y tú, Charlie? —le pregunté de refilón al tiempo que doblaba la esquina a toda prisa para escabullirme.

—Claro —replicó. Su voz se desplazó hacia la habitación de en frente, hacia el televisor. Oí cómo le seguía la silla de Billy.

Los sándwiches de queso se estaban tostando en la sartén mientras cortaba en rodajas un tomate cuando sentí que había alguien a mis espaldas.

—Bueno, ¿cómo te va todo? —inquirió Jacob.

—Bastante bien —sonreí. Era difícil resistirse a su entusiasmo—. ¿Y a ti? ¿Terminaste el coche?

—No —arrugó la frente—. Aún necesito piezas. Hemos pedido prestado ése —comentó mientras señalaba con el pulgar en dirección al patio delantero.

—Lo siento, pero no he visto ninguna pieza. ¿Qué es lo que estáis buscando?

—Un cilindro maestro —sonrió de oreja a oreja y de repente añadió—: ¿Hay algo que no funcione en el monovolumen?

—No.

—Ah. Me lo preguntaba al ver que no lo conducías.

Mantuve la vista fija en la sartén mientras levantaba el extremo de un sándwich para comprobar la parte inferior.

—Di un paseo con un amigo.

—Un buen coche —comentó con admiración—, aunque no reconocí al conductor. Creía conocer a la mayoría de los chicos de por aquí.

Asentí sin comprometerme ni alzar los ojos mientras daba la vuelta a los sándwiches.

—Papá parecía conocerle de alguna parte.

—Jacob, ¿me puedes pasar algunos platos? Están en el armario de encima del fregadero.

—Claro.

Tomó los platos en silencio. Esperaba que dejara el asunto.

—¿Quién es? —preguntó mientras situaba dos platos sobre la encimera, cerca de mí. Suspiré derrotada.

—Edward Cullen.

Para mi sorpresa, rompió a reír. Alcé la vista hacia él, que parecía un poco avergonzado.

—Entonces, supongo que eso lo explica todo —comentó—. Me preguntaba por qué papá se comportaba de un modo tan extraño.

—Es cierto —simulé una expresión inocente—. No le gustan los Cullen.

—Viejo supersticioso —murmuró en un susurro.

—No crees que se lo vaya a decir a Charlie, ¿verdad? —no pude evitar el preguntárselo. Las palabras, pronunciadas en voz baja, salieron precipitadamente de mis labios.

—Lo dudo —respondió finalmente—. Creo que Charlie le soltó una buena reprimenda la última vez, y desde entonces no han hablado mucho. Me parece que esta noche es una especie de reencuentro, por lo que no creo que papá lo vuelva a mencionar.

—Ah —dije, intentando parecer indiferente.

Me quedé en el cuarto de estar después de llevarle a Charlie la cena, fingiendo ver el partido mientras Jacob charlaba conmigo; pero, en realidad, estaba escuchando la conversación de los dos hombres, atenta a cualquier indicio de algo sospechoso y buscando la forma de detener a Billy llegado el momento.

Fue una larga noche. Tenía muchos deberes sin hacer, pero temía dejar a Billy a solas con Charlie. Finalmente, el partido terminó.

—¿Vais a regresar pronto tus amigos y tú a la playa? —preguntó Jacob mientras empujaba la silla de su padre fuera del umbral.

—No estoy segura —contesté con evasivas.

—Ha sido divertido, Charlie —dijo Billy.

—Acércate a ver el próximo partido —le animó Charlie.

—Seguro, seguro —dijo Billy—. Aquí estaremos. Que paséis una buena noche —sus ojos me enfocaron y su sonrisa desapareció al agregar con gesto serio—: Cuídate, Bella.

—Gracias —musité desviando la mirada.

Me dirigí hacia las escaleras mientras Charlie se despedía con la mano desde la entrada.

—Aguarda, Bella —me pidió.

Me encogí. ¿Le había dicho Billy algo antes de que me reuniera con ellos en el cuarto de estar?

Pero Charlie aún seguía relajado y sonriente a causa de la inesperada visita.

—No he tenido ocasión de hablar contigo esta noche. ¿Qué tal te ha ido el día?

—Bien —vacilé, con un pie en el primer escalón, en busca de detalles que pudiera compartir con él sin comprometerme—. Mi equipo de bádminton ganó los cuatro partidos.

—¡Vaya! No sabía que supieras jugar al bádminton.

—Bueno, lo cierto es que no, pero mi compañero es realmente bueno —admití.

—¿Quién es? —inquirió en señal de interés.

—Eh... Mike Newton —le revelé a regañadientes.

—Ah, sí. Me comentaste que eras amiga del chico de los Newton —se animó—. Una buena familia —musitó para sí durante un minuto—. ¿Por qué no le pides que te lleve al baile este fin de semana?

—¡Papá! —gemí—. Está saliendo con mi amiga Jessica. Además, sabes que no sé bailar.

—Ah, sí —murmuró. Entonces me sonrió con un gesto de disculpa—. Bueno, supongo que es mejor que te vayas el sábado... Había planeado ir de pesca con los chicos de la comisaría. Parece que va a hacer calor de verdad, pero me puedo quedar en casa si quieres posponer tu viaje hasta que alguien te pueda acompañar. Sé que te dejo aquí sola mucho tiempo.

—Papá, lo estás haciendo fenomenal —le sonreí con la esperanza de ocultar mi alivio—. Nunca me ha preocupado estar sola, en eso me parezco mucho a ti.

Le guiñé un ojo, y al sonreírme le salieron arrugas alrededor de los ojos.

Esa noche dormí mejor porque me encontraba demasiado cansada para soñar de nuevo. Estaba de buen humor cuando el gris perla de la mañana me despertó. La tensa velada con Billy y Jacob ahora me parecía inofensiva y decidí olvidarla por completo. Me descubrí silbando mientras me recogía el pelo con un pasador. Luego, bajé las escaleras dando saltos. Charlie, que desayunaba sentado a la mesa, se dio cuenta y comentó:

—Estás muy alegre esta mañana.

Me encogí de hombros.

—Es viernes.

Me di mucha prisa para salir en cuanto se fuera Charlie. Había preparado la mochila, me había calzado los zapatos y cepillado los dientes, pero Edward fue más rápido a pesar de que salí disparada por la puerta en cuanto me aseguré de que Charlie se había perdido de vista. Me esperaba en su flamante coche con las ventanillas bajadas y el motor apagado.

Esta vez no vacilé en subirme al asiento del copiloto lo más rápidamente posible para verle el rostro. Me dedicó esa sonrisa traviesa y abierta que me hacía contener el aliento y me paralizaba el corazón. No podía concebir que un ángel fuera más espléndido. No había nada en Edward que se pudiera mejorar.

—¿Cómo has dormido? —me preguntó. ¿Sabía lo atrayente que resultaba su voz?

—Bien. ¿Qué tal tu noche?

—Placentera.

Una sonrisa divertida curvó sus labios. Me pareció que me estaba perdiendo una broma privada.

—¿Puedo preguntarte qué hiciste?

—No —volvió a sonreír—, el día de hoy sigue siendo mío.

Quería saber cosas sobre la gente, sobre Renée, sus aficiones, qué hacíamos juntas en nuestro tiempo libre, y luego sobre la única abuela a la que había conocido, mis pocos amigos del colegio y… me puse colorada cuando me preguntó por los chicos con los que había tenido citas. Me aliviaba que en realidad nunca hubiera salido con ninguno, por lo que la conversación sobre ese tema en particular no fue demasiado larga. Pareció tan sorprendido como Jessica y Angela por mi escasa vida romántica.

—¿Nunca has conocido a nadie que te haya gustado? —me preguntó con un tono tan serio que me hizo preguntarme qué estaría pensando al respecto.

De mala gana, fui sincera:

—En Phoenix, no.

Frunció los labios con fuerza.

Para entonces, nos hallábamos ya en la cafetería. El día había transcurrido rápidamente en medio de ese borrón que se estaba convirtiendo en rutina. Aproveché la breve pausa para dar un mordisco a mi rosquilla.

—Hoy debería haberte dejado que condujeras —anunció sin venir a cuento mientras masticaba.

—¿Por qué? —quise saber.

—Me voy a ir con Alice después del almuerzo.

—Vaya —parpadeé, confusa y desencantada—. Está bien, no está demasiado lejos para un paseo.

Me miró con impaciencia.

—No te voy a hacer ir a casa andando. Tomaremos tu coche y lo dejaremos aquí para ti.

—No llevo la llave encima —musité—. No me importa caminar, de verdad.

Lo que me importaba era disponer de menos tiempo en su compañía.

Negó con la cabeza.

—Tu monovolumen estará aquí y la llave en el contacto, a menos que temas que alguien te lo pueda robar.

Se rió sólo de pensarlo.

—De acuerdo —acepté con los labios apretados.

Estaba casi segura de que tenía la llave en el bolsillo de los vaqueros que había llevado el miércoles, debajo de una pila de ropa en el lavadero.

Jamás la encontraría, aunque irrumpiera en mi casa o cualquier otra cosa que estuviera planeando. Pareció percatarse del desafío implícito en mi aceptación, pero sonrió burlón, demasiado seguro de sí mismo.

—¿Adónde vas a ir? —pregunté de la forma más natural que fui capaz.

—De caza —replicó secamente—. Si voy a estar a solas contigo mañana, voy a tomar todas las precauciones posibles —su rostro se hizo más taciturno y suplicante—. Siempre lo puedes cancelar, ya sabes.

Bajé la vista, temerosa del persuasivo poder de sus ojos. Me negué a dejarme convencer de que le temiera, sin importar lo real que pudiera ser el peligro. *No importa,* me repetí en la mente.

—No —susurré mientras le miraba a la cara—. No puedo.

—Tal vez tengas razón —murmuró sombríamente.

El color de sus ojos parecía oscurecerse conforme lo miraba.

Cambié de tema.

—¿A qué hora te veré mañana? —quise saber, ya deprimida por la idea de tener que dejarle ahora.

—Eso depende... Es sábado. ¿No quieres dormir hasta tarde? —me ofreció.

—No —respondí a toda prisa. Contuvo una sonrisa.

—Entonces, a la misma hora de siempre —decidió—. ¿Estará Charlie ahí?

—No, mañana se va a pescar.

Sonreí abiertamente ante el recuerdo de la forma tan conveniente con que se habían solucionado las cosas.

—¿Y qué pensará si no vuelves? —inquirió con la voz cortante.

—No tengo ni idea —repliqué con frialdad—. Sabe que tengo intención de hacer la colada. Tal vez crea que me he caído dentro de la lavadora.

Me miró con el ceño enfurruñado y yo hice lo mismo. Su rabia fue mucho más impresionante que la mía.

—¿Qué vas a cazar esta noche? —le pregunté cuando estuve segura de haber perdido el concurso de ceños.

—Cualquier cosa que encontremos en el parque —parecía divertido por mi informal referencia a sus actividades secretas—. No vamos a ir lejos.

—¿Por qué vas con Alice? —me extrañé.

—Alice es la más... compasiva.

Frunció el ceño al hablar.

—¿Y los otros? —pregunté con timidez—. ¿Cómo se lo toman?

Arrugó la frente durante unos momentos.

—La mayoría con incredulidad.

Miré a hurtadillas y con rapidez a su familia. Permanecían sentados con la mirada perdida en diferentes direcciones, del mismo modo que la primera vez que los vi. Sólo que ahora eran cuatro, su hermoso hermano con pelo de bronce se sentaba frente a mí con los dorados ojos turbados.

—No les gusto —supuse.

—No es eso —disintió, pero sus ojos eran demasiado inocentes para mentir—. No comprenden por qué no te puedo dejar sola.

Sonreí de oreja a oreja.

—Yo tampoco, si vamos al caso.

Edward movió la cabeza lentamente y luego miró al techo antes de que nuestras miradas volvieran a encontrarse.

—Te lo dije, no te ves a ti misma con ninguna claridad. No te pareces a nadie que haya conocido. Me fascinas.

Le dirigí una mirada de furia, segura de que hablaba en broma. Edward sonrió al descifrar mi expresión.

—Al tener las ventajas que tengo —murmuró mientras se tocaba la frente con discreción—, disfruto de una superior comprensión de la naturaleza humana. Las personas son predecibles, pero tú nunca haces lo que espero. Siempre me pillas desprevenido.

Desvié la mirada y mis ojos volvieron a vagar de vuelta a su familia, avergonzada y decepcionada. Sus palabras me hacían sentir como una cobaya. Quise reírme de mí misma por haber esperado otra cosa.

—Esa parte resulta bastante fácil de explicar —continuó. Aunque todavía no era capaz de mirarle, sentí sus ojos fijos en mi rostro—, pero hay más, y no es tan sencillo expresarlo con palabras...

Seguía mirando fijamente a los Cullen mientras él hablaba. De repente, Rosalie, su rubia e impresionante hermana, se volvió para echarme un vistazo. No, no para echarme un vistazo. Para atraparme en una mirada feroz con sus ojos fríos y oscuros. Hasta que Edward se interrumpió a mitad de frase y emitió un bufido muy bajo. Fue casi un siseo.

Rosalie giró la cabeza y me liberé. Volví a mirar a Edward, y supe que podía ver la confusión y el miedo que me había hecho abrir tanto los ojos. Su rostro se tensó mientras se explicaba:

—Lo lamento. Ella sólo está preocupada. Ya ves... Después de haber pasado tanto tiempo en público contigo no es sólo peligroso para mí si... —bajó la vista.

—¿Si...?

—Si las cosas van mal.

Dejó caer la cabeza entre las manos, como aquella noche en Port Angeles. Su angustia era evidente. Anhelaba confortarle, pero estaba muy perdida para saber cómo hacerlo. Extendí la mano hacia él involuntariamente, aunque rápidamente la dejé caer sobre la mesa, ante el temor de que mi caricia empeorase las cosas. Lentamente comprendía que sus palabras deberían asustarme. Esperé a que el miedo llegara, pero todo lo que sentía era dolor por su pesar.

Y frustración... Frustración porque Rosalie hubiera interrumpido fuera lo que fuera lo que estuviese a punto de decir. No sabía cómo sacarlo a colación de nuevo. Seguía con la cabeza entre las manos. Intenté hablar con un tono de voz normal:

—¿Tienes que irte ahora?

—Sí —alzó el rostro, por un momento estuvo serio, pero luego cambió de estado de ánimo y sonrió—. Probablemente sea lo mejor. En Biología aún nos quedan por soportar quince minutos de esa espantosa película. No creo que lo aguante más.

Me llevé un susto. De repente, Alice se encontraba en pie detrás del hombro de Edward. Su pelo corto y de punta, negro como la tinta, rodeaba su exquisita, delicada y pequeña faz como un halo impreciso. Su delgada figura era esbelta y grácil incluso en aquella absoluta inmovilidad. Edward la saludó sin desviar la mirada de mí.

—Alice.

—Edward —respondió ella. Su aguda voz de soprano era casi tan atrayente como la de su hermano.

—Alice, te presento a Bella... Bella, ésta es Alice —nos presentó haciendo un gesto informal con la mano y una seca sonrisa en el rostro.

—Hola, Bella —sus brillantes ojos de color obsidiana eran inescrutables, pero la sonrisa era cordial—. Es un placer conocerte al fin.

Edward le dirigió una mirada sombría.

—Hola, Alice —musité con timidez.

—¿Estás preparado? —le preguntó.

—Casi —replicó Edward con voz distante—. Me reuniré contigo en el coche.

Alice se alejó sin decir nada más. Su andar era tan flexible y sinuoso que sentí una aguda punzada de celos.

—Debería decir «que te diviertas», ¿o es el sentimiento equivocado? —le pregunté volviéndome hacia él.

—No, «que te diviertas» es tan bueno como cualquier otro.

Esbozó una amplia sonrisa.

—En tal caso, que te diviertas.

Me esforcé en parecer sincera, pero, por supuesto, no le engañé.

—Lo intentaré —seguía sonriendo—. Y tú, intenta mantenerte a salvo, por favor.

—A salvo en Forks... ¡Menudo reto!

—Para ti lo es —el rostro se endureció—. Prométemelo.

—Prometo que intentaré mantenerme ilesa —declamé—. Esta noche haré la colada... Una tarea que no debería entrañar demasiado peligro.

—No te caigas dentro de la lavadora —se mofó.

—Haré lo que pueda.

Se puso en pie y yo también me levanté.

—Te veré mañana —musité.

—Te parece mucho tiempo, ¿verdad? —murmuró.

Asentí con desánimo.

—Por la mañana, allí estaré —me prometió esbozando su sonrisa pícara.

Extendió la mano a través de la mesa para acariciarme la cara, me rozó levemente los pómulos y luego se dio la vuelta y se alejó. Clavé mis ojos en él hasta que se marchó.

Sentí la enorme tentación de hacer novillos el resto del día, faltar al menos a clase de Educación física, pero mi instinto me detuvo. Sabía que Mike y los demás darían por supuesto que estaba con Edward si desaparecía ahora, y a él le preocupaba el tiempo que pasábamos juntos en público por si las cosas no salían bien. Me negué a entretenerme con ese último pensamiento y en vez de eso, concentré mi atención en hacer que las cosas fueran más seguras para él.

Intuitivamente, sabía —y me daba cuenta de que él también lo creía así— que mañana iba a ser un momento crucial. Nuestra relación no podía continuar en el filo de la navaja. Caeríamos a uno u otro lado, dependiendo por completo de su elección o de sus instintos. Había tomado mi decisión, lo había hecho incluso antes de haber sido consciente de la misma y me comprometí a llevarla a cabo hasta el final, porque para mí no había nada más terrible e insoportable que la idea de separarme de él. Me resultaba imposible.

Resignada, me dirigí a clase. Para ser sincera, no sé qué sucedió en Biología, estaba demasiado preocupada con los pensamientos de lo que sucedería al día siguiente. En la clase de gimnasia, Mike volvía a dirigirme la palabra otra vez. Me deseó que tuviera buen tiempo en Seattle. Le expliqué con detalle que, preocupada por el coche, había cancelado mi viaje.

—¿Vas a ir al baile con Cullen? —preguntó, repentinamente mohíno.

—No, no voy a ir con nadie.

—Entonces, ¿qué vas a hacer? —inquirió con demasiado interés.

Mi reacción instintiva fue decirle que dejara de entrometerse, pero en lugar de eso le mentí alegremente.

—La colada, y he de estudiar para el examen de Trigonometría o voy a suspender.

—¿Te está ayudando Cullen con los estudios?

—Edward —enfaticé— no me va ayudar con los estudios. Se va a no sé dónde durante el fin de semana.

Noté con sorpresa que las mentiras me salían con mayor naturalidad que de costumbre.

—Ah —se animó—. Ya sabes, de todos modos, puedes venir al baile con nuestro grupo. Estaría bien. Todos bailaríamos contigo —prometió.

La imagen mental del rostro de Jessica hizo que el tono de mi voz fuera más cortante de lo necesario.

—Mike, no voy a ir al baile, ¿de acuerdo?

—Vale —se enfurruñó otra vez—. Sólo era una oferta.

Cuando al fin terminaron las clases, me dirigí al aparcamiento sin entusiasmo. No me apetecía especialmente ir a casa a pie, pero no veía la forma de recuperar el monovolumen. Entonces, comencé a creer una vez más que no había nada imposible para él. Este último instinto demostró ser correcto: mi coche estaba en la misma plaza en la que él había aparcado el Volvo por la mañana. Incrédula, sacudí la cabeza mientras abría la puerta —no estaba echado el pestillo— y vi las llaves en el bombín de la puesta en marcha.

Había un pedazo de papel blanco doblado sobre mi asiento. Lo tomé y cerré la puerta antes de desdoblarlo. Había escrito dos palabras con su elegante letra: «Sé prudente».

El sonido del motor al arrancar me asustó. Me reí de mí misma.

El pomo de la puerta estaba cerrado y el pestillo sin echar, tal y como se había quedado por la mañana. Una vez dentro, me fui directa al lavadero. Parecía que todo seguía igual. Hurgué entre la ropa en busca de mis vaqueros y revisé los bolsillos una vez que los hube encontrado. Vacíos. Quizás las hubiera dejado colgando dentro del coche, pensé sacudiendo la cabeza.

Siguiendo el mismo instinto que me había movido a mentir a Mike, telefoneé a Jessica so pretexto de desearle suerte en el baile. Cuando ella me deseó lo mismo para mi día con Edward, le hablé de la cancelación. Parecía más desencantada de lo realmente necesario para ser una observadora imparcial. Después de eso, me despedí rápidamente.

Charlie estuvo distraído durante la cena, supuse que le preocupaba algo relacionado con el trabajo, o tal vez con el partido de baloncesto, o puede que le hubiera gustado de verdad la lasaña. Con Charlie, era difícil saberlo.

—¿Sabes, papá? —comencé, interrumpiendo su meditación.

—¿Qué pasa, Bella?

—Creo que tienes razón en lo del viaje a Seattle. Me parece que voy a esperar hasta que Jessica o algún otro me puedan acompañar.

—Ah —dijo sorprendido—. De acuerdo. Bueno, ¿quieres que me quede en casa?

—No, papá, no cambies de planes. Tengo un millón de cosas que hacer: los deberes, la colada, necesito ir a la biblioteca y al supermercado. Estaré entrando y saliendo todo el día. Ve y diviértete.

—¿Estás segura?

—Totalmente, papá. Además, el nivel de pescado del congelador está bajando peligrosamente... Hemos descendido hasta tener reservas sólo para dos o tres años.

Me sonrió.

—Resulta muy fácil vivir contigo, Bella.

—Podría decir lo mismo de ti —contesté entre risas demasiado apagadas, pero no pareció notarlo. Me sentí culpable por hacerle creer aquello, y estuve a punto de seguir el consejo de Edward y decirle dónde iba a estar. A punto.

Después de la cena, doblé la ropa y puse otra colada en la secadora. Por desgracia, era la clase de trabajo que sólo mantiene ocupadas las manos y mi mente tuvo demasiado tiempo libre, sin duda, y debido a eso perdí el control. Fluctuaba entre una ilusión tan intensa que se acercaba al dolor y un miedo insidioso que minaba mi resolución. Tuve que seguir recordándome que ya había elegido y que no había vuelta atrás. Saqué del bolsillo la nota de Edward dedicando mucho más esfuerzo del necesario para embeberme con las dos simples palabras que había escrito. Él quería que estuviera a salvo, me dije una y otra vez. Sólo podía aferrarme a la confianza de que al fin ese deseo prevaleciera sobre los demás. ¿Qué otra alternativa tenía? ¿Apartarle de mi vida? Intolerable. Además, en realidad, parecía que toda mi vida girase en torno a él desde que vine a Forks.

Una vocecita preocupada en el fondo de mi mente se preguntaba cuánto dolería en el caso de que las cosas terminaran mal.

Me sentí aliviada cuando se hizo lo bastante tarde para acostarme. Sabía de sobra que estaba demasiado estresada para dormir, por lo que hice algo que nunca había hecho antes: tomar sin necesidad y de forma consciente una medicina para el resfriado, de esas que me dejaban grogui durante unas ocho horas. Normalmente no hubiera justificado esa clase de comportamiento en mí misma, pero el día siguiente ya iba a ser bastante complicado como para añadirle que estuviera atolondrada por no haber pegado ojo. Me sequé el pelo hasta que estuvo totalmente liso y me ocupé de la ropa que llevaría al día siguiente mientras aguardaba a que hiciera efecto el fármaco.

Una vez que lo tuve todo listo para el día siguiente, me tendí al fin en la cama. Estaba agitada, sin poder parar de dar vueltas. Me levanté y revolví la caja de zapatos con los CD hasta encontrar una recopilación de los nocturnos de Chopin. Lo puse a un volumen muy bajo y volví a tumbarme, concentrándome en ir relajando cada parte de mi cuerpo. En algún momento de ese ejercicio, hicieron efecto las pastillas contra el resfriado y, por suerte, me quedé dormida.

Me desperté a primera hora después de haber dormido a pierna suelta y sin pesadillas gracias al innecesario uso de los fármacos. Aun así, salté de la cama con el mismo frenesí de la noche anterior. Me vestí rápidamente, me ajusté el cuello alrededor de la garganta y seguí forcejeando con el suéter de color canela hasta colocarlo por encima de los vaqueros. Con disimulo, eché un rápido vistazo por la ventana para verificar que Charlie se había marchado ya. Una fina y algodonosa capa de nubes cubría el cielo, pero no parecía que fuera a durar mucho.

Desayuné sin saborear lo que comía y me apresuré a fregar los platos en cuanto hube terminado. Volví a echar un vistazo por la ventana, pero no se había producido cambio alguno. Apenas había terminado de cepillarme los dientes y me disponía a bajar las escaleras cuando una sigilosa llamada de nudillos provocó un sordo golpeteo de mi corazón contra las costillas.

Fui corriendo hacia la entrada. Tuve un pequeño problema con el pestillo, pero al fin conseguí abrir la puerta de un tirón y allí estaba él. Se desvaneció toda la agitación y recuperé la calma en cuanto vi su rostro.

Al principio no estaba sonriente, sino sombrío, pero su expresión se alegró en cuanto se fijó en mí, y se rió entre dientes.

—Buenos días.

—¿Qué ocurre?

Eché un vistazo hacia abajo para asegurarme de que no me había olvidado de ponerme nada importante, como los zapatos o los pantalones.

—Vamos a juego.

Se volvió a reír. Me di cuenta de que él llevaba un gran suéter ligero del mismo color que el mío, cuyo cuello a la caja dejaba al descubierto el de la camisa blanca que llevaba debajo, y unos vaqueros azules. Me uní a sus risas al tiempo que ocultaba una secreta punzada de arrepentimiento... ¿Por qué tenía él que parecer un modelo de pasarela y yo no?

Cerré la puerta al salir mientras él se dirigía al monovolumen. Aguardó junto a la puerta del copiloto con una expresión resignada y perfectamente comprensible.

—Hicimos un trato —le recordé con aire de suficiencia mientras me encaramaba al asiento del conductor y me estiraba para abrirle la puerta.

—¿Adónde? —le pregunté.

—Ponte el cinturón... Ya estoy nervioso.

Le dirigí una mirada envenenada mientras le obedecía.

—¿Adónde? —repetí suspirando.

—Toma la 101 hacia el norte —ordenó.

Era sorprendentemente difícil concentrarse en la carretera al mismo tiempo que sentía sus ojos clavados en mi rostro. Lo compensé conduciendo con más cuidado del habitual mientras cruzaba las calles del pueblo, aún dormido.

—¿Tienes intención de salir de Forks antes del anochecer?

—Un poco de respeto —le recriminé—, este trasto tiene los suficientes años para ser el abuelo de tu coche.

A pesar de su comentario recriminatorio, pronto atisbamos los límites del pueblo. Una maleza espesa y una ringlera de troncos verdes reemplazaron las casas y el césped.

—Gira a la derecha para tomar la 101 —me indicó cuando estaba a punto de preguntárselo. Obedecía en silencio.

—Ahora, avanzaremos hasta que se acabe el asfalto.

Detecté cierta sorna en su voz, pero tenía demasiado miedo a salirme de la carretera como para mirarle y asegurarme de que estaba en lo cierto.

—¿Qué hay allí, donde se acaba el asfalto?

—Una senda.

—¿Vamos de caminata? —pregunté preocupada. Gracias a Dios, me había puesto las zapatillas de tenis.

—¿Supone algún problema?

Lo dijo como si esperara que fuera así.

—No.

Intenté que la mentira pareciera convincente, pero si pensaba que el monovolumen era lento, tenía que esperar a verme a mí…

—No te preocupes, sólo son unos ocho kilómetros y no iremos deprisa.

¡Ocho kilómetros! No le respondí para que no notara cómo el pánico quebraba mi voz. Ocho kilómetros de raíces traicioneras y piedras sueltas que intentarían torcerme el tobillo o incapacitarme de alguna otra manera. Aquello iba a resultar humillante.

Avanzamos en silencio durante un buen rato mientras yo sentía pavor ante la perspectiva de nuestra llegada.

—¿En qué piensas? —preguntó con impaciencia.

—Sólo me preguntaba adónde nos dirigimos —volví a mentirle.

—Es un lugar al que me gusta mucho ir cuando hace buen tiempo.

Luego, ambos nos pusimos a mirar por las ventanillas a las nubes, que comenzaban a diluirse en el firmamento.

—Charlie dijo que hoy haría buen tiempo.

—¿Le dijiste lo que te proponías?

—No.

—Pero Jessica cree que vamos a Seattle juntos… —la idea parecía de su agrado—. ¿No?

—No, le dije que habías suspendido el viaje… cosa que es cierta.

—¿Nadie sabe que estás conmigo? —inquirió, ahora con enfado.

—Eso depende… ¿He de suponer que se lo has contado a Alice?

—Eso es de mucha ayuda, Bella —dijo bruscamente.

Fingí no haberle oído, pero volvió a la carga y preguntó:

—¿Te deprime tanto Forks que estás preparando tu suicidio?

—Dijiste que un exceso de publicidad sobre nosotros podría ocasionarte problemas —le recordé.

—¿Y a ti te preocupan *mis* posibles problemas? —el tono de su voz era de enfado y amargo sarcasmo—. ¿Y si *no* regresas a *casa?*

Negué con la cabeza sin apartar la vista de la carretera. Murmuró algo en voz baja, pero habló tan deprisa que no le comprendí.

Nos mantuvimos en silencio el resto del trayecto en el coche. Noté que en su interior se alzaban oleadas de rabiosa desaprobación, pero no se me ocurría nada que decir.

Entonces se terminó la carretera, que se redujo hasta convertirse en una senda de menos de medio metro de ancho jalonada de pequeños indicadores de madera. Aparqué sobre el estrecho arcén y salí sin atreverme a fijar mi vista en él puesto que se había enfadado conmigo, y tampoco tenía ninguna excusa para mirarle. Hacía calor, mucho más del que había hecho en Forks desde el día de mi llegada, y a causa de las nubes hacía casi bochorno. Me quité el suéter y lo anudé en torno a mi cintura, contenta de haberme puesto una camiseta liviana y sin mangas, sobre todo si me esperaban ocho kilómetros a pie.

Le oí dar un portazo y pude comprobar que también él se había desprendido del suéter. Permanecía cerca del coche, de espaldas a mí, encarándose con el bosque primigenio.

—Por aquí —indicó, girando la cabeza y con expresión aún molesta. Comenzó a adentrarse en el sombrío bosque.

—¿Y la senda?

El pánico se manifestó en mi voz mientras rodeaba el vehículo para darle alcance.

—Dije que al final de la carretera había un sendero, no que lo fuéramos a seguir.

—¡¿No iremos por la senda?! —pregunté con desesperación.

—No voy a dejar que te pierdas.

Se dio la vuelta al hablar, sonriendo con mofa, y contuve un gemido. Llevaba desabotonada la camiseta blanca sin mangas, por lo que la suave superficie de su piel se veía desde el cuello hasta los marmóreos contornos de su pecho, sin que su perfecta musculatura quedara oculta debajo de la ropa. La desesperación me hirió en lo más hondo al comprender que era demasiado perfecto. No había manera de que aquella criatura celestial estuviera hecha para mí.

Desconcertado por mi expresión torturada, Edward me miró fijamente.

—¿Quieres volver a casa? —dijo con un hilo de voz. Un dolor de diferente naturaleza al mío impregnaba su voz.

—No.

Me adelanté hasta llegar a su altura, ansiosa por no desperdiciar ni un segundo del tiempo que pudiera estar en su compañía.

—¿Qué va mal? —preguntó con amabilidad.

—No soy una buena senderista —le expliqué con desánimo—. Tendrás que tener paciencia conmigo.

—Puedo ser paciente si hago un gran esfuerzo.

Me sonrió y sostuvo mi mirada en un intento de levantarme el ánimo, súbita e inexplicablemente alicaído. Intenté devolverle la sonrisa, pero no fue convincente. Estudió mi rostro.

—Te llevaré de vuelta a casa —prometió.

No supe determinar si la promesa se refería al final de la jornada o a una marcha inmediata. Sabía que él creía que era el miedo lo que me turbaba, y de nuevo agradecí ser yo la única persona a la que no le pudiera leer el pensamiento.

—Si quieres que recorra ocho kilómetros a través de la selva antes del atardecer, será mejor que empieces a indicarme el camino —le repliqué con acritud.

Torció el gesto mientras se esforzaba por comprender mi tono y la expresión de mis facciones. Después de unos momentos, se rindió y encabezó la marcha hacia el bosque.

No resultó tan duro como me había temido. El camino era plano la mayor parte del tiempo y estuvo a mi lado para sostenerme al pasar por los húmedos helechos y los mosaicos de musgo. Cuando teníamos que sortear árboles caídos o pedruscos, me ayudaba, levantándome por el codo y soltándome en cuanto la senda se despejaba. El toque gélido de su piel sobre la mía hacía palpitar mi corazón invariablemente. Las dos veces en que esto sucedió miré de reojo su rostro, estaba segura de que, no sabía cómo, él oía mis latidos.

Intenté mantener los ojos lejos de su cuerpo perfecto tanto como me fue posible, pero a menudo no podía resistir la tentación de mirarle, y su hermosura me sumía en la tristeza.

Recorrimos en silencio la mayor parte del trayecto. De vez en cuando, Edward formulaba una pregunta al azar, una de las que no me había hecho en los dos días anteriores de interrogatorio. Me interrogó sobre mis cumpleaños, los profesores en la escuela primaria y las mascotas de mi infancia... Tuve que admitir que había renunciado a ellas después de que se murieran tres peces de forma seguida. Rompió a reír al oírlo con más fuerza de lo que me tenía acostumbrada... De los bosques desiertos se levantó un eco similar al tañido de las campanas.

La caminata me llevó la mayor parte de la mañana, pero él no mostró signo alguno de impaciencia. El bosque se extendía a nuestro alrededor en un interminable laberinto de viejos árboles, y la idea de que no encontráramos la salida comenzó a ponerme nerviosa. Edward se encontraba muy a gusto y cómodo en aquel dédalo de color verde, y nunca pareció dudar sobre qué dirección tomar.

Después de varias horas, la luz pasó de un tenebroso tono oliváceo a otro jade más brillante al filtrarse a través del dosel de ramas. El día se había vuelto soleado, tal y como él había predicho. Comencé a sentir un estremecimiento de entusiasmo por primera vez desde que entré en el bosque, sensación que rápidamente se convirtió en impaciencia.

—¿Aún no hemos llegado? —le pinché, fingiendo fruncir el ceño.

—Casi —sonrió ante el cambio de mi estado de ánimo—. ¿Ves ese fulgor de ahí delante?

—Humm —miré atentamente a través del denso follaje del bosque—. ¿Debería verlo?

Esbozó una sonrisa burlona.

—Puede que sea un poco pronto para tus ojos.

—Tendré que pedir hora para visitar al oculista —murmuré.

Su sonrisa de mofa se hizo más pronunciada.

Pero entonces, después de recorrer otros cien metros, pude ver sin ningún género de duda una luminosidad en los árboles que se hallaban delante de mí, un brillo que era amarillo en lugar de verde. Apreté el paso, mi avidez crecía conforme avanzaba. Edward me dejó que yo fuera delante y me siguió en silencio.

Alcancé el borde de aquel remanso de luz y atravesé la última franja de helecho para entrar en el lugar más maravilloso que había visto en mi vida. La pradera era un pequeño círculo perfecto lleno de flores silvestres: violetas, amarillas y de tenue blanco. Podía oír el burbujeo musical de un arroyo que fluía en algún lugar cercano. El sol estaba directamente en lo alto, colmando el redondel de una blanquecina calima luminosa. Pasmada, caminé sobre la mullida hierba en medio de las flores, balanceándose al cálido aire dorado. Me di media vuelta para compartir con él todo aquello, pero Edward no estaba detrás de mí, como creía. Repentinamente alarmada, giré a mi alrededor en su busca. Finalmente, lo localicé, inmóvil debajo de la densa sombra del dosel de ramas, en el mismo borde del claro, mientras me contemplaba con ojos cautelosos. Sólo entonces recordé lo que la belleza del prado me había hecho olvidar: el enigma de Edward y el sol, lo que me había prometido mostrarme hoy.

Di un paso hacia él, con los ojos relucientes de curiosidad. Los suyos en cambio se mostraban recelosos. Le sonreí para infundirle valor y le hice señas para que se reuniera conmigo, acercándome un poco más. Alzó una mano en señal de aviso y yo vacilé, y retrocedí un paso.

Edward pareció inspirar hondo y entonces salió al brillante resplandor del mediodía.

Confesiones

A la luz del sol, Edward resultaba chocante. No me hubiera acostumbrado ni aunque le hubiera estado mirando toda la tarde. A pesar de un tenue rubor, producido a raíz de su salida de caza durante la tarde del día anterior, su piel centelleaba literalmente como si tuviera miles de nimios diamantes incrustados en ella. Yacía completamente inmóvil en la hierba, con la camiseta abierta sobre su escultural pecho incandescente y los brazos desnudos centelleando al sol. Mantenía cerrados los deslumbrantes párpados de suave azul lavanda, aunque no dormía, por supuesto. Parecía una estatua perfecta, tallada en algún tipo de piedra ignota, lisa como el mármol, reluciente como el cristal.

Movía los labios de vez en cuando con tal rapidez que parecían temblar, pero me dijo que estaba cantando para sí mismo cuando le pregunté al respecto. Lo hacía en voz demasiado baja para que le oyera.

También yo disfruté del sol, aunque el aire no era lo bastante seco para mi gusto. Me hubiera gustado recostarme como él y dejar que el sol bañara mi cara, pero permanecí aovillada, con el mentón descansando sobre las rodillas, poco dispuesta a apartar la vista de él. Soplaba una brisa suave que enredaba mis cabellos y alborotaba la hierba que se mecía alrededor de su figura inmóvil.

La pradera, que en un principio me había parecido espectacular, palidecía al lado de la magnificencia de Edward.

Siempre con miedo, incluso ahora, a que desapareciera como un espejismo demasiado hermoso para ser real, extendí un dedo con indecisión y acaricié el dorso de su mano reluciente, que descansaba sobre el césped al alcance de la mía. Otra vez me maravillé de la textura perfecta de suave satén, fría como la piedra. Cuando alcé la vista, había abierto los ojos y me miraba. Una rápida sonrisa curvó las comisuras de sus labios sin mácula.

—¿No te asusto? —preguntó con despreocupación, aunque identifiqué una curiosidad real en el tono de su suave voz.

—No más que de costumbre.

Su sonrisa se hizo más amplia y sus dientes refulgieron al sol.

Poco a poco, me acerqué más y extendí toda la mano para trazar los contornos de su antebrazo con las yemas de los dedos. Contemplé el temblor de mis dedos y supe que el detalle no le pasaría desapercibido.

—¿Te molesta? —pregunté, ya que había vuelto a cerrar los ojos.

—No —respondió sin abrirlos—, no te puedes ni imaginar cómo se siente eso.

Suspiró.

Siguiendo el suave trazado de las venas azules del pliegue de su codo, mi mano avanzó con suavidad sobre los perfectos músculos de su brazo. Estiré la otra mano para darle la vuelta a la de Edward. Al comprender mi pretensión, dio la vuelta a su mano con uno de esos desconcertantes y fulgurantes movimientos suyos. Esto me sobresaltó; mis dedos se paralizaron en su brazo por un breve segundo.

—Lo siento —murmuró. Le busqué con la vista a tiempo de verle cerrar los ojos de nuevo—. Contigo, resulta demasiado fácil ser yo mismo.

Alcé su mano y la volví a un lado y al otro mientras contemplaba el brillo del sol sobre la palma. La sostuve cerca de mi rostro en un intento de descubrir las facetas ocultas de su piel.

—Dime qué piensas —susurró. Al mirarle descubrí que me estaba observando con repentina atención—. Me sigue resultando extraño no saberlo.

—Bueno, ya sabes, el resto nos sentimos así todo el tiempo.

—Es una vida dura —¿me imaginé el matiz de pesar en su voz?—. Aún no me has contestado.

—Deseaba poder saber qué pensabas tú —vacilé— y...

—¿Y?

—Quería poder creer que eres real. Y deseaba no tener miedo.

—No quiero que estés asustada.

La voz de Edward era apenas un murmullo suave. Escuché lo que en realidad no podía decir sinceramente, que no debía tener miedo, que no había nada de qué asustarse.

—Bueno, no me refería exactamente a esa clase de miedo, aunque, sin duda, es algo sobre lo que debo pensar.

Se movió tan deprisa que ni lo vi. Se sentó en el suelo, apoyado sobre el brazo derecho, y con la mano izquierda aún en las mías. Su rostro angelical estaba a escasos centímetros del mío. Podría haber retrocedido, debería haberlo hecho, ante esa inesperada proximidad, pero era incapaz de moverme. Sus ojos dorados me habían hipnotizado.

—Entonces, ¿de qué tienes miedo? —murmuró mirándome con atención.

Pero no pude contestarle. Olí su gélida respiración en mi cara como sólo lo había hecho una vez. Me derretía ante ese aroma dulce y delicioso. De forma instintiva y sin pensar, me incliné más cerca para aspirarlo.

Entonces, Edward desapareció. Su mano se desasió de la mía y se colocó a seis metros de distancia en el tiempo que me llevó enfocar la vista. Permanecía en el borde de la pequeña pradera, a la oscura sombra de un abeto enorme. Me miraba fijamente con expresión inescrutable y los ojos oscuros ocultos por las sombras.

Sentí la herida y la conmoción en mi rostro. Me picaban las manos vacías.

—Lo... lo siento, Edward —susurré. Sabía que podía escucharme.

—Concédeme un momento —replicó al volumen justo para que mis poco sensitivos oídos lo oyeran. Me senté totalmente inmóvil.

Después de diez segundos, increíblemente largos, regresó, lentamente tratándose de él. Se detuvo a pocos metros y se dejó caer ágilmente al suelo para luego entrecruzar las piernas, sin apartar sus ojos de los míos ni un segundo. Suspiró profundamente dos veces y luego me sonrió disculpándose.

—Lo siento mucho —vaciló—. ¿Comprenderías a qué me refiero si te dijera que sólo soy un hombre?

Asentí una sola vez, incapaz de reírle la gracia. La adrenalina corrió por mis venas conforme fui comprendiendo poco a poco el peligro. Desde su posición, él lo olió y su sonrisa se hizo burlona.

—Soy el mejor depredador del mundo, ¿no es cierto? Todo cuanto me rodea te invita a venir a mí: la voz, el rostro, incluso mi *olor.* ¡Como si los necesitases!

Se incorporó de forma inesperada, alejándose hasta perderse de vista para reaparecer detrás del mismo abeto de antes después de haber circunvalado la pradera en medio segundo.

—¡Como si pudieras huir de mí!

Rió con amargura, extendió una mano y arrancó del tronco del abeto una rama de un poco más de medio metro de grosor sin esfuerzo alguno en medio de un chasquido estremecedor. Con la misma mano, la hizo girar en el aire durante unos instantes y la arrojó a una velocidad de vértigo para estrellarla contra otro árbol enorme, que se agitó y tembló ante el golpe.

Y estuvo otra vez en frente de mí, a medio metro, inmóvil como una estatua.

—¡Como si pudieras derrotarme! —dijo en voz baja.

Permanecí sentada sin moverme, temiéndolo como no lo había temido nunca. Nunca lo había visto tan completamente libre de esa fachada edificada con tanto cuidado. Nunca había sido menos humano ni más hermoso. Con el rostro ceniciento y los ojos abiertos como platos, estaba sentada como un pájaro atrapado por los ojos de la serpiente.

Un arrebato frenético parecía relucir en los adorables ojos de Edward. Luego, conforme pasaron los segundos, se apagaron y lentamente su expresión volvió a su antigua máscara de dolor.

—No temas —murmuró con voz aterciopelada e involuntariamente seductora—. Te prometo… —vaciló—, te *juro* que no te haré daño.

Parecía más preocupado de convencerse a sí mismo que a mí.

—No temas —repitió en un susurro mientras se acercaba con exagerada lentitud. Serpenteó con movimientos deliberadamente lentos para sentarse hasta que nuestros rostros se encontraron a la misma altura, a treinta centímetros.

—Perdóname, por favor —pidió ceremoniosamente—. Puedo controlarme. Me has pillado desprevenido, pero ahora me comportaré mejor.

Esperó, pero yo todavía era incapaz de hablar.

—Hoy no tengo sed —me guiñó el ojo—. De verdad.

Ante eso, no me quedó otro remedio que reírme, aunque el sonido fue tembloroso y jadeante.

—¿Estás bien? —preguntó tiernamente, extendiendo el brazo lenta y cuidadosamente para volver a poner su mano de mármol en la mía.

Miré primero su fría y lisa mano, luego, sus ojos, laxos, arrepentidos; y después, otra vez la mano. Entonces, pausadamente volví a seguir las líneas de su mano con las yemas de los dedos. Alcé la vista y sonreí con timidez.

—Bueno, ¿por dónde íbamos antes de que me comportara con tanta rudeza? —preguntó con las amables cadencias de principios del siglo pasado.

—La verdad es que no lo recuerdo.

Sonrió, pero estaba avergonzado.

—Creo que estábamos hablando de por qué estabas asustada, además del motivo obvio.

—Ah, sí.

—¿Y bien?

Miré su mano y recorrí sin rumbo fijo la lisa e iridiscente palma. Los segundos pasaban.

—¡Con qué facilidad me frustro! —musitó.

Estudié sus ojos y de repente comprendí que todo aquello era casi tan nuevo para él como para mí. A él también le resultaba difícil a pesar de los muchos años de inconmensurable experiencia. Ese pensamiento me infundió coraje.

—Tengo miedo, además de por los motivos evidentes, porque no puedo *estar contigo,* y porque me gustaría estarlo más de lo que debería.

Mantuve los ojos fijos en sus manos mientras decía aquello en voz baja porque me resultaba difícil confesarlo.

—Sí —admitió lentamente—, es un motivo para estar asustado, desde luego. ¡Querer estar conmigo! En verdad, no te conviene nada.

—Lo sé. Supongo que podría *intentar* no desearlo, pero dudo que funcionara.

—Deseo ayudarte, de verdad que sí —no había el menor rastro de falsedad en sus ojos límpidos—. Debería haberme alejado hace mucho, debería hacerlo ahora, pero no sé si soy capaz.

—No quiero que te vayas —farfullé patéticamente, mirándolo fijamente hasta lograr que apartara la vista.

—Irme, eso es exactamente lo que debería hacer, pero no temas, soy una criatura esencialmente egoísta. Ansío demasiado tu compañía para hacer lo correcto.

—Me alegro.

—¡No lo hagas! —retiró su mano, esta vez con mayor delicadeza. La voz de Edward era más áspera de lo habitual. Áspera para él, aunque más hermosa que cualquier voz humana. Resultaba difícil tratar con él, ya que sus continuos y repentinos cambios de humor siempre me producían desconcierto.

—¡No es sólo tu compañía lo que anhelo! Nunca lo olvides. Nunca olvides que soy más peligroso para ti de lo que soy para cualquier otra persona.

Enmudeció y le vi contemplar con ojos ausentes el bosque. Medité sus palabras durante unos instantes.

—Creo que no comprendo exactamente a qué te refieres... Al menos la última parte.

Edward me miró de nuevo y sonrió con picardía. Su humor volvía a cambiar.

—¿Cómo te explicaría? —musitó—. Y sin aterrorizarte de nuevo...

Volvió a poner su mano sobre la mía, al parecer de forma inconsciente, y la sujeté con fuerza entre las mías. Miró nuestras manos y suspiró.

—Esto es asombrosamente placentero... el calor.

Transcurrió un momento hasta que puso en orden sus ideas y continuó:

—Sabes que todos disfrutamos de diferentes sabores. Algunos prefieren el helado de chocolate y otros el de fresa.

Asentí.

—Lamento emplear la analogía de la comida, pero no se me ocurre otra forma de explicártelo.

Le dediqué una sonrisa y él me la devolvió con pesar.

—Verás, cada persona huele diferente, tiene una esencia distinta. Si encierras a un alcohólico en una habitación repleta de cerveza rancia, se la beberá alegremente, pero si ha superado el alcoholismo y lo desea, podría resistirse.

»Supongamos ahora que ponemos en esa habitación una botella de *brandy* añejo, de cien años, el coñac más raro y exquisito y llenamos la habitación de su cálido aroma... En tal caso, ¿cómo crees que le iría?

Permanecimos sentados en silencio, mirándonos a los ojos el uno al otro en un intento de descifrarnos mutuamente el pensamiento.

Edward fue el primero en romper el silencio.

—Tal vez no sea la comparación adecuada. Puede que sea muy fácil rehusar el *brandy.* Quizás debería haber empleado un heroinómano en vez de un alcohólico para el ejemplo.

—Bueno, ¿estás diciendo que soy tu marca de heroína? —le pregunté para tomarle el pelo y animarle.

Sonrió de inmediato, pareciendo apreciar mi esfuerzo.

—Sí, tú eres *exactamente* mi marca de heroína.

—¿Sucede eso con frecuencia?

Miró hacia las copas de los árboles mientras pensaba la respuesta.

—He hablado con mis hermanos al respecto —prosiguió con la vista fija en la lejanía—. Para Jasper, todos los humanos sois más de lo mismo. Él es el miembro más reciente de nuestra familia y ha de esforzarse mucho para conseguir una abstinencia completa. No ha dispuesto de tiempo para hacerse más sensible a las diferencias de olor, de sabor —súbitamente me miró con gesto de disculpa—. Lo siento.

—No me molesta. Por favor, no te preocupes por ofenderme o asustarme o lo que sea... Es así como piensas. Te entiendo, o al menos puedo intentarlo. Explícate como mejor puedas.

—De modo que Jasper no está seguro de si alguna vez se ha cruzado con alguien tan... —Edward titubeó, en busca de la palabra adecuada—, tan *apetecible* como tú me resultas a mí. Eso me hizo reflexionar mucho. Emmett es el que hace más tiempo que ha dejado de beber, por decirlo de alguna manera, y comprende lo que quiero decir. Dice que le sucedió dos veces, una con más intensidad que otra.

—¿Y a ti?

—Jamás.

La palabra quedó flotando en la cálida brisa durante unos momentos.

—¿Qué hizo Emmett? —le pregunté para romper el silencio.

Era la pregunta equivocada. Su rostro se ensombreció y sus manos se crisparon entre las mías. Aguardé, pero no me iba a contestar.

—Creo saberlo —dije al fin.

Alzó la vista. Tenía una expresión melancólica, suplicante.

—Hasta el más fuerte de nosotros recae en la bebida, ¿verdad?

—¿Qué me pides? ¿Mi permiso? —mi voz sonó más mordaz de lo que pretendía. Intenté modular un tono más amable. Suponía que aquella sinceridad le estaba costando mucho esfuerzo—. Quiero decir, entonces, ¿no hay esperanza?

¡Con cuánta calma podía discutir sobre mi propia muerte!

—¡No, no! —se compungió casi al momento—. ¡Por supuesto que hay esperanza! Me refiero a que..., por supuesto que no voy a... —dejó la frase en el aire. Mis ojos inflamaban las llamaradas de los suyos—. Es diferente para nosotros. En cuanto a Emmett y esos dos desconocidos con los que se cruzó... Eso sucedió hace mucho tiempo y él no era tan experto y cuidadoso como lo es ahora.

Se sumió en el silencio y me miró intensamente.

—De modo que si nos hubiéramos encontrado... en... un callejón oscuro o algo parecido... —mi voz se fue apagando.

—Necesité todo mi autocontrol para no abalanzarme sobre ti en medio de esa clase llena de niños y... —enmudeció bruscamente y desvió la mirada—. Cuando pasaste a mi lado, podía haber arruinado en el acto todo lo que Carlisle ha construido para nosotros. No hubiera sido capaz de refrenarme si no hubiera estado controlando mi sed durante los últimos... bueno, demasiados años.

Se detuvo a contemplar los árboles. Me lanzó una mirada sombría mientras los dos lo recordábamos.

—Debiste de pensar que estaba loco.

—No comprendí el motivo. ¿Cómo podías odiarme con tanta rapidez...?

—Para mí, parecías una especie de demonio convocado directamente desde mi infierno particular para arruinarme. La fragancia procedente de tu piel... El primer día creí que me iba a trastornar. En esa única hora, ideé cien formas diferentes de engatusarte para que salieras de clase conmigo y tenerte a solas. Las rechacé todas al pensar en mi familia, en lo que podía hacerles. Tenía que huir, alejarme antes de pronunciar las palabras que te harían seguirme...

Entonces, buscó con la mirada mi rostro asombrado mientras yo intentaba asimilar sus amargos recuerdos. Debajo de sus pestañas, sus ojos dorados ardían, hipnóticos, letales.

—Y tú hubieras acudido —me aseguró.

Intenté hablar con serenidad.

—Sin duda.

Torció el gesto y me miró las manos, liberándome así de la fuerza de su mirada.

—Luego intenté cambiar la hora de mi programa en un estéril intento de evitarte y de repente ahí estabas tú, en esa oficina pequeña y caliente, y el aroma resultaba enloquecedor. Estuve a punto de tomarte en ese momento. Sólo había otra frágil humana... cuya muerte era fácil de arreglar.

Temblé a pesar de estar al sol cuando de nuevo reaparecieron mis recuerdos desde su punto de vista, sólo ahora me percataba del peligro. ¡Pobre señora Cope! Me estremecí al pensar lo cerca que había estado de ser la responsable de su muerte sin saberlo.

—No sé cómo, pero resistí. Me obligué a no esperarte ni a seguirte desde el instituto. Fuera, donde ya no te podía oler, resultó más fácil pensar con claridad y adoptar la decisión correcta. Dejé a mis hermanos cerca de casa... Estaba demasiado avergonzado para confesarles mi debilidad, sólo sabían que algo iba mal... Entonces me fui directo al hospital para ver a Carlisle y decirle que me marchaba.

Lo miré fijamente, sorprendida.

—Intercambiamos nuestros coches, ya que el suyo tenía el depósito lleno y yo no quería detenerme. No me atrevía a ir a casa y enfrentarme a Esme. Ella no me hubiera dejado ir sin montarme una escenita, hubiera intentado convencerme de que no era necesario... A la mañana siguiente estaba en Alaska —parecía avergonzado, como si estuviera admitiendo una gran cobardía—. Pasé allí dos días con unos viejos conocidos, pero sentí nostalgia de mi hogar. Detestaba saber que había defraudado a Esme y a los demás, mi familia adoptiva. Resultaba difícil creer que eras tan irresistible respirando el aire puro de las montañas. Me convencí de que había sido débil al escapar. Me había enfrentado antes a la tentación, pero no de aquella magnitud, no se acercaba ni por asomo, pero yo era fuerte, ¿y quién eras tú? ¡Una chiquilla insignificante! —de repente sonrió de oreja a oreja—. ¿Quién eras tú para echarme del lugar donde quería estar? De modo que regresé...

Miró al infinito. Yo no podía hablar.

—Tomé precauciones, cacé y me alimenté más de lo acostumbrado antes de volver a verte. Estaba decidido a ser lo bastante fuerte para tratarte como a cualquier otro humano. Fui muy arrogante en ese punto. Existía la incuestionable complicación de que no podía leerte los pensamientos para saber cuál era tu reacción hacia mí. No estaba acostumbrado a tener que dar tantos rodeos. Tuve que escuchar tus palabras en la mente de Jessica, que, por cierto, no es muy original, y resultaba un fastidio tener que detenerme ahí, sin saber si realmente querías decir lo que decías. Todo era extremadamente irritante.

Torció el gesto al recordarlo.

—Quise que, de ser posible, olvidaras mi conducta del primer día, por lo que intenté hablar contigo como con cualquier otra persona. De hecho, estaba ilusionado con la esperanza de descifrar algunos de tus pensamientos. Pero tú resultaste demasiado interesante, y me vi atrapado por tus expresiones... Y de vez en cuando alargabas la mano o movías el pelo..., y el aroma me aturdía otra vez.

»Entonces estuviste a punto de morir aplastada ante mis propios ojos. Más tarde pensé en una excusa excelente para justificar por qué había actuado así en ese momento, ya que tu sangre se hubiera derramado delante de mí de no haberte salvado y no hubiera sido capaz de contenerme y revelar a todos lo que éramos. Pero me inventé esa excusa más tarde. En ese momento, todo lo que pensé fue: «Ella, no».

Cerró los ojos, ensimismado en su agónica confesión. Yo le escuchaba con más deseo de lo racional. El sentido común me decía que debería estar aterrada. En lugar de eso, me sentía aliviada al comprenderlo todo por fin. Y me sentía llena de compasión por lo que Edward había sufrido, incluso ahora, cuando había confesado el ansia de tomar mi vida.

Finalmente, fui capaz de hablar, aunque mi voz era débil:

—¿Y en el hospital?

Sus ojos se clavaron en los míos.

—Estaba horrorizado. Después de todo, no podía creer que hubiera puesto a toda la familia en peligro y yo mismo hubiera quedado a tu merced... De entre todos, tenías que ser tú. Como si necesitara otro motivo para matarte —ambos nos acobardamos cuando se le escapó esa frase—. Pero tuvo el efecto contrario —continuó apresuradamente—, y me enfrenté con Rosalie, Emmett y Jasper cuando sugirieron que te había llegado la hora... Fue la peor discusión que hemos tenido nunca. Carlisle se puso de mi lado, y Alice —hizo una mueca cuando pronunció su nombre, no imaginé la razón—. Esme dijo que hiciera lo que tuviera que hacer para quedarme.

Edward sacudió la cabeza con indulgencia.

—Me pasé todo el día siguiente fisgando en las mentes de todos con quienes habías hablado, sorprendido de que hubieras cumplido tu palabra. No te comprendí en absoluto, pero sabía que no me podía implicar más contigo. Hice todo lo que estuvo en mi mano para permanecer lo más lejos de ti. Y todos los días el aroma de tu piel, tu respiración, tu pelo... me golpeaban con la misma fuerza del primer día.

Nuestras miradas se encontraron otra vez. Los ojos de Edward eran sorprendentemente tiernos.

—Y por todo eso —prosiguió—, hubiera preferido delatarnos en aquel primer momento que herirte aquí, ahora, sin testigos ni nada que me detenga.

Era lo bastante humana como para tener preguntar:

—¿Por qué?

—Isabella —pronunció mi nombre completo con cuidado al tiempo que me despeinaba el pelo con la mano libre; un estremecimiento recorrió mi cuerpo ante ese roce fortuito—. No podría vivir en paz conmigo mismo si te causara daño alguno —fijó su mirada en el suelo, nuevamente avergonzado—. La idea de verte inmóvil, pálida, helada... No volver a ver cómo te ruborizas, no ver jamás esa chispa de intuición en los ojos cuando sospechas mis intenciones... Sería insoportable —clavó sus hermosos y torturados ojos en los míos—. Ahora eres lo más importante para mí, lo más importante que he tenido nunca.

La cabeza empezó a darme vueltas ante el rápido giro que había dado nuestra conversación. Desde el alegre tema de mi inminente muerte de repente nos estábamos declarando. Aguardó, y supe que sus ojos no se apartaban de mí a pesar de fijar los míos en nuestras manos. Al final, dije:

—Ya conoces mis sentimientos, por supuesto. Estoy aquí, lo que, burdamente traducido, significa que preferiría morir antes que alejarme de ti —hice una mueca—. Soy idiota.

—Eres idiota —aceptó con una risa.

Nuestras miradas se encontraron y también me reí. Nos reímos juntos de lo absurdo y estúpido de la situación.

—Y de ese modo el león se enamoró de la oveja... —murmuró. Desvié la vista para ocultar mis ojos mientras me estremecía al oírle pronunciar la palabra.

—¡Qué oveja tan estúpida! —musité.

—¡Qué león tan morboso y masoquista!

Su mirada se perdió en el bosque y me pregunté dónde estarían ahora sus pensamientos.

—¿Por qué...? —comencé, pero luego me detuve al no estar segura de cómo proseguir.

Edward me miró y sonrió. El sol arrancó un destello a su cara, a sus dientes.

—¿Sí?

—Dime por qué huiste antes.

Su sonrisa se desvaneció.

—Sabes el porqué.

—No, lo que quería decir *exactamente* es ¿qué hice mal? Ya sabes, voy a tener que estar en guardia, por lo que será mejor aprender qué es lo que no debería hacer. Esto, por ejemplo —le acaricié la base de la mano—, parece que no te hace mal.

Volvió a sonreír.

—Bella, no hiciste nada mal. Fue culpa mía.

—Pero quiero ayudar si está en mi mano, hacértelo más llevadero.

—Bueno... —meditó durante unos instantes—. Sólo fue lo cerca que estuviste. Por instinto, la mayoría de los hombres nos rehúyen repelidos por nuestra diferenciación... No esperaba que te acercaras tanto, y el olor de tu *garganta*...

Se calló ipso facto mirándome para ver si me había asustado.

—De acuerdo, entonces —respondí con displicencia en un intento de aliviar la atmósfera, repentinamente tensa, y me tapé el cuello—, nada de exponer la garganta.

Funcionó. Rompió a reír.

—No, en realidad, fue más la sorpresa que cualquier otra cosa.

Alzó la mano libre y la depositó con suavidad en un lado de mi garganta. Me quedé inmóvil. El frío de su tacto era un aviso natural, un indicio de que debería estar aterrada, pero no era miedo lo que sentía, aunque, sin embargo, había otros sentimientos...

—Ya lo ves. Todo está en orden.

Se me aceleró el pulso, y deseé poder refrenarlo al presentir que eso, los latidos en mis venas, lo iba a dificultar todo un poco más. Lo más seguro es que él pudiera oírlo.

—El rubor de tus mejillas es adorable —murmuró.

Liberó con suavidad la otra mano. Mis manos cayeron flácidas sobre mi vientre. Me acarició la mejilla con suavidad para luego sostener mi rostro entre sus manos de mármol.

—Quédate muy quieta —susurró. ¡Como si no estuviera ya petrificada!

Lentamente, sin apartar sus ojos de los míos, se inclinó hacia mí. Luego, de forma sorprendente pero suave, apoyó su mejilla contra la base de mi garganta. Apenas era capaz de moverme, incluso aunque hubiera querido. Oí el sonido de su acompasada respiración mientras contemplaba cómo el sol y la brisa jugaban con su pelo de color bronce, la parte más humana de Edward.

Me estremecí cuando sus manos se deslizaron cuello abajo con deliberada lentitud. Le oí contener el aliento, pero las manos no se detuvieron y suavemente siguieron su descenso hasta llegar a mis hombros, y entonces se detuvieron.

Dejó resbalar el rostro por un lado de mi cuello, con la nariz rozando mi clavícula. A continuación, reclinó la cara y apretó la cabeza tiernamente contra mi pecho…

… escuchando los latidos de mi corazón.

—Ah.

Suspiró.

No sé cuánto tiempo estuvimos sentados sin movernos. Pudieron ser horas. Al final, mi pulso se sosegó, pero Edward no se movió ni me dirigió la palabra mientras me sostuvo. Sabía que en cualquier momento él podría no contenerse y mi vida terminaría tan deprisa que ni siquiera me daría cuenta, aunque eso no me asustó. No podía pensar en nada, excepto en que él me tocaba.

Luego, demasiado pronto, me liberó.

Sus ojos estaban llenos de paz cuando dijo con satisfacción:

—No volverá a ser tan arduo.

—¿Te ha resultado difícil?

—No ha sido tan difícil como había supuesto. ¿Y a ti?

—No, para mí no lo ha sido en absoluto.

Sonrió ante mi entonación.

—Sabes a qué me refiero.

Le sonreí.

—Toca —tomó mi mano y la situó sobre su mejilla—. ¿Notas qué caliente está?

Su piel habitualmente gélida estaba casi caliente, pero apenas lo noté, ya que estaba tocando su rostro, algo con lo que llevaba soñando desde el primer día que le vi.

—No te muevas —susurré.

Nadie podía permanecer tan inmóvil como Edward. Cerró los ojos y se quedó tan quieto como una piedra, una estatua debajo de mi mano.

Me moví incluso más lentamente que él, teniendo cuidado de no hacer ningún movimiento inesperado. Rocé su mejilla, acaricié con delicadeza sus párpados y la sombra púrpura de las ojeras. Tuve sus labios entreabiertos debajo de mi mano y sentí su fría respiración en las yemas de los dedos. Quise inclinarme para inhalar su aroma, pero dejé caer la mano y me alejé, sin querer llevarle demasiado lejos.

Abrió los ojos, y había hambre en ellos. No la suficiente para atemorizarme, pero lo bastante para que se me hiciera un nudo en el estómago y el pulso se me acelerara mientras la sangre de mis venas no cesaba de martillar.

—Querría —susurró—, querría que pudieras sentir la complejidad... la confusión que yo siento, que pudieras entenderlo.

Llevó la mano a mi pelo y luego recorrió mi rostro.

—Dímelo —musité.

—Dudo que sea capaz. Por una parte, ya te he hablado del hambre..., la sed, y te he dicho la criatura deplorable que soy y lo que siento por ti. Creo que, por extensión, lo puedes comprender, aunque —prosiguió con una media sonrisa— probablemente no puedas identificarte por completo al no ser adicta a ninguna droga. Pero hay otros apetitos... —me hizo estremecer de nuevo al tocarme los labios con sus dedos—, apetitos que ni siquiera entiendo, que me son ajenos.

—Puede que lo entienda mejor de lo que crees.

—No estoy acostumbrado a tener apetitos tan humanos. ¿Siempre es así?

—No lo sé —me detuve—. Para mí también es la primera vez.

Sostuvo mis manos entre las suyas, tan débiles en su hercúlea fortaleza.

—No sé lo cerca que puedo estar de ti —admitió—. No sé si podré…

Me incliné hacia delante muy despacio, avisándole con la mirada. Apoyé la mejilla contra su pecho de piedra. Sólo podía oír su respiración, nada más.

—Esto basta.

Cerré los ojos y suspiré. En un gesto muy humano, me rodeó con los brazos y hundió el rostro en mi pelo.

—Se te da mejor de lo que tú mismo crees —apunté.

—Tengo instintos humanos. Puede que estén enterrados muy hondo, pero están ahí.

Permanecimos sentados durante otro periodo de tiempo inmensurable. Me preguntaba si le apetecería moverse tan poco como a mí, pero podía ver declinar la luz y la sombra del bosque comenzaba a alcanzarnos. Suspiré.

—Tienes que irte.

—Creía que no podías leer mi mente —le acusé.

—Cada vez resulta más fácil.

Noté un atisbo de humor en el tono de su voz. Me tomó por los hombros y le miré a la cara. En un arranque de repentino entusiasmo, me preguntó:

—¿Te puedo enseñar algo?

—¿El qué?

—Te voy a enseñar cómo viajo por el bosque —vio mi expresión aterrada—. No te preocupes, vas a estar a salvo, y llegaremos al coche mucho antes.

Sus labios se curvaron en una de esas sonrisas traviesas tan hermosas que casi detenían el latir de mi corazón.

—¿Te vas a convertir en murciélago? —pregunté con recelo.

Rompió a reír con más fuerza de la que le había oído jamás.

—¡Como si no hubiera oído *eso* antes!

—Vale, ya veo que no voy a conseguir quedarme contigo.

—Vamos, pequeña cobarde, súbete a mi espalda.

Aguardé a ver si bromeaba, pero al parecer lo decía en serio. Me dirigió una sonrisa al leer mi vacilación y extendió los brazos hacia mí. Mi corazón reaccionó. Aunque Edward no pudiera leer mi mente, el pulso siempre me delataba. Procedió a ponerme sobre su espalda, con poco esfuerzo por mi parte, aunque, cuando ya estuve acomodada, lo rodeé con brazos y piernas con tal fuerza que hubiera estrangulado a una persona normal. Era como agarrarse a una roca.

—Peso un poco más de la media de las mochilas que sueles llevar —le avisé.

—¡Bah! —resopló. Casi pude imaginarle poniendo los ojos en blanco. Nunca antes le había visto tan animado.

Me sobrecogió cuando de forma inesperada me aferró la mano y presionó la palma sobre el rostro para inhalar profundamente.

—Cada vez más fácil —musitó.

Y entonces echó a correr.

Si en alguna ocasión había tenido miedo en su presencia, aquello no era nada en comparación con cómo me sentí en ese momento.

Cruzó como una bala, como un espectro, la oscura y densa masa de maleza del bosque sin hacer ruido, sin evidencia alguna de que sus pies rozaran el suelo. Su respiración no se alteró en ningún momento, jamás dio muestras de esforzarse, pero los árboles pasaban volando a mi lado a una velocidad vertiginosa, no golpeándonos por centímetros.

Estaba demasiado aterrada para cerrar los ojos, aunque el frío aire del bosque me azotaba el rostro hasta escocerme. Me sentí como si en un acto de estupidez hubiera sacado la cabeza por la ventanilla de un avión en pleno vuelo, y experimenté el acelerado desfallecimiento del mareo.

Entonces, terminó. Aquella mañana habíamos caminado durante horas para alcanzar el prado de Edward, y ahora, en cuestión de minutos, estábamos de regreso junto al monovolumen.

—Estimulante, ¿verdad? —dijo entusiasmado y con voz aguda.

Se quedó inmóvil, a la espera de que me bajara. Lo intenté, pero no me respondían los músculos. Me mantuve aferrada a él con brazos y piernas mientras la cabeza no dejaba de darme vueltas.

—¿Bella? —preguntó, ahora inquieto.

—Creo que necesito tumbarme —respondí jadeante.

—Ah, perdona —me esperó, pero aun así no me pude mover.

—Creo que necesito ayuda —admití.

Se rió quedamente y deshizo suavemente mi presa alrededor de su cuello. No había forma de resistir la fuerza de hierro de sus manos. Luego, me dio la vuelta y quedé frente a él, y me acunó en sus brazos como si fuera una niña pequeña. Me sostuvo en vilo un momento para luego depositarme sobre los mullidos helechos.

—¿Qué tal te encuentras?

No estaba muy segura de cómo me sentía, ya que la cabeza me daba vueltas de forma enloquecida.

—Mareada, creo.

—Pon la cabeza entre las rodillas.

Intenté lo que me indicaba, y ayudó un poco. Inspiré y espiré lentamente sin mover la cabeza. Me percaté de que se sentaba a mi lado. Pasado el mal trago, pude alzar la cabeza. Me pitaban los oídos.

—Supongo que no fue una buena idea —musitó.

Intenté mostrarme positiva, pero mi voz sonó débil cuando respondí:

—No, ha sido muy interesante.

—¡Vaya! Estás blanca como un fantasma, tan blanca como *yo* mismo.

—Creo que debería haber cerrado los ojos.

—Recuérdalo la próxima vez.

—¡¿La próxima vez?! —gemí.

Edward se rió, seguía de un humor excelente.

—Fanfarrón —musité.

—Bella, abre los ojos —rogó con voz suave.

Y ahí estaba él, con el rostro demasiado cerca del mío. Su belleza aturdió mi mente... Era demasiada, un exceso al que no conseguía acostumbrarme.

—Mientras corría, he estado pensando...

—... en no estrellarnos contra los árboles, espero.

—Tonta Bella —rió entre dientes—. Correr es mi segunda naturaleza, no es algo en lo que tenga que pensar.

—Fanfarrón —repetí.

Edward sonrió.

—No. He pensado que había algo que quería intentar.

Y volvió a tomar mi cabeza entre sus manos. No pude respirar.

Vaciló... No de la forma habitual, no de una forma humana, no de la manera en que un hombre podría vacilar antes de besar a una mujer para calibrar su reacción e intuir cómo le recibiría. Tal vez vacilaría para prolongar el momento, ese momento ideal previo, muchas veces mejor que el beso mismo.

Edward se detuvo vacilante para probarse a sí mismo y ver si era seguro, para cerciorarse de que aún mantenía bajo control su necesidad.

Entonces sus fríos labios de mármol presionaron muy suavemente los míos.

Para lo que ninguno de los dos estaba preparado era para mi respuesta.

La sangre me hervía bajo la piel quemándome los labios. Mi respiración se convirtió en un violento jadeo. Aferré su pelo con los dedos, atrayéndolo hacia mí, con los labios entreabiertos para respirar su aliento embriagador. Inmediatamente, sentí que sus labios se convertían en piedra. Sus manos gentilmente pero con fuerza, apartaron mi cara. Abrí los ojos y vi su expresión vigilante.

—¡Huy! —musité.

—Eso es quedarse corto.

Sus ojos eran feroces y apretaba la mandíbula para controlarse, sin que todavía se descompusiera su perfecta expresión. Sostuvo mi rostro a escasos centímetros del suyo, aturdiéndome.

—¿Debería...?

Intenté desasirme para concederle cierto espacio, pero sus manos no me permitieron alejarme más de un centímetro.

—No. Es soportable. Aguarda un momento, por favor —pidió con voz amable, controlada.

Mantuve la vista fija en sus ojos, contemplé como la excitación que lucía en ellos se sosegaba. Entonces, me dedicó una sonrisa sorprendentemente traviesa.

—¡Listo! —exclamó, complacido consigo mismo.

—¿Soportable? —pregunté.

—Soy más fuerte de lo que pensaba —rió con fuerza—. Bueno es saberlo.

—Desearía poder decir lo mismo. Lo siento.

—Después de todo, sólo eres humana.

—Muchas gracias —repliqué mordazmente.

Se puso de pie con uno de sus movimientos ágiles, rápidos, casi invisibles. Me tendió su mano, un gesto inesperado, ya que estaba demasiado acostumbrada a nuestro habitual comportamiento de nulo contacto. Tomé su mano helada, ya que necesitaba ese apoyo más de lo que creía. Aún no había recuperado el equilibrio.

—¿Sigues estando débil a causa de la carrera? ¿O ha sido mi pericia al besar?

¡Qué desenfadado y humano parecía su angelical y apacible rostro cuando se reía! Era un Edward diferente al que yo conocía, y estaba loca por él. Ahora, separarme me iba a causar un dolor físico.

—No puedo estar segura, aún sigo grogui —conseguí responderle—. Creo que es un poco de ambas cosas.

—Tal vez deberías dejarme conducir.

—¿Estás loco? —protesté.

—Conduzco mejor que tú en tu mejor día —se burló—. Tus reflejos son mucho más lentos.

—Estoy segura de eso, pero creo que ni mis nervios ni mi coche seríamos capaces de soportarlo.

—Un poco de confianza, Bella, por favor.

Tenía la mano en el bolsillo, crispada sobre las llaves. Fruncí los labios con gesto pensativo y sacudí la cabeza firmemente.

—No. Ni en broma.

Arqueó las cejas con incredulidad.

Comencé a dar un rodeo a su lado para dirigirme al asiento del conductor. Puede que me hubiera dejado pasar si no me hubiese tambaleado ligeramente. Puede que no.

—Bella, llegados a este punto, ya he invertido un enorme esfuerzo personal en mantenerte viva. No voy a dejar que te pongas detrás del volante de un coche cuando ni siquiera puedes caminar en línea recta. Además, no hay que dejar que los amigos conduzcan borrachos —citó con una risita mientras su brazo creaba una trampa ineludible alrededor de mi cintura.

—No puedo rebatirlo —dije con un suspiro. No había forma de sortearlo ni podía resistirme a él. Alcé las llaves y las dejé caer, observando que su mano, veloz como el rayo, las atrapaba sin hacer ruido—. Con calma... Mi monovolumen es un señor mayor.

—Muy sensata —aprobó.

—¿Y tú no estás afectado por mi presencia? —pregunté con enojo.

Sus facciones sufrieron otra transformación, su expresión se hizo suave y cálida. Al principio, no me respondió; se limitó a inclinar su rostro sobre el mío y deslizar sus labios lentamente a lo largo de mi mandíbula, desde la oreja al mentón, de un lado a otro. Me estremecí.

—Pase lo que pase —murmuró finalmente—, tengo mejores reflejos.

Mente *versus* cuerpo

Tuve que admitir que Edward conducía bien cuando iba a una velocidad razonable. Como tantas otras cosas, la conducción no parecía requerirle ningún esfuerzo. Aunque apenas miraba a la carretera, los neumáticos nunca se desviaban más de un centímetro del centro de la senda. Conducía con una mano, sosteniendo la mía con la otra. A veces fijaba la vista en el sol poniente, otras en mí, en mi rostro, en mi pelo expuesto al viento que entraba por la ventana abierta, en nuestras manos unidas.

Había cambiado el dial de la radio para sintonizar una emisora de viejos éxitos y cantaba una canción que no había oído en mi vida. Se sabía la letra entera.

—¿Te gusta la música de los cincuenta?

—En los cincuenta, la música era buena, mucho mejor que la de los sesenta, y los setenta... ¡Buaj! —se estremeció—. Los ochenta fueron soportables.

—¿Vas a decirme alguna vez cuántos años tienes? —pregunté, indecisa, sin querer arruinar su optimismo.

—¿Importa mucho?

Para mi gran alivio, su sonrisa se mantuvo clara.

—No, pero me lo sigo preguntando... —hice una mueca—. No hay nada como un misterio sin resolver para mantenerte en vela toda la noche.

—Me pregunto si te perturbaría... —comentó para sí.

Fijó la mirada en el sol, pasaron los minutos y al final dije:

—Ponme a prueba.

Suspiró. Luego me miró a los ojos, olvidándose al parecer, y por completo, del camino durante un buen rato. Fuera lo que fuese lo que viera en ellos, debió de animarle. Clavó la vista en el sol —la luz del astro rey al ponerse arrancaba de su piel un centelleo similar al de los rubíes— y comenzó a hablar.

—Nací en Chicago en 1901 —hizo una pausa y me miró por el rabillo del ojo. Puse mucho cuidado en que mi rostro no mostrara sorpresa alguna, esperando el resto de la historia con paciencia. Esbozó una leve sonrisa y prosiguió—: Carlisle me encontró en un hospital en el verano de 1918. Tenía diecisiete años y me estaba muriendo de gripe española.

Me oyó inhalar bruscamente, aunque apenas era audible para mí misma. Volvió a mirar mis ojos.

—No me acuerdo muy bien. Sucedió hace mucho tiempo y los recuerdos humanos se desvanecen —se sumió en sus propios pensamientos durante un breve lapso de tiempo antes de continuar—. Recuerdo cómo me sentía cuando Carlisle me salvó. No es nada fácil ni algo que se pueda olvidar.

—¿Y tus padres?

—Ya habían muerto a causa de la gripe. Estaba solo. Me eligió por ese motivo. Con todo el caos de la epidemia, nadie iba a darse cuenta de que yo había desaparecido.

—¿Cómo...? ¿Cómo te salvó?

Transcurrieron varios segundos antes de que respondiera. Parecía estar eligiendo las palabras con sumo cuidado.

—Fue difícil. No muchos de nosotros tenemos el necesario autocontrol para conseguirlo, pero Carlisle siempre ha sido el más humano y compasivo de todos. Dudo que se pueda hallar uno igual a él en toda la historia —hizo una pausa—. Para mí, sólo fue muy, muy doloroso.

Supe que no iba a revelar más de ese tema por la forma en que fruncía los labios. Reprimí mi curiosidad, aunque estaba lejos de estar satisfecha. Había muchas cosas sobre las que necesitaba pensar respecto a ese tema en particular, cosas que surgían sobre la marcha. Sin duda alguna, su mente rápida ya había previsto todos los aspectos en los que me iba a eludir.

Su voz suave interrumpió el hilo de mis pensamientos:

—Actuó desde la soledad. Ésa es, por lo general, la razón que hay detrás de cada elección. Fui el primer miembro de la familia de Carlisle, aunque poco después encontró a Esme. Se cayó de un risco. La llevaron directamente a la morgue del hospital, aunque, nadie sabe cómo, su corazón seguía latiendo.

—Así pues, tienes que estar a punto de morir para convertirte en...

Nunca pronunciábamos esa palabra, y no lo iba a hacer ahora.

—No, eso es sólo en el caso de Carlisle. Él jamás hubiera convertido a alguien que hubiera tenido otra alternativa —siempre que hablaba de su padre lo hacía con un profundo respeto—. Aunque, según él —continuó—, es más fácil si la sangre es débil.

Contempló la carretera, ahora a oscuras, y sentí que estaba a punto de zanjar el tema.

—¿Y Emmett y Rosalie?

—La siguiente a quien Carlisle trajo a la familia fue Rosalie. Hasta mucho después no comprendí que albergaba la esperanza de que ella fuera para mí lo mismo que Esme para él. Se mostró muy cuidadoso en sus pensamientos sobre mí —puso los ojos en blanco—. Pero ella nunca fue más que una hermana y sólo dos años después encontró a Emmett. Rosalie iba de caza, en aquel tiempo íbamos a los Apalaches, y se topó con un oso que estaba a punto de acabar con él. Lo llevó hasta Carlisle durante ciento cincuenta kilómetros al temer que no fuera capaz de hacerlo por sí sola. Sólo ahora comienzo a intuir qué difícil fue ese viaje para ella.

Me dirigió una mirada elocuente y alzó nuestras manos, todavía entrelazadas, para acariciarme la mejilla con la base de la mano.

—Pero lo consiguió —le animé mientras desviaba la vista de la irresistible belleza de sus ojos.

—Sí —murmuró—. Rosalie vio algo en sus facciones que le dio la suficiente entereza, y llevan juntos desde entonces. A veces, viven separados de nosotros, como una pareja casada: cuanto más jóvenes fingimos ser, más tiempo podemos permanecer en un lugar determinado. Forks parecía perfecto, de ahí que nos inscribiéramos en el instituto —se echó a reír—. Supongo que dentro de unos años vamos a tener que ir a su boda *otra vez*.

—¿Y Alice y Jasper?

—Son dos criaturas muy extrañas. Ambos desarrollaron una conciencia, como nosotros la llamamos, sin ninguna guía o influencia externa. Jasper perteneció a otra familia... Una familia bien diferente. Se había deprimido y vagaba por su cuenta. Alice lo encontró. Al igual que yo, está dotada de ciertos dones superiores que están más allá de los propios de nuestra especie.

—¿De verdad? —le interrumpí fascinada—. Pero tú dijiste que eras el único que podía oír el pensamiento de la gente.

—Eso es verdad. Alice sabe otras cosas, las *ve*... Ve cosas que podrían suceder, hechos venideros, pero todo es muy subjetivo. El futuro no está grabado en piedra. Las cosas cambian.

La mandíbula de Edward se tensó y me lanzó una mirada, pero la apartó tan deprisa que no quedé muy segura de si no lo habría imaginado.

—¿Qué tipo de cosas ve?

—Vio a Jasper y supo que la estaba buscando antes de que él la conociera. Vio a Carlisle y a nuestra familia, y ellos acudieron a nuestro encuentro. Es más sensible hacia quienes no son humanos. Por ejemplo, siempre ve cuando se acerca otro clan de nuestra especie y la posible amenaza que pudiera suponer.

—¿Hay muchos... de los tuyos?

Estaba sorprendida. ¿Cuántos podían estar entre nosotros sin ser detectados?

—No, no demasiados, pero la mayoría no se asienta en ningún lugar. Sólo pueden vivir entre los humanos por mucho tiempo los que, como nosotros, renuncian a dar caza a tu gente —me dirigió una tímida mirada—. Sólo hemos encontrado otra familia como la nuestra en un pueblecito de Alaska. Vivimos juntos durante un tiempo, pero éramos tantos que empezamos a hacernos notar. Los que vivimos de forma diferente tendemos a agruparnos.

—¿Y el resto?

—Son nómadas en su mayoría. Todos hemos llevado esa vida alguna vez. Se vuelve tediosa, como casi todo, pero de vez en cuando nos cruzamos con los otros, ya que la mayoría preferimos el norte.

—¿Por qué razón?

En aquel momento ya nos habíamos detenido en frente de mi casa y él había apagado el motor. Todo estaba oscuro y en calma. No había luna. Las luces del porche estaban apagadas, de ahí que supiera que mi padre aún no estaba en casa.

—¿Has abierto los ojos esta tarde? —bromeó—. ¿Crees que podríamos caminar por las calles sin provocar accidentes de tráfico? Hay una razón por la que escogimos la Península de Olympic: es uno de los lugares menos soleados del mundo. Resultaba agradable poder salir durante el día. Ni te imaginas lo fatigoso que puede ser vivir de noche durante ochenta y tantos años.

—Entonces, ¿de ahí viene la leyenda?

—Probablemente.

—¿Procedía Alice de otra familia, como Jasper?

—No, y *es* un misterio, ya que no recuerda nada de su vida humana ni sabe quién la convirtió. Despertó sola. Quienquiera que lo hiciese, se marchó, y ninguno de nosotros comprende por qué o cómo pudo hacerlo. Si Alice no hubiera tenido ese otro sentido, si no hubiera visto a Jasper y Carlisle y no hubiera sabido que un día se convertiría en una de nosotros, probablemente se hubiera vuelto una criatura totalmente salvaje.

Había tanto en qué pensar y quedaba tanto por preguntar... Pero, para gran vergüenza mía, me sonaron las tripas. Estaba tan intrigada que ni siquiera había notado el apetito que tenía. Ahora me daba cuenta de que tenía un hambre feroz.

—Lo siento, te estoy impidiendo cenar.

—Me encuentro bien, de veras.

—Jamás había pasado tanto tiempo en compañía de alguien que se alimentara de comida. Lo olvidé.

—Quiero estar contigo.

Era más fácil decirlo en la oscuridad al saber que la voz delataba mi irremediable atracción por él cada vez que hablaba.

—¿No puedo entrar?

—¿Te gustaría?

No me imaginaba a esa criatura divina sentándose en la zarrapastrosa silla de mi padre en la cocina.

—Sí, si no es un problema.

Le oí cerrar la puerta con cuidado y casi al instante ya estaba frente a la mía para abrirla.

—Muy humano —le felicité.

—Esa parte está emergiendo a la superficie, no cabe duda.

Caminó detrás de mí en la noche cerrada con tal sigilo que debía mirarlo a hurtadillas para asegurarme de que continuaba ahí. Desentonaba menos en la oscuridad. Seguía pálido y tan hermoso como un sueño, pero ya no era la fantástica criatura centelleante de nuestra tarde al sol.

Se me adelantó y me abrió la puerta. Me detuve en medio del umbral.

—¿Estaba abierta?

—No, he usado la llave de debajo del alero.

Entré, encendí las luces del porche y lo miré enarcando las cejas. Estaba segura de no haber usado nunca esa llave delante de él.

—Sentía curiosidad por ti.

—¿Me has espiado?

Sin saber por qué, no pude infundir a mi voz el adecuado tono de ultraje. Me sentía halagada y él no parecía arrepentido.

—¿Qué otra cosa iba a hacer de noche?

Lo dejé correr por el momento y pasé del vestíbulo a la cocina. Ahí seguía, a mis espaldas, sin necesitar que lo guiara. Se sentó en la misma silla en la que había intentado imaginármelo. Su belleza iluminó la cocina. Transcurrieron unos instantes antes de que pudiera apartar los ojos de él.

Me concentré en prepararme la cena, tomando del frigorífico la lasaña de la noche anterior, poniendo una parte sobre un plato y calentándola en el microondas. Éste empezó a girar, llenando la cocina de olor a tomate y orégano. No aparté los ojos de la comida mientras decía con indiferencia:

—¿Con cuánta frecuencia?

—¿Eh?

Parecía haberle cortado algún otro hilo de su pensamiento. Seguí sin girarme.

—¿Con qué frecuencia has venido aquí?

—Casi todas las noches.

Aturdida, me di la vuelta.

—¿Por qué?

—Eres interesante cuando duermes —explicó con total naturalidad—. Hablas en sueños.

—¡No! —exclamé sofocada mientras una oleada de calor recorría todo mi rostro hasta llegar al cabello. Me agarré a la encimera de la cocina para sostenerme. Sabía que hablaba en sueños, por supuesto, mi madre siempre bromeaba al respecto, pero no había creído que fuera algo de lo que tuviera que preocuparme.

Su expresión pasó a ser de disgusto inmediatamente.

—¿Estás muy enfadada conmigo?

—¡Eso depende! —me senté, parecía como si me hubiera quedado sin aire.

Esperó y luego me urgió:

—¿De qué?

—¡De lo que hayas escuchado! —gemí.

Un momento después, sin hacer ruido, estaba a mi lado para tomarme las manos delicadamente entre las suyas.

—¡No te disgustes! —suplicó.

Agachó el rostro hasta el nivel de mis ojos y sostuvo mi mirada. Estaba avergonzada, por lo que intenté apartarla.

—Echas de menos a tu madre —susurró—. Te preocupas por ella, y cuando llueve, el sonido hace que te revuelvas inquieta. Solías hablar mucho de Phoenix, pero ahora lo haces con menos frecuencia. En una ocasión dijiste: «Todo es demasiado *verde*».

Se rió con suavidad, a la espera, y pude ver que era para no ofenderme aún más.

—¿Alguna otra cosa?—exigí saber.

Supuso lo que yo quería descubrir y admitió:

—Pronunciaste mi nombre.

Frustrada, suspiré.

—¿Mucho?

—Exactamente, ¿cuántas veces entiendes por «mucho»?

—Oh, no.

Bajé la cabeza, pero él la atrajo contra su pecho con suave naturalidad.

—No te acomplejes —me susurró al oído—. Si pudiera soñar, sería contigo. Y no me avergonzaría de ello.

En ese momento, ambos oímos el sonido de unas llantas sobre los ladrillos del camino de entrada a la casa y vimos las luces delanteras que nos llegaban desde el vestíbulo a través de las ventanas frontales. Me envaré en sus brazos.

—¿Debería saber tu padre que estoy aquí? —preguntó.

—Yo... —intenté pensar con rapidez—. No estoy segura...

—En otra ocasión, entonces.

Y me quedé sola.

—¡Edward! —le llamé, intentando no gritar.

Escuché una risita espectral y luego, nada más.

Mi padre hizo girar la llave de la puerta.

—¿Bella? —me llamó. Eso me hubiera molestado antes. ¿Quién más podía haber? De repente, Charlie me parecía totalmente fuera de lugar.

—Estoy aquí.

Esperaba que no apreciara la nota histérica de mi voz. Tomé mi cena del microondas y me senté a la mesa mientras él entraba. Después de pasar el día con Edward, sus pasos parecían estrepitosos.

—¿Me puedes preparar un poco de eso? Estoy hecho polvo.

Charlie se detuvo para quitarse las botas, apoyándose sobre el respaldo de la silla para ayudarse.

Puse mi cena en mi sitio para zampármela en cuanto le hubiera preparado la suya. Me escocía la lengua. Mientras se calentaba la lasaña de Charlie, llené dos vasos de leche y bebí un trago del mío para mitigar la quemazón. Advertí que me temblaba el pulso cuando vi que la leche se agitaba al dejar el vaso. Mi padre se sentó en la silla. El contraste entre él y su antiguo ocupante resultaba cómico.

—Gracias —dijo mientras le servía la comida en la mesa.

—¿Qué tal te ha ido el día? —pregunté con precipitación. Me moría de ganas de escaparme a mi habitación.

—Bien. Los peces picaron... ¿Qué tal tú? ¿Hiciste todo lo que querías hacer?

—En realidad, no —mordí otro gran pedazo de lasaña—. Se estaba demasiado bien fuera como para quedarse en casa.

—Ha sido un gran día —coincidió.

Eso es quedarse corto, pensé en mi fuero interno.

Di buena cuenta del último trozo de lasaña, alcé el vaso y me bebí de un trago lo que quedaba de leche. Charlie me sorprendió al ser tan observador cuando preguntó:

—¿Tienes prisa?

—Sí, estoy cansada. Me voy a acostar pronto.

—Pareces nerviosa —comentó.

¡Ay! ¿Por qué? ¿Por qué ha tenido que ser justamente esta noche la que ha elegido para fijarse en mí?

—¿De verdad? —fue todo lo que conseguí contestar.

Fregué rápidamente los platos en la pila y para que se secaran los puse bocabajo sobre un trapo de cocina.

—Es sábado —musitó.

No le respondí, pero de repente preguntó:

—¿No tienes planes para esta noche?

—No, papá, sólo quiero dormir un poco.

—Ninguno de los chicos del pueblo es tu tipo, ¿verdad?

Charlie recelaba, pero intentaba actuar con frialdad.

—No. Ningún chico me ha llamado aún la atención.

Me cuidé mucho de enfatizar la palabra chico, sin dejarme llevar por mi deseo de ser sincera con Charlie.

—Pensé que tal vez el tal Mike Newton... Dijiste que era simpático.

—Sólo es un amigo, papá.

—Bueno, de todos modos, eres demasiado buena para todos ellos. Aguarda a que estés en la universidad para empezar a mirar.

El sueño de cada padre es que su hija esté ya fuera de casa antes de que se le disparen las hormonas.

—Me parece una buena idea —admití mientras me dirigía escaleras arriba.

—Buenas noches, cielo —se despidió. Sin duda, iba a estar con el oído atento toda la noche, a la espera de atraparme intentando salir a hurtadillas.

—Te veo mañana, papá.

Te veo esta noche cuando te deslices a medianoche para comprobar si sigo ahí.

Me esforcé en que el ruido de mis pasos pareciera lento y cansado cuando subí las escaleras hacia mi dormitorio. Cerré la puerta con la suficiente fuerza para que mi padre lo oyera y luego me precipité hacia la ventana andando de puntillas. La abrí de un tirón y me asomé, escrutando las oscuras e impenetrables sombras de los árboles.

—¿Edward? —susurré, sintiéndome completamente idiota.

La tranquila risa de respuesta procedía de detrás de mí.

—¿Sí?

Me giré bruscamente al tiempo que, como reacción a la sorpresa, me llevaba una mano a la garganta.

Sonriendo de oreja a oreja, yacía tendido en mi cama con las manos detrás de la nuca y los pies colgando por el otro extremo. Era la viva imagen de la despreocupación.

—¡Oh! —musité insegura, sintiendo que me desplomaba sobre el suelo.

—Lo siento.

Frunció los labios en un intento de ocultar su regocijo.

—Dame un minuto para que me vuelva a latir el corazón.

Se incorporó despacio para no asustarme de nuevo. Luego, ya sentado, se inclinó hacia delante y extendió sus largos brazos para recogerme, sujetándome por los brazos como a un niño pequeño que empieza a andar. Me sentó en la cama junto a él.

—¿Por qué no te sientas conmigo? —sugirió, poniendo su fría mano sobre la mía—. ¿Cómo va el corazón?

—Dímelo tú... Estoy segura de que lo escuchas mejor que yo.

Noté que su risa sofocada sacudía la cama.

Nos sentamos ahí durante un momento, escuchando ambos los lentos latidos de mi corazón. Se me ocurrió pensar en el hecho de tener a Edward en mi habitación estando mi padre en casa.

—¿Me concedes un minuto para ser humana?

—Desde luego.

Me indicó con un gesto de la mano que procediera.

—No te muevas —le dije, intentando parecer severa.

—Sí, señorita.

Y me hizo una demostración de cómo convertirse en una estatua sobre el borde de mi cama.

Me incorporé de un salto, recogí mi pijama del suelo y mi neceser de aseo del escritorio. Dejé la luz apagada y me deslicé fuera, cerrando la puerta al salir.

Oí subir por las escaleras el sonido del televisor. Cerré con fuerza la puerta del baño para que Charlie no subiera a molestarme.

Tenía la intención de apresurarme. Me cepillé los dientes casi con violencia en un intento de ser minuciosa y rápida a la hora de eliminar todos los restos de lasaña. Pero no podía urgir al agua caliente de la ducha, que me relajó los músculos de la espalda y me calmó el pulso. El olor familiar de mi champú me hizo sentirme la misma persona de esta mañana. Intenté no pensar en Edward, que me esperaba sentado en mi habitación, porque entonces tendría que empezar otra vez con todo el proceso de relajamiento. Al final, no pude dilatarlo más. Cerré el grifo del agua y me sequé con la toalla apresuradamente, acelerándome otra vez. Me puse el pijama: una camiseta llena de agujeros y un pantalón gris de chándal. Era demasiado tarde para arrepentirse de no haber traído conmigo el pijama de seda Victoria's Secret que, dos años atrás, me regaló mi madre para mi cumpleaños, y que aún se encontraría en algún cajón en la casa de Phoenix con la etiqueta del precio puesta.

Volví a frotarme el pelo con la toalla y luego me pasé el cepillo a toda prisa. Arrojé la toalla a la cesta de la ropa sucia y lancé el cepillo y la pasta de dientes al neceser. Bajé escopetada las escaleras para que Charlie pudiera verme en pijama y con el pelo mojado.

—Buenas noches, papá.

—Buenas noches, Bella.

Pareció sorprendido de verme. Tal vez hubiera desechado la idea de asegurarse de que estaba en casa esta noche.

Subí las escaleras de dos en dos, intentando no hacer ruido, entré zumbando en mi habitación, y me aseguré de cerrar bien la puerta detrás de mí.

Edward no se había movido ni un milímetro, parecía la estatua de Adonis encaramada a mi descolorido edredón. Sus labios se curvaron cuando sonreí, y la estatua cobró vida.

Me evaluó con la mirada, tomando nota del pelo húmedo y la zarrapastrosa camiseta. Enarcó una ceja.

—Bonita ropa.

Le dediqué una mueca.

—No, te sienta bien.

—Gracias —susurré.

Regresé a su lado y me senté con las piernas cruzadas. Miré las líneas del suelo de madera.

—¿A qué venía todo eso?

—Charlie cree que me voy a escapar a hurtadillas.

—Ah —lo consideró—. ¿Por qué? —preguntó como si fuera incapaz de comprender la mente de Charlie con la claridad que yo le suponía.

—Al parecer, me ve un poco acalorada.

Me levantó el mentón para examinar mi rostro.

—De hecho, pareces bastante sofocada.

—Humm… —musité.

Resultaba muy difícil formular una pregunta coherente mientras me acariciaba. Comenzar me llevó un minuto de concentración.

—Parece que te resulta mucho más fácil estar cerca de mí.

—¿Eso te parece? —murmuró Edward mientras deslizaba la nariz hacia la curva de mi mandíbula. Sentí su mano, más ligera que el ala de una polilla, apartar mi pelo húmedo para que sus labios pudieran tocar la hondonada de debajo de mi oreja.

—Sí. Mucho, mucho más fácil —contesté mientras intentaba espirar.

—Humm.

—Por eso me preguntaba… —comencé de nuevo, pero sus dedos seguían la línea de mi clavícula y me hicieron perder el hilo de lo que estaba diciendo.

—¿Sí? —musitó.

—¿Por qué será? —inquirí con voz temblorosa, lo cual me avergonzó—. ¿Qué crees?

Noté el temblor de su respiración sobre mi cuello cuando se rió.

—El triunfo de la mente sobre la materia.

Retrocedí. Se quedó inmóvil cuando me moví, por lo que ya no pude oírle respirar.

Durante un instante nos miramos el uno al otro con prevención; luego, la tensión de su mandíbula se relajó gradualmente y su expresión se llenó de confusión.

—¿Hice algo mal?

—No, lo opuesto. Me estás volviendo loca —le expliqué.

Lo pensó brevemente y pareció complacido cuando preguntó:

—¿De veras?

Una sonrisa triunfal iluminó lentamente su rostro.

—¿Querrías una salva de aplausos? —le pregunté con sarcasmo.

Sonrió de oreja a oreja.

—Sólo estoy gratamente sorprendido —me aclaró—. En los últimos cien años, o casi —comentó con tono bromista— nunca me imaginé algo parecido. No creía encontrar a nadie con quien quisiera estar de forma distinta a la que estoy con mis hermanos y hermanas. Y entonces descubro que estar contigo se me da bien, aunque todo sea nuevo para mí.

—Tú eres bueno en todo —observé.

Se encogió de hombros, dejándolo correr, y los dos nos reímos en voz baja.

—Pero ¿cómo puede ser tan fácil ahora? —le presioné—. Esta tarde…

—No es *fácil* —suspiró—. Pero esta tarde estaba todavía… indeciso. Lo lamento, es imperdonable que me haya comportado de esa forma.

—No es imperdonable —discrepé.

—Gracias —sonrió—. Ya ves —prosiguió, ahora mirando al suelo—, no estaba convencido de ser lo bastante fuerte… —me tomó una mano y la presionó suavemente contra su rostro—. Estuve susceptible mientras existía la posibilidad de que me viera sobrepasado… —exhaló su aroma sobre mi muñeca—. Hasta que me convencí de que mi mente era lo bastante fuerte, que no existía peligro de ningún tipo de que yo… de que pudiera…

Jamás le había visto trabarse de esa forma con las palabras. Resultaba tan… humano.

—¿Ahora ya no existe esa posibilidad?

—La mente domina la materia —repitió con una sonrisa que dejó entrever unos dientes que relucían incluso en la oscuridad.

—Vaya, pues sí que era fácil.

Echó la cabeza hacia atrás y soltó una carcajada, imperceptible como un suspiro, pero exuberante de todos modos.

—¡Fácil para *ti!* —me corrigió al tiempo que me acariciaba la nariz con la yema de los dedos.

En ese momento se puso serio.

—Lo estoy intentando —susurró con voz dolida—. Si resultara... insoportable, estoy bastante seguro de ser capaz de irme.

Torcí el gesto. No me gustaba hablar de despedidas.

—Mañana va a ser más duro —prosiguió—. He tenido tu aroma en la cabeza todo el día y me he insensibilizado de forma increíble. Si me alejo de ti por cualquier lapso de tiempo, tendré que comenzar de nuevo. Aunque no desde cero, creo.

—Entonces, no te vayas —le respondí, incapaz de esconder mi anhelo.

—Eso me satisface —replicó mientras su rostro se relajaba al esbozar una sonrisa amable—. Saca los grilletes... Soy tu prisionero.

Pero mientras hablaba, eran sus manos las que se convertían en esposas alrededor de *mis* muñecas. Volvió a reír con esa risa suya, sosegada, musical. Le había oído reírse más esta noche que en todo el tiempo que había pasado con él.

—Pareces más optimista que de costumbre —observé—. No te había visto así antes.

—¿No se supone que debe ser así? El esplendor del primer amor, y todo eso. ¿No es increíble la diferencia existente entre leer sobre una materia o verla en las películas y experimentarla?

—Muy diferente —admití—. Y más fuerte de lo que había imaginado.

—Por ejemplo —comenzó a hablar más deprisa, por lo que tuve que concentrarme para no perderme nada—, la emoción de los celos. He leído sobre los celos un millón de veces, he visto actores representarlos en mil películas y obras teatrales diferentes. Creía haberlos comprendido con bastante claridad, pero me asustaron... —hizo una mueca—. ¿Recuerdas el día en que Mike te pidió que fueras con él al baile?

Asentí, aunque recordaba ese día por un motivo diferente.

—Fue el día en que empezaste a dirigirme la palabra otra vez.

—Me sorprendió la llamarada de resentimiento, casi de furia, que experimenté... Al principio no supe qué era. No poder saber qué pensabas, por qué le rechazabas, me exasperaba más que de costumbre. ¿Lo hacías en beneficio de tu amiga? ¿O había algún otro? En cualquier caso, sabía que no tenía derecho alguno a que me importara, e intenté que fuera así.

»Entonces, todo empezó a estar claro —rió entre dientes y yo torcí el gesto en las sombras—. Esperé, irracionalmente ansioso de oír qué les decías, de vigilar vuestras expresiones. No niego el alivio que sentí al ver el fastidio en tu rostro, pero no podía estar seguro.

»Ésa fue la primera noche que vine aquí. Me debatí toda la noche, mientras vigilaba tu sueño, por el abismo que mediaba entre lo que sabía que era correcto, moral, ético, y lo que realmente quería. Supe que si continuaba ignorándote como hasta ese momento, o si dejaba transcurrir unos pocos años, hasta que te fueras, llegaría un día en que le dirías sí a Mike o a alguien como él. Eso me enfurecía.

»Y en ese momento —susurró—, pronunciaste mi nombre en sueños. Lo dijiste con tal claridad que por un momento creí que te habías despertado, pero te diste la vuelta, inquieta, musitaste mi nombre otra vez y suspiraste. Un sentimiento desconcertante y asombroso recorrió mi cuerpo. Y supe que no te podía ignorar por más tiempo.

Enmudeció durante un momento, probablemente al escuchar el repentinamente irregular latido de mi corazón.

—Pero los celos son algo extraño y mucho más poderoso de lo que hubiera pensado. ¡E irracional! Justo ahora, cuando Charlie te ha preguntado por ese vil de Mike Newton...

Movió la cabeza con enojo.

—Debería haber sabido que estarías escuchando —gemí.

—Por supuesto.

—¿De veras que *eso* te hace sentir celoso?

—Soy nuevo en esto. Has resucitado al hombre que hay en mí, y lo siento todo con más fuerza porque es reciente.

—Pero sinceramente —bromeé—, que eso te moleste después de lo que he oído de esa Rosalie... Rosalie, la encarnación de la pura belleza... Eso es lo que Rosalie significa para ti, con o sin Emmett, ¿cómo voy a competir con eso?

—No hay competencia.

Sus dientes centellearon. Arrastró mis manos atrapadas alrededor de su espalda, apretándome contra su pecho. Me mantuve tan quieta como pude, incluso respiré con precaución.

—*Sé* que no hay competencia —murmuré sobre su fría piel—. Ése es el problema.

—Rosalie es hermosa a su manera, por supuesto, pero incluso si no fuera como una hermana para mí, incluso si Emmett no le perteneciera, jamás podría ejercer la décima, no, qué digo, la centésima parte de la atracción que tú tienes sobre mí —estaba serio, meditabundo—. He caminado entre los míos y los hombres durante casi noventa años... Todo ese tiempo me he considerado completo sin comprender que estaba buscando, sin encontrar nada porque tú aún no existías.

—No parece demasiado justo —susurré con el rostro todavía recostado sobre su pecho, escuchando la cadencia de su respiración—. En cambio, yo no he tenido que esperar para nada. ¿Por qué debería dejarte escapar tan fácilmente?

—Tienes razón —admitió divertido—. Debería ponértelo más difícil, sin duda —al liberar una de sus manos, me soltó la muñeca sólo para atraparla cuidadosamente con la otra mano. Me acarició suavemente la melena mojada de la coronilla hasta la cintura—. Sólo te juegas la vida cada segundo que pasas conmigo, lo cual, seguramente, no es mucho. Sólo tienes que regresar a la naturaleza, a la humanidad... ¿Merece la pena?

—Arriesgo muy poco... No me siento privada de nada.

—Aún no.

Al hablar su voz se llenó abruptamente de la antigua tristeza. Intenté echarme hacia atrás para verle la cara, pero su mano me sujetaba las muñecas con una presión de la que no me podía zafar.

—¿Qué...? —empecé a preguntar cuando su cuerpo se tensó, alerta. Me quedé inmóvil, pero inopinadamente me soltó las manos y desapareció. Estuve a punto de caer de bruces.

—¡Túmbate! —murmuró. No sabría decir desde qué lugar de la negrura me hablaba.

Me di la vuelta para meterme debajo de la colcha y me acurruqué sobre un costado, de la forma en que solía dormir. Oí el crujido de la puerta cuando Charlie entró para echar un vistazo a hurtadillas y asegurarse de que estaba donde se suponía que debía estar. Respiré acompasadamente, exagerando el movimiento.

Transcurrió un largo minuto. Estuve atenta, sin estar segura de haber escuchado cerrarse la puerta. En ese momento, el frío brazo de Edward me rodeó debajo de las mantas y me besó en la oreja.

—Eres una actriz pésima... Diría que ése no es tu camino.

—¡Caray!

Mi corazón estaba a punto de salirse del pecho. Tarareó una melodía que no identifiqué. Parecía una nana. Hizo una pausa.

—¿Debería cantarte para que te durmieras?

—Cierto —me reí—. ¡Cómo me podría dormir estando tú aquí!

—Lo has hecho todo el tiempo —me recordó.

—Pero no *sabía* que estabas aquí —repliqué con frialdad.

—Bueno, si no quieres dormir… —sugirió, ignorando mi tono. Se me cortó la respiración.

—Si no quiero dormir…, ¿qué?

Rió entre dientes.

—En ese caso, ¿qué quieres hacer?

Al principio no supe qué responder, y finalmente admití:

—No estoy segura.

—Dímelo cuando lo hayas decidido.

Sentí su frío aliento sobre mi cuello y el deslizarse de su nariz a lo largo de mi mandíbula, inhalando.

—Pensé que te habías insensibilizado.

—Que haya renunciado a beber el vino no significa que no pueda apreciar el buqué —susurró—. Hueles a flores, como a lavanda y a fresia —señaló—. Se me hace la boca agua.

—Sí, tengo un mal día siempre que no encuentro a *alguien* que me diga qué apetitoso es mi aroma.

Rió entre dientes, y luego suspiró.

—He decidido qué quiero hacer —le dije—. Quiero saber más de ti.

—Pregunta lo que quieras.

Cribé todas mis preguntas para elegir la más importante y entonces dije:

—¿Por qué lo haces? Sigo sin comprender cómo te esfuerzas tanto para resistirte a lo que… *eres*. Por favor, no me malinterpretes, me alegra que lo hagas. Sólo que no veo la razón por la que te preocupó al principio.

Vaciló antes de responderme:

—Es una buena pregunta, y no eres la primera en hacerla. El resto, la mayoría de nuestra especie, está bastante satisfecho con nuestro sino… Ellos también se preguntan cómo vivimos. Pero, ya ves, sólo porque nos hayan repartido ciertas cartas no significa que no podamos elegir el sobreponernos, dominar las ataduras de un destino que ninguno de nosotros deseaba e intentar retener toda la esencia de humanidad que nos resulte posible.

Yací inmóvil, atrapada por un silencio sobrecogedor.

—¿Te has dormido? —cuchicheó después de unos minutos.

—No.

—¿Eso es todo lo que te inspira curiosidad?

—En realidad, no.

—¿Qué más deseas saber?

—¿Por qué puedes leer mentes? ¿Por qué sólo tú? ¿Y por qué Alice lee el porvenir? ¿Por qué sucede?

En la penumbra, sentí cómo se encogía de hombros.

—En realidad, lo ignoramos. Carlisle tiene una teoría. Cree que todos traemos algunos de nuestros rasgos humanos más fuertes a la siguiente vida, donde se ven intensificados, como nuestras mentes o nuestros sentidos. Piensa que yo debía de tener ya una enorme sensibilidad para intuir los pensamientos de quienes me rodeaban y que Alice tuvo el don de la precognición, donde quiera que estuviese.

—¿Qué es lo que se trajo él a la siguiente vida? ¿Y el resto?

—Carlisle trajo su compasión y Esme, la capacidad para amar con pasión. Emmett trajo su fuerza, y Rosalie la... tenacidad, o la obstinación, si así lo prefieres —se rió—. Jasper es muy interesante. Fue bastante carismático en su primera vida, capaz de influir en todos cuantos tenía alrededor para que vieran las cosas a su manera. Ahora es capaz de manipular las emociones de cuantos le rodean para apaciguar una habitación de gente airada, por ejemplo, o a la inversa, exaltar a una multitud aletargada. Es un don muy sutil.

Estuve considerando lo inverosímil de cuanto me describía en un intento de aceptarlo. Aguardó pacientemente mientras yo pensaba.

—¿Dónde comenzó todo? Quiero decir, Carlisle te cambió a ti, luego alguien antes tuvo que convertirlo a él, y así sucesivamente...

—¿De dónde procedemos? ¿Evolución? ¿Creación? ¿No podríamos haber evolucionado igual que el resto de las especies, presas y depredadores? O, si no crees que el universo surgió por su cuenta, lo cual me resulta difícil de aceptar, ¿tan difícil es admitir que la misma fuerza que creó al delicado chiribico y al tiburón, a la cría de foca y a la ballena asesina, hizo a nuestras respectivas especies?

—A ver si lo he entendido... Yo soy la cría de foca, ¿verdad?

—Exacto.

Edward se echó a reír. Algo me tocó el pelo... ¿Sus labios?

Quise volverme hacia él para comprobar si de verdad eran sus labios los que rozaban mi pelo, pero tenía que portarme bien. No quería hacérselo más difícil de lo que ya era.

—¿Estás preparada para dormir o tienes alguna pregunta más? —inquirió, rompiendo el breve silencio.

—Sólo uno o dos millones.

—Tenemos mañana, y pasado, y pasado mañana… —me recordó. Sonreí eufórica ante la perspectiva.

—¿Estás seguro de que no te vas a desvanecer por la mañana? —quise asegurarme—. Después de todo, eres un mito.

—No te voy a dejar —su voz llevaba la impronta de una promesa.

—Entonces, una más por esta noche…

Pero me puse colorada y me callé. La oscuridad no iba a servir de mucho. Estaba segura de que él había notado el repentino calor debajo de mi piel.

—¿Cuál?

—No, olvídalo. He cambiado de idea.

—Bella, puedes preguntarme lo quieras.

No le respondí y él gimió.

—Intento pensar que no leerte la mente será menos frustrante cada vez, pero no deja de empeorar y empeorar.

—Me alegra que no puedas leerme la mente, ya es bastante malo que espíes lo que digo en sueños.

—Por favor.

Su voz era extremadamente persuasiva, casi imposible de resistir. Negué con la cabeza.

—Si no me lo dices, voy a asumir que es algo mucho peor que lo que es —me amenazó sombríamente—. Por favor —repitió con voz suplicante.

—Bueno… —empecé, contenta de que no pudiera verme el rostro.

—¿Sí?

—Dijiste que Rosalie y Emmett van a casarse pronto… ¿Es ese matrimonio igual que para los humanos?

Ahora, al comprenderlo, se rió con ganas.

—¿Era *eso* lo que querías preguntar?

Me inquieté, incapaz de responder.

—Sí, supongo que es prácticamente lo mismo. Ya te dije que la mayoría de esos deseos humanos están ahí, sólo que ocultos por instintos más poderosos.

—Ah —fue todo lo que pude decir.

—¿Había alguna intención detrás de esa curiosidad?

—Bueno, me preguntaba… si algún día tú y yo…

Se puso serio de inmediato. Sentí la repentina inmovilidad de su cuerpo. Yo también me quedé quieta, reaccionando automáticamente.

—No creo que eso… sea… posible para nosotros…

—¿Porque sería demasiado arduo para ti si yo estuviera demasiado cerca?

—Es un problema, sin duda, pero no me refería a eso. Es sólo que eres demasiado suave, tan frágil. Tengo que controlar mis actos cada instante que estamos juntos para no dañarte. Podría matarte con bastante facilidad, Bella, y simplemente por accidente —su voz se había convertido en un suave murmullo. Movió su palma helada hasta apoyarla sobre mi mejilla—. Si me apresurase, si no prestara la suficiente atención por un segundo, podría extender la mano para acariciar tu cara y aplastarte el cráneo por error. No comprendes lo increíblemente frágil que eres. No puedo perder el control mientras estoy a tu lado.

Aguardó mi respuesta. Su ansiedad fue creciendo cuando no lo hice.

—¿Estás asustada? —preguntó.

Esperé otro minuto antes de responder para que mis palabras fueran verdad.

—No. Estoy bien.

Pareció pensativo durante un momento.

—Aunque ahora soy yo quien tiene una curiosidad —dijo con voz más suelta—. ¿Nunca has...? —dejó la frase sin concluir de modo insinuante.

—Naturalmente que no —me sonrojé—. Ya te he dicho que nunca antes he sentido esto por nadie, ni siquiera de cerca.

—Lo sé. Es sólo que conozco los pensamientos de otras personas, y sé que el amor y el deseo no siempre recorren el mismo camino.

—Para mí, sí. Al menos ahora que ambos existen para mí —musité.

—Eso está bien. Al menos tenemos una cosa en común —dijo complacido.

—Tus instintos humanos... —comencé. Él esperó—. Bueno, ¿me encuentras atractiva en *ese* sentido?

Se echó a reír y me despeinó ligeramente la melena casi seca.

—Tal vez no sea humano, pero soy un hombre —me aseguró.

Bostecé involuntariamente.

—He respondido a tus preguntas, ahora deberías dormir —insistió.

—No estoy segura de poder.

—¿Quieres que me marche?

—¡No! —dije con voz demasiado fuerte.

Rió, y entonces comenzó a tararear otra vez aquella nana desconocida con su suave voz de arcángel al oído.

Más cansada de lo que creía, y más exhausta de lo que me había sentido nunca después de un largo día de tensión emocional y mental, me abandoné en sus fríos brazos hasta dormirme.

Los Cullen

Finalmente, me despertó la tenue luz de otro día nublado. Yacía con el brazo sobre los ojos, grogui y confusa. Algo, el atisbo de un sueño digno de recordar, pugnaba por abrirse paso en mi mente. Gemí y rodé sobre un costado esperando volver a dormirme. Y entonces lo acaecido el día anterior irrumpió en mi conciencia.

—¡Oh!

Me senté tan deprisa que la cabeza me empezó a dar vueltas.

—Tu pelo parece un almiar, pero me gusta.

La voz serena procedía de la mecedora de la esquina.

—¡Edward, te has quedado! —me regocijé y crucé el dormitorio para arrojarme irreflexivamente a su regazo. Me quedé helada, sorprendida por mi desenfrenado entusiasmo, en el instante en el que comprendí lo que había hecho. Alcé la vista, temerosa de haberme pasado de la raya, pero él se reía.

—Por supuesto —contestó, sorprendido, pero complacido de mi reacción. Me frotó la espalda con las manos.

Recosté con cuidado la cabeza sobre su hombro, inspirando el olor de su piel.

—Estaba convencida de que era un sueño.

—No eres tan creativa —se mofó.

—¡Charlie! —exclamé.

Volví a saltar de forma irreflexiva en cuanto me acordé de él y me dirigí hacia la puerta.

—Se marchó hace una hora... Después de volver a conectar los cables de la batería de tu coche, debería añadir. He de admitir cierta decepción. ¿Es todo lo que se le ocurre para detenerte si estuvieras decidida a irte?

Estuve reflexionando mientras me quedaba de pie, me moría de ganas de regresar junto a él, pero temí tener mal aliento.

—No sueles estar tan confundida por la mañana —advirtió. Me tendió los brazos para que volviera. Una invitación casi irresistible.

—Necesito otro minuto humano —admití.

—Esperaré.

Me precipité hacia el baño sin reconocer mis emociones. No me conocía a mí misma, ni por dentro ni por fuera. El rostro del espejo, con los ojos demasiado brillantes y unas manchas rojizas de fiebre en los pómulos, era prácticamente el de una desconocida. Después de cepillarme los dientes, me esforcé por alisar la caótica maraña que era mi pelo. Me eché agua fría sobre el rostro e intenté respirar con normalidad sin éxito evidente. Regresé a mi cuarto casi a la carrera.

Parecía un milagro que siguiera ahí, esperándome con los brazos tendidos para mí. Extendió la mano y mi corazón palpitó con inseguridad.

—Bienvenida otra vez —musitó, tomándome en brazos.

Me meció en silencio durante unos momentos, hasta que me percaté de que se había cambiado de ropa y llevaba el pelo liso.

—¡Te has ido! —le acusé mientras tocaba el cuello de su camiseta nueva.

—Difícilmente podía salir con las ropas que entré. ¿Qué pensarían los vecinos?

Hice un mohín.

—Has dormido profundamente, no me he perdido nada —sus ojos centellearon—. Empezaste a hablar en sueños muy pronto.

Gemí.

—¿Qué oíste?

Los ojos dorados se suavizaron.

—Dijiste que me querías.

—Eso ya lo sabías —le recordé, hundí mi cabeza en su hombro.

—Da lo mismo, es agradable oírlo.

Oculté la cara contra su hombro.

—Te quiero —susurré.

—Ahora tú eres mi vida —se limitó a contestar.

No había nada más que decir por el momento. Nos mecimos de un lado a otro mientras se iba iluminando el dormitorio.

—Hora de desayunar —dijo al fin de manera informal para demostrar, estaba segura, que se acordaba de todas mis debilidades humanas.

Me protegí la garganta con ambas manos y lo miré fijamente con ojos abiertos de miedo. El pánico cruzó por su rostro.

—¡Era una broma! —me reí con disimulo—. ¡Y tú dijiste que no sabía actuar!

Frunció el ceño de disgusto.

—Eso no ha sido divertido.

—Lo ha sido, y lo sabes.

No obstante, estudié sus ojos dorados con cuidado para asegurarme de que me había perdonado. Al parecer, así era.

—¿Puedo reformular la frase? —preguntó—. Hora de desayunar para los humanos.

—Ah, de acuerdo.

Me echó sobre sus hombros de piedra, con suavidad, pero con tal rapidez que me dejó sin aliento. Protesté mientras me llevaba con facilidad escaleras abajo, pero me ignoró. Me sentó con delicadeza, derecha sobre la silla.

La cocina estaba brillante, alegre, parecía absorber mi estado de ánimo.

—¿Qué hay para desayunar? —pregunté con tono agradable.

Aquello le descolocó durante un minuto.

—Eh... No estoy seguro. ¿Qué te gustaría?

Arrugó su frente de mármol. Esbocé una amplia sonrisa y me levanté de un salto.

—Vale, sola me defiendo bastante bien. Obsérvame cazar.

Encontré un cuenco y una caja de cereales. Pude sentir sus ojos fijos en mí mientras echaba la leche y tomaba una cuchara. Puse el desayuno sobre la mesa, y luego me detuve para, sin querer ser irónica, preguntarle:

—¿Quieres algo?

Puso los ojos en blanco.

—Limítate a comer, Bella.

Me senté y le observé mientras comía. Edward me contemplaba fijamente, estudiando cada uno de mis movimientos, por lo que me sentí cohibida. Me aclaré la garganta para hablar y distraerle.

—¿Qué planes tenemos para hoy?

—Eh... —le observé elegir con cuidado la respuesta—. ¿Qué te parecería conocer a mi familia?

Tragué saliva.

—¿Ahora tienes miedo?

Parecía esperanzado.

—Sí —admití, pero cómo negarlo si lo podía advertir en mis ojos.

—No te preocupes —esbozó una sonrisa de suficiencia—. Te protegeré.

—No los temo a ellos —me expliqué—, sino a que no les guste. ¿No les va a sorprender que lleves a casa para conocerlos a alguien, bueno, a alguien como yo?

—Oh, están al corriente de todo. Ayer cruzaron apuestas, ya sabes —sonrió, pero su voz era severa—, sobre si te traería de vuelta, aunque no consigo imaginar la razón por la que alguien apostaría contra Alice. De todos modos, no tenemos secretos en la familia. No es viable con mi don para leer las mentes, la precognición de Alice y todo eso.

—Y Jasper haciéndote sentir todo el cariño con que te arrancaría las tripas.

—Prestaste atención —comentó con una sonrisa de aprobación.

—Sé hacerlo de vez en cuando —hice una mueca—. ¿Así que Alice me vio regresar?

Su reacción fue extraña.

—Algo por el estilo —comentó con incomodidad mientras se daba la vuelta para que no le pudiera ver los ojos. Le miré con curiosidad.

—¿Tiene buen sabor? —preguntó al volverse de repente y contemplar mi desayuno con un gesto burlón—. La verdad es que no parece muy apetitoso.

—Bueno, no es un oso gris irritado… —murmuré, ignorándole cuando frunció el ceño.

Aún me seguía preguntando por qué me había respondido de esa manera cuando mencioné a Alice. Mientras especulaba, me apresuré a terminar los cereales.

Permaneció plantado en medio de la cocina, de nuevo convertido en la estatua de un Adonis, mirando con expresión ausente por las ventanas traseras. Luego, volvió a posar los ojos en mí y esbozó esa arrebatadora sonrisa suya.

—Creo que también tú deberías presentarme a tu padre.

—Ya te conoce —le recordé.

—Como tu novio, quiero decir.

Le miré con gesto de sospecha.

—¿Por qué?

—¿No es ésa la costumbre? —preguntó inocentemente.

—Lo ignoro —admití. Mi historial de novios me ofrecía pocas referencias con las que trabajar, y ninguna de las reglas normales sobre salir con chicos venía al caso—. No es necesario, ya sabes. No espero que tú... Quiero decir, no tienes que fingir por mí.

Su sonrisa fue paciente.

—No estoy fingiendo.

Empujé el resto de los cereales a una esquina del cuenco mientras me mordía el labio.

—¿Vas a decirle a Charlie que soy tu novio o no? —quiso saber.

—¿Es eso lo que eres?

En mi fuero interno, me encogí ante la perspectiva de unir a Edward, Charlie y la palabra *novio* en la misma habitación y al mismo tiempo.

—Admito que es una interpretación libre, dada la connotación humana de la palabra.

—De hecho, tengo la impresión de que eres algo más —confesé clavando los ojos en la mesa.

—Bueno, no creo necesario darle todos los detalles morbosos —se estiró sobre la mesa y me levantó el mentón con un dedo frío y suave—. Pero vamos a necesitar una explicación de por qué merodeo tanto por aquí. No quiero que el jefe de policía Swan me imponga una orden de alejamiento.

—¿Estarás? —pregunté, repentinamente ansiosa—. ¿De veras vas a estar aquí?

—Tanto tiempo como tú me quieras —me aseguró.

—Te querré siempre —le avisé—. Para siempre.

Caminó alrededor de la mesa muy despacio y se detuvo muy cerca, extendió la mano para acariciarme la mejilla con las yemas de los dedos. Su expresión era inescrutable.

—¿Eso te entristece?

No contestó y me miró fijamente a los ojos por un periodo de tiempo inmensurable.

—¿Has terminado? —preguntó finalmente.

Me incorporé de un salto.

—Sí.

—Vístete... Te esperaré aquí.

Resultó difícil decidir qué ponerme. Dudaba que hubiera libros de etiqueta en los que se detallara cómo vestirte cuando tu novio vampiro te lleva a su casa para que conozcas a su familia vampiro. Era un alivio emplear la palabra en mi fuero interno. Sabía que yo misma la eludía de forma intencionada.

Terminé poniéndome mi única falda, larga y de color caqui, pero aun así informal. Me vestí con la blusa de color azul oscuro de la que Edward había hablado favorablemente en una ocasión. Un rápido vistazo en el espejo me convenció de que mi pelo era una causa perdida, por lo que me lo recogí en una coleta.

—De acuerdo —bajé a saltos las escaleras—. Estoy presentable.

Me esperaba al pie de las mismas, más cerca de lo que pensaba, por lo que salté encima de él. Edward me sostuvo, durante unos segundos me retuvo con cautela a cierta distancia antes de atraerme súbitamente.

—Te has vuelto a equivocar —me murmuró al oído—. Vas totalmente indecente. No está bien que alguien tenga un aspecto tan apetecible.

—¿Cómo de apetecible? Puedo cambiar...

Suspiró al tiempo que sacudía la cabeza.

—Eres *tan* ridícula...

Presionó con suavidad sus labios helados en mi frente y la habitación empezó a dar vueltas. El olor de su respiración me impedía pensar.

—¿Debo explicarte por qué me resultas apetecible?

Era claramente una pregunta retórica. Sus dedos descendieron lentamente por mi espalda y su aliento rozó con más fuerza mi piel. Mis manos descansaban flácidas sobre su pecho y otra vez me sentí aturdida. Inclinó la cabeza lentamente y por segunda vez sus fríos labios tocaron los míos con mucho cuidado, separándolos levemente.

Entonces sufrí un colapso.

—¿Bella? —dijo alarmado mientras me recogía y me alzaba en vilo.

—Has hecho que me desmaye... —le acusé en mi aturdimiento.

—¿Qué voy a hacer contigo? —gimió con desesperación—. Ayer te beso, ¡y me atacas! ¡Y hoy te desmayas!

Me reí débilmente, dejando que sus brazos me sostuvieran mientras la cabeza seguía dándome vueltas.

—Eso te pasa por ser bueno en todo.

Suspiró.

—Ése es el problema —yo aún seguía grogui—. Eres *demasiado* bueno. Muy, muy bueno.

—¿Estás mareada? —preguntó. Me había visto así con anterioridad.

—No... No fue la misma clase de desfallecimiento de siempre. No sé qué ha sucedido —agité la cabeza con gesto de disculpa—. Creo que me olvidé de respirar.

—No te puedo llevar de esta guisa a ningún sitio.

—Estoy bien —insistí—. Tu familia va a pensar que estoy loca de todos modos, así que... ¿Cuál es la diferencia?

Evaluó mi expresión durante unos instantes.

—No soy imparcial con el color de esa blusa —comentó inesperadamente. Enrojecí de placer y desvié la mirada.

—Mira, intento con todas mis fuerzas no pensar en lo que estoy a punto de hacer, así que ¿podemos irnos ya?

—A ti no te preocupa dirigirte al encuentro de una casa llena de vampiros, lo que te preocupa es conseguir su aprobación, ¿me equivoco?

—No —contesté de inmediato, ocultando mi sorpresa ante el tono informal con el que utilizaba la palabra.

Sacudió la cabeza.

—Eres increíble.

Cuando condujo fuera del centro del pueblo comprendí que no tenía ni idea de dónde vivía. Cruzamos el puente sobre el río Calwah, donde la carretera se desviaba hacia el Norte. Las casas que aparecían de forma intermitente al pasar se encontraban cada vez más alejadas de la carretera, y eran de mayor tamaño. Luego sobrepasamos otro núcleo de edificios antes de dirigirnos al bosque neblinoso. Intentaba decidir entre preguntar o tener paciencia y mantenerme callada cuando giró bruscamente para tomar un camino sin pavimentar. No estaba señalizado y apenas era visible entre los helechos. El bosque, serpenteante entre los centenarios árboles, invadía a ambos lados el sendero hasta tal punto que sólo era distinguible a pocos metros de distancia.

Luego, a escasos kilómetros, los árboles ralearon y de repente nos encontramos en una pequeña pradera, ¿o era un jardín? Sin embargo, se mantenía la penumbra del bosque; no remitió debido a que las inmensas ramas de seis cedros primigenios daban sombra a todo un acre de tierra. La sombra de los árboles protegía los muros de la casa que se erguía entre ellos, dejando sin justificación alguna el profundo porche que rodeaba el primer piso.

No sé lo que en realidad pensaba encontrarme, pero definitivamente no era aquello. La casa, de unos cien años de antigüedad, era atemporal y elegante. Estaba pintada de un blanco suave y desvaído. Tenía tres pisos de altura y era rectangular y bien proporcionada. El monovolumen era el único coche a la vista. Podía escuchar fluir el río cerca de allí, oculto en la penumbra del bosque.

—¡Guau!

—¿Te gusta? —preguntó con una sonrisa.

—Tiene… cierto encanto.

Me tiró de la coleta y rió entre dientes. Luego, cuando me abrió la puerta, me preguntó.

—¿Lista?

—Ni un poquito… ¡Vamos!

Intenté reírme, pero la risa se me quedó pegada a la garganta. Me alisé el pelo con gesto nervioso.

—Tienes un aspecto adorable.

Me tomó de la mano de forma casual, sin pensarlo.

Caminamos hacia el porche a la densa sombra de los árboles. Sabía que notaba mi tensión. Me frotaba el dorso de la mano, describiendo círculos con el dedo pulgar.

Me abrió la puerta.

El interior era aún más sorprendente y menos predecible que el exterior. Era muy luminoso, muy espacioso y muy grande. Lo más posible es que originariamente hubiera estado dividido en varias habitaciones, pero habían hecho desaparecer los tabiques para conseguir un espacio más amplio. El muro trasero, orientado hacia el sur, había sido totalmente reemplazado por una vidriera y más allá de los cedros, el jardín, desprovisto de árboles, se estiraba hasta alcanzar el ancho río. Una maciza escalera de caracol dominaba la parte oriental de la estancia. Las paredes, el alto techo de vigas, los suelos de madera y las gruesas alfombras eran todos de diferentes tonalidades de blanco.

Los padres de Edward nos aguardaban para recibirnos a la izquierda de la entrada, sobre un altillo del suelo, en el que descansaba un espectacular piano de cola.

Había visto antes al doctor Cullen, por supuesto, pero eso no evitó que su joven y ultrajante perfección me sorprendieran de nuevo. Presumí que quien estaba a su lado era Esme, la única a la que no había visto con anterioridad. Tenía los mismos rasgos pálidos y hermosos que el resto. Había algo en su rostro en forma de corazón y en las ondas de su suave pelo de color caramelo que recordaba a la ingenuidad de la época de las películas de cine mudo. Era pequeña y delgada, pero, aun así, de facciones menos pronunciadas, más redondeadas que las de los otros. Ambos vestían de manera informal, con colores claros que encajaban con el interior de la casa. Me sonrieron en señal de bienvenida, pero ninguno hizo ademán de acercarse a nosotros en lo que supuse era un intento de no asustarme. La voz de Edward rompió el breve lapso de silencio.

—Carlisle, Esme, os presento a Bella.

—Sé bienvenida, Bella.

El paso de Carlisle fue comedido y cuidadoso cuando se acercó a mí. Alzó una mano con timidez y me adelanté un paso para estrechársela.

—Me alegro de volver a verle, doctor Cullen.

—Llámame Carlisle, por favor.

—Carlisle.

Le sonreí de oreja a oreja con una repentina confianza que me sorprendió. Noté el alivio de Edward, que seguía a mi lado.

Esme sonrió y avanzó un paso para alcanzar mi mano. El apretón de su fría mano, dura como la piedra, era tal y como yo esperaba.

—Me alegro mucho de conocerte —dijo con sinceridad.

—Gracias. Yo también me alegro.

Y ahí estaba yo. Era como encontrarse formando parte de un cuento de hadas... Blancanieves en carne y hueso.

—¿Dónde están Alice y Jasper? —preguntó Edward, pero nadie tuvo ocasión de responder, ya que ambos aparecieron en ese momento en lo alto de las amplias escaleras.

—¡Hola, Edward! —le saludó Alice con entusiasmo.

Echó a correr escaleras abajo, una centella de pelo oscuro y tez nívea, que llegó para detenerse delante de mí repentinamente y con elegancia. Esme y Carlisle le lanzaron sendas miradas de aviso, pero a mí me agradó. Después de todo, eso era natural para ella.

—Hola, Bella —dijo Alice y se adelantó para darme un beso en la mejilla.

Si Carlisle y Esme habían parecido antes muy cautos, ahora se mostraron estupefactos. Mis ojos también reflejaban esa sorpresa, pero al mismo tiempo me complacía mucho que ella pareciera aceptarme por completo. Me sorprendió percatarme de que Edward, a mi lado, se ponía rígido. Le miré, pero su expresión era inescrutable.

—Hueles bien —me alabó, para mi enorme vergüenza—, hasta ahora no me había dado cuenta.

Nadie más parecía saber qué decir cuando Jasper se presentó allí, alto, leonino. Sentí una sensación de alivio y de repente me encontré muy a gusto a pesar del sitio en que me hallaba. Edward miró fijamente a Jasper y enarcó una ceja. Entonces recordé lo que éste era capaz de hacer.

—Hola, Bella —me saludó Jasper.

Mantuvo la distancia y no me ofreció la mano para que la estrechara, pero era imposible sentirse incómodo cerca de él.

—Hola, Jasper —le sonreí con timidez, y luego a los demás, antes de añadir como fórmula de cortesía—. Me alegro de conoceros a todos... Tenéis una casa preciosa.

—Gracias —contestó Esme—. Estamos encantados de que hayas venido.

Me habló con sentimiento, y me di cuenta de que pensaba que yo era valiente.

También caí en la cuenta de que no se veía por ninguna parte a Rosalie y a Emmett. Recordé entonces la negativa demasiado inocente de Edward cuando le pregunté si no les agradaba a todos.

La expresión de Carlisle me distrajo del hilo de mis pensamientos. Miraba a Edward de forma significativa con gran intensidad. Vi a Edward asentir una vez con el rabillo del ojo.

Miré hacia otro lado, intentando ser amable, y mis ojos vagaron de nuevo hacia el hermoso instrumento que había sobre la tarima al lado de la puerta. Súbitamente recordé una fantasía de mi niñez, según la cual, compraría un gran piano de cola a mi madre si alguna vez me tocaba la lotería. No era una buena pianista, sólo tocaba para sí misma en nuestro piano de segunda mano, pero a mí me encantaba verla tocar. Se la veía feliz, absorta, entonces me parecía un ser nuevo y misterioso, alguien diferente a la persona a quien daba por hecho que conocía. Me hizo tomar clases, por supuesto, pero, como la mayoría de los niños, lloriqueé hasta conseguir que dejara de llevarme.

Esme se percató de mi atención y, señalando el piano con un movimiento de cabeza, me preguntó:

—¿Tocas?

Negué con la cabeza.

—No, en absoluto. Pero es tan hermoso… ¿Es tuyo?

—No —se rió—. ¿No te ha dicho Edward que es músico?

—No —entrecerré los ojos antes de mirarle—. Supongo que debería de haberlo sabido.

Esme arqueó las cejas como muestra de su confusión.

—Edward puede hacerlo todo, ¿no? —le expliqué.

Jasper se rió con disimulo y Esme le dirigió una mirada de reprobación.

—Espero que no hayas estado alardeando… Es de mala educación —le riñó.

—Sólo un poco —Edward rió de buen grado, el rostro de Esme se suavizó al oírlo y ambos intercambiaron una rápida mirada cuyo significado no comprendí, aunque la faz de ella parecía casi petulante.

—De hecho —rectifiqué—, se ha mostrado demasiado modesto.

—Bueno, toca para ella —le animó Esme.

—Acabas de decir que alardear es de mala educación —objetó Edward.

—Cada regla tiene su excepción —le replicó.

—Me gustaría oírte tocar —dije, sin que nadie me hubiera pedido mi opinión.

—Entonces, decidido.

Esme empujó hacia el piano a Edward, que tiró de mí y me hizo sentarme a su lado en el banco. Me dedicó una prolongada y exasperada mirada antes de volverse hacia las teclas.

Luego sus dedos revolotearon rápidamente sobre las teclas de marfil y una composición, tan compleja y exuberante que resultaba imposible creer que la interpretara un único par de manos, llenó la habitación. Me quedé boquiabierta del asombro y a mis espaldas oí risas en voz baja ante mi reacción.

Edward me miró con indiferencia mientras la música seguía surgiendo a nuestro alrededor sin descanso. Me guiñó un ojo:

—¿Te gusta?

—¿Tú has escrito esto? —dije entrecortadamente al comprenderlo.

Asintió.

—Es la favorita de Esme.

Cerré los ojos al tiempo que sacudía la cabeza.

—¿Qué ocurre?

—Me siento extremadamente insignificante.

El ritmo de la música se hizo más pausado hasta transformarse en algo más suave y, para mi sorpresa, entre la profusa maraña de notas, distinguí la melodía de la nana que me tarareaba.

—Tú inspiraste ésta —dijo en voz baja. La música se convirtió en algo de desbordante dulzura.

No me salieron las palabras.

—Les gustas, ya lo sabes —dijo con tono coloquial—. Sobre todo a Esme.

Eché un fugaz vistazo a mis espaldas, pero la enorme estancia se había quedado vacía.

—¿Adónde han ido?

—Supongo que, muy sutilmente, nos han concedido un poco de intimidad.

Suspiré.

—Les gusto, pero Rosalie y Emmett… —dejé la frase sin concluir porque no estaba muy segura de cómo expresar mis dudas.

Edward torció el gesto.

—No te preocupes por Rosalie —insistió con su persuasiva mirada—. Cambiará de opinión.

Fruncí los labios con escepticismo.

—¿Y Emmett?

—Bueno, opina que soy un lunático, lo cual es cierto, pero no tienen ningún problema contigo. Está intentando razonar con Rosalie.

—¿Qué le perturba? —inquirí, no muy segura de querer conocer la respuesta.

Suspiró profundamente.

—Rosalie es la que más se debate contra… contra lo que somos. Le resulta duro que alguien de fuera de la familia sepa la verdad, y está un poco celosa.

—¿Rosalie tiene celos de mí? —pregunté con incredulidad. Intenté imaginarme un universo en el que alguien tan impresionante como Rosalie tuviera alguna posible razón para sentir celos de alguien como yo.

—Eres humana —Edward se encogió de hombros—. Es lo que ella también desearía ser.

—Vaya —musité, aún aturdida—. En cuanto a Jasper…

—En realidad, eso es culpa mía —me explicó—. Ya te dije que era el que hace menos tiempo que está probando nuestra forma de vida. Le previne para que se mantuviera a distancia.

Pensé en la razón de esa instrucción y me estremecí.

—¿Y Esme y Carlisle...? —continué rápidamente para evitar que se diera cuenta.

—Son felices de verme feliz. De hecho, a Esme no le preocuparía que tuvieras un tercer ojo y dedos palmeados. Durante todo este tiempo se ha preocupado por mí, temiendo que se hubiera perdido alguna parte esencial de mi carácter, ya que era muy joven cuando Carlisle me convirtió... Está entusiasmada. Se ahoga de satisfacción cada vez que te toco.

—Alice parece muy... entusiasta.

—Alice tiene su propia forma de ver las cosas —murmuró con los labios repentinamente contraídos.

—Y no me la vas a explicar, ¿verdad?

Se produjo un momento de comunicación sin palabras entre nosotros. Edward comprendió que yo sabía que me ocultaba algo y yo que no me lo iba a revelar. Ahora, no.

—¿Qué te estaba diciendo antes Carlisle?

Sus cejas se juntaron hasta casi tocarse.

—Te has dado cuenta, ¿verdad?

Me encogí de hombros.

—Naturalmente.

Me miró con gesto pensativo durante unos segundos antes de responder.

—Quería informarme de ciertas noticias... No sabía si era algo que yo debería compartir contigo.

—¿Lo harás?

—Tengo que hacerlo, porque durante los próximos días, tal vez semanas, voy a ser un protector muy autoritario y me disgustaría que pensaras que soy un tirano por naturaleza.

—¿Qué sucede?

—En sí mismo, nada malo. Alice acaba de «ver» que pronto vamos a tener visita. Saben que estamos aquí y sienten curiosidad.

—¿Visita?

—Sí, bueno… Los visitantes se parecen a nosotros en sus hábitos de caza, por supuesto. Lo más probable es que no vayan a entrar al pueblo para nada, pero, desde luego, no voy a dejar que estés fuera de mi vista hasta que se hayan marchado.

Me estremecí.

—¡Por fin, una reacción racional! —murmuró—. Empezaba a creer que no tenías instinto de supervivencia alguno.

Dejé pasar el comentario y aparté la vista para que mis ojos recorrieran de nuevo la espaciosa estancia. Él siguió la dirección de mi mirada.

—No es lo que esperabas, ¿verdad? —inquirió muy ufano.

—No —admití.

—No hay ataúdes ni cráneos apilados en los rincones. Ni siquiera creo que tengamos telarañas… ¡Qué decepción debe de ser para ti! —prosiguió con malicia.

Ignoré su broma.

—Es tan luminoso, tan despejado.

Se puso más serio al responder:

—Es el único lugar que tenemos para escondernos.

Edward seguía tocando la canción, mi canción, que siguió fluyendo libremente hasta su conclusión, las notas finales habían cambiado, eran más melancólicas y la última revoloteó en el silencio de forma conmovedora.

—Gracias —susurré.

Entonces me di cuenta de que tenía los ojos anegados en lágrimas. Me las enjugué, avergonzada.

Rozó la comisura de mis ojos para atrapar una lágrima que se me había escapado. Alzó el dedo y examinó la gota con ademán inquietante. Entonces, a una velocidad tal que no pude estar segura de que realmente lo hiciera, se llevó el dedo a la boca para saborearla.

Le miré de manera intuitiva, y Edward sostuvo mi mirada un prolongado momento antes de esbozar una sonrisa finalmente.

—¿Quieres ver el resto de la casa?

—¿Nada de ataúdes? —me quisé asegurar.

El sarcasmo de mi voz no logró ocultar del todo la leve pero genuina ansiedad que me embargaba. Se echó a reír, me tomó de la mano y me alejó del piano.

—Nada de ataúdes —me prometió.

Acaricié la suave y lisa barandilla con la mano mientras subíamos por la imponente escalera. En lo alto de la misma había un gran vestíbulo de paredes revestidas con paneles de madera color miel, el mismo que las tablas del suelo.

—La habitación de Rosalie y Emmett... El despacho de Carlisle... —hacía gestos con la mano conforme íbamos pasando delante de las puertas—. La habitación de Alice...

Edward hubiera continuado, pero me detuve en seco al final del vestíbulo, contemplando con incredulidad el ornamento que pendía del muro por encima de mi cabeza. Se rió entre dientes de mi expresión de asombro.

—Puedes reírte, es una especie de ironía.

No lo hice. De forma automática, alcé la mano con un dedo extendido como si fuera a tocar la gran cruz de madera. Su oscura pátina contrastaba con el color suave de la pared. Pero no la toqué, aun cuando sentí curiosidad por saber si su madera antigua era tan suave al tacto como aparentaba.

—Debe de ser muy antigua —aventuré.

Se encogió de hombros.

—Es del siglo XVI, a principios de la década de los treinta, más o menos.

Aparté los ojos de la cruz para mirarle.

—¿Por qué conserváis esto aquí?

—Por nostalgia. Perteneció al padre de Carlisle.

—¿Coleccionaba antigüedades? —sugerí dubitativamente.

—No. La talló él mismo para colgarla en la pared, encima del púlpito de la vicaría en la que predicaba.

No estaba segura de si la cara delataba mi sorpresa, pero, sólo por si acaso, continué mirando la sencilla y antigua cruz. Efectué el cálculo de memoria. La reliquia tendría unos trescientos setenta años. El silencio se prolongó mientras me esforzaba por asimilar la noción de tantísimos años.

—¿Te encuentras bien? —preguntó preocupado.

—¿Cuántos años tiene Carlisle? —inquirí en voz baja, sin apartar los ojos de la cruz e ignorando su pregunta.

—Acaba de celebrar su cumpleaños tricentésimo sexagésimo segundo —contestó Edward. Le miré de nuevo, con un millón de preguntas en los ojos.

Me estudió atentamente mientras hablaba:

—Carlisle nació en Londres, él cree que hacia 1640. Aunque las fechas no se señalaban con demasiada precisión en aquella época, al menos, no para la gente común, sí se sabe que sucedió durante el gobierno de Cromwell.

No descompuse el gesto, consciente del escrutinio al que Edward me sometía al informarme:

—Fue el hijo único de un pastor anglicano. Su madre murió al alumbrarle a él. Su padre era un fanático. Cuando los protestantes subieron al poder, se unió con entusiasmo a la persecución desatada contra los católicos y personas de otros credos. También creía a pies juntillas en la realidad del mal. Encabezó partidas de caza contra brujos, licántropos… y vampiros.

Me quedé aún más quieta ante la mención de esa palabra. Estaba segura de que lo había notado, pero continuó hablando sin pausa.

—Quemaron a muchos inocentes, por supuesto, ya que las criaturas a las que realmente ellos perseguían no eran tan fáciles de atrapar.

»El pastor colocó a su obediente hijo al frente de las razias cuando se hizo mayor. Al principio, Carlisle fue una decepción. No se precipitaba en lanzar acusaciones ni veía demonios donde no los había, pero era persistente y mucho más inteligente que su padre. De hecho, localizó un aquelarre de auténticos vampiros que vivían ocultos en las cloacas de la ciudad y sólo salían de caza durante las noches. En aquellos días, cuando los monstruos no eran meros mitos y leyendas, ésa era la forma en que debían vivir.

»La gente reunió horcas y teas, por supuesto, y se apostó allí donde Carlisle había visto a los monstruos salir a la calle —ahora la risa de Edward fue más breve y sombría—. Al final, apareció uno.

»Debía de ser muy viejo y estar debilitado por el hambre. Carlisle le oyó cómo avisaba a los otros en latín cuando detectó el efluvio del gentío —Edward hablaba con un hilo de voz y tuve que aguzar el oído para comprender las palabras—. Luego, corrió por las calles y Carlisle, que tenía veintitrés años y era muy rápido, encabezó la persecución. La criatura podía haberlos dejado atrás con facilidad, pero se revolvió y, dándose la vuelta, los atacó. Carlisle piensa que debía de estar sediento. Primero se abalanzó sobre él, pero le plantó cara para defenderse y había otros muy cerca a quienes atacar. El vampiro mató a dos hombres y se escabulló llevándose a un tercero y dejando a Carlisle sangrando en la calle.

Hizo una pausa. Intuí que estaba censurando una parte de la historia, que me ocultaba algo.

—Carlisle sabía lo que haría su padre: quemar los cuerpos y matar a cualquiera que hubiera resultado infectado por el monstruo. Carlisle actuó por instinto para salvar su piel. Se alejó a rastras del callejón mientras la turba perseguía al monstruo y a su presa. Se ocultó en un sótano y se enterró entre patatas podridas durante tres días. Es un milagro que consiguiera mantenerse en silencio y pasar desapercibido.

»Se dio cuenta de que se había «convertido» cuando todo terminó.

No estaba muy segura de lo que reflejaba mi rostro, pero de repente enmudeció.

—¿Cómo te encuentras? —preguntó.

—Estoy bien —le aseguré, y, aunque me mordí el labio dubitativa, debió de ver la curiosidad reluciendo en mis ojos.

—Espero —dijo con una sonrisa— que tengas algunas preguntas que hacerme.

—Unas cuantas.

Al sonreír, Edward dejó entrever su brillante dentadura. Se dirigió de vuelta al vestíbulo, me tomó de la mano y me arrastró.

—En ese caso, vamos —me animó—. Te lo voy a mostrar.

Carlisle

Me condujo de vuelta a la habitación que había identificado como el despacho de Carlisle. Se detuvo delante de la puerta durante unos instantes.

—Adelante —nos invitó la voz de Carlisle.

Edward abrió la puerta de acceso a una sala de techos altos con vigas de madera y de grandes ventanales orientados hacia el oeste. Las paredes también estaban revestidas con paneles de madera más oscura que la del vestíbulo, allí donde ésta se podía ver, ya que unas estanterías, que llegaban por encima de mi cabeza, ocupaban la mayor parte de la superficie. Contenían más libros de los que jamás había visto fuera de una biblioteca.

Carlisle se sentaba en un sillón de cuero detrás del enorme escritorio de caoba. Acababa de poner un marcador entre las páginas del libro que sostenía en las manos. El despacho era idéntico a como yo imaginaba que sería el de un decano de la facultad, sólo que Carlisle parecía demasiado joven para encajar en el papel.

—¿Qué puedo hacer por vosotros? —nos preguntó con tono agradable mientras se levantaba del sillón.

—Quería enseñar a Bella un poco de nuestra historia —contestó Edward—. Bueno, en realidad, de tu historia.

—No pretendíamos molestarte —me disculpé.

—En absoluto. ¿Por dónde vais a comenzar?

—Por los cuadros —contestó Edward mientras me ponía con suavidad la mano sobre el hombro y me hacía girar para mirar hacia la puerta por la que acabábamos de entrar.

Cada vez que me tocaba, incluso aunque fuera por casualidad, mi corazón reaccionaba de forma audible. Resultaba de lo más embarazoso en presencia de Carlisle.

La pared hacia la que nos habíamos vuelto era diferente de las demás, ya que estaba repleta de cuadros enmarcados de todos los tamaños y colores —unos muy vivos y otros de apagados monocromos— en lugar de estanterías. Busqué un motivo oculto común que diera coherencia a la colección, pero no encontré nada después de mi apresurado examen.

Edward me arrastró hacia el otro lado, a la izquierda, y me dejó delante de un pequeño óleo con un sencillo marco de madera. No figuraba entre los más grandes ni los más destacados. Pintado con diferentes tonos de sepia, representaba la miniatura de una ciudad de tejados muy inclinados con finas agujas en lo alto de algunas torres diseminadas. Un río muy caudaloso —lo cruzaba un puente cubierto por estructuras similares a minúsculas catedrales— dominaba el primer plano.

—Londres hacia 1650 —comentó.

—El Londres de mi juventud —añadió Carlisle a medio metro detrás de nosotros. Me estremecí. No le había oído aproximarse. Edward me apretó la mano.

—¿Le vas a contar la historia? —inquirió Edward.

Me retorcí un poco para ver la reacción de Carlisle. Sus ojos se encontraron con los míos y me sonrió.

—Lo haría —replicó—, pero de hecho llego tarde. Han telefoneado del hospital esta mañana. El doctor Snow se ha tomado un día de permiso. Además, te conoces la historia tan bien como yo —añadió, dirigiendo a Edward una gran sonrisa.

Resultaba difícil asimilar una combinación tan extraña: las preocupaciones del día a día de un médico de pueblo en mitad de una conversación sobre sus primeros días en el Londres del siglo XVII.

También desconcertaba saber que hablaba en voz alta sólo en deferencia hacia mí.

Carlisle abandonó la estancia después de destinarme otra cálida sonrisa. Me quedé mirando el pequeño cuadro de la ciudad natal de Carlisle durante un buen rato. Finalmente, volví los ojos hacia Edward, que estaba observándome, y le pregunté:

—¿Qué sucedió luego? ¿Qué ocurrió cuando comprendió lo que le había pasado?

Volvió a estudiar las pinturas y miré para saber qué imagen atraía su interés ahora. Se trataba de un paisaje de mayor tamaño y colores apagados, una pradera despejada a la sombra de un bosque con un pico escarpado a lo lejos.

—Cuando supo que se había convertido —prosiguió en voz baja—, se rebeló contra su condición, intentó destruirse, pero eso no es fácil de conseguir.

—¿Cómo?

No quería decirlo en voz alta, pero las palabras se abrieron paso a través de mi estupor.

—Se arrojó desde grandes alturas —me explicó Edward con voz impasible—, e intentó ahogarse en el océano, pero en esa nueva vida era joven y muy fuerte. Resulta sorprendente que fuera capaz de resistir el deseo… de alimentarse… cuando era aún tan inexperto. El instinto es más fuerte en ese momento y lo arrastra todo, pero sentía tal repulsión hacia lo que era que tuvo la fuerza para intentar matarse de hambre.

—¿Es eso posible? —inquirí con voz débil.

—No, hay muy pocas formas de matarnos.

Abrí la boca para formular otra pregunta, pero Edward comenzó a hablar antes de que lo pudiera hacer.

—De modo que su hambre crecía y al final se debilitó. Se alejó cuanto pudo de toda población humana al detectar que su fuerza de voluntad también se estaba debilitando. Durante meses, estuvo vagabundeando de noche en busca de los lugares más solitarios, maldiciéndose.

»Una noche, una manada de ciervos cruzó junto a su escondrijo. La sed le había vuelto tan salvaje que los atacó sin pensarlo. Recuperó las fuerzas y comprendió que había una alternativa a ser el vil monstruo que temía ser. ¿Acaso no había comido venado en su anterior vida? Podía vivir sin ser un demonio y de nuevo se halló a sí mismo.

»Comenzó a aprovechar mejor su tiempo. Siempre había sido inteligente y ávido de aprender. Ahora tenía un tiempo ilimitado por delante. Estudiaba de noche y trazaba planes durante el día. Se marchó a Francia a nado y...

—¿Nadó hasta Francia?

—Bella, la gente siempre ha cruzado a nado el Canal —me recordó con paciencia.

—Supongo que es cierto. Sólo que parecía divertido en ese contexto. Continúa.

—Nadar es fácil para nosotros...

—Todo es fácil para *ti* —me quejé.

Me aguardó con expresión divertida.

—No volveré a interrumpirte otra vez, lo prometo.

Rió entre dientes con aire misterioso y terminó la frase:

—Es fácil porque, técnicamente, no necesitamos respirar.

—Tú…

—No, no, lo has prometido —se rió y me puso con suavidad el helado dedo en los labios—. ¿Quieres oír la historia o no?

—No me puedes soltar algo así y esperar que no diga nada —mascullé contra su dedo.

Levantó la mano hasta ponerla sobre mi cuello. Mi corazón se desbocó, pero perseveré.

—¿No necesitas respirar? —exigí saber.

—No, no es una necesidad —se encogió de hombros—. Sólo un hábito.

—¿Cuánto puedes aguantar *sin respirar*?

—Supongo que indefinidamente, no lo sé. La privación del sentido del olfato resulta un poco incómoda.

—Un poco incómoda —repetí.

No prestaba atención a mis expresiones, pero hubo algo en ellas que le ensombreció el ánimo. La mano le colgó a un costado y se quedó inmóvil, mirándome con gran intensidad. El silencio se prolongó y sus facciones siguieron tan inmóviles como una piedra.

—¿Qué ocurre? —susurré mientras le acariciaba el rostro helado.

Sus facciones se suavizaron ante mi roce y suspiró.

—Sigo a la espera de que pase.

—¿A que pase el qué?

—Sé que en algún momento, habrá algo que te diga o que te haga ver que va a ser demasiado. Y entonces te alejarás de mí entre alaridos —esbozó una media sonrisa, pero sus ojos eran serios—. No voy a detenerte. Quiero que suceda, porque quiero que estés a salvo. Y aun así, quiero estar a tu lado. Ambos deseos son imposibles de conciliar…

Dejó la frase en el aire mientras contemplaba mi rostro, a la espera.

—No voy a irme a ningún lado —le prometí.

—Ya lo veremos —contestó, sonriendo de nuevo.

Le fruncí el ceño.

—Bueno, continuemos... Carlisle se marchó a Francia a nado.

Hizo una pausa mientras intentaba recuperar el hilo de la historia. Con gesto pensativo, fijó la mirada en otra pintura, la de mayor colorido y de marco más lujoso, y también la más grande. Personajes llenos de vida, envueltos en túnicas onduladas y enroscadas en torno a grandes columnas en el exterior de balconadas marmóreas, llenaban el lienzo. No sabía si representaban figuras de la mitología helena o si los personajes que flotaban en las nubes de la parte superior tenían algún significado bíblico.

—Carlisle nadó hacia Francia y continuó por Europa y sus universidades. De noche estudió música, ciencias, medicina y encontró su vocación y su penitencia en salvar vidas —su expresión se tornó sobrecogida, casi reverente—. No sé describir su lucha de forma adecuada. Carlisle necesitó dos siglos de atormentadores esfuerzos para perfeccionar su autocontrol. Ahora es prácticamente inmune al olor de la sangre humana y es capaz de hacer el trabajo que adora sin sufrimiento. Obtiene una gran paz de espíritu allí, en el hospital...

Edward se quedó con la mirada ausente durante bastante tiempo. De repente, pareció recordar su intención. Dio unos golpecitos en la enorme pintura que teníamos delante con el dedo.

—Estudió en Italia cuando descubrió que allí había otros. Eran mucho más civilizados y cultos que los espectros de las alcantarillas londinenses.

Rozó a un cuarteto relativamente sereno de figuras pintadas en lo alto de un balcón que miraban con calma el caos reinante a sus pies. Estudié al grupo con cuidado y, con una risa de sorpresa, reconocí al hombre de cabellos dorados.

—Los amigos de Carlisle fueron una gran fuente de inspiración para Francesco Solimena. A menudo los representaba como dioses —rió entre dientes—. Aro, Marco, Cayo —dijo conforme iba señalando a los otros tres, dos de cabellos negros y uno de cabellos canos—, los patrones nocturnos de las artes.

—¿Qué fue de ellos? —pregunté en voz alta, con la yema de los dedos inmóvil en el aire a un centímetro de las figuras de la tela.

—Siguen ahí, como llevan haciendo desde hace quién sabe cuántos milenios —se encogió de hombros—. Carlisle sólo estuvo entre ellos por un breve lapso de tiempo, apenas unas décadas. Admiraba profundamente su amabilidad y su refinamiento, pero persistieron en su intento de curarle de aquella aversión a su «fuente natural de alimentación». Ellos intentaron persuadirle y él a ellos, en vano. Llegados a ese punto, Carlisle decidió probar suerte en el Nuevo Mundo. Soñaba con hallar a otros como él. Ya sabes, estaba muy solo.

»Transcurrió mucho tiempo sin que encontrara a nadie, pero podía interactuar entre los confiados humanos como si fuera uno de ellos porque los monstruos se habían convertido en tema para los cuentos de hadas. Comenzó a practicar la medicina. Pero rehuía el ansiado compañerismo al no poderse arriesgar a un exceso de confianza.

»Trabajaba por las noches en un hospital de Chicago cuando golpeó la pandemia de gripe. Le había estado dando vueltas durante varios años y casi había decidido actuar. Ya que no encontraba un compañero, lo crearía; pero dudaba si hacerlo o no, ya que él mismo no estaba totalmente seguro de cómo se había convertido. Además, se había jurado no arrebatar la vida de nadie de la misma manera que se la habían robado a él. Estaba en ese estado de ánimo cuando me encontró. No había esperanza para mí. Me habían dejado en la sala de los moribundos. Había asistido a mis padres, por lo que sabía que estaba solo en el mundo, y decidió intentarlo…

Ahora, cuando dejó la frase inacabada, su voz era apenas un susurro. Me pregunté qué imágenes ocuparían su mente en ese instante, ¿los recuerdos de Carlisle o los suyos? Esperé sin hacer ruido.

Una angelical sonrisa iluminaba su rostro cuando se volvió hacia mí.

—Y así es como se cerró el círculo —concluyó.

—Entonces, ¿siempre has estado con Carlisle?

—Casi siempre.

Me puso la mano en la cintura con suavidad y me arrastró con él mientras cruzaba la puerta. Me volví a mirar los cuadros de la pared, preguntándome si alguna vez llegaría a oír el resto de las historias.

Edward no dijo nada mientras caminábamos hacia el vestíbulo, de modo que pregunté:

—¿Casi?

Suspiró. Parecía renuente a responder.

—Bueno, tuve el típico brote de rebeldía adolescente unos diez años después de… nacer… o convertirme, como prefieras llamarlo. No me resignaba a llevar su vida de abstinencia y estaba resentido con él por refrenar mi sed, por lo que me marché a seguir mi camino durante un tiempo.

—¿De verdad?

Estaba mucho más intrigada que asustada, que es como debería estar.

Y él lo sabía. Vagamente me di cuenta de que nos dirigíamos al siguiente tramo de escaleras, pero no estaba prestando demasiada atención a cuanto me rodeaba.

—¿No te causa repulsa?

—No.

—¿Por qué no?

—Supongo que… suena razonable.

Soltó una carcajada más fuerte que las anteriores. Ahora nos encontrábamos en lo más alto de las escaleras, en otro vestíbulo de paredes revestidas con paneles de madera.

—Gocé de la ventaja de saber qué pensaban todos cuantos me rodeaban, fueran humanos o no, desde el momento de mi renacimiento —susurró—. Ésa fue la razón por la que tardé diez años en desafiar a Carlisle… Podía leer su absoluta sinceridad y comprender la razón de su forma de vida.

Apenas tardé unos pocos años en volver a su lado y comprometerme de nuevo con su visión. Creí poderme librar de los remordimientos de conciencia, ya que podía dejar a los inocentes y perseguir sólo a los malvados al conocer los pensamientos de mis presas. Si seguía a un asesino hasta un callejón oscuro donde acosaba a una chica, si la salvaba, en ese caso no sería tan terrible.

Me estremecí al imaginar con claridad lo que describía: el callejón de noche, la chica atemorizada, el hombre siniestro detrás de ella y Edward de caza, terrible y glorioso como un joven dios, imparable. ¿Le estaría agradecida la chica o se asustaría más que antes?

—Pero con el paso del tiempo comencé a verme como un monstruo. No podía rehuir la deuda de haber tomado demasiadas vidas, sin importar cuánto se lo merecieran, y regresé con Carlisle y Esme. Me acogieron como al hijo pródigo. Era más de lo que merecía.

Nos habíamos detenido frente a la última puerta del vestíbulo.

—Mi habitación —me informó al tiempo que abría la puerta y me hacía pasar.

Su habitación tenía vistas al sur y una ventana del tamaño de la pared, igual que en el gran recibidor del primer piso. Toda la parte posterior de la casa debía de ser de vidrio. La vista daba al meandro que describía el río Sol Duc antes de cruzar el bosque intacto que llegaba hasta la cordillera de Olympic Mountain. La pared de la cara oeste estaba totalmente cubierta por una sucesión de estantes repletos de CD. El cuarto de Edward estaba mejor surtido que una tienda de música. En el rincón había un sofisticado aparato de música, de un tipo que no me atrevía a tocar por miedo a romperlo. No había ninguna cama, sólo un espacioso y acogedor sofá de cuero negro. Una gruesa alfombra de tonos dorados cubría el suelo y las paredes estaban tapizadas de tela de un tono ligeramente más oscuro.

—¿Para conseguir una buena acústica? —aventuré.

Edward rió entre dientes y asintió con la cabeza.

Tomó un mando a distancia y encendió el equipo, la suave música de jazz, pese a estar a un volumen bajo, sonaba como si el grupo estuviera con nosotros en la habitación. Me fui a mirar su alucinante colección de música.

—¿Cómo los clasificas? —pregunté al sentirme incapaz de encontrar un criterio para el orden de los títulos.

No me estaba prestando atención.

—Esto... Por año, y luego por preferencia personal dentro de ese año —contestó con aire distraído.

Al darme la vuelta, le vi mirarme con un brillo muy peculiar en los ojos.

—¿Qué ocurre?

—Contaba con sentirme aliviado después de habértelo explicado todo, de no tener secretos para ti, pero no esperaba sentir más que eso. Me *gusta* —se encogió de hombros al tiempo que sonreía imperceptiblemente—. Me hace feliz.

—Me alegro.

Le devolví la sonrisa. Me preocuparía que se arrepintiera de haberme contado todo aquello. Era bueno saber que no era el caso.

Pero entonces, mientras sus ojos estudiaban mi expresión, su sonrisa se apagó y su frente se pobló de arrugas.

—Aún sigues esperando que salga huyendo —supuse—, gritando espantada, ¿verdad?

Una ligera sonrisa curvó sus labios y asintió.

—Lamento estropearte la ilusión, pero no inspiras tanto miedo, de veras —con toda naturalidad, le mentí—: De hecho, no me asustas nada en absoluto.

Se detuvo y arqueó las cejas con manifiesta incredulidad. Una sonrisa ancha y traviesa recorrió su rostro.

—No deberías haber dicho eso, *de veras.*

Edward emitió un sordo gruñido gutural y los labios mostraron unos dientes perfectos al curvarse hacia atrás. De repente, su cuerpo cambió, se había agachado, tenso como un león a punto de acometer.

Sin dejar de mirarlo, me aparté de él.

—No deberías haberlo dicho.

No le vi saltar hacia mí, fue demasiado rápido. De repente me encontré en el aire y luego caímos sobre el sofá, que golpeó contra la pared por el impacto. Sus brazos formaron una protectora jaula durante todo el tiempo, por lo que apenas sentí el zarandeo, pero seguía respirando agitadamente cuando intenté ponerme en pie.

—¿Qué era lo que decías? —preguntó juguetón.

—Que eres un monstruo realmente aterrador —repliqué. El jadeo de mi voz estropeó algo el sarcasmo de mi respuesta.

—Mucho mejor —aprobó.

—Esto… —forcejeé—. ¿Me puedes bajar ya?

Se limitó a reírse.

—¿Se puede? —preguntó una voz que parecía proceder del vestíbulo.

Me debatí para liberarme, pero Edward se limitó a dejar que pudiera sentarme de forma más convencional sobre su regazo. Entonces vi en el vestíbulo a Alice y a Jasper detrás de ella. Me puse colorada, pero Edward parecía a gusto.

—Adelante —contestó Edward, que aún seguía riéndose discretamente.

Alice no pareció hallar nada inusual en nuestro abrazo. Caminó —casi bailó, tal era la gracia de sus movimientos— hacia el centro del cuarto y se dobló de forma sinuosa para sentarse sobre el suelo. Jasper, sin embargo, se detuvo en el umbral un poco sorprendido. Clavó los ojos en el rostro de Edward y me pregunté si estaba tanteando el clima reinante con su inusual sensibilidad.

—Parecía que te ibas a almorzar a Bella —anunció Alice—, y veníamos a ver si la podíamos compartir.

Me puse rígida durante un instante, hasta que me percaté de la gran sonrisa de Edward. No sabría decir si se debía al comentario de Alice o a mi reacción.

—Lo siento. No creo que haya bastante para compartir —replicó sin dejar de rodearme con los brazos.

—De hecho —dijo Jasper, sonriendo a su pesar cuando entró en la habitación—, Alice anuncia una gran tormenta para esta noche y Emmett quiere jugar a la pelota. ¿Te apuntas?

Las palabras eran bastante comunes, pero me desconcertaba el contexto; aunque Alice era más fiable que el hombre del tiempo.

Los ojos de Edward se iluminaron, pero aun así vaciló.

—Traerías a Bella, por supuesto —añadió Alice jovialmente. Había creído atisbar la rápida mirada que Jasper le lanzaba.

—¿Quieres ir? —me preguntó Edward, animado y con expresión de entusiasmo.

—Claro —no podía decepcionar a un rostro como ése—. Eh, ¿adónde vamos?

—Hemos de esperar a que truene para jugar, ya verás la razón —me prometió.

—¿Necesitaré un paraguas?

Las tres rompieron a reír estrepitosamente.

—¿Lo va a necesitar? —preguntó Jasper a Alice.

—No —estaba segura—. La tormenta va a descargar sobre el pueblo. El claro del bosque debería de estar bastante seco.

—En ese caso, perfecto.

El entusiasmo de la voz de Jasper fue contagioso, por descontado. Yo misma me descubrí más curiosa que aterrada.

—Vamos a ver si Carlisle quiere venir.

Alice se levantó y cruzó la puerta de un modo que hubiera roto de envidia el corazón de una bailarina.

—Como si no lo supieras —la pinchó Jasper.

Ambos siguieron su camino con rapidez, pero Jasper se las arregló para dejar la puerta discretamente cerrada al salir.

—¿A qué vamos a jugar? —quise saber.

—Tú vas a mirar —aclaró Edward—. Nosotros jugaremos al béisbol.

Levanté los ojos hacia el cielo

—¿A los vampiros les gusta el béisbol?

—Es el pasatiempo americano —me replicó con burlona solemnidad.

El partido

Apenas había comenzado a lloviznar cuando Edward dobló la esquina para entrar en mi calle. Hasta ese momento, no había albergado duda alguna de que me acompañaría las pocas horas de interludio hasta el partido que iba a pasar en el mundo real.

Entonces vi el coche negro, un Ford desvencijado, aparcado en el camino de entrada a la casa de Charlie, y oí a Edward mascullar algo ininteligible con voz sorda y áspera.

Jacob Black estaba de pie detrás de la silla de ruedas de su padre, al abrigo de la lluvia, debajo del estrecho saliente del porche. El rostro de Billy se mostraba tan impasible como la piedra mientras Edward aparcaba el monovolumen en el bordillo. Jacob clavaba la mirada en el suelo, con expresión mortificada.

—Esto… —la voz baja de Edward sonaba furiosa—. Esto es pasarse de la raya.

—¿Han venido a avisar a Charlie? —aventuré, más horrorizada que enfadada.

Edward asintió con sequedad, respondiendo con los ojos entrecerrados a la mirada de Billy a través de la lluvia.

Se me aflojaron las piernas de alivio al saber que Charlie no había llegado aún.

—Déjame arreglarlo a mí —sugerí, ansiosa al ver la oscura mirada llena de odio de Edward.

Para mi sorpresa, estuvo de acuerdo.

—Quizás sea lo mejor, pero, de todos modos, ten cuidado. El chico no sabe nada.

Me molestó un poco la palabra «chico».

—Jacob no es mucho más joven que yo —le recordé.

Entonces, me miró, y su ira desapareció repentinamente.

—Sí, ya lo sé —me aseguró con una amplia sonrisa.

Suspiré y puse la mano en la manija de la puerta.

—Haz que entren a la casa para que me pueda ir —ordenó—. Volveré hacia el atardecer.

—¿Quieres llevarte el coche? —pregunté mientras me cuestionaba cómo le iba a explicar su falta a Charlie.

Edward puso los ojos en blanco.

—Puedo *llegar* a casa mucho más rápido de lo que puede llevarme este coche.

—No tienes por qué irte —dije con pena.

Sonrió al ver mi expresión abatida.

—He de hacerlo —lanzó a los Black una mirada sombría—. Una vez que te libres de ellos, debes preparar a Charlie para presentarle a tu nuevo novio.

Esbozó una de sus amplias sonrisas que dejó entrever todos los dientes.

—Muchas gracias —refunfuñé.

Sonrió otra vez, pero con esa sonrisa traviesa que yo amaba tanto.

—Volveré pronto —me prometió.

Sus ojos volaron de nuevo al porche y entonces se inclinó para besarme rápidamente justo debajo del borde de la mandíbula. El corazón se me desbocó alocado y yo también eché una mirada al porche. El rostro de Billy ya no estaba tan impasible, y sus manos se aferraban a los brazos de la silla.

—*Pronto* —remarqué, al abrir la puerta y saltar hacia la lluvia.

Podía sentir sus ojos en mi espalda conforme me apresuraba hacia la tenue luz del porche.

—Hola, Billy. Hola, Jacob —los saludé con todo el entusiasmo del que fui capaz—. Charlie se ha marchado para todo el día, espero que no llevéis esperándole mucho tiempo.

—No mucho —contestó Billy con tono apagado; sus ojos negros me traspasaron—. Solo queríamos traerle esto —señaló la bolsa de papel marrón que llevaba en el regazo.

—Gracias —le dije, aunque no tenía idea de qué podía ser—. ¿Por qué no entráis un momento y os secáis?

Intenté mostrarme indiferente al intenso escrutinio de Billy mientras abría la puerta y les hacía señas para que me siguieran.

—Venga, dámelo —le ofrecí mientras me giraba para cerrar la puerta y echar una última mirada a Edward, que seguía a la espera, completamente inmóvil y con aspecto solemne.

—Deberías ponerlo en el frigorífico —comentó Billy mientras me tendía la bolsa—. Es pescado frito casero de Harry Clearwater, el favorito de Charlie. En el frigorífico estará más seco.

Billy se encogió de hombros.

—Gracias —repetí, aunque ahora lo agradecía de corazón—. Ando en busca de nuevas recetas para el pescado y seguro que traerá más esta noche a casa.

—¿Se ha ido de pesca otra vez? —preguntó Billy con un sutil destello en la mirada—. ¿Allí abajo, donde siempre? Quizá me acerque a saludarlo.

—No —mentí rápidamente, endureciendo la expresión—. Se ha ido a un sitio nuevo..., y no tengo ni idea de dónde está.

Se percató del cambio operado en mi expresión y se quedó pensativo.

—Jake —dijo sin dejar de observarme—. ¿Por qué no vas al coche y traes el nuevo cuadro de Rebecca? Se lo dejaré a Charlie también.

—¿Dónde está? —preguntó Jacob, con voz malhumorada.

Le miré, pero tenía la vista fija en el suelo, con gesto contrariado.

—Creo haberlo visto en el maletero, a lo mejor tienes que rebuscar un poco.

Jacob se encaminó hacia la lluvia arrastrando los pies.

Billy y yo nos encaramos en silencio. Después de unos segundos, el silencio se hizo embarazoso, por lo que me dirigí hacia la cocina. Oí el chirrido de las ruedas mojadas de su silla mientras me seguía.

Empujé la bolsa dentro del estante más alto del frigorífico, ya atestado, y me di la vuelta para hacerle frente. Su rostro de rasgos marcados era inescrutable.

—Charlie no va a volver hasta dentro de un buen rato —espeté con tono casi grosero.

Billy asintió con la cabeza, pero no dijo nada.

—Gracias otra vez por el pescado frito —repetí.

Continuó asintiendo, yo suspiré y crucé los brazos sobre el pecho. Pareció darse cuenta de que yo había dado por finalizada nuestra pequeña charla.

—Bella —comenzó, y luego dudó.

Esperé.

—Bella —volvió a decir—, Charlie es uno de mis mejores amigos.

—Sí.

—Me he dado cuenta de que estás con uno de los Cullen.

Pronunció cada palabra cuidadosamente, con su voz resonante.

—Sí —repetí de manera cortante.

Sus ojos se achicaron.

—Quizás no sea asunto mío, pero no creo que sea una buena idea.

—Llevas razón, *no* es asunto tuyo.

Arqueó las cejas, que ya empezaban a encanecer.

—Tal vez lo ignores, pero la familia Cullen goza de mala reputación en la reserva.

—La verdad es que estaba al tanto —le expliqué con voz seca; aquello le sorprendió—. Sin embargo, esa reputación podría ser inmerecida, ¿no? Que yo sepa, los Cullen nunca han puesto el pie en la reserva, ¿o sí?

Me percaté de que se detenía en seco ante la escasa sutileza de mi alusión al acuerdo que vinculaba y protegía a su tribu.

—Es cierto —admitió, mirándome con prevención—. Pareces... bien informada sobre los Cullen, más de lo que esperaba.

—Quizás incluso más que tú —dije, mirándole desde mi altura.

Frunció los gruesos labios mientras lo encajaba.

—Podría ser —concedió, aunque un brillo de astucia iluminaba sus ojos—. ¿Está Charlie tan bien informado?

Había encontrado el punto débil de mi defensa.

—A Charlie le gustan mucho los Cullen —me salí por la tangente, y él percibió con claridad mi movimiento evasivo. No parecía muy satisfecho, pero tampoco sorprendido.

—O sea, que no es asunto mío, pero quizás sí de Charlie.

—Si creo que incumbe o no a mi padre, también es sólo asunto mío. ¿De acuerdo?

Me pregunté si habría captado la idea a pesar de mis esfuerzos por embarullarlo todo y no decir nada comprometedor. Parecía que sí. La lluvia repiqueteaba sobre el tejado, era el único sonido que rompía el silencio mientras Billy reflexionaba sobre el tema.

—Sí —se rindió finalmente—. Imagino que es asunto tuyo.

—Gracias, Billy —suspiré aliviada.

—Piensa bien lo que haces, Bella —me urgió.

—Vale —respondí con rapidez.

Volvió a fruncir el ceño.

—Lo que quería decir es que dejaras de hacer lo que haces.

Le miré a los ojos, llenos de sincera preocupación por mí, y no se me ocurrió ninguna contestación. En ese preciso momento, la puerta se abrió de un fuerte golpe y me sobresalté con el ruido.

A Jacob le precedió su voz quejumbrosa:

—No había ninguna pintura en el coche.

Apareció por la esquina de la cocina con los hombros mojados por la lluvia y el cabello chorreante.

—Humm —gruñó Billy, separándose de mí súbitamente y girando la silla para encarar a su hijo—. Supongo que me lo dejé en casa.

—Estupendo.

Jacob levantó los ojos al cielo de forma teatral.

—Bueno, Bella, dile a Charlie… —Billy se detuvo antes de continuar—, que hemos pasado por aquí, ¿sí?

—Lo haré —murmuré.

Jacob estaba sorprendido.

—¿Pero nos vamos ya?

—Charlie va a llegar tarde —explicó Billy al tiempo que hacía rodar las ruedas de la silla y sobrepasaba a Jacob.

—Vaya —Jacob parecía molesto—. Bueno, entonces supongo que ya te veré otro día, Bella.

—Claro —afirmé.

—Ten cuidado —me advirtió Billy; no le contesté.

Jacob ayudó a su padre a salir por la puerta. Les despedí con un ligero movimiento del brazo mientras contemplaba mi coche, ahora vacío, con atención. Cerré la puerta antes de que desaparecieran de mi vista.

Permanecí de pie en la entrada durante un minuto, escuchando el sonido del coche mientras daba marcha atrás y se alejaba. Me quedé allí, a la espera de que se me pasaran la irritación y la angustia. Cuando al fin conseguí relajarme un poco, subí las escaleras para cambiarme la elegante ropa que me había puesto para salir.

Me probé un par de *tops,* no muy segura de qué debía esperar de esta noche. Estaba tan concentrada en lo que ocurriría que lo que acababa de suceder perdió todo interés para mí. Ahora que me encontraba lejos de la influencia de Jasper y Edward intenté convencerme de que lo que había pasado no me debía asustar. Deseché rápidamente la idea de ponerme otro conjunto y elegí una vieja camisa de franela y unos vaqueros, ya que, de todos modos, llevaría puesto el impermeable toda la noche.

Sonó el teléfono y eché a correr escaleras abajo para responder. Sólo había una voz que quería oír; cualquier otra me molestaría. Pero imaginé que si *él* hubiera querido hablar conmigo, probablemente sólo habría tenido que materializarse en mi habitación.

—¿Diga? —pregunté sin aliento.

—¿Bella? Soy yo —dijo Jessica.

—Ah, hola, Jess —luché durante unos momentos para descender de nuevo a la realidad. Me parecía que habían pasado meses en vez de días desde la última vez que hablé con ella—. ¿Qué tal te fue en el baile?

—¡Me lo pasé genial! —parloteó Jessica, que, sin necesidad de más invitación, se embarcó en una descripción pormenorizada de la noche pasada. Murmuré unos cuantos «humm» y «ah» en los momentos adecuados, pero me costaba concentrarme. Jessica, Mike, el baile y el instituto se me antojaban extrañamente irrelevantes en esos momentos. Mis ojos volvían una y otra vez hacia la ventana, intentando juzgar el grado de luz real a través de las nubes espesas.

—¿Has oído lo que te he dicho, Bella? —me preguntó Jess, irritada.

—Lo siento, ¿qué?

—¡Te he dicho que Mike me besó! ¿Te lo puedes creer?

—Eso es estupendo, Jessica.

—¿Y qué hiciste *tú* ayer? —me desafió Jessica, todavía molesta por mi falta de atención. O quizás estaba enfadada porque no le había preguntado por los detalles.

—No mucho, la verdad. Sólo di un garbeo por ahí para disfrutar del sol.

Oí entrar el coche de Charlie en el garaje.

—Oye, ¿y has sabido algo de Edward Cullen?

La puerta principal se cerró de un portazo y escuché a Charlie avanzar dando tropezones cerca de las escaleras, mientras guardaba el aparejo de pesca.

—Humm —dudé, sin saber qué más contarle.

—¡Hola, cielo!, ¿estás ahí? —me saludó Charlie al entrar en la cocina. Le devolví el saludo por señas.

Jess oyó su voz.

—Ah, vaya, ha llegado tu padre. No importa, hablamos mañana. Nos vemos en Trigonometría.

—Nos vemos, Jess —le respondí y luego colgué.

—Hola, papá —dije mientras él se lavaba las manos en el fregadero—. ¿Qué tal te ha ido la pesca?

—Bien, he metido el pescado en el congelador.

—Voy a sacar un poco antes de que se congele. Billy trajo pescado frito del de Harry Clearwater esta tarde —hice un esfuerzo por sonar alegre.

—Ah, ¿eso hizo? —los ojos de Charlie se iluminaron—. Es mi favorito.

Se lavó mientras yo preparaba la cena. No tardamos mucho en sentarnos a la mesa y cenar en silencio. Charlie disfrutaba de su comida, y entretanto yo me preguntaba desesperadamente cómo cumplir mi misión, esforzándome por hallar la manera de abordar el tema.

—¿Qué has hecho hoy? —me preguntó, sacándome bruscamente de mi ensoñación.

—Bueno, esta tarde anduve de aquí para allá por la casa —en realidad, sólo había sido la última parte de la tarde. Intenté mantener mi voz animada, pero sentía un vacío en el estómago—. Y esta mañana me pasé por casa de los Cullen.

Charlie dejó caer el tenedor.

—¿La casa del doctor Cullen? —inquirió atónito.

Hice como que no me había dado cuenta de su reacción.

—Sí.

—¿A qué fuiste allí?

Aún no había levantado su tenedor.

—Bueno, tenía una especie de cita con Edward Cullen esta noche, y él quería presentarme a sus padres... ¿Papá?

Parecía como si Charlie estuviera sufriendo un aneurisma.

—Papá, ¿estás bien?

—¡¿Estás saliendo con Edward Cullen?! —tronó.

Oh, oh.

—Pensaba que te gustaban los Cullen.

—Es demasiado mayor para ti —empezó a despotricar.

—Los dos vamos al instituto —le corregí, aunque desde luego llevaba más razón de la que hubiera podido soñar.

—Espera… —hizo una pausa—. ¿Cuál de ellos es Edwin?

—*Edward* es el más joven, el de pelo cobrizo.

El más hermoso, el más divino…, pensé en mi fuero interno.

—Ah, ya, eso está... —se debatía— mejor. No me gusta la pinta del grandote. Seguro que será un buen chico y todo eso, pero parece demasiado... maduro para ti. ¿Y este Edwin es tu novio?

—Se llama Edward, papá.

—¿Y lo es?

—Algo así, supongo.

—Pues la otra noche me dijiste que no te interesaba ningún chico del pueblo —al verle tomar de nuevo el tenedor empecé a pensar que había pasado lo peor.

—Bueno, Edward no vive en el pueblo, papá.

Me miró con displicencia mientras masticaba.

—Y de todos modos —continué—, estamos empezando todavía, ya sabes. No me hagas pasar un mal rato con todo ese sermón sobre novios y tal, ¿vale?

—¿Cuándo vendrá a recogerte?

—Llegará dentro de unos minutos.

—¿Adónde te va a llevar?

—Espero que te vayas olvidando ya de comportarte como un inquisidor, ¿vale? —gruñí en voz alta—. Vamos a jugar al béisbol con su familia.

Arrugó la cara y luego, finalmente, rompió a reír entre dientes.

—¿Que *tú* vas a jugar al béisbol?

—Bueno, más bien creo que voy a mirar la mayor parte del tiempo.

—Pues sí que tiene que gustarte ese chico —comentó mientras me miraba con gesto de sospecha.

Suspiré y puse los ojos en blanco para que me dejara en paz.

Escuché el rugido de un motor, y luego lo sentí detenerse justo en frente de la casa. Pegué un salto en la silla y empecé a fregar los platos.

—Deja los platos, ya los lavaré yo luego. Me tienes demasiado mimado.

Sonó el timbre y Charlie se dirigió a abrir la puerta; le seguí a un paso.

No me había dado cuenta de que fuera caían chuzos de punta. Edward estaba de pie, aureolado por la luz del porche, con el mismo aspecto de un modelo en un anuncio de impermeables.

—Entra, Edward.

Respiré aliviada al ver que Charlie no se había equivocado con el nombre.

—Gracias, jefe Swan —dijo él con voz respetuosa.

—Entra y llámame Charlie. Ven, dame la cazadora.

—Gracias, señor.

—Siéntate aquí, Edward.

Hice una mueca.

Edward se sentó con un ágil movimiento en la única silla que había, obligándome a sentarme al lado del jefe Swan en el sofá. Le lancé una mirada envenenada y él me guiñó un ojo a espaldas de Charlie.

—Tengo entendido que vas a llevar a mi niña a ver un partido de béisbol.

El que llueva a cántaros y esto no sea ningún impedimento para hacer deporte al aire libre sólo ocurre aquí, en Washington.

—Sí, señor, ésa es la idea —no pareció sorprendido de que le hubiera contado a mi padre la verdad. Aunque también podría haber estado escuchando, claro.

—Bueno, eso es llevarla a tu terreno, supongo ¿no?

Charlie rió y Edward se unió a él.

—Estupendo —me levanté—. Ya basta de bromitas a mi costa. Vámonos.

Volví al recibidor y me puse la cazadora. Ellos me siguieron.

—No vuelvas demasiado tarde, Bella.

—No se preocupe Charlie, la traeré temprano —prometió Edward.

—Cuidarás de mi niña, ¿verdad?

Refunfuñé, pero me ignoraron.

—Le prometo que estará a salvo conmigo, señor.

Charlie no pudo cuestionar la sinceridad de Edward, ya que cada palabra quedaba impregnada de ella.

Salí enfadada. Ambos rieron y Edward me siguió.

Me paré en seco en el porche. Allí, detrás de mi coche, había un Jeep gigantesco. Las llantas me llegaban por encima de la cintura, protectores metálicos recubrían las luces traseras y delanteras, además de llevar cuatro enormes faros antiniebla sujetos al guardabarros. El techo era de color rojo brillante.

Charlie dejó escapar un silbido por lo bajo.

—Poneos los cinturones —advirtió.

Edward me siguió hasta la puerta del copiloto y la abrió. Calculé la distancia hasta el asiento y me preparé para saltar. Edward suspiró y me alzó con una sola mano. Esperaba que Charlie no se hubiera dado cuenta.

Mientras regresaba al lado del conductor, a un paso normal, humano, intenté ponerme el cinturón, pero había demasiadas hebillas.

—¿Qué es todo esto? —le pregunté cuando abrió la puerta.

—Un arnés para conducir campo a traviesa.

—Oh, oh.

Intenté encontrar los sitios donde se tenían que enganchar todas aquellas hebillas, pero iba demasiado despacio. Edward volvió a suspirar y se puso a ayudarme. Me alegraba de que la lluvia fuera tan espesa como para que Charlie no pudiera ver nada con claridad desde el porche. Eso quería decir que no estaba dándose cuenta de cómo las manos de Edward se deslizaban por mi cuello, acariciando mi nuca. Dejé de intentar ayudarle y me concentré en no hiperventilar.

Edward giró la llave y el motor arrancó; al fin nos alejamos de la casa.

—Esto es... humm... ¡Vaya *pedazo* de Jeep que tienes!

—Es de Emmett. Supuse que no te apetecería correr todo el camino.

—¿Dónde guardáis este tanque?

—Hemos remodelado uno de los edificios exteriores para convertirlo en garaje.

—¿No te vas a poner el cinturón?

Mc lanzó una mirada incrédula.

Entonces caí en la cuenta del significado de sus palabras.

—¿Correr *todo* el camino? O sea, ¿que una parte sí la vamos a hacer corriendo?

Mi voz se elevó varias octavas y él sonrió ampliamente.

—No serás tú quien corra.

—Me voy a *marear*.

—Si cierras los ojos, seguro que estarás bien.

Me mordí el labio, intentando luchar contra el pánico.

Se inclinó para besarme la coronilla y entonces gimió. Le miré sorprendida.

—Hueles deliciosamente a lluvia —comentó.

—Pero, ¿bien o mal? —pregunté con precaución.

—De las dos maneras —suspiró—. Siempre de las dos maneras.

Entre la penumbra y el diluvio, no sé cómo encontró el camino, pero de algún modo llegamos a una carretera secundaria, con más aspecto de un camino forestal que de carretera. La conversación resultó imposible durante un buen rato, dado que yo iba rebotando arriba y abajo en el asiento como un martillo pilón. Sin embargo, Edward parecía disfrutar del paseo, ya que no dejó de sonreír en ningún momento.

Y entonces fue cuando llegamos al final de la carretera; los árboles formaban grandes muros verdes en tres de los cuatro costados del Jeep. La lluvia se había convertido en llovizna poco a poco y el cielo brillante asomaba entre las nubes.

—Lo siento, Bella, pero desde aquí tenemos que ir a pie.

—¿Sabes qué? Que casi mejor te espero aquí.

—Pero ¿qué le ha pasado a tu coraje? Estuviste estupenda esta mañana.

—Todavía no se me ha olvidado la última vez.

Parecía increíble que aquello sólo hubiera sucedido ayer. Se acercó tan rápidamente a mi lado del coche que apenas pude apreciar una imagen borrosa. Empezó a desatarme el arnés.

—Ya los suelto yo; tú, vete —protesté en vano.

—Humm... —parecía meditar mientras terminaba rápidamente—. Me parece que voy a tener que forzar un poco la memoria.

Antes de que pudiera reaccionar, me sacó del Jeep y me puso de pie en el suelo. Había ahora apenas un poco de niebla; parecía que Alice iba a tener razón.

—¿Forzar mi memoria? ¿Cómo? —pregunté nerviosamente.

—Algo como esto —me miró intensamente, pero con cautela, aunque había una chispa de humor en el fondo de sus ojos. Apoyó las manos sobre el Jeep, una a cada lado de mi cabeza, y se inclinó, obligándome a permanecer aplastada contra la puerta. Se inclinó más aún, con el rostro a escasos centímetros del mío, sin espacio para escaparme.

—Ahora, dime —respiró y fue entonces cuando su efluvio desorganizó todos mis procesos mentales—, ¿qué es exactamente lo que te preocupa?

—Esto, bueno... estamparme contra un árbol y morir —tragué saliva—. Ah, y marearme.

Reprimió una sonrisa. Luego, inclinó la cabeza y rozó suavemente con sus fríos labios el hueco en la base de mi garganta.

—¿Sigues preocupada? —murmuró contra mi piel.

—Sí —luché para concentrarme—. Me preocupa terminar estampada en los árboles y el mareo.

Su nariz trazó una línea sobre la piel de mi garganta hasta el borde de la barbilla. Su aliento frío me cosquilleaba la piel.

—¿Y ahora? —susurraron sus labios contra mi mandíbula.

—Árboles —aspiré aire—. Movimiento, mareo.

Levantó la cabeza para besarme los párpados.

—Bella, en realidad, no crees que te vayas a estampar contra un árbol, ¿a que no?

—No, aunque *podría* —repuse sin mucha confianza. Él ya olía una victoria fácil.

Me besó, descendiendo despacio por la mejilla hasta detenerse en la comisura de mis labios.

—¿Crees que dejaría que te hiriera un árbol?

Sus labios rozaron levemente mi tembloroso labio inferior.

—No —respiré. Tenía que haber en mi defensa algo eficaz, pero no conseguía recordarlo.

—Ya ves —sus labios entreabiertos se movían contra los míos—. No hay nada de lo que tengas que asustarte, ¿a que no?

—No —suspiré, rindiéndome.

Entonces tomó mi cara entre sus manos, casi con rudeza y me besó en serio, moviendo sus labios insistentes contra los míos.

Realmente no había excusa para mi comportamiento. Ahora lo veo más claro, como es lógico. De cualquier modo, parecía que no podía dejar de comportarme exactamente como lo hice la primera vez. En vez de quedarme quieta, a salvo, mis brazos se alzaron para enroscarse apretadamente alrededor de su cuello y me quedé de pronto soldada a su cuerpo, duro como la piedra. Suspiré y mis labios se entreabrieron.

Se tambaleó hacia atrás, deshaciendo mi abrazo sin esfuerzo.

—¡Maldita sea, Bella! —se desasió jadeando—. ¡Eres mi perdición, te juro que lo eres!

Me acuclillé, rodeándome las rodillas con los brazos, buscando apoyo.

—Eres indestructible —mascullé, intentando recuperar el aliento.

—Eso creía antes de conocerte. Ahora será mejor que salgamos de aquí rápido antes de que cometa alguna estupidez de verdad —gruñó.

Me arrojó sobre su espalda como hizo la otra vez y vi el tremendo esfuerzo que hacía para comportarse dulcemente. Enrosqué mis piernas en su cintura y busqué seguridad al sujetarme a su cuello con un abrazo casi estrangulador.

—No te olvides de cerrar los ojos —me advirtió severamente.

Hundí la cabeza entre sus omóplatos, por debajo de mi brazo, y cerré con fuerza los ojos.

No podía decir realmente si nos movíamos o no. Sentía la sensación del vuelo a lo largo de mi cuerpo, pero el movimiento era tan suave que igual hubiéramos podido estar dando un paseo por la acera. Estuve tentada de echar un vistazo, sólo para comprobar si estábamos volando de verdad a través del bosque igual que antes, pero me resistí. No merecía la pena ganarme un mareo tremendo. Me contenté con sentir su respiración acompasada.

No estuve segura de que habíamos parado de verdad hasta que no alzó el brazo hacia atrás y me tocó el pelo.

—Ya pasó, Bella.

Me atreví a abrir los ojos y era cierto, ya nos habíamos detenido. Medio entumecida, deshice la presa estranguladora sobre su cuerpo y me deslicé al suelo, cayéndome de espaldas.

—¡Ay! —grité enfadada cuando me golpeé contra el suelo mojado.

Me miró sorprendido; era obvio que no estaba totalmente seguro de si podía reírse a mi costa en esa situación, pero mi expresión desconcertada venció sus reticencias y rompió a reír a mandíbula batiente.

Me levanté, ignorándole, y me puse a limpiar de barro y ramitas la parte posterior de mi chaqueta. Eso sólo sirvió para que se riera aún más. Enfadada, empecé a andar a zancadas hacia el bosque.

Sentí su brazo alrededor de mi cintura.

—¿Adónde vas, Bella?

—A ver un partido de béisbol. Ya que tú no pareces interesado en jugar, voy a asegurarme de que los demás se divierten sin ti.

—Pero si no es por ahí...

Me di la vuelta sin mirarle, y seguí andando a zancadas en la dirección opuesta. Me atrapó de nuevo.

—No te enfades, no he podido evitarlo. Deberías haberte visto la cara —se reía entre dientes, otra vez sin poder contenerse.

—Ah claro, aquí tú eres el único que se puede enfadar, ¿no? —le pregunté, arqueando las cejas.

—No estaba enfadado contigo.

—¿«Bella, eres mi perdición»? —cité amargamente.

—*Eso* fue simplemente la constatación de un hecho.

Intenté revolverme y alejarme de él una vez más, pero me sujetó rápido.

—Te habías enfadado —insistí.

—Sí.

—Pero si acabas de decir...

—No estaba enfadado *contigo,* Bella, ¿es que no te das cuenta? —se había puesto serio de pronto, desaparecido del todo cualquier amago de broma en su expresión—. ¿Es que no lo entiendes?

—¿Entender el qué? —le exigí, confundida por su rápido cambio de humor, tanto como por sus palabras.

—Nunca podría enfadarme contigo, ¿cómo podría? Eres tan valiente, tan leal, tan... cálida.

—Entonces, ¿por qué? —susurré, recordando los duros modales con los que me había rechazado, que no había podido interpretar salvo como una frustración muy clara, frustración por mi debilidad, mi lentitud, mis desordenadas reacciones humanas...

Me puso las manos cuidadosamente a ambos lados de la cara.

—Estaba furioso conmigo mismo —dijo dulcemente—. Por la manera en que no dejo de ponerte en peligro. Mi propia existencia ya supone un peligro para ti. Algunas veces, de verdad que me odio a mí mismo. Debería ser más fuerte, debería ser capaz de...

Le tapé la boca con la mano.

—No lo digas.

Me tomó de la mano, alejándola de los labios, pero manteniéndola contra su cara.

—Te quiero —dijo—. Es una excusa muy pobre para todo lo que te hago pasar, pero es la pura verdad.

Era la primera vez que me decía que me quería, al menos con tantas palabras. Tal vez no se hubiera dado cuenta, pero yo ya lo creo que sí.

—Ahora, intenta cuidarte, ¿vale? —continuó y se inclinó para rozar suavemente sus labios contra los míos.

Me quedé quieta, mostrando dignidad. Entonces, suspiré.

—Le prometiste al jefe Swan que me llevarías a casa temprano, ¿recuerdas? Así que será mejor que nos pongamos en marcha.

—Sí, señorita.

Sonrió melancólicamente y me soltó, aunque se quedó con una de mis manos. Me llevó unos cuantos metros más adelante, a través de altos helechos mojados y musgos que cubrían un enorme abeto, y de pronto nos encontramos allí, al borde de un inmenso campo abierto en la ladera de los montes Olympic. Tenía dos veces el tamaño de un estadio de béisbol.

Allí vi a todos los demás; Esme, Emmett y Rosalie, sentados en una lisa roca saledıza, eran los que se hallaban más cerca de nosotros, a unos cien metros. Aún más lejos, a unos cuatrocientos metros, se veía a Jasper y Alice, que parecían lanzarse algo el uno al otro, aunque no vi la bola en ningún momento. Parecía que Carlisle estuviera marcando las bases, pero ¿realmente podía estar poniéndolas tan separadas unas de otras?

Los tres que se encontraban sobre la roca se levantaron cuando estuvimos a la vista. Esme se acercó hacia nosotros y Emmett la siguió después de echar una larga ojeada a la espalda de Rosalie, que se había levantado con gracia y avanzaba a grandes pasos hacia el campo sin mirar en nuestra dirección. En respuesta, mi estómago se agitó incómodo.

—¿Es a ti a quien hemos oído, Edward? —preguntó Esme conforme se acercaba.

—Sonaba como si se estuviera ahogando un oso —aclaró Emmett.

Sonreí tímidamente a Esme.

—Era él.

—Sin querer, Bella resultaba muy cómica en ese momento —explicó rápido Edward, intentando apuntarse el tanto.

Alice había abandonado su posición y corría, o más bien se podría decir que danzaba, hacia nosotros. Avanzó a toda velocidad para detenerse con gran desenvoltura a nuestro lado.

—Es la hora —anunció.

El hondo estruendo de un trueno sacudió el bosque de enfrente apenas hubo terminado de hablar. A continuación retumbó hacia el oeste, en dirección a la ciudad.

—Raro, ¿a que sí? —dijo Emmett con un guiño, como si nos conociéramos de toda la vida.

—Venga, vamos...

Alice tomó a Emmett de la mano y desaparecieron como flechas en dirección al gigantesco campo.

Ella corría como una gacela; él, lejos de ser tan grácil, sin embargo le igualaba en velocidad, aunque nunca se le podría comparar con una gacela.

—¿Te apetece jugar una bola? —me preguntó Edward con los ojos brillantes, deseoso de participar.

Yo intenté sonar apropiadamente entusiasta.

—¡Ve con los demás!

Rió por lo bajo, y después de revolverme el pelo, dio un gran salto para reunirse con los otros dos. Su forma de correr era más agresiva, más parecida a la de un guepardo que a la de una gacela, por lo que pronto les dio alcance. Su exhibición de gracia y poder me cortó el aliento.

—¿Bajamos? —inquirió Esme con voz suave y melodiosa.

En ese instante, me di cuenta de que lo estaba mirando boquiabierta. Rápidamente controlé mi expresión y asentí. Esme estaba a un metro escaso de mí y me pregunté si seguía actuando con cuidado para no asustarme. Acompasó su paso al mío, sin impacientarse por mi ritmo lento.

—¿No vas a jugar con ellos? —le pregunté con timidez.

—No, prefiero arbitrar; alguien debe evitar que hagan trampas y a mí me gusta —me explicó.

—Entonces, ¿les gusta hacer trampas?

—Oh, ya lo creo que sí, ¡tendrías que oír sus explicaciones! Bueno, espero que no sea así, de lo contrario pensarías que se han criado en una manada de lobos.

—Te pareces a mi madre —reí, sorprendida, y ella se unió a mis risas.

—Bueno, me gusta pensar en ellos como si fueran hijos míos, en más de un sentido. Me cuesta mucho controlar mis instintos maternales. ¿No te contó Edward que había perdido un bebé?

—No —murmuré aturdida, esforzándome por comprender a qué periodo de su vida se estaría refiriendo.

—Sí, mi primer y único hijo murió a los pocos días de haber nacido, mi pobre cosita —suspiró—. Me rompió el corazón y por eso me arrojé por el acantilado, como ya sabrás —añadió con toda naturalidad.

—Edward sólo me dijo que te caíste —tartamudeé.

—Ah. Edward, siempre tan caballeroso —esbozó una sonrisa—. Edward fue el primero de mis nuevos hijos. Siempre pienso en él de ese modo, incluso aunque, en cierto modo, sea mayor que yo —me sonrió cálidamente—. Por eso me alegra tanto que te haya encontrado, corazón —aquellas cariñosas palabras sonaron muy naturales en sus labios—. Ha sido un bicho raro durante demasiado tiempo; me dolía verle tan solo.

—Entonces, ¿no te importa? —pregunté, dubitativa otra vez—. ¿Que yo no sea... buena para él?

—No —se quedó pensativa—. Tú eres lo que él quiere. No sé cómo, pero esto va a salir bien —me aseguró, aunque su frente estaba fruncida por la preocupación. Se oyó el estruendo de otro trueno.

En ese momento, Esme se detuvo. Por lo visto, habíamos llegado a los límites del campo. Al parecer, ya se habían formado los equipos. Edward estaba en la parte izquierda del campo, bastante lejos; Carlisle se encontraba entre la primera y la segunda base, y Alice tenía la bola en su poder, en lo que debía ser la base de lanzamiento.

Emmett hacía girar un bate de aluminio, sólo perceptible por su sonido silbante, ya que era casi imposible seguir su trayectoria en el aire con la vista. Esperaba que se acercara a la base de meta, pero ya estaba allí, a una distancia inconcebible de la base de lanzamiento, adoptando la postura de bateo para cuando me quise dar cuenta. Jasper se situó detrás, a un metro escaso, para atrapar la bola para el otro equipo. Como era de esperar, ninguno llevaba guantes.

—De acuerdo —Esme habló con voz clara, y supe que Edward la había oído a pesar de estar muy alejado—, batea.

Alice permanecía erguida, aparentemente inmóvil. Su estilo parecía que estaba más cerca de la astucia, de lo furtivo, que de una técnica de lanzamiento intimidatoria. Sujetó la bola con ambas manos cerca de su cintura; luego, su brazo derecho se movió como el ataque de una cobra y la bola impactó en la mano de Jasper.

—¿Ha sido un *strike?* —le pregunté a Esme.

—Si no la golpean, es un *strike* —me contestó.

Jasper lanzó de nuevo la bola a la mano de Alice, que se permitió una gran sonrisa antes de estirar el brazo para efectuar otro nuevo lanzamiento.

Esta vez el bate consiguió, sin saber muy bien cómo, golpear la bola invisible. El chasquido del impacto fue tremendo, atronador. Entendí con claridad la razón por la que necesitaban una tormenta para jugar cuando las montañas devolvieron el eco del golpe.

La bola sobrevoló el campo como un meteorito para irse a perder en lo profundo del bosque circundante.

—Carrera completa —murmuré.

—Espera —dijo Esme con cautela, escuchando atenta y con la mano alzada.

Emmett era una figura borrosa que corría de una base a otra y Carlisle, la sombra que lo seguía. Me di cuenta de que Edward no estaba.

—*¡Out!* —cantó Esme con su voz clara.

Contemplé con incredulidad cómo Edward saltaba desde la linde del bosque con la bola en la mano alzada. Incluso yo pude ver su brillante sonrisa.

—Emmett será el que batea más fuerte —me explicó Esme—, pero Edward corre al menos igual de rápido.

Las entradas se sucedieron ante mis ojos incrédulos. Era imposible mantener contacto visual con la bola teniendo en cuenta la velocidad a la que volaba y el ritmo al que se movían alrededor del campo los corredores de base.

Comprendí el otro motivo por el cual esperaban a que hubiera una tormenta para jugar cuando Jasper bateó una *roleta,* una de esas pelotas que van rodando por el suelo, hacia la posición de Carlisle en un intento de evitar la infalible defensa de Edward.

Carlisle corrió a por la bola y luego se lanzó en pos de Jasper, que iba disparado hacia la primera base. Cuando chocaron, el sonido fue como el de la colisión de dos enormes masas de roca. Preocupada, me incorporé de un salto para ver lo sucedido, pero habían resultado ilesos.

—Están bien —anunció Esme con voz tranquila.

El equipo de Emmett iba una carrera por delante. Rosalie se las apañó para revolotear sobre las bases después de aprovechar uno de los larguísimos lanzamientos de Emmett, cuando Edward consiguió el tercer *out.* Se acercó de un salto hasta donde estaba yo, chispeante de entusiasmo.

—¿Qué te parece? —inquirió.

—Una cosa es segura: no volveré a sentarme otra vez a ver esa vieja y aburrida Liga Nacional de Béisbol.

—Ya, suena como si lo hubieras hecho antes muchas veces —replicó Edward entre risas.

—Pero estoy un poco decepcionada —bromeé.

—¿Por qué? —me preguntó, intrigado.

—Bueno, sería estupendo encontrar una sola cosa que no hagas mejor que cualquier otra persona en este planeta.

Esa sonrisa torcida suya relampagueó en su rostro durante un momento, dejándome sin aliento.

—Ya voy —dijo al tiempo que se encaminaba hacia la base del bateador.

Jugó con mucha astucia al optar por una bola baja, fuera del alcance de la excepcionalmente rápida mano de Rosalie, que defendía en la parte exterior del campo, y, veloz como el rayo, ganó dos bases antes de que Emmett pudiera volver a poner la bola en juego. Carlisle golpeó una tan lejos fuera del campo —con un estruendo que me hirió los oídos—, que Edward y él completaron la carrera. Alice chocó delicadamente las palmas con ellos.

El tanteo cambiaba continuamente conforme avanzaba el partido y se gastaban bromas unos a otros como otros jugadores callejeros al ir pasando todos por la primera posición. De vez en cuando, Esme tenía que llamarles la atención. Otro trueno retumbó, pero seguíamos sin mojarnos, tal y como había predicho Alice.

Carlisle estaba a punto de batear con Edward como receptor cuando Alice, de pronto, profirió un grito sofocado que sonó muy fuerte. Yo miraba a Edward, como siempre, y entonces le vi darse la vuelta para mirarla. Las miradas de ambos se encontraron y en un instante circuló entre ellos un flujo misterioso. Edward ya estaba a mi lado antes de que los demás pudieran preguntar a Alice qué iba mal.

—¿Alice? —preguntó Esme con voz tensa.

—No lo he visto con claridad, no podría deciros... —susurró ella.

Para entonces ya se habían reunido todos.

—¿Qué pasa, Alice? —le preguntó Carlisle a su vez con voz tranquila, cargada de autoridad.

—Viajan mucho más rápido de lo que pensaba. Creo que me he equivocado en eso —murmuró.

Jasper se inclinó sobre ella con ademán protector.

—¿Qué es lo que ha cambiado? —le preguntó.

—Nos han oído jugar y han cambiado de dirección —señaló, contrita, como si se sintiera responsable de lo que fuera que la había asustado.

Siete pares de rápidos ojos se posaron en mi cara de forma fugaz y se apartaron.

—¿Cuánto tardarán en llegar? —inquirió Carlisle, volviéndose hacia Edward.

Una mirada de intensa concentración cruzó por su rostro y respondió con gesto contrariado:

—Menos de cinco minutos. Vienen corriendo, quieren jugar.

—¿Puedes hacerlo? —le preguntó Carlisle, mientras sus ojos se posaban sobre mí brevemente.

—No, con carga, no —resumió él—. Además, lo que menos necesitamos es que capten el olor y comiencen la caza.

—¿Cuántos son? —preguntó Emmett a Alice.

—Tres —contestó con laconismo.

—¡Tres! —exclamó Emmett con tono de mofa. Flexionó los músculos de acero de sus imponentes brazos—. Dejadlos que vengan.

Carlisle lo consideró durante una fracción de segundo que pareció más larga de lo que fue en realidad. Sólo Emmett parecía impasible; el resto miraba fijamente el rostro de Carlisle con los ojos llenos de ansiedad.

—Nos limitaremos a seguir jugando —anunció finalmente Carlisle con tono frío y desapasionado—. Alice dijo que sólo sentían curiosidad.

Pronunció las dos frases en un torrente de palabras que duró unos segundos escasos. Escuché con atención y conseguí captar la mayor parte, aunque no conseguí oír lo que Esme le estaba preguntando en este momento a Edward con una vibración silenciosa de sus labios. Sólo atisbé la imperceptible negativa de cabeza por parte de Edward y el alivio en las facciones de Esme.

—Intenta atrapar tú la bola, Esme. Yo me encargo de prepararla —y se plantó delante de mí.

Los otros volvieron al campo, barriendo recelosos el bosque oscuro con su mirada aguda. Alice y Esme parecían intentar orientarse alrededor de donde yo me encontraba.

—Suéltate el pelo —ordenó Edward con voz tranquila y baja.

Obedientemente, me quité la goma del pelo y lo sacudí hasta extenderlo todo a mi alrededor.

Comenté lo que me parecía evidente.

—Los otros vienen ya para acá.

—Sí, quédate inmóvil, permanece callada —intentó ocultar bastante bien el nerviosismo de su voz, pero pude captarlo—, y no te apartes de mi lado, por favor.

Tiró de mi melena hacia delante, y la enrolló alrededor de mi cara. Alice apuntó en voz baja:

—Eso no servirá de nada. Yo la podría oler incluso desde el otro lado del campo.

—Lo sé —contestó Edward con una nota de frustración en la voz.

Carlisle se quedó de pie en el prado mientras el resto retomaba el juego con desgana.

—Edward, ¿qué te preguntó Esme? —susurré.

Vaciló un momento antes de contestarme.

—Que si estaban sedientos —murmuró reticente.

Pasaron unos segundos y el juego progresaba, ahora con apatía, ya que nadie tenía ganas de golpear fuerte. Emmett, Rosalie y Jasper merodeaban por el área interior del campo. A pesar de que el miedo me nublaba el entendimiento, fui consciente más de una vez de la mirada fija de Rosalie en mí. Era inexpresiva, pero de algún modo, por la forma en que plegaba los labios, me hizo pensar que estaba enfadada.

Edward no prestaba ninguna atención al juego, sus ojos y su mente se encontraban recorriendo el bosque.

—Lo siento, Bella —murmuró ferozmente—. Exponerte de este modo ha sido estúpido e irresponsable por mi parte. ¡Cuánto lo siento!

Noté cómo contenía la respiración y fijaba los ojos abiertos como platos en la esquina oeste del campo. Avanzó medio paso, interponiéndose entre lo que se acercaba y yo.

Carlisle, Emmett y los demás se volvieron en la misma dirección en cuanto oyeron el ruido de su avance, que a mí me llegaba mucho más apagado.

La caza

Aparecieron de uno en uno en la linde del bosque a doce metros de nuestra posición.

El primer hombre entró en el claro y se apartó inmediatamente para dejar paso a otro más alto, de pelo negro, que se colocó al frente, de un modo que evidenciaba con claridad quién lideraba el grupo.

El tercer integrante era una mujer; desde aquella distancia, sólo alcanzaba a verle el pelo, de un asombroso matiz rojo.

Cerraron filas conforme avanzaban con cautela hacia donde se hallaba la familia de Edward, mostrando el natural recelo de una manada de depredadores ante un grupo desconocido y más numeroso de su propia especie.

Comprobé cuánto diferían de los Cullen cuando se acercaron. Su paso era gatuno, andaban de forma muy similar a la de un felino al acecho. Se vestían con el típico equipo de un excursionista: vaqueros y una sencilla camisa de cuello abotonado y gruesa tela impermeable. Las ropas se veían deshilachadas por el uso e iban descalzos. Los hombres llevaban el pelo muy corto y la rutilante melena pelirroja de la chica estaba llena de hojas y otros restos del bosque.

Sus ojos agudos se apercibieron del aspecto más urbano y pulido de Carlisle, que, alerta, flanqueado por Emmett y Jasper, salió a su encuentro. Sin que aparentemente se hubieran puesto de acuerdo, todos habían adoptado una postura erguida y de despreocupación.

El líder de los recién llegados era sin duda el más agraciado, con su piel de tono oliváceo debajo de la característica palidez y los cabellos de un brillantísimo negro. Era de constitución mediana, musculoso, por supuesto, pero sin acercarse ni de lejos a la fuerza física de Emmett. Esbozó una sonrisa agradable que permitió entrever unos deslumbrantes dientes blancos.

La mujer tenía un aspecto más salvaje, en parte por la melena revuelta y alborotada por la brisa. Su mirada iba y venía incesantemente de los hombres que tenía en frente al grupo desorganizado que me rodeaba. Su postura era marcadamente felina. El segundo hombre, de complexión más liviana que la del líder —tanto las facciones como el pelo castaño claro eran anodinos—, revoloteaba con desenvoltura entre ambos. Sin embargo, su mirada era de una calma absoluta, y sus ojos, en cierto modo, los más atentos.

Los ojos de los recién llegados también eran diferentes. No eran dorados o negros, como cabía esperar, sino de un intenso color borgoña con una tonalidad perturbadora y siniestra.

El moreno dio un paso hacia Carlisle sin dejar de sonreír.

—Creíamos haber oído jugar a alguien —hablaba con voz reposada y tenía un leve acento francés—. Me llamo Laurent, y éstos son Victoria y James —añadió señalando a los vampiros que le acompañaban.

—Yo soy Carlisle y ésta es mi familia: Emmett y Jasper; Rosalie, Esme y Alice; Edward y Bella —nos identificaba en grupos, intentando deliberadamente no llamar la atención hacia ningún individuo. Me sobresalté cuando me nombró.

—¿Hay sitio para unos pocos jugadores más? —inquirió Laurent con afabilidad.

Carlisle acomodó la inflexión de la voz al mismo tono amistoso de Laurent.

—Bueno, lo cierto es que acabamos de terminar el partido. Pero estaríamos verdaderamente encantados en otra ocasión. ¿Pensáis quedaros mucho tiempo en la zona?

—En realidad, vamos hacia el norte, aunque hemos sentido curiosidad por lo que había por aquí. No hemos tenido compañía durante mucho tiempo.

—No, esta región suele estar vacía si exceptuamos a mi grupo y algún visitante ocasional, como vosotros.

La tensa atmósfera había evolucionado hacia una conversación distendida; supuse que Jasper estaba usando su peculiar don para controlar la situación.

—¿Cuál es vuestro territorio de caza? —preguntó Laurent como quien no quiere la cosa.

Carlisle ignoró la presunción que implicaba la pregunta.

—Ésta, los montes Olympic, y algunas veces la Coast Ranges de una punta a la otra. Tenemos una residencia aquí. También hay otro asentamiento permanente como el nuestro cerca de Denali.

Laurent se balanceó, descansando el peso del cuerpo sobre los talones, y preguntó con viva curiosidad:

—¿Permanente? ¿Y como habéis conseguido algo así?

—¿Por qué no nos acompañáis a nuestra casa y charlamos más cómodos? —los invitó Carlisle—. Es una larga historia.

James y Victoria intercambiaron una mirada de sorpresa cuando Carlisle mencionó la palabra «casa», pero Laurent controló mejor su expresión.

—Es muy interesante y hospitalario por vuestra parte —su sonrisa era encantadora—. Hemos estado de caza todo el camino desde Ontario —estudió a Carlisle con la mirada, percatándose de su aspecto refinado—. No hemos tenido ocasión de asearnos un poco.

—Por favor, no os ofendáis, pero he de rogaros que os abstengáis de cazar en los alrededores de esa zona. Debemos pasar desapercibidos, ya me entiendes —explicó Carlisle.

—Claro —asintió Laurent—. No pretendemos disputaros el territorio. De todos modos, acabamos de alimentarnos a las afueras de Seattle.

Un escalofrío recorrió mi espalda cuando Laurent rompió a reír.

—Os mostraremos el camino si queréis venir con nosotros. Emmett, Alice, id con Edward y Bella a recoger el Jeep —añadió sin darle importancia.

Mientras Carlisle hablaba, ocurrieron tres cosas a la vez. La suave brisa despeinó mi cabello, Edward se envaró y el segundo varón, James, movió su cabeza repentinamente de un lado a otro, buscando, para luego centrar en mí su escrutinio, agitando las aletas de la nariz.

Una rigidez repentina afectó a todos cuando James se adelantó un paso y se agazapó. Edward exhibió los dientes y adoptó la misma postura defensiva al tiempo que emitía un rugido bestial que parecía desgarrarle la garganta. No tenía nada que ver con los sonidos juguetones que le había escuchado esta mañana. Era lo más amenazante que había oído en mi vida y me estremecí de los pies a la cabeza.

—¿Qué ocurre? —exclamó Laurent, sorprendido. Ni James ni Edward relajaron sus agresivas poses. El primero fintó ligeramente hacia un lado y Edward respondió al movimiento.

—Ella está con nosotros.

El firme desafío de Carlisle se dirigía a James. Laurent parecía percibir mi olor con menos fuerza que James, pero pronto se dio cuenta y el descubrimiento se reflejó también en su rostro.

—¿Nos habéis traído un aperitivo? —inquirió con voz incrédula, mientras, sin darse cuenta, daba un paso adelante.

Edward rugió con mayor ferocidad y dureza, curvando el labio superior sobre sus deslumbrantes dientes desnudos. Laurent retrocedió el paso que había dado.

—He dicho que ella está con nosotros —replicó Carlisle con sequedad.

—Pero es *humana* —protestó Laurent. No había agresividad en sus palabras, simplemente estaba atónito.

—Sí... —Emmett se hizo notar al lado de Carlisle, con los ojos fijos en James, que se irguió muy despacio y volvió a su posición normal, aunque las aletas de su nariz seguían dilatadas y no me perdía de vista. Edward continuaba agazapado como un león delante de mí.

—Parece que tenemos mucho que aprender unos de otros.

Laurent hablaba con un tono tranquilizador en un intento de suavizar la repentina hostilidad.

—Sin duda —la voz de Carlisle todavía era fría.

—Aún nos gustaría aceptar vuestra invitación —sus ojos se movieron rápidamente hacia mí y retornaron a Carlisle—. Y claro, no le haremos daño a la chica humana. No cazaremos en vuestro territorio, como os he dicho.

James miró a Laurent con incredulidad e irritación, e intercambió otra larga mirada con Victoria, cuyos ojos seguían errando nerviosos de rostro en rostro.

Carlisle evaluó la franca expresión de Laurent durante un momento antes de hablar.

—Os mostraremos el camino. Jasper, Rosalie, Esme —llamó y se reunieron todos delante de mí, ocultándome de la vista de los recién llegados. Alice estuvo a mi lado en un momento y Emmett se situó lentamente a mi espalda, con sus ojos trabados en los de James mientras éste retrocedía unos pasos.

—Vámonos, Bella —ordenó Edward con voz baja y sombría.

Parecía como si durante todo ese tiempo hubiera echado raíces en el suelo, porque me quedé totalmente inmóvil y aterrorizada. Edward tuvo que agarrarme del codo y tirar bruscamente de mí para sacarme del trance. Alice y Emmett estaban muy cerca de mi espalda, ocultándome. Tropecé con Edward, todavía aturdida por el miedo, y no pude oír si el otro grupo se había marchado ya. La impaciencia de Edward casi se podía palpar mientras andábamos a paso humano hacia el borde del bosque.

Sin dejar de caminar, Edward me subió encima de su espalda en cuanto llegamos a los árboles. Me sujeté con la mayor fuerza posible cuando se lanzó a tumba abierta con los otros pegados a los talones. Mantuve la cabeza baja, pero no podía cerrar los ojos, los tenía dilatados por el pánico. Los Cullen se zambulleron como espectros en el bosque, ahora en una absoluta penumbra. La sensación de júbilo que habitualmente embargaba a Edward al correr había desaparecido por completo, sustituida por una furia que lo consumía y le hacía ir aún más rápido. Incluso conmigo a las espaldas, los otros casi le perdieron de vista.

Llegamos al Jeep en un tiempo inverosímil. Edward apenas se paró antes de echarme al asiento trasero.

—Sujétala —ordenó a Emmett, que se deslizó a mi lado.

Alice se había sentado ya en el asiento delantero y Edward puso en marcha el coche. El motor rugió al encenderse y el vehículo giró en redondo para encarar el tortuoso camino.

Edward gruñía algo demasiado rápido para que pudiera entenderle, pero sonaba bastante parecido a una sarta de blasfemias.

El traqueteo fue mucho peor esta vez y la oscuridad lo hacía aún más aterrador. Emmett y Alice miraban por las ventanillas laterales.

Llegamos a la carretera principal y entonces pude ver mejor por donde íbamos, aunque había aumentado la velocidad. Se dirigía al sur, en dirección contraria a Forks.

—¿Adónde vamos? —pregunté.

Nadie contestó. Ni siquiera me miraron.

—¡Maldita sea, Edward! ¿Adónde me llevas?

—Debemos sacarte de aquí, lo más lejos posible y ahora mismo.

No miró hacia atrás mientras hablaba, pendiente de la carretera. El velocímetro marcaba más de ciento noventa kilómetros por hora.

—¡Da media vuelta! ¡Tienes que llevarme a casa! —grité. Luché contra aquel estúpido arnés, tirando de las correas.

—Emmett —advirtió Edward con tono severo.

Y Emmett me sujetó las manos con un férreo apretón.

—¡No! ¡Edward, no puedes hacer esto!

—He de hacerlo, Bella, ahora por favor, quédate quieta.

—¡No puedo! ¡Tienes que devolverme a casa, Charlie llamará al FBI y éste se echará encima de toda tu familia, de Carlisle y Esme! ¡Tendrán que marcharse, y a partir de ese momento deberán esconderse siempre!

—Tranquilízate, Bella —su voz era fría—. Ya lo hemos hecho otras veces.

—¡Pero no por mí, no lo hagas! ¡No lo arruines todo por mí!

Luché violentamente para soltarme, sin ninguna posibilidad.

—Edward, dirígete al arcén —Alice habló por primera vez.

Él la miró con cara de pocos amigos, y luego aceleró.

—Edward, vamos a hablar de esto.

—No lo entiendes —rugió frustrado. Nunca había oído su voz tan alta y resultaba ensordecedora dentro del Jeep. El velocímetro rebasaba los doscientos por hora—. ¡Es un rastreador, Alice! ¿Es que no te has dado cuenta? ¡Es un rastreador!

Sentí cómo Emmett se tensaba a mi lado y me pregunté la razón por la que reaccionaba de ese modo ante esa palabra. Significaba algo para ellos, pero no para mí; quería entenderlo, pero no podía preguntar.

—Para en el arcén, Edward.

El tono de Alice era razonable, pero había en él un matiz de autoridad que yo no había oído antes. El velocímetro rebasó los doscientos veinte.

—Hazlo, Edward.

—Escúchame, Alice. Le he leído la mente. El rastreo es su pasión, su obsesión, y la quiere a ella, Alice, a *ella* en concreto. La cacería empieza esta noche.

—No sabe dónde...

Edward la interrumpió.

—¿Cuánto tiempo crees que va a necesitar para captar su olor en el pueblo? Laurent ya había trazado el plan en su mente antes de decir lo que dijo.

Ahogué un grito al comprender adónde le conduciría mi olor.

—¡Charlie! ¡No podéis dejarle allí! ¡No podéis dejarle! —me debatí contra el arnés.

—Bella tiene razón —observó Alice.

El coche redujo la velocidad ligeramente.

—No tardaremos demasiado en considerar todas las opciones —intentó persuadirle Alice.

El coche redujo nuevamente la velocidad, en esta ocasión de forma más patente, y entonces frenó con un chirrido en el arcén de la autopista. Salí disparada hacia delante, precipitándome contra el arnés, para luego caer hacia atrás y chocar contra el asiento.

—No hay ninguna opción —susurró Edward.

—¡No voy a abandonar a Charlie! —chillé.

—*Cállate,* Bella.

—Tienes que llevarla a casa —intervino Emmett, finalmente.

—No —rechazó de plano.

—James no puede compararse con nosotros, Edward. No podrá tocarla.

—Esperará.

Emmett sonrió.

—Yo también puedo esperar.

—¿No lo veis? ¿Es que no lo entendéis? No va a cambiar de idea una vez que se haya entregado a la caza. Tendremos que matarlo.

A Emmett no pareció disgustarle la idea.

—Es una opción.

—Y también tendremos que matar a la mujer. Está con él. Si luchamos, el líder del grupo también los acompañará.

—Somos suficientes para ellos.

—Hay otra opción —dijo Alice con serenidad.

Edward se revolvió contra ella furioso, su voz fue un rugido devastador cuando dijo:

—¡No-hay-otra-opción!

Emmett y yo le miramos aturdidos, pero Alice no parecía sorprendida. El silenció se prolongó durante más de un minuto, mientras Edward y Alice se miraban fijamente el uno al otro. Yo lo rompí.

—¿Querría alguien escuchar mi plan?

—No —gruñó Edward. Alice le clavó la mirada, definitivamente enfadada.

—Escucha —supliqué—. Llévame de vuelta.

—No —me interrumpió él.

Le miré fijamente y continué.

—Me llevas de vuelta y le digo a mi padre que quiero irme a casa, a Phoenix. Hago las maletas, esperamos a que el rastreador esté observando y entonces huimos. Nos seguirá y dejará a Charlie tranquilo. Charlie no lanzará al FBI sobre tu familia y entonces me podrás llevar a cualquier maldito lugar que se te ocurra.

Me miraron sorprendidos.

—Pues realmente no es una mala idea, en absoluto.

La sorpresa de Emmett suponía un auténtico insulto.

—Podría funcionar, y desde luego no podemos dejar desprotegido al padre de Bella. Tú lo sabes —dijo Alice.

Todos mirábamos a Edward.

—Es demasiado peligroso... Y no le quiero cerca de ella ni a cien kilómetros a la redonda.

Emmett rebosaba autoconfianza.

—Edward, él no va a acabar con nosotros.

Alice se concentró durante un minuto.

—No le veo atacando. Va a esperar a que la dejemos sola.

—No le llevará mucho darse cuenta de que eso no va a suceder.

—*Exijo* que me lleves a casa —intenté sonar decidida.

Edward presionó los dedos contra las sienes y cerró los ojos con fuerza.

—Por favor —supliqué en voz mucho más baja.

No levantó la vista. Cuando habló, su voz sonaba como si las palabras salieran contra su voluntad.

—Te marchas esta noche, tanto si el rastreador te ve como si no. Le dirás a Charlie que no puedes estar un minuto más en Forks, cuéntale cualquier historia con tal de que funcione. Guarda en una maleta lo primero que tengas a mano y métete después en tu coche. Me da exactamente igual lo que él te diga. Dispones de quince minutos. ¿Me has escuchado? Quince minutos a contar desde el momento en que pongas el pie en el umbral de la puerta.

El Jeep volvió a la vida con un rugido y las ruedas chirriaron cuando describió un brusco giro. La aguja del velocímetro comenzó a subir de nuevo.

—¿Emmett? —pregunté con intención, mirándome las manos.

—Ah, perdón —dijo, y me soltó.

Transcurrieron varios minutos en silencio, sin que se oyera otro sonido que el del motor. Entonces, Edward habló de nuevo.

—Vamos a hacerlo de esta manera. Cuando lleguemos a la casa, si el rastreador no está allí, la acompañaré a la puerta —me miró a través del retrovisor—. Dispones de quince minutos a partir de ese momento. Emmett, tú controlarás el exterior de la casa. Alice, tú llevarás el coche, yo estaré dentro con ella todo el tiempo. En cuanto salga, lleváis el Jeep a casa y se lo contáis a Carlisle.

—De ninguna manera —le contradijo Emmett—. Iré contigo.

—Piénsalo bien, Emmett. No sé cuánto tiempo estaré fuera.

—Hasta que no sepamos en qué puede terminar este asunto, estaré contigo.

Edward suspiró.

—Si el rastreador está *allí* —continuó inexorablemente—, seguiré conduciendo.

—Vamos a llegar antes que él —dijo Alice con confianza.

Edward pareció aceptarlo. Fuera cual fuera el roce que hubiera tenido con Alice, no dudaba de ella ahora.

—¿Qué vamos a hacer con el Jeep? —preguntó ella.

Su voz sonaba dura y afilada.

—Tú lo llevarás a casa.

—No, no lo haré —replicó ella con calma.

La retahíla ininteligible de blasfemias volvió a comenzar.

—No cabemos todos en mi coche —susurré.

Edward no pareció escucharme.

—Creo que deberías dejarme marchar sola —dije en voz baja, mucho más tranquila.

Él lo oyó.

—Bella, por favor, hagamos esto a mi manera, sólo por esta vez —dijo con los dientes apretados.

—Escucha, Charlie no es ningún imbécil —protesté—. Si mañana no estás en el pueblo, va a sospechar.

—Eso es irrelevante. Nos aseguraremos de que se encuentre a salvo y eso es lo único que importa.

—Bueno, ¿y qué pasa con el rastreador? Vio la forma en que actuaste esta noche. Pensará que estás conmigo, estés donde estés.

Emmett me miró, insultantemente sorprendido otra vez.

—Edward, escúchala —le urgió—. Creo que tiene razón.

—Sí, estoy de acuerdo —comentó Alice.

—No puedo hacer eso —la voz de Edward era helada.

—Emmett podría quedarse también —continué—. Le ha tomado bastante ojeriza.

—¿Qué? —Emmett se volvió hacia mí.

—Si te quedas, tendrás más posibilidades de ponerle la mano encima —acordó Alice.

Edward la miró con incredulidad.

—¿Y tú te crees que la voy a dejar irse sola?

—Claro que no —dijo Alice—. La acompañaremos Jasper y yo.

—No puedo hacer eso —repitió Edward, pero esta vez su voz mostraba signos evidentes de derrota. La lógica estaba haciendo de las suyas con él.

Intenté ser persuasiva.

—Déjate ver por aquí durante una semana —vi su expresión en el retrovisor y rectifiqué—. Bueno, unos cuantos días. Deja que Charlie vea que no me has secuestrado y que James se vaya de caza inútilmente. Cerciórate por completo de que no tenga ninguna pista; luego, te vas y me buscas, tomando una ruta que lo despiste, claro. Entonces, Jasper y Alice podrán volver a casa.

Vi que empezaba a considerarlo.

—¿Dónde te iría a buscar?

—A Phoenix —respondí sin dudar.

—No. Él oirá que es allí donde vas —replicó con impaciencia.

—Y tú le harás creer que es un truco, claro. Es consciente de que sabemos que nos está escuchando. Jamás creerá que me dirija de verdad a donde anuncie que voy.

—Esta chica es diabólica —rió Emmett entre dientes.

—¿Y si no funciona?

—Hay varios millones de personas en Phoenix —le informé.

—No es tan difícil usar una guía telefónica.

—No iré a casa.

—¿Ah, no? —preguntó con una nota peligrosa en la voz.

—Ya soy bastante mayorcita para buscarme un sitio por mi cuenta.

—Edward, estaremos con ella —le recordó Alice.

—¿Y qué vas a hacer *tú* en *Phoenix?* —le preguntó él mordazmente.

—Quedarme bajo techo.

—Ya lo creo que voy a disfrutar —Emmett pensaba seguramente en arrinconar a James.

—Cállate, Emmett.

—Mira, si intentamos detenerle mientras ella anda por aquí, hay muchas más posibilidades de que alguien termine herido..., tanto ella como tú al intentar protegerla. Ahora, si lo pillamos solo... —Emmett dejó la frase inconclusa y lentamente empezó a sonreír. Yo había acertado.

El Jeep avanzaba más lentamente conforme entrábamos en el pueblo. A pesar de mis palabras valientes, sentí cómo se me ponía el vello de punta. Pensé en Charlie, solo en la casa, e intenté hacer acopio de valor.

—Bella —dijo Edward en voz baja. Alice y Emmett miraban por las ventanillas—, si te pones en peligro y te pasa cualquier cosa, cualquier cosa, te haré personalmente responsable. ¿Lo has comprendido?

—Sí —tragué saliva.

Se volvió a Alice.

—¿Va a poder Jasper manejar este asunto?

—Confía un poco en él, Edward. Lo está haciendo bien, muy bien, teniendo todo en cuenta.

—¿Podrás manejarlo *tú?* —preguntó él.

La pequeña y grácil Alice echó hacia atrás sus labios en una mueca horrorosa y dejó salir un gruñido gutural que me hizo encogerme en el asiento del terror.

Edward le sonrió, mas de repente musitó:

—Pero guárdate tus opiniones.

Despedidas

Charlie me esperaba levantado y con todas las luces de la casa encendidas. Me quedé con la mente en blanco mientras pensaba en algo para que me dejara marcharme. No iba a resultar agradable.

Edward aparcó despacio junto al bordillo, a bastante distancia detrás de mi automóvil. Los tres estaban sumamente alertas, sentados muy erguidos en sus asientos; escuchaban cada sonido del bosque, escrutaban cada sombra, captaban cada olor, todo en busca de cualquier cosa que estuviera fuera de lugar. El motor se paró y me quedé sentada, inmóvil, mientras continuaban a la escucha.

—No está aquí —anunció Edward muy tenso—. Vamos.

Emmett se inclinó para ayudarme a salir del arnés.

—No te preocupes, Bella —susurró con jovialidad—. Solucionaremos las cosas lo antes posible.

Sentí que se me humedecían los ojos mientras miraba a Emmett. Apenas le conocía y, sin embargo, me angustiaba el hecho de no saber si lo volvería a ver después de esta noche. Esto, sin duda, era un aperitivo de las despedidas a las que debería sobrevivir durante la próxima hora, y ese pensamiento hizo que se desbordaran las lágrimas de mis ojos.

—Alice, Emmett —espetó Edward con autoridad. Ambos se deslizaron en la oscuridad en el más completo silencio y desaparecieron de inmediato. Edward me abrió la puerta y me tomó de la mano, amparándome en su abrazo protector. Me acompañó rápidamente hacia la casa sin dejar de escrutar la noche.

—Quince minutos —me advirtió en voz baja.

—Puedo hacerlo —inhalé. Las lágrimas me habían inspirado.

Me detuve delante del porche y tomé su rostro entre las manos, mirándole con ferocidad a los ojos.

—Te quiero —le dije con voz baja e intensa—, siempre te amaré, no importa lo que pase ahora.

—No te va a pasar nada, Bella —me respondió con igual ferocidad.

—Sólo te pido que sigas el plan, ¿vale? Mantén a Charlie a salvo por mí. No le voy a caer muy bien después de esto, y quiero tener la oportunidad de disculparme en otro momento.

—Entra, Bella, tenemos prisa —me urgió.

—Una cosa más —susurré apasionadamente—. No hagas caso a nada de lo que me oigas decir ahora.

Edward estaba inclinado, por lo que sólo tuve que ponerme de puntillas para besar sus labios fríos, desprevenidos, con toda la fuerza de la que fui capaz. Entonces, rápidamente me di la vuelta y abrí la puerta de una patada.

—¡Vete, Edward! —le grité.

Eché a correr hacia el interior de la casa después de cerrarle la puerta de golpe en la cara, aún atónita.

—¿Bella?

Charlie deambulaba de aquí para allá en el cuarto de estar, por lo que ya estaba de pie cuando entré.

—¡Déjame en paz! —le chillé entre lágrimas, que caían ahora implacablemente.

Corrí escaleras arriba hasta mi habitación, cerré la puerta de golpe y eché el pestillo. Me abalancé hacia la cama y me arrojé al suelo para sacar mi petate. Busqué precipitadamente entre el colchón y el somier para recoger el viejo calcetín anudado en el que escondía mi reserva secreta de dinero.

Charlie aporreó la puerta.

—Bella, ¿te encuentras bien? —su voz sonaba asustada—. ¿Qué está pasando?

—Me voy a *casa* —grité; la voz se me quebró en el punto exacto.

—¿Te ha hecho daño?

Su tono derivaba hacia la ira.

—¡No! —chillé unas cuantas octavas más alto. Me volví hacia el armario, pero Edward ya estaba allí, recogiendo en silencio y sin mirar verdaderas brazadas de vestidos para luego lanzármelos.

—¿Ha roto contigo?

Charlie estaba perplejo.

—¡No! —grité de nuevo, apenas sin aliento mientras empujaba todo dentro del petate. Edward me arrojó el contenido de otro cajón, aunque a estas alturas apenas cabía nada más.

—¿Qué ha ocurrido, Bella? —vociferó Charlie a través de la puerta, aporreándola de nuevo.

—He sido *yo* la que ha cortado con *él* —le respondí, dando tirones a la cremallera del petate. Las capacitadas manos de Edward me apartaron, la cerró con suavidad y me pasó la correa por el hombro con cuidado.

—Estaré en tu coche, ¡venga! —me susurró.

Me empujó hacia la puerta y se desvaneció por la ventana. Abrí la puerta y empujé a Charlie con rudeza al pasar, luchando con la pesada carga que llevaba y corrí hacia las escaleras.

—¿Qué ha pasado? —gritó Charlie detrás de mí—. ¡Creí que te gustaba!

Me sujetó por el codo al llegar a la cocina, y, aunque estaba desconcertado, su presión era firme.

Me obligó a darme la vuelta para que le mirara y leí en su rostro que no tenía intención de dejarme marchar. Únicamente había una forma de lograrlo y eso implicaba hacerle tanto daño que me odiaba a mí misma sólo de pensarlo, pero no disponía de más tiempo y tenía que mantenerle con vida.

Miré a mi padre, con nuevas lágrimas en los ojos por lo que iba a hacer.

—*Claro* que me gusta, ése es el problema. ¡No aguanto más! ¡No puedo echar más raíces aquí! ¡No quiero terminar atrapada en este pueblo estúpido y aburrido como mamá! No voy a cometer el mismo error que ella, odio Forks, y ¡no quiero permanecer aquí ni un minuto más!

Su mano soltó mi brazo como si lo hubiera electrocutado. Me volví para no ver su rostro herido y consternado, y me dirigí hacia la puerta.

—Bella, no puedes irte ahora, es de noche —susurró a mi espalda.

No me volví.

—Dormiré en el coche si me siento cansada.

—Espera otra semana —me suplicó, todavía en estado de *shock*—. Renée habrá vuelto a Phoenix para entonces.

Esto me desquició por completo.

—¿Qué?

Charlie continuó con ansiedad, casi balbuceando de alivio al verme dudar.

—Ha telefoneado mientras estabas fuera. Las cosas no han ido muy bien en Florida y volverán a Arizona si Phil no ha firmado a finales de esta semana. El asistente de entrenador de los Sidewinders dijo que tal vez hubiera lugar para otro medio en el equipo.

Sacudí la cabeza, intentando reordenar mis pensamientos, ahora confusos. Cada segundo que pasaba, ponía a Charlie en más peligro.

—Tengo una llave de casa —murmuré, dando otra vuelta de tuerca a la situación. Charlie estaba muy cerca de mí, con una mano extendida y el rostro aturdido. No podía perder más tiempo discutiendo con él, así que pensé que tendría que herirlo aún más profundamente.

—Déjame ir, Charlie —iba repitiendo las últimas palabras de mi madre mientras salía por la misma puerta hacía ahora tantos años. Las pronuncié con el mayor enfado posible y abrí la puerta de un tirón—. No ha funcionado, ¿vale? *De veras,* ¡odio Forks con toda mi alma!

Mis crueles palabras cumplieron su cometido a la perfección, porque Charlie se quedó helado en la entrada, atónito, mientras yo corría hacia la noche. Me aterrorizó horriblemente el patio vacío y corrí enloquecida hacia el coche al visualizar una sombra oscura detrás de mí. Arrojé el petate a la plataforma del monovolumen y abrí la puerta de un tirón. La llave estaba en el bombín de la puesta en marcha.

—¡Te llamaré mañana! —grité.

No había nada en el mundo que deseara más que explicarle todo en ese momento, aun sabiéndome incapaz de hacerlo. Encendí el motor y arranqué. Edward me tocó la mano.

—Detente en el bordillo —me ordenó en cuanto Charlie y la casa desaparecieron a nuestras espaldas.

—Puedo conducir —aseguré mientras las lágrimas inundaban mis mejillas.

De forma inesperada, las grandes manos de Edward me sujetaron por la cintura, su pie empujó al mío fuera del acelerador, me puso sobre su regazo y me soltó las manos del volante.

De pronto me encontré en el asiento del copiloto sin que el automóvil hubiera dado el más leve bandazo.

—No vas a encontrar nuestra casa —me explicó.

Unas luces destellaron repentinamente detrás de nosotros. Miré aterrada por la ventanilla trasera.

—Es Alice —me tranquilizó, tomándome la mano de nuevo.

La imagen de Charlie en el quicio de la puerta seguía ocupando mi mente.

—¿Y el rastreador?

—Escuchó el final de tu puesta en escena —contestó Edward con desaliento.

—¿Y Charlie? —pregunté con pena.

—El rastreador nos ha seguido. Ahora está corriendo detrás de nosotros.

Me quedé helada.

—¿Podemos dejarle atrás?

—No —replicó, pero aceleró mientras hablaba. El motor del monovolumen se quejó con un estrepitoso chirrido.

De repente, el plan había dejado de parecerme tan brillante.

Estaba mirando hacia atrás, a las luces delanteras de Alice, cuando el coche sufrió una sacudida y una sombra oscura surgió en mi ventana.

El grito espeluznante que lancé duró sólo la fracción de segundo que Edward tardó en taparme la boca con la mano.

—¡Es Emmett!

Apartó la mano de mi boca y me pasó su brazo por la cintura.

—Toda va bien, Bella —me prometió—. Vas a estar a salvo.

Corrimos a través del pueblo tranquilo hacia la autopista del norte.

—No me había dado cuenta de que la vida de una pequeña ciudad de provincias te aburría tanto —comentó Edward tratando de entablar conversación; supe que intentaba distraerme—. Me pareció que te estabas integrando bastante bien, sobre todo en los últimos tiempos. Incluso me sentía bastante halagado al pensar que había conseguido que la vida te resultara un poco más interesante.

—No pretendía ser agradable —confesé, haciendo caso omiso de su intento de distraerme, mirando hacia mis rodillas—. Mi madre pronunció esas mismas palabras cuando dejó a Charlie. Se podría decir que fue un golpe bajo.

—No te preocupes, te perdonará —sonrió levemente, aunque esa «alegría» no le llegó a los ojos.

Le miré con desesperación y él vio un pánico manifiesto en mis ojos.

—Bella, todo va a salir bien.

—No irá bien si no estamos juntos —susurré.

—Nos reuniremos dentro de unos días —me aseguró mientras me rodeaba con el brazo—. Y no olvides que fue idea tuya.

—Era la mejor idea, y claro que fue mía.

Me respondió con una sonrisa triste que desapareció de inmediato.

—¿Por qué ha ocurrido todo esto? —pregunté con voz temblorosa— ¿Por qué a mí?

Contempló fijamente la carretera que se extendía delante de nosotros.

—Es por mi culpa —dirigía contra sí mismo la rabia que le alteraba la voz—. He sido un imbécil al exponerte a algo así.

—No me refería a eso —insistí—. Yo estaba allí, vale, mira qué bien, pero eso no perturbó a los otros dos. ¿Por qué el tal

James decidió matarme a *mí?* Si había allí un montón de gente, ¿por qué a mí?

Edward vaciló, pensándoselo antes de contestar.

—Inspeccioné a fondo su mente en ese momento —comenzó en voz baja—. Una vez que te vio, dudo que yo hubiera podido hacer algo para evitar esto. Ésa es *tu parte* de culpa —su voz adquirió un punto irónico—. No se habría alterado si no olieras de esa forma tan fatídicamente deliciosa. Pero cuando te defendí... bueno, eso lo empeoró bastante. No está acostumbrado a no salirse con la suya, sin importar lo insignificante que pueda ser el asunto. James se concibe a sí mismo como un cazador, sólo eso. Su existencia se reduce al rastreo y todo lo que le pide a la vida es un buen reto. Y de pronto nos presentamos nosotros, un gran clan de fuertes luchadores con un precioso trofeo, todos volcados en proteger al único elemento vulnerable. No te puedes hacer idea de su euforia. Es su juego favorito y lo hemos convertido para él en algo mucho más excitante.

El tono de su voz estaba lleno de disgusto. Hizo una pausa y agregó con desesperanza y frustración:

—Sin embargo, te habría matado allí mismo, en ese momento, de no haber estado yo.

—Creía que no olía igual para los otros... que como huelo para ti —comenté dubitativa.

—No, lo cual no quiere decir que no seas una tentación para todos. Se habría producido un enfrentamiento allí mismo si hubieras *atraído* al rastreador, o a cualquiera de ellos, como a mí.

Me estremecí.

—No creo que tenga otra alternativa que matarle —murmuró—, aunque a Carlisle no le va gustar.

Oí el sonido de las ruedas cruzando el puente aunque no se veía el río en la oscuridad. Sabía que nos estábamos acercando, de modo que se lo tenía que preguntar en ese momento.

—¿Cómo se mata a un vampiro?

Me miró con ojos inescrutables y su voz se volvió repentinamente áspera.

—La única manera segura es cortarlo en pedazos, y luego quemarlos.

—¿Van a luchar a su lado los otros dos?

—La mujer, sí, aunque no estoy seguro respecto a Laurent. El vínculo entre ellos no es muy fuerte y Laurent sólo los acompaña por conveniencia. Además, James lo avergonzó en el prado.

—Pero James y la mujer... ¿intentarán matarte? —mi voz también se había vuelto áspera al preguntar.

—Bella, no *te permito* que malgastes tu tiempo preocupándote por mí. Tu único interés debe ser mantenerte a salvo y por favor te lo pido, *intenta* no ser imprudente.

—¿Todavía nos sigue?

—Sí, aunque no va a asaltar la casa. No esta noche.

Dobló por un camino invisible, con Alice siguiéndonos.

Condujo directamente hacia la casa. Las luces del interior estaban encendidas, pero servían de poco frente a la oscuridad del bosque circundante. Emmett abrió mi puerta antes de que el vehículo se hubiera detenido del todo; me sacó del asiento, me empotró como un balón de fútbol contra su enorme pecho, y cruzó la puerta a la carrera llevándome con él.

Irrumpimos en la gran habitación blanca del primer piso, con Edward y Alice flanqueándonos a ambos lados. Todos se hallaban allí y se levantaron al oírnos llegar; Laurent estaba en el centro. Escuché los gruñidos sordos retumbar en lo profundo de la garganta de Emmett cuando me soltó al lado de Edward.

—Nos está rastreando —anunció Edward, mirando ceñudo a Laurent.

El rostro de éste no parecía satisfecho.

—Me temo que sí.

Alice se deslizó junto a Jasper y le susurró al oído; los labios le temblaron levemente por la velocidad de su silencioso monólogo. Subieron juntos las escaleras. Rosalie los observó y se acercó rápidamente al lado de Emmett. Sus bellos ojos brillaban con intensidad, pero se llenaron de furia cuando, sin querer, recorrieron mi rostro.

—¿Qué crees que va a hacer? —le preguntó Carlisle a Laurent en un tono escalofriante.

—Lo siento —contestó—. Ya me temí, cuando su chico la defendió, que se desencadenaría esta situación.

—¿Puedes detenerle?

Laurent sacudió la cabeza.

—Una vez que ha comenzado, nada puede detener a James.

—Nosotros lo haremos —prometió Emmett, y no cabía duda de a qué se refería.

—No podrán con él. No he visto nada semejante en los últimos trescientos años. Es absolutamente letal, por eso me uní a su aquelarre.

Su aquelarre, pensé; entonces, estaba claro. La exhibición de liderazgo en el prado había sido solamente una pantomima.

Laurent seguía sacudiendo la cabeza. Me miró, perplejo, y luego nuevamente a Carlisle.

—¿Estás convencido de que merece la pena?

El rugido airado de Edward llenó la habitación y Laurent se encogió. Carlisle miró a Laurent con gesto grave.

—Me temo que tendrás que escoger.

Laurent lo entendió y meditó durante unos instantes. Sus ojos se detuvieron en cada rostro y finalmente recorrieron la rutilante habitación.

—Me intriga la forma de vida que habéis construido, pero no quiero quedarme atrapado aquí dentro. No siento enemistad hacia ninguno de vosotros, pero no actuaré contra James. Creo que me marcharé al norte, donde está el clan de Denali —dudó un momento—. No subestiméis a James. Tiene una mente brillante y unos sentidos inigualables. Se siente tan cómodo como vosotros en el mundo de los hombres y no os atacará de frente... Lamento lo que se ha desencadenado aquí. Lo siento de veras —inclinó la cabeza, pero me lanzó otra mirada incrédula.

—Ve en paz —fue la respuesta formal de Carlisle.

Laurent echó otra larga mirada alrededor y entonces se apresuró hacia la puerta.

El silencio duró menos de un minuto.

—¿A qué distancia se encuentra? —Carlisle miró a Edward.

Esme ya estaba en movimiento, tocó con la mano un control invisible que había en la pared y con un chirrido, unos grandes postigos metálicos comenzaron a sellar la pared de cristal. Me quedé boquiabierta.

—Está a unos cinco kilómetros pasando el río, dando vueltas por los alrededores para reunirse con la mujer.

—¿Cuál es el plan?

—Lo alejaremos de aquí para que Jasper y Alice se la puedan llevar al sur.

—¿Y luego?

El tono de Edward era mortífero.

—Le daremos caza en cuanto Bella esté fuera de aquí.

—Supongo que no hay otra opción —admitió Carlisle con el rostro sombrío.

Edward se volvió hacia Rosalie.

—Súbela arriba e intercambiad vuestras ropas —le ordenó, y ella le devolvió la mirada, furibunda e incrédula.

—¿Por qué debo hacerlo? —dijo en voz baja—. ¿Qué es ella para mí? Nada, salvo una amenaza, un peligro que tú has buscado y que tenemos que sufrir todos.

Me acobardó el veneno que destilaban sus palabras.

—Rosa... —murmuró Emmett, poniéndole una mano en el hombro. Ella se la sacó de encima con una sacudida.

Sin embargo, yo fijaba en Edward toda mi atención; conociendo su temperamento, me preocupaba su reacción. Pero me sorprendió.

Apartó la mirada de Rosalie como si no hubiera dicho nada, como si no existiera.

—¿Esme? —preguntó con calma.

—Por supuesto —murmuró ella.

Esme estuvo a mi lado en menos de lo que dura un latido, y me alzó en brazos sin esfuerzo. Se lanzó escaleras arriba antes de que yo empezara a jadear del susto.

—¿Qué vamos a hacer? —pregunté sin aliento cuando me soltó en una habitación oscura en algún lugar del segundo piso.

—Intentaremos confundir el olor —pude oír como caían sus ropas al suelo—. No durará mucho, pero ayudará a que puedas huir.

—No creo que me las pueda poner… —dudé, pero ella empezó a quitarme la camiseta con brusquedad. Rápidamente, me quité yo sola los vaqueros. Me tendió lo que parecía ser una camiseta y luché por meter los brazos en los huecos correctos. Tan pronto como lo conseguí, ella me entregó sus mallas de deporte.

Tiré de ellas pero no conseguí ponérmelas bien, eran demasiado largas, por lo que Esme dobló diestramente los dobladillos unas cuantas veces de manera que pude ponerme en pie. Ella ya se había puesto mis ropas y me llevó hacia las escaleras donde aguardaba Alice con un pequeño bolso de piel en la mano. Me tomaron cada una de un codo y me llevaron en volandas hasta el tramo de las escaleras.

Parecía como si todo se hubiera resuelto en el salón en nuestra ausencia. Edward y Emmett estaban preparados para irse, este último llevaba una mochila de aspecto pesado sobre el hombro. Carlisle le tendió un objeto pequeño a Esme, luego se volvió y le dio otro igual a Alice; era un pequeño móvil plateado.

—Esme y Rosalie se llevarán tu coche, Bella —me dijo al pasar a mi lado. Asentí, mirando con recelo a Rosalie, que contemplaba a Carlisle con expresión resentida.

—Alice, Jasper, llevaos el Mercedes. En el sur vais a necesitar ventanillas con cristales tintados.

Ellos asintieron también.

—Nosotros nos llevaremos el Jeep.

Me sorprendió verificar que Carlisle pretendía acompañar a Edward. Me di cuenta de pronto, con una punzada de miedo, que estaban reuniendo la partida de caza.

—Alice —preguntó Carlisle—, ¿morderán el cebo?

Todos miramos a Alice, que cerró los ojos y permaneció increíblemente inmóvil. Finalmente, los abrió y dijo con voz segura:

—Él te perseguirá y la mujer seguirá al monovolumen. Debemos salir justo detrás.

—Vámonos —ordenó Carlisle, y empezó a andar hacia la cocina.

Edward se acercó a mí enseguida. Me envolvió en su abrazo férreo, apretándome contra él. No parecía consciente de que su familia le observaba cuando acercó mi rostro al suyo, despegándome los pies del suelo. Durante un breve segundo posó sus labios helados y duros sobre los míos y me dejó en el suelo sin dejar de sujetarme el rostro; sus espléndidos ojos ardían en los míos, pero, curiosamente, se volvieron inexpresivos y apagados conforme se daba la vuelta.

Entonces, se marcharon.

Las demás nos quedamos allí de pie, los cuatro desviaron la mirada mientras las lágrimas corrían en silencio por mi cara.

El silencio parecía no acabarse nunca hasta que el teléfono de Esme vibró en su mano; lo puso sobre su oreja con la velocidad de un rayo.

—Ahora —dijo. Rosalie acechaba la puerta frontal sin dirigir ni una sola mirada en mi dirección, pero Esme me acarició la mejilla al pasar a mi lado.

—Cuídate.

El susurro de Esme quedó flotando en la habitación mientras ellas se deslizaban al exterior. Oí el ensordecedor arranque del monovolumen y luego cómo el ruido del motor se desvanecía en la noche.

Jasper y Alice esperaron. Alice pareció llevarse el móvil al oído antes de que sonara.

—Edward dice que la mujer está siguiendo a Esme. Voy a por el coche.

Se desvaneció en las sombras por el mismo lugar que se había ido Edward. Jasper y yo nos miramos el uno al otro. Anduvo a mi lado a lo largo de todo vestíbulo... vigilante.

—Te equivocas, ya lo sabes —dijo con calma.

—¿Qué? —tragué saliva.

—Sé lo que sientes en estos momentos, y *tú sí lo mereces.*

—No —murmuré entre dientes—. Si les pasa algo, será por nada.

—Te equivocas —repitió él, sonriéndome con amabilidad.

No oí nada, pero en ese momento Alice apareció por la puerta frontal y me tendió los brazos.

—¿Puedo? —me preguntó.

—Eres la primera que me pide permiso —sonreí irónicamente.

Me tomó en sus esbeltos brazos con la misma facilidad que Emmett, protegiéndome con su cuerpo y entonces salimos precipitadamente de la casa, cuyas luces siguieron brillando a nuestras espaldas.

Impaciencia

Me desperté confusa. Mis pensamientos eran inconexos y se perdían en sueños y pesadillas. Me llevó más tiempo de lo habitual darme cuenta de dónde me hallaba.

La habitación era demasiado impersonal para pertenecer a ningún otro sitio que no fuera un hotel. Las lamparitas, atornilladas a las mesillas de noche, eran baratas, de saldo, lo mismo que las acuarelas de las paredes y las cortinas, hechas del mismo material que la colcha, que colgaban hasta el suelo.

Intenté recordar cómo había llegado allí, sin conseguirlo al principio.

Luego, me acordé del elegante coche negro con los cristales de las ventanillas aún más oscuros que los de las limusinas. Apenas si se oyó el motor, a pesar de que durante la noche habíamos corrido al doble del límite de la velocidad permitida por la autovía.

También recordaba a Alice, sentada junto a mí en el asiento trasero de cuero negro. En algún momento de la larga noche reposé la cabeza sobre su cuello de granito. Mi cercanía no pareció alterarla en absoluto y su piel dura y fría me resultó extrañamente cómoda. La parte delantera de su fina camiseta de algodón estaba fría y húmeda a causa de las lágrimas vertidas hasta que mis ojos, rojos e hinchados, se quedaron secos.

Me había desvelado y permanecí con los doloridos ojos abiertos, incluso cuando la noche terminó al fin y amaneció detrás de un pico de escasa altura en algún lugar de California. Haces de luz gris poblaron el cielo despejado, hiriéndome en los ojos, pero no podía cerrarlos, ya que en cuanto lo hacía, se me aparecían las imágenes demasiado vívidas, como diapositivas proyectadas desde detrás de los párpados; y eso me resultaba insoportable. La expresión desolada de Charlie, el brutal rugido de Edward al exhibir los dientes, la mirada resentida de Rosalie, el experto escrutinio del rastreador, la mirada apagada de los ojos de Edward después de besarme por última vez... No soportaba esos recuerdos, por lo que luché contra la fatiga mientras el sol se alzaba en el horizonte.

Me mantenía despierta cuando atravesamos un ancho paso montañoso y el astro rey, ahora a nuestras espaldas, se reflejó en los techos de teja del Valle del Sol. Ya no me quedaba la suficiente sensibilidad para sorprenderme de que hubiéramos efectuado un viaje de tres días en uno solo. Miré inexpresivamente la llanura amplia y plana que se extendía ante mí. Phoenix, las palmeras, los arbustos de creosota, las líneas caprichosas de las autopistas que se entrecruzaban, las franjas verdes de los campos de golf y los manchones turquesas de las piscinas, todo cubierto por una fina capa de polución que envolvía las sierras chatas y rocosas, sin la altura suficiente para llamarlas montañas.

Las sombras de las palmeras se inclinaban sobre la autopista interestatal, definidas y claramente delineadas, aunque menos intensas de lo habitual. Nada podía esconderse en esas sombras. La calzada, brillante y sin tráfico, incluso parecía agradable. Pero no sentí ningún alivio, ninguna sensación de bienvenida.

—¿Cuál es el camino al aeropuerto, Bella? —preguntó Jasper y me sobresaltó, aunque su voz era bastante suave y tranquilizadora. Fue el primer sonido, aparte del ronroneo del coche, que rompió el largo silencio de la noche.

—No te salgas de la I-10 —contesté automáticamente—. Pasaremos justo al lado.

El no haber podido dormir me nublaba la mente y me costaba pensar.

—¿Vamos a volar a algún sitio? —le pregunté a Alice.

—No, pero es mejor estar cerca, sólo por si acaso.

Después vino a mi memoria el comienzo de la curva alrededor del Sky Harbor International..., pero en mi recuerdo no llegué a terminarla. Supongo que debió de ser entonces cuando me dormí.

Aunque ahora que recuperaba los recuerdos tenía la vaga impresión de haber salido del coche cuando el sol acababa de ocultarse en el horizonte, con un brazo sobre los hombros de Alice y el suyo firme alrededor de mi cintura, sujetándome mientras yo tropezaba en mi caminar bajo las sombras cálidas y secas.

No recordaba esta habitación.

Miré el reloj digital en la mesilla de noche. Los números en rojo indicaban las tres, pero no si eran de la tarde o de la madrugada. A través de las espesas cortinas no pasaba ni un hilo de luz exterior, aunque las lámparas iluminaban la habitación.

Me levanté entumecida y me tambaleé hasta la ventana para apartar las cortinas.

Era de noche, así que debían de ser las tres de la madrugada. Mi habitación daba a una zona despejada de la autovía y al nuevo aparcamiento de estacionamiento prolongado del aeropuerto. Me sentí algo mejor al saber dónde me encontraba.

Me miré. Seguía llevando las ropas de Esme, que no me quedaban nada bien. Recorrí la habitación con la mirada y me alborocé al descubrir mi petate en lo alto de un pequeño armario.

Iba en busca de ropa nueva cuando me sobresaltó un ligero golpecito en la puerta.

—¿Puedo entrar? —preguntó Alice.

Respiré hondo.

—Sí, claro.

Entró y me miró con cautela.

—Tienes aspecto de necesitar dormir un poco más.

Me limité a negar con la cabeza.

En silencio, se acercó despacio a las cortinas y las cerró con firmeza antes de volverse hacia mí.

—Debemos quedarnos dentro —me dijo.

—De acuerdo —mi voz sonaba ronca y se me quebró.

—¿Tienes sed?

—Me encuentro bien —me encogí de hombros—. ¿Y tú qué tal?

—Nada que no pueda sobrellevarse —sonrió—. Te he pedido algo de comida, la tienes en el saloncito. Edward me recordó que comes con más frecuencia que nosotros.

Presté más atención en el acto.

—¿Ha telefoneado?

—No —contestó, y vio cómo aparecía la desilusión en mi rostro—. Fue antes de que saliéramos.

Me tomó de la mano con delicadeza y me llevó al saloncito de la *suite*. Se oía un zumbido bajo de voces procedente de la televisión. Jasper estaba sentado inmóvil en la mesa que había en una esquina, con los ojos puestos en las noticias, pero sin prestarles atención alguna.

Me senté en el suelo al lado de la mesita de café donde me esperaba una bandeja de comida y empecé a picotear sin darme cuenta de lo que ingería.

Alice se sentó en el brazo del sofá y miró a la televisión con gesto ausente, igual que Jasper.

Comí lentamente, observándola, mirando también de hito en hito a Jasper. Me percaté de que estaban demasiado quietos. No apartaban la vista de la pantalla, aunque acababan de aparecer los anuncios.

Empujé la bandeja a un lado, con el estómago repentinamente revuelto. Alice me miró.

—¿Qué es lo que va mal, Alice?

—Todo va bien —abrió los ojos con sorpresa, con expresión sincera... y no me creí nada.

—¿Qué hacemos aquí?

—Esperar a que nos llamen Carlisle y Edward.

—¿Y no deberían haber telefoneado ya?

Me pareció que me iba acercando al meollo del asunto. Los ojos de Alice revolotearon desde los míos hacia el teléfono que estaba encima de su bolso; luego volvió a mirarme.

—¿Qué significa eso? —me temblaba la voz y luché para controlarla—. ¿Qué quieres decir con que no han llamado?

—Simplemente que no tienen nada que decir.

Pero su voz sonaba demasiado monótona y el aire se me hizo más difícil de respirar.

De repente, Jasper se situó junto a Alice, más cerca de mí de lo habitual.

—Bella —dijo con una voz sospechosamente tranquilizadora—, no hay de qué preocuparse. Aquí estás completamente a salvo.

—Ya lo sé.

—Entonces, ¿de qué tienes miedo? —me preguntó confundido. Aunque podía sentir el tono de mis emociones, no comprendía el motivo.

—Ya oíste a Laurent —mi voz era sólo un susurro, pero estaba segura de que podía oírme—. Dijo que James era mortífero. ¿Qué pasa si algo va mal y se separan? Si cualquiera de ellos sufriera algún daño, Carlisle, Emmett, Edward… —tragué saliva—. Si esa mujer brutal le hace daño a Esme… —hablaba cada vez más alto, y en mi voz apareció una nota de histeria—. ¿Cómo podré vivir después sabiendo que fue por mi culpa? Ninguno de vosotros debería arriesgarse por mí…

—Bella, Bella, para... —me interrumpió Jasper, pronunciando con tal rapidez que me resultaba difícil entenderle—. Te preocupas por lo que no debes, Bella. Confía en mí en esto: ninguno de nosotros está en peligro. Ya soportas demasiada presión tal como están las cosas, no hace falta que le añadas todas esas innecesarias preocupaciones. ¡Escúchame! —me ordenó, porque yo había vuelto la mirada a otro lado—. Nuestra familia es fuerte y nuestro único temor es perderte.

—Pero ¿por qué...?

Alice le interrumpió esta vez, tocándome la mejilla con sus dedos fríos.

—Edward lleva solo casi un siglo y ahora te ha encontrado. No sabes cuánto ha cambiado, pero nosotros sí lo vemos, después de llevar juntos tanto tiempo. ¿Crees que podríamos mirarle a la cara los próximos cien años si te pierde?

La culpa remitió lentamente cuando me sumergí en sus ojos oscuros. Pero, incluso mientras la calma se extendía sobre mí, no podía confiar en mis sentimientos en presencia de Jasper.

Había sido un día muy largo.

Permanecimos en la habitación. Alice llamó a recepción y les pidió que no enviaran a las mujeres de la limpieza para arreglar el cuarto. Las ventanas permanecieron cerradas, con la televisión encendida, aunque nadie la miraba. Me traían la comida a intervalos regulares. El móvil plateado parecía aumentar de tamaño conforme pasaban las horas.

Mis niñeros soportaban mejor que yo la incertidumbre. Yo me movía nerviosamente, andaba de un lado para otro y ellos sencillamente cada vez parecían más inmóviles, dos estatuas cuyos ojos me seguían imperceptiblemente mientras me movía. Intenté mantenerme ocupada memorizando la habitación: el diseño de la tela del sofá dispuesto en bandas de color canela, melocotón, crema, dorado mate y canela otra vez. Algunas veces me quedaba mirando fijamente las láminas abstractas, intentando encontrar figuras reconocibles en las formas, del mismo modo que las imaginaba en las nubes cuando era niña. Descubrí una mano azul, una mujer que se peinaba y un gato estirándose, pero dejé de hacerlo cuando un pálido círculo rojo se convirtió en un ojo al acecho.

Me fui a la cama, sólo por hacer algo, al morir la tarde. Albergaba la esperanza de que los miedos que merodeaban en el umbral de la consciencia, incapaces de burlar la escrupulosa vigilancia de Jasper, reaparecieran si permanecía sola en la penumbra.

Pero como por casualidad, Alice me siguió, como si por pura coincidencia se hubiera cansado del saloncito al mismo tiempo que yo. Empezaba a preguntarme qué clase de instrucciones le había dado exactamente Edward. Me tumbé en la cama y ella se sentó a mi lado con las piernas entrecruzadas. La ignoré al principio, pero de repente me sentí demasiado cansada para dormir. Al cabo de varios minutos hizo acto de presencia el pánico que se había mantenido a raya en presencia de Jasper. Entonces, deseché rápidamente la idea de dormir, y me aovillé, sujetándome las rodillas contra el cuerpo con los brazos.

—¿Alice?

—¿Sí?

Hice un esfuerzo por aparentar calma y pregunté:

—¿Qué crees que están haciendo?

—Carlisle quería conducir al rastreador al norte tanto como fuera posible, esperar que se les acercara para dar la vuelta y emboscarlo. Esme y Rosalie se dirigirían al oeste con la mujer a la zaga el máximo tiempo posible. Si ésta se volvía, entonces tenían que regresar a Forks y vigilar a tu padre. Imagino que todo debe de ir bien, ya que no han llamado. Eso significa que el rastreador debe de estar lo bastante cerca de ellos como para que no quieran arriesgarse a que se entere de algo por casualidad.

—¿Y Esme?

—Seguramente habrá regresado a Forks. No puede llamar por si hay alguna posibilidad de que la mujer escuche algo. Confío en que todos tengan mucho cuidado con eso.

—¿Crees de verdad que están bien?

—Bella, ¿cuántas veces hemos de decirte que no corremos peligro?

—De todos modos, ¿me dirías la verdad?

—Sí. Siempre te la diré.

Parecía hablar en serio. Me lo pensé un rato y al final me convencí de que realmente estaba siendo sincera.

—Entonces dime, ¿cómo se convierte uno en vampiro?

Mi pregunta la sorprendió con la guardia bajada. Se quedó quieta. Me volví para mirarle la cara y vi que su expresión era vacilante.

—Edward no quiere que te lo cuente —respondió con firmeza, aunque me di cuenta de que ella estaba en desacuerdo con esa postura.

—Eso no es jugar limpio. Creo que tengo derecho a saberlo.

—Ya lo sé.

La miré, expectante.

Alice suspiró.

—Se va a enfadar *muchísimo.*

—No es de su incumbencia. Esto es entre tú y yo. Alice, te lo estoy pidiendo como amiga.

Y en cierto modo nosotras lo éramos ahora, tal como ella seguramente habría sabido desde mucho antes por sus visiones.

Me miró con sus ojos sabios, espléndidos... mientras tomaba la decisión.

—Te contaré cómo se desarrolla el proceso —dijo finalmente—, pero no recuerdo cómo me sucedió, no lo he hecho ni he visto hacerlo a nadie, así que ten claro que sólo te puedo explicar la teoría.

Esperé.

—Nuestros cuerpos de depredador disponen de un verdadero arsenal de armas. Fuerza, velocidad, sentidos muy agudos, y eso sin tener en cuenta a aquellos de nosotros que como Edward, Jasper o yo misma también poseemos poderes extrasensoriales. Además, resultamos físicamente atractivos a nuestras presas, como una flor carnívora.

Permanecí inmóvil mientras recordaba de qué forma tan deliberada me había demostrado Edward eso mismo en el prado.

Esbozó una sonrisa amplia y ominosa.

—Tenemos también otra arma de escasa utilidad. Somos ponzoñosos —añadió con los dientes brillantes—. Esa ponzoña no mata, simplemente incapacita. Actúa despacio y se extiende por todo el sistema circulatorio, de modo que ninguna presa se encuentra en condiciones físicas de resistirse y huir de nosotros una vez que la hemos mordido. Es poco útil, como te he dicho, porque no hay víctima que se nos escape en distancias cortas, aunque, claro, siempre hay excepciones. Carlisle, por ejemplo.

—Así que si se deja que la ponzoña se extienda... —murmuré.

—Completar la transformación requiere varios días, depende de cuánta ponzoña haya en la sangre y cuándo llegue al corazón. Mientras el corazón siga latiendo se sigue extendiendo, curando y transformando el cuerpo conforme llega a todos los sitios. La conversión finaliza cuando se para el corazón, pero durante todo ese lapso de tiempo, la víctima desea la muerte a cada minuto.

Temblé.

—No es agradable, ya te lo dije.

—Edward me dijo que era muy difícil de hacer... Y no le entendí bien —confesé.

—En cierto modo nos asemejamos a los tiburones. Una vez que hemos probado la sangre o al menos la hemos olido, da igual, se hace muy difícil no alimentarse. Algunas veces resulta imposible. Así que ya ves, morder realmente a alguien y probar la sangre puede iniciar la vorágine. Es difícil para todos: el deseo de sangre por un lado para nosotros, y por otro el dolor horrible para la víctima.

—¿Por qué crees que no lo recuerdas?

—No lo sé. El dolor de la transformación es el recuerdo más nítido que suelen tener casi todos de su vida humana —su voz era melancólica—. Sin embargo, yo no recuerdo nada de mi existencia anterior.

Estuvimos allí tumbadas, ensimismadas cada una en nuestras meditaciones. Transcurrieron los segundos, y estaba tan perdida en mis pensamientos que casi había olvidado su presencia.

Entonces, Alice saltó de la cama sin mediar aviso alguno y cayó de pie con un ágil movimiento. Sorprendida, volví rápidamente la cabeza para mirarla.

—Algo ha cambiado.

Su voz era acuciante, pero no me reveló nada más.

Alcanzó la puerta al mismo tiempo que Jasper. Con toda seguridad, éste había oído nuestra conversación y la repentina exclamación. Le puso las manos en los hombros y guió a Alice otra vez de vuelta a la cama, sentándola en el borde.

—¿Qué ves? —preguntó Jasper, mirándola fijamente a los ojos, todavía concentrados en algo muy lejano. Me senté junto a ella y me incliné para poder oír su voz baja y rápida.

—V-veo una gran habitación con espejos por todas partes. El piso es de madera. James se encuentra allí, esperando. Hay algo dorado... una banda dorada que cruza los espejos.

—¿Dónde está la habitación?

—No lo sé. Aún falta algo, una decisión que no se ha tomado todavía.

—¿Cuánto tiempo queda para que eso ocurra?

—Es pronto, estará en la habitación del espejo hoy o quizás mañana. Se encuentra a la espera y ahora permanece en la penumbra.

La voz de Jasper era metódica, actuaba con la tranquilidad de quien tiene experiencia en ese tipo de interrogatorios.

—¿Qué hace ahora?

—Ver la televisión a oscuras en algún sitio... no, es un vídeo.

—¿Puedes ver dónde se encuentra?

—No, hay demasiada oscuridad.

—¿Hay algún otro objeto en la habitación del espejo?

—Sólo veo espejos y una especie de banda dorada que rodea la habitación. También hay un gran equipo de música y un televisor encima de una mesa negra. Ha colocado allí un vídeo, pero no lo mira de la misma forma que lo hacía en la habitación a oscuras —sus ojos erraron sin rumbo fijo, y luego se centraron en el rostro de Jasper—. Ésa es la habitación donde espera.

—¿No hay nada más?

Ella negó con la cabeza; luego, se miraron el uno al otro, inmóviles.

—¿Qué significa? —pregunté.

Nadie me contestó durante unos instantes; luego, Jasper me miró.

—Significa que el rastreador ha cambiado de planes y ha tomado la decisión que lo llevará a la habitación del espejo y a la sala oscura.

—Pero no sabemos dónde están.

—No.

—Bueno, pero sí sabemos que no le están persiguiendo en las montañas al norte de Washington. Se les escapará —concluyó Alice lúgubremente.

—¿No deberíamos llamarlos? —pregunté. Ellos intercambiaron una mirada seria, indecisos.

El teléfono sonó.

Alice cruzó la habitación antes de que pudiera alzar el rostro para mirarla.

Pulsó un botón y se lo acercó al oído, aunque no fue la primera en hablar.

—Carlisle —susurró. A mí no me pareció sorprendida ni aliviada—. Sí —dijo sin dejar de mirarme; permaneció a la escucha un buen rato—. Acabo de verlo —afirmó, y le describió la reciente visión—. Fuera lo que fuera lo que le hizo tomar ese avión, seguramente le va conducir a esas habitaciones —hizo una pausa—. Sí —contestó al teléfono, y luego me llamó—. ¿Bella?

Me alargó el teléfono y corrí hacia el mismo.

—¿Diga? —murmuré.

—Bella —dijo Edward.

—¡Oh, Edward! Estaba muy preocupada.

—Bella —suspiró, frustrado—. Te dije que no te preocuparas de nadie que no fueras tú misma.

Era tan increíblemente maravilloso oír su voz que mientras él hablaba sentí cómo la nube de desesperación que planeaba sobre mí ascendía y se disolvía.

—¿Dónde estás?

—En los alrededores de Vancouver. Lo siento, Bella, pero lo hemos perdido. Parecía sospechar de nosotros y ha tenido la precaución de permanecer lo bastante lejos para que no pudiera leerle el pensamiento. Se ha ido, parece que ha tomado un avión. Creemos que ha vuelto a Forks para empezar de nuevo la búsqueda.

Oía detrás de mí cómo Alice ponía al día a Jasper. Hablaba con rapidez, las palabras se atropellaban unas a otras, formando un zumbido constante.

—Lo sé. Alice vio que se había marchado.

—Pero no tienes de qué preocuparte, no podrá encontrar nada que le lleve hasta ti. Sólo tienes que permanecer ahí y esperar hasta que le encontremos otra vez.

—Me encuentro bien. ¿Está Esme con Charlie?

—Sí, la mujer ha estado en la ciudad. Entró en la casa mientras Charlie estaba en el trabajo. No temas, no se le ha acercado. Está a salvo, vigilado por Esme y Rosalie.

—¿Qué hace ella ahora?

—Probablemente, intenta conseguir pistas. Ha merodeado por la ciudad toda la noche. Rosalie la ha seguido hasta las cercanías del aeropuerto, por todas las carreteras alrededor de la ciudad, en la escuela... Está rebuscando por todos lados, Bella, pero no va a encontrar nada.

—¿Estás seguro de que Charlie está a salvo?

—Sí, Esme no le pierde de vista; y nosotros volveremos pronto. Si el rastreador se acerca a Forks, le atraparemos.

—Te echo de menos —murmuré.

—Ya lo sé, Bella. Créeme que lo sé. Es como si te hubieras llevado una mitad de mí contigo.

—Ven y recupérala, entonces —le reté.

—Pronto, en cuanto pueda, pero antes me *aseguraré* de que estás a salvo —su voz se había endurecido.

—Te quiero —le recordé.

—¿Me crees si te digo que, a pesar del trago que te estoy haciendo pasar, también te quiero?

—Desde luego que sí, claro que te creo.

—Me reuniré contigo enseguida.

—Te esperaré.

La nube de abatimiento se volvió a cernir sobre mí sigilosamente en cuanto se cortó la comunicación.

Me giré para devolver el móvil a Alice y los encontré a ella y a Jasper inclinados sobre la mesa. Ella dibujaba un boceto en un trozo del papel con el membrete del hotel. Me incliné sobre el respaldo del sofá para mirar por encima de su hombro.

Había pintado una habitación grande y rectangular, con una pequeña sección cuadrada al fondo. Las tablas de madera del suelo se extendían a lo largo de toda la estancia. En la parte inferior de las paredes había unas líneas que atravesaban horizontalmente los espejos, y también una banda larga, a la altura de la cintura, que recorría las cuatro paredes. Alice había dicho que era una banda dorada.

—Es un estudio de *ballet* —dije al reconocer de pronto el aspecto familiar del cuarto.

Me miraron sorprendidos.

—¿Conoces esta habitación?

La voz de Jasper sonaba calmada, pero debajo de esa tranquila apariencia fluía una corriente subterránea de algo que no pude identificar.

Alice inclinó la cabeza hacia su dibujo, moviendo rápidamente ahora su mano por la página; en la pared del fondo fue tomando forma una salida de emergencia y en la esquina derecha de la pared frontal, una televisión y un equipo de música encima de una mesa baja.

—Se parece a una academia a la que solía ir para dar clases de *ballet* cuando tenía ocho o nueve años. Tenía el mismo aspecto —toqué la página donde destacaba la sección cuadrada, que luego se estrechaba en la parte trasera de la habitación—. Aquí se encontraba el baño, y esa puerta daba a otra clase, pero el aparato de música estaba aquí —señalé la esquina izquierda—. Era más viejo, y no había televisor. También había una ventana en la sala de espera, que se podía ver desde este sitio si te colocabas aquí.

Alice y Jasper me miraban fijamente.

—¿Estás segura de que es la misma habitación? —me preguntó Jasper, todavía tranquilo.

—No, no del todo. Supongo que todos los estudios de danza son muy parecidos, todos tienen espejos y barras —deslicé un dedo a lo largo de la barra de *ballet* situada junto a los espejos—. Sólo digo que su aspecto me resulta familiar.

Toqué la puerta del boceto, colocada exactamente en el mismo sitio donde se encontraba la que yo recordaba.

—¿Tendría algún sentido que quisieras ir allí ahora? —me preguntó Alice, interrumpiendo mis recuerdos.

—No, no he puesto un pie allí desde hace por lo menos diez años. Era una bailarina espantosa, hasta el punto de que me ponían en la última fila en todas las actuaciones —reconocí.

—¿Y no puede guardar algún tipo de relación contigo ahora? —inquirió Alice con suma atención.

—No, ni siquiera creo que siga perteneciendo a la misma persona. Estoy segura de que debe de ser otro estudio de danza en cualquier otro sitio.

—¿Dónde está el estudio en el que dabas clase? —me preguntó Jasper con fingida indiferencia.

—Estaba justo en la esquina de la calle donde vivía mi madre, solía pasar por allí después de la escuela... —dejé la frase inconclusa, pero me percaté del intercambio de miradas entre Alice y Jasper.

—Entonces, ¿está aquí?, ¿en Phoenix? —el tono de la voz de éste seguía pareciendo imperturbable.

—Sí —murmuré—. En la 58 esquina con Cactus.

Nos quedamos todos sentados contemplando fijamente el dibujo.

—Alice, ¿es seguro este teléfono?

—Sí —me garantizó—. Si rastrean el número, la pista los llevará a Washington.

—Entonces puedo usarlo para llamar a mi madre.

—Creía que estaba en Florida.

—Así es, pero va a volver pronto y no puede ir a esa casa mientras... —me tembló la voz.

No dejaba de darle vueltas a un detalle que había comentado Edward. La mujer pelirroja había estado en casa de Charlie y en la escuela, donde figuraban mis datos.

—¿Cómo la puedes localizar?

—No tienen número fijo, salvo en casa, aunque se supone que mamá comprueba si tiene mensajes en el contestador de vez en cuando.

—¿Jasper? —preguntó Alice.

El aludido se lo pensó.

—No creo que esto ocasione daño alguno, aunque asegúrate de no revelar tu paradero, claro.

Tomé el móvil con impaciencia y marqué el número que me era tan familiar. Sonó cuatro veces; luego, oí la voz despreocupada de mi madre pidiendo que dejara un mensaje.

—Mamá —dije después del pitido—, soy yo, Bella. Escucha, necesito que hagas algo. Es importante. Llámame a este número en cuanto oigas el mensaje —Alice ya estaba a mi lado, escribiéndomelo en la parte inferior del dibujo, y lo leí cuidadosamente dos veces—. Por favor, no vayas a ninguna parte hasta que no hablemos. No te preocupes, estoy bien, pero llámame enseguida, no importa lo tarde que oigas el mensaje, ¿vale? Te quiero, mamá, chao.

Cerré los ojos y recé con todas mis fuerzas para que no llegara a casa por algún cambio imprevisto de planes antes de oír mi mensaje.

Me acomodé en el sofá y picoteé las sobras de fruta de un plato al tiempo que me iba haciendo a la idea de que la tarde sería larga. Pensé en llamar a Charlie, pero no estaba segura de si ya habría llegado a casa o no. Me concentré en las noticias, buscando historias sobre Florida o sobre el entrenamiento de primavera, además de huelgas, huracanes o ataques terroristas, cualquier cosa que provocase un regreso anticipado.

La inmortalidad debe de ayudar mucho a ejercitar la paciencia. Ni Jasper ni Alice parecían sentir la necesidad de hacer nada en especial. Durante un rato, Alice dibujó un diseño vago de la habitación oscura que había visto en su visión, a la luz débil de la televisión. Pero cuando terminó, simplemente se quedó sentada, mirando las blancas paredes con sus ojos eternos. Tampoco Jasper parecía tener la necesidad de pasear, inspeccionar el exterior por un lado de las cortinas, o salir corriendo de la habitación como me ocurría a mí.

Debí de quedarme dormida en el sofá mientras esperaba que volviera a sonar el móvil. El frío tacto de las manos de Alice me despertó bruscamente cuando me llevó a la cama, pero volví a caer inconsciente otra vez antes de que mi cabeza descansara sobre la almohada.

La llamada

Me percaté de que otra vez era demasiado temprano en cuanto me desperté. Sabía que estaba invirtiendo progresivamente el horario habitual del día y de la noche. Me quedé tumbada en la cama y escuché las voces tranquilas de Jasper y Alice en la otra habitación. Resultaba muy extraño que hablaran lo bastante alto como para que los escuchara. Rodé rápidamente sobre la cama y me incorporé. Luego, me dirigí trastabillando hacia el saloncito.

El reloj que había sobre la televisión marcaba las dos de la madrugada. Alice y Jasper se sentaban juntos en el sofá. Alice estaba dibujando otra vez, Jasper miraba el boceto por encima del hombro de ésta. Estaban tan absortos en el trabajo de Alice que no miraron cuando entré.

Me arrastré hasta el lado de Jasper para echar un vistazo.

—¿Ha visto algo más? —pregunté en voz baja.

—Sí. Algo le ha hecho regresar a la habitación donde estaba el vídeo, y ahora está iluminada.

Observé a Alice dibujar una habitación cuadrada con vigas oscuras en el techo bajo. Las paredes estaban cubiertas con paneles de madera, un poco más oscuros de la cuenta, pasados de moda. Una oscura alfombra estampada cubría el suelo. Había una ventana grande en la pared sur y en la pared oeste un vano que daba a una sala de estar. Uno de los lados de esta entrada era de piedra y en él se abría una gran chimenea de color canela que daba a ambas habitaciones. Desde este punto de vista, el centro de la imagen lo ocupaban una televisión y un vídeo —en equilibrio un tanto inestable sobre un soporte de madera demasiado pequeño para los dos—, que se encontraban en la esquina sudoeste de la habitación. Un viejo sofá de módulos se curvaba enfrente de la televisión con una mesita de café redonda delante.

—El teléfono está allí —susurré e indiqué el lugar.

Dos pares de ojos eternos se fijaron en mí.

—Es la casa de mi madre.

Alice ya se había levantado del sofá de un salto con el móvil en la mano; empezó a marcar. Contemplé ensimismada la precisa interpretación de la habitación donde se reunía la familia de mi madre. Jasper se acercó aún más a mí, cosa rara en él, y me puso la mano suavemente en el hombro. El contacto físico acentuó su influjo tranquilizador. La sensación de pánico se difuminó y no llegó a tomar forma.

Los labios de Alice temblaban debido a la velocidad con la que hablaba, por lo que no pude descifrar ese sordo zumbido. No podía concentrarme.

—Bella —me llamó Alice. La miré atontada—. Bella, Edward viene a buscarte. Emmett, Carlisle y él te van a recoger para esconderte durante un tiempo.

—¿Viene Edward?

Aquellas palabras se me antojaron como un chaleco salvavidas al que sujetarme para mantener la cabeza fuera de una riada.

—Sí. Va a tomar el primer vuelo que salga de Seattle. Lo recogeremos en el aeropuerto y te irás con él.

—Pero, mi madre… —a pesar de Jasper, la histeria burbujeaba en mi voz—. ¡El rastreador ha venido a por mi madre, Alice!

—Jasper y yo nos aseguraremos de que esté a salvo.

—No puedo ganar a la larga, Alice. No podéis proteger a toda la gente que conozco durante toda la vida. ¿No ves lo que está haciendo? No me persigue directamente a mí, pero encontrará y hará daño a cualquier persona que yo ame... Alice, no puedo...

—Le atraparemos, Bella —me aseguró ella.

—¿Y si te hiere, Alice? ¿Crees que eso me va a parecer bien? ¿Crees que sólo puede hacerme daño a través de mi familia humana?

Alice miró a Jasper de forma significativa. Una espesa niebla y un profundo letargo se apoderaron de mí y los ojos se me cerraron sin que pudiera evitarlo. Mi mente luchó contra la niebla cuando me di cuenta de lo que estaba pasando. Forcé a mis ojos para que se abrieran y me levanté, alejándome de la mano de Jasper.

—No quiero volverme a dormir —protesté enfadada.

Caminé hacia mi habitación y cerré la puerta, en realidad, casi di un portazo para dejarme caer en la cama, hecha pedazos, con cierta privacidad. Alice no me siguió en esta ocasión. Estuve contemplando la pared durante tres horas y media, hecha un ovillo, meciéndome. Mi mente vagabundeaba en círculos, intentando salir de alguna manera de esta pesadilla. Pero no había forma de huir, ni indulto posible. Sólo veía un único y sombrío final que se avecinaba en mi futuro. La única cuestión era cuánta gente iba a resultar herida antes de que eso ocurriera.

El único consuelo, la única esperanza que me quedaba era saber que vería pronto a Edward. Quizás, sería capaz de hallar la solución que ahora me rehuía sólo con volverle a ver.

Regresé al salón, sintiéndome un poco culpable por mi comportamiento, cuando sonó el móvil. Esperaba que ninguno de los dos se hubiera enfadado, que supieran cuánto les agradecía los sacrificios que hacían por mí.

Alice hablaba tan rápido como de costumbre, pero lo que me llamó la atención fue que, por primera vez, Jasper no se hallaba en la habitación. Miré el reloj; eran las cinco y media de la mañana.

—Acaban de subir al avión. Aterrizarán a las nueve cuarenta y cinco —dijo Alice; sólo tenía que seguir respirando unas cuantas horas más hasta que él llegara.

—¿Dónde está Jasper?

—Ha ido a reconocer el terreno.

—¿No os vais a quedar aquí?

—No, nos vamos a instalar más cerca de la casa de tu madre.

Sentí un retortijón de inquietud en el estómago al escuchar sus palabras, pero el móvil sonó de nuevo, lo que hizo que abandonara mi preocupación por el momento. Alice parecía sorprendida, pero yo ya había avanzado hacia él esperanzada.

—¿Diga? —contestó Alice—. No, está aquí —me pasó el teléfono y anunció «Tu madre», articulando para que le leyera los labios.

—¿Diga?

—¿Bella? ¿Estás ahí?

Era la voz de mi madre, con ese timbre familiar que le había oído miles de veces en mi infancia cada vez que me acercaba demasiado al borde de la acera o me alejaba demasiado de su vista en un lugar atestado de gente. Era el timbre del pánico.

Suspiré. Me lo esperaba, aunque, a pesar del tono urgente de mi llamada, había intentado que mi mensaje fuera lo menos alarmante posible.

—Tranquilízate, mamá —contesté con la más sosegada de las voces mientras me separaba lentamente de Alice. No estaba segura de poder mentir de forma convincente con sus ojos fijos en mí—. Todo va bien, ¿de acuerdo? Dame un minuto nada más y te lo explicaré todo, te lo prometo.

Hice una pausa, sorprendida de que no me hubiera interrumpido ya.

—¿Mamá?

—Ten mucho cuidado de no soltar prenda hasta que haya dicho todo lo que tengo que decir —la voz que acababa de escuchar me fue tan poco familiar como inesperada. Era una voz de hombre, afinada, muy agradable e impersonal, la clase de voz que se oye de fondo en los anuncios de deportivos de lujo. Hablaba muy deprisa—. Bien, no tengo por qué hacer daño a tu madre, así que, por favor, haz exactamente lo que te diga y no le pasará nada —hizo una pausa de un minuto mientras yo escuchaba muda de horror—. Muy bien —me felicitó—. Ahora repite mis palabras, y procura que parezca natural. Por favor, di: «No, mamá, quédate donde estás».

—No, mamá, quédate donde estás —mi voz apenas sobrepasaba el volumen de un susurro.

—Empiezo a darme cuenta de que esto no va a ser fácil —la voz parecía divertida, todavía agradable y amistosa—. ¿Por qué no entras en otra habitación para que la expresión de tu rostro no lo eche todo a perder? No hay motivo para que tu madre sufra. Mientras caminas, por favor, di: «Mamá, por favor, escúchame». ¡Venga, dilo ya!

—Mamá, por favor, escúchame —supliqué.

Me encaminé muy despacio hacia el dormitorio sin dejar de sentir la mirada preocupada de Alice clavada en mi espalda.

Cerré la puerta al entrar mientras intentaba pensar con claridad a pesar del pavor que nublaba mi mente.

—¿Hay alguien donde te encuentras ahora? Contesta sólo sí o no.

—No.

—Pero todavía pueden oírte, estoy seguro.

—Sí.

—Está bien, entonces —continuó la voz amigable—, repite: «Mamá, confía en mí».

—Mamá, confía en mí.

—Esto ha salido bastante mejor de lo que yo creía. Estaba dispuesto a esperar, pero tu madre ha llegado antes de lo previsto. Es más fácil de este modo, ¿no crees? Menos suspense y menos ansiedad para ti.

Esperé.

—Ahora, quiero que me escuches con mucho cuidado. Necesito que te alejes de tus amigos, ¿crees que podrás hacerlo? Contesta sí o no.

—No.

—Lamento mucho oír eso. Esperaba que fueras un poco más imaginativa. ¿Crees que te sería más fácil separarte de ellos si la vida de tu madre dependiera de ello? Contesta sí o no.

No sabía cómo, pero debía encontrar la forma. Recordé que nos íbamos a dirigir al aeropuerto. El Sky Harbor International siempre estaba atestado, y tal y como lo habían diseñado era fácil perderse…

—Sí.

—Eso está mejor. Estoy seguro de que no va a ser fácil, pero si tengo la más mínima sospecha de que estás acompañada, bueno… Eso sería muy malo para tu madre —prometió la voz amable—. A estas alturas ya debes saber lo suficiente sobre nosotros para comprender la rapidez con la que voy a saber si acudes acompañada o no, y qué poco tiempo necesito para cargarme a tu madre si fuera necesario. ¿Entiendes? Responde sí o no.

—Sí —mi voz se quebró.

—Muy bien, Bella. Esto es lo que has de hacer. Quiero que vayas a casa de tu madre. Hay un número junto al teléfono. Llama, y te diré adónde tienes que ir desde allí —me hacía idea de adónde iría y dónde terminaría aquel asunto, pero, a pesar de todo, pensaba seguir las instrucciones con exactitud—. ¿Puedes hacerlo? Contesta sí o no.

—Sí.

—Y que sea antes de mediodía, por favor, Bella. No tengo todo el día —pidió con extrema educación.

—¿Dónde está Phil? —pregunté secamente.

—Ah, y ten cuidado, Bella. Espera hasta que yo te diga cuándo puedes hablar, por favor.

Esperé.

—Es muy importante ahora que no hagas sospechar a tus amigos cuando vuelvas con ellos. Diles que ha llamado tu madre, pero que la has convencido de que no puedes ir a casa por lo tarde que es. Ahora, responde después de mí: «Gracias, mamá». Repítelo ahora.

—Gracias, mamá.

Rompí a llorar, a pesar de que intenté controlarme.

—Di: «Te quiero, mamá. Te veré pronto». Dilo ya.

—Te quiero, mamá —repetí con voz espesa—. Te veré pronto.

—Adiós, Bella. Estoy deseando verte de nuevo.

Y colgó.

Mantuve el móvil pegado al oído. El miedo me había agarrotado los dedos y no conseguía estirar la mano para soltarlo.

Sabía que debía ponerme a pensar, pero el sonido de la voz aterrada de mi madre ocupaba toda mi mente. Transcurrieron varios segundos antes de que recobrara el control.

Despacio, muy despacio, mis pensamientos consiguieron romper el espeso muro del dolor. Planes, tenía que hacer planes, aunque ahora no me quedaba más opción que ir a la habitación llena de espejos y morir. No había ninguna otra garantía, nada con lo que pudiera salvar la vida de mi madre. Mi única esperanza era que James se diera por satisfecho con ganar la partida, que derrotar a Edward fuera suficiente. Me agobiaba la desesperación, porque no había nada con lo que pudiera negociar, nada que le importara para ofrecer o retener. Pero por muchas vueltas que le diera no había ninguna otra opción. Tenía que intentarlo.

Situé el pánico en un segundo plano lo mejor que pude. Había tomado la decisión. No servía para nada perder tiempo angustiándome sobre el resultado. Debía pensar con claridad, porque Alice y Jasper me estaban esperando y era esencial, aunque parecía imposible, que consiguiera escaparme de ellos.

Me sentí repentinamente agradecida de que Jasper no estuviera. Hubiera sentido la angustia de los últimos cinco minutos de haber estado en la habitación del hotel, y en tal caso, ¿cómo iba a evitar sus sospechas? Contuve el miedo, la ansiedad, intentando sofocarlos. No podía permitírmelos ahora, ya que no sabía cuándo regresaría Jasper.

Me concentré en la fuga. Confiaba en que mi conocimiento del aeropuerto supusiera una baza a mi favor. Era prioritario alejar a Alice como fuera…

Era consciente de que me esperaba en la otra habitación, curiosa. Pero tenía que resolver otra cosa más en privado antes de que Jasper volviera.

Debía aceptar que no volvería a ver a Edward nunca más, ni siquiera una última mirada que llevarme a la habitación de los espejos. Iba a herirle y no le podía decir adiós. Dejé que las oleadas de angustia me torturaran y me inundaran un rato. Entonces, también las controlé y fui a enfrentarme con Alice.

La única expresión que podía adoptar sin meter la pata era la de una muerta, con gesto ausente. La vi alarmarse, y no quise darle ocasión de que me preguntara. Sólo tenía un guión preparado y no me sentía capaz de improvisar ahora.

—Mi madre estaba preocupada, quería venir a Phoenix —mi voz sonaba sin vida—. Pero todo va bien, la he convencido de que se mantenga alejada.

—Nos aseguraremos de que esté bien, Bella, no te preocupes.

Le di la espalda para evitar que me viera el rostro.

Mis ojos se detuvieron en un folio en blanco con membrete del hotel encima del escritorio. Me acerqué a él lentamente, con un plan ya formándose en mi cabeza. También había un sobre. Buena idea.

—Alice —pregunté despacio, sin volverme, manteniendo inexpresivo el tono de voz—, si escribo una carta para mi madre, ¿se la darás? Quiero decir si se la puedes dejar en casa.

—Sin duda, Bella —respondió con voz cautelosa, porque veía que estaba totalmente destrozada. *Tenía* que controlar mejor mis emociones.

Me dirigí de nuevo al dormitorio y me arrodillé junto a la mesita de noche para apoyarme al escribir.

—Edward… —garabateé.

Me temblaba la mano, tanto que las letras apenas eran legibles.

Te quiero. Lo siento muchísimo. Tiene a mi madre en su poder y he de intentarlo a pesar de saber que no funcionará. Lo siento mucho, muchísimo.

No te enfades con Alice y Jasper. Si consigo escaparme de ellos será un milagro. Dales las gracias de mi parte, en especial a Alice, por favor.

Y te lo suplico, por favor, no le sigas. Creo que eso es precisamente lo que quiere. No podría soportar que alguien saliera herido por mi culpa, especialmente tú. Por favor, es lo único que te pido. Hazlo por mí.

Te quiero. Perdóname.

Bella

Doblé la carta con cuidado y sellé el sobre. Ojalá que lo encontrara. Sólo podía esperar que lo entendiera y me hiciera caso, aunque fuera sólo esta vez.

Y también sellé cuidadosamente mi corazón.

El juego del escondite

Todo el pavor, la desesperación y la devastación de mi corazón habían requerido menos tiempo del que había pensado. Los minutos transcurrían con mayor lentitud de lo habitual. Jasper aún no había regresado cuando me reuní con Alice. Me atemorizaba permanecer con ella en la misma habitación —por miedo a lo que pudiera adivinar— tanto como rehuirla, por el mismo motivo.

Creía que mis pensamientos torturados y volubles harían que fuera incapaz de sorprenderme por nada, pero *me sorprendí* de verdad cuando la vi doblarse sobre el escritorio, aferrándose al borde con ambas manos.

—¿Alice?

No reaccionó cuando mencioné su nombre, pero movía la cabeza de un lado a otro. Vi su rostro y la expresión vacía y aturdida de su mirada. De inmediato pensé en mi madre. ¿Era ya demasiado tarde?

Me apresuré a acudir junto a ella y sin pensarlo, extendí la mano para tocar la suya.

—¡Alice! —exclamó Jasper con voz temblorosa.

Éste ya se hallaba a su lado, justo detrás, cubriéndole las manos con las suyas y soltando la presa que la aferraba a la mesa. Al otro lado de la sala de estar, la puerta de la habitación se cerró sola con suave chasquido.

—¿Qué ves? —exigió saber.

Ella apartó el rostro de mí y lo hundió en el pecho de Jasper.

—Bella —dijo Alice.

—Estoy aquí —repliqué.

Aunque con una expresión ausente, Alice giró la cabeza hasta que nuestras miradas se engarzaron. Comprendí inmediatamente que no me hablaba a mí, sino que había respondido a la pregunta de Jasper.

—¿Qué has visto? —inquirí. Pero en mi voz átona e indiferente no había ninguna pregunta de verdad.

Jasper me estudió con atención. Mantuve la expresión ausente y esperé. Estaba confuso y su mirada iba del rostro de Alice al mío mientras sentía el caos... Yo había adivinado lo que acababa de ver Alice.

Sentí que un remanso de tranquilidad se instalaba en mi interior, y celebré la intervención de Jasper, ya que me ayudaba a disciplinar mis emociones y mantenerlas bajo control.

Alice también se recobró y al final, con voz sosegada y convincente, contestó:

—En realidad, nada. Sólo la misma habitación de antes.

Por último, me miró con expresión dulce y retraída antes de preguntar:

—¿Quieres desayunar?

—No, tomaré algo en el aeropuerto.

También yo me sentía muy tranquila. Me fui al baño a darme una ducha. Por un momento creí que Jasper había compartido conmigo su extraño poder extrasensorial, ya que percibí la virulenta desesperación de Alice, a pesar de que la ocultaba muy bien, desesperación porque yo saliera de la habitación y ella se pudiera quedar a solas con Jasper. De ese modo, le podría contar que se estaban equivocando, que iban a fracasar...

Me preparé metódicamente, concentrándome en cada una de las pequeñas tareas. Me solté el pelo, extendiéndolo a mi alrededor, para que me cubriera el rostro. El pacífico estado de ánimo en que Jasper me había sumido cumplió su cometido y me ayudó a pensar con claridad y a planear. Rebusqué en mi petate hasta encontrar el calcetín lleno de dinero y lo vacié en mi monedero.

Ardía en ganas de llegar al aeropuerto y estaba de buen humor cuando nos marchamos a eso de las siete de la mañana. En esta ocasión, me senté sola en el asiento trasero mientras que Alice reclinaba la espalda contra la puerta, con el rostro frente a Jasper, aunque cada pocos segundos me lanzaba miradas desde detrás de sus gafas de sol.

—¿Alice? —pregunté con indiferencia.

—¿Sí? —contestó con prevención.

—¿Cómo funcionan tus visiones? —miré por la ventanilla lateral y mi voz sonó aburrida—. Edward me dijo que no eran definitivas, que las cosas podían cambiar.

El pronunciar el nombre de Edward me resultó más difícil de lo esperado, y esa sensación debió alertar a Jasper, ya que poco después una fresca ola de serenidad inundó el vehículo.

—Sí, las cosas pueden cambiar... —murmuró, supongo que de forma esperanzada—. Algunas visiones se aproximan a la verdad más que otras, como la predicción metereológica. Resulta más difícil con los hombres. Sólo veo el curso que van a tomar las cosas cuando están sucediendo. El futuro cambia por completo una vez que cambian la decisión tomada o efectúan otra nueva, por pequeña que sea.

Asentí con gesto pensativo.

—Por eso no pudiste ver a James en Phoenix hasta que no decidió venir aquí.

—Sí —admitió, mostrándose todavía cautelosa.

Y tampoco me había visto en la habitación de los espejos con James hasta que no accedí a reunirme con él. Intenté no pensar en qué otras cosas podría haber visto, ya que no quería que el pánico hiciera recelar aún más a Jasper. De todos modos, los dos iban a redoblar la atención con la que me vigilaban a raíz de la visión de Alice. La situación se estaba volviendo imposible.

La suerte se puso de mi parte cuando llegamos al aeropuerto, o tal vez sólo era que habían mejorado mis probabilidades. El avión de Edward iba a aterrizar en la terminal cuatro, la más grande de todas, pero tampoco era extraño que fuera así, ya que allí aterrizaban la mayor parte de los vuelos. Sin duda, era la terminal que más me convenía —la más grande y la que ofrecía mayor confusión—, y en el nivel tres había una puerta que posiblemente sería mi única oportunidad.

Aparcamos en el cuarto piso del enorme garaje. Fui yo quien los guié, ya que, por una vez, conocía el entorno mejor que ellos. Tomamos el ascensor para descender al nivel tres, donde bajaban los pasajeros. Alice y Jasper se entretuvieron mucho rato estudiando el panel de salida de los vuelos. Los escuchaba discutiendo las ventajas e inconvenientes de Nueva York, Chicago, Atlanta, lugares que nunca había visto, y que, probablemente, nunca vería.

Esperaba mi oportunidad con impaciencia, incapaz de evitar que mi pie tabaleara en el suelo. Nos sentamos en una de las largas filas de sillas cerca de los detectores de metales. Jasper y Alice fingían observar a la gente, pero en realidad, sólo me observaban a mí. Ambos seguían de reojo todos y cada uno de mis movimientos en la silla. Me sentía desesperanzada. ¿Podría arriesgarme a correr? ¿Se atreverían a impedir que me escapara en un lugar público como éste? ¿O simplemente me seguirían?

Saqué del bolso el sobre sin destinatario y lo coloqué encima del bolso negro de piel que llevaba Alice; ésta me miró sorprendida.

—Mi carta —le expliqué.

Asintió con la cabeza e introdujo el sobre en el bolso debajo de la solapa, de modo que Edward lo encontraría relativamente pronto.

Los minutos transcurrían e iba acercándose el aterrizaje del avión en el que viajaba Edward. Me sorprendía cómo cada una de mis células parecía ser consciente de su llegada y anhelarla. Esa sensación me complicaba las cosas, y pronto me descubrí buscando excusas para quedarme a verle antes de escapar, pero sabía que eso me limitaba la posibilidad de huir.

Alice se ofreció varias veces para acompañarme a desayunar.

—Más tarde —le dije—, todavía no.

Estudié el panel de llegadas de los vuelos, comprobando cómo uno tras otro llegaban con puntualidad. El vuelo procedente de Seattle cada vez ocupaba una posición más alta en el panel.

Los dígitos volvieron a cambiar cuando sólo me quedaban treinta minutos para intentar la fuga. Su vuelo llegaba con diez minutos de adelanto, por lo que se me acababa el tiempo.

—Creo que me apetece comer ahora —dije rápidamente.

Alice se puso de pie.

—Iré contigo.

—¿Te importa que venga Jasper en tu lugar? —pregunté—. Me siento un poco… —no terminé la frase. Mis ojos estaban lo bastante enloquecidos como para transmitir lo que no decían las palabras.

Jasper se levantó. La mirada de Alice era confusa, pero, comprobé para alivio mío, que no sospechaba nada. Ella debía de atribuir la alteración en su visión a alguna maniobra del rastreador, más que a una posible traición por mi parte.

Jasper caminó junto a mí en silencio, con la mano en mis riñones, como si me estuviera guiando. Simulé falta de interés por las primeras cafeterías del aeropuerto con que nos encontramos, y movía la cabeza a izquierda y derecha en busca de lo que realmente quería encontrar: los servicios para señoras del nivel tres, que estaban a la vuelta de la esquina, lejos del campo de visión de Alice.

—¿Te importa? —pregunté a Jasper al pasar por delante—. Sólo será un momento.

—Aquí estaré —dijo él.

Eché a correr en cuanto la puerta se cerró detrás de mí. Recordé aquella ocasión en que me extravié por culpa de este baño, que tenía dos salidas.

Sólo tenía que dar un pequeño salto para ganar los ascensores cuando saliera por la otra puerta. No entraría en el campo de visión de Jasper si éste permanecía donde me había dicho. Era mi única oportunidad, por lo que tendría que seguir corriendo si él me veía. La gente se quedaba mirándome, pero los ignoré. Los ascensores estaban abiertos, esperando, cuando doblé la esquina. Me precipité hacia uno de ellos —estaba casi lleno, pero era el que bajaba— y metí la mano entre las dos hojas de la puerta que se cerraba. Me acomodé entre los irritados pasajeros y me cercioré con un rápido vistazo de que el botón de la planta que daba a la calle estuviera pulsado. Estaba encendido cuando las puertas se cerraron.

Salí disparada de nuevo en cuanto se abrieron, a pesar de los murmullos de enojo que se levantaron a mi espalda. Anduve con lentitud mientras pasaba al lado de los guardias de seguridad, apostados junto a la cinta transportadora, preparada para correr tan pronto como viera las puertas de salida. No tenía forma de saber si Jasper ya me estaba buscando. Sólo dispondría de unos segundos si seguía mi olor. Estuve a punto de estrellarme contra los cristales mientras cruzaba de un salto las puertas automáticas, que se abrieron con excesiva lentitud.

No había ni un solo taxi a la vista a lo largo del atestado bordillo de la acera.

No me quedaba tiempo. Alice y Jasper estarían a punto de descubrir mi fuga, si no lo habían hecho ya, y me localizarían en un abrir y cerrar de ojos.

El servicio de autobús del hotel Hyatt acababa de cerrar las puertas a pocos pasos de donde me encontraba.

—¡Espere! —grité al tiempo que corría y le hacía señas al conductor.

—Éste es el autobús del Hyatt —dijo el conductor confundido al abrir la puerta.

—Sí. Allí es adonde voy —contesté con la respiración entrecortada, y subí apresuradamente los escalones.

Al no llevar equipaje, me miró con desconfianza, pero luego se encogió de hombros y no se molestó en hacerme más preguntas.

La mayoría de los asientos estaban vacíos. Me senté lo más alejada posible de los restantes viajeros y miré por la ventana, primero a la acera y después al aeropuerto, que se iba quedando atrás. No pude evitar imaginarme a Edward de pie al borde de la calzada, en el lugar exacto donde se perdía mi pista. *No puedes llorar aún,* me dije a mí misma. Todavía me quedaba un largo camino por recorrer.

La suerte siguió sonriéndome. Enfrente del Hyatt, una pareja de aspecto fatigado estaba sacando la última maleta del maletero de un taxi. Me bajé del autobús de un salto e inmediatamente me lancé hacia el taxi y me introduje en el asiento de atrás. La cansada pareja y el conductor del autobús me miraron fijamente.

Le indiqué al sorprendido taxista las señas de mi madre.

—Necesito llegar aquí lo más pronto posible.

—Pero esto está en Scottsdale —se quejó.

Arrojé cuatro billetes de veinte sobre el asiento.

—¿Es esto suficiente?

—Sí, claro, chica, sin problema.

Me recliné sobre el asiento y crucé los brazos sobre el regazo. Las calles de la ciudad, que me resultaba tan familiar, pasaban rápidamente a nuestro lado, pero no me molesté ni en mirar por la ventanilla. Hice un gran esfuerzo por mantener el control y estaba resuelta a no perderlo llegada a aquel punto, ahora que había completado con éxito mi plan. No merecía la pena permitirme más miedo ni más ansiedad. El camino estaba claro, y sólo tenía que seguirlo.

Así pues, en lugar de eso cerré los ojos y pasé los veinte minutos de camino creyéndome con Edward en vez de dejarme llevar por el pánico.

Imaginé que me había quedado en el aeropuerto a la espera de su llegada. Visualicé cómo me pondría de puntillas para verle el rostro lo antes posible, y la rapidez y el garbo con que él se deslizaría entre el gentío. Entonces, tan impaciente como siempre, yo recorrería a toda prisa los pocos metros que me separaban de él para cobijarme entre sus brazos de mármol, al fin a salvo.

Me pregunté adónde habríamos ido. A algún lugar del norte, para que él pudiera estar al aire libre durante el día, o quizás a algún paraje remoto en el que nos hubiéramos tumbado al sol, juntos otra vez. Me lo imaginé en la playa, con su piel destellando como el mar. No me importaba cuánto tiempo tuviéramos que ocultarnos. Quedarme atrapada en una habitación de hotel con él sería una especie de paraíso, con la cantidad de preguntas que todavía tenía que hacerle. Podría estar hablando con él para siempre, sin dormir nunca, sin separarme de él jamás.

Vislumbré con tal claridad su rostro que casi podía oír su voz, y en ese momento, a pesar del horror y la desesperanza, me sentí feliz. Estaba tan inmersa en mi ensueño escapista que perdí la noción del tiempo transcurrido.

—Eh, ¿qué número me dijo?

La pregunta del taxista pinchó la burbuja de mi fantasía, privando de color mis maravillosas ilusiones vanas. El miedo, sombrío y duro, estaba esperando para ocupar el vacío que aquéllas habían dejado.

—Cincuenta y ocho —contesté con voz ahogada.

Me miró nervioso, pensando que quizás me iba a dar un ataque o algo parecido.

—Entonces, hemos llegado.

El taxista estaba deseando que yo saliera del coche; probablemente, albergaba la esperanza de que no le pidiera las vueltas.

—Gracias —susurré.

No hacía falta que me asustara, me recordé. La casa estaba vacía. Debía apresurarme. Mamá me esperaba aterrada, y dependía de mí.

Subí corriendo hasta la puerta y me estiré con un gesto maquinal para tomar la llave de debajo del alero. Abrí la puerta. El interior permanecía a oscuras y deshabitado, todo en orden. Volé hacia el teléfono y encendí la luz de la cocina en el trayecto. En la pizarra blanca había un número de diez dígitos escrito a rotulador con caligrafía pequeña y esmerada. Pulsé los botones del teclado con precipitación y me equivoqué. Tuve que colgar y empezar de nuevo. En esta ocasión me concentré sólo en las teclas, pulsándolas con cuidado, una por una. Lo hice correctamente. Sostuve el auricular en la oreja con mano temblorosa. Sólo sonó una vez.

—Hola, Bella —contestó James con voz tranquila—. Lo has hecho muy deprisa. Estoy impresionado.

—¿Se encuentra bien mi madre?

—Está estupendamente. No te preocupes, Bella, no tengo nada contra ella. A menos que no vengas sola, claro —dijo esto con despreocupación, casi divertido.

—Estoy sola.

Nunca había estado más sola en toda mi vida.

—Muy bien. Ahora, dime, ¿conoces el estudio de ballet que se encuentra justo a la vuelta de la esquina de tu casa?

—Sí, sé cómo llegar hasta allí.

—Bien, entonces te veré muy pronto.

Colgué.

Salí corriendo de la habitación y crucé la puerta hacia el calor achicharrante de la calle.

No había tiempo para volver la vista atrás y contemplar mi casa. Tampoco deseaba hacerlo tal y como se encontraba ahora, vacía, como un símbolo del miedo en vez de un santuario. La última persona en caminar por aquellas habitaciones familiares había sido mi enemigo.

Casi podía ver a mi madre con el rabillo del ojo, de pie a la sombra del gran eucalipto donde solía jugar de niña; o arrodillada en un pequeño espacio no asfaltado junto al buzón de correos, un cementerio para todas las flores que había plantado. Los recuerdos eran mejores que cualquier realidad que hoy pudiera ver, pero aun así, los aparté de mi mente rápidamente y me encaminé hacia la esquina, dejándolo todo atrás.

Me sentía torpe, como si corriera sobre arena mojada. Parecía incapaz de mantener el equilibrio sobre el cemento. Tropecé varias veces, y en una ocasión me caí. Me hice varios rasguños en las manos cuando las apoyé en la acera para amortiguar la caída. Luego me tambaleé, para volver a caerme, pero finalmente conseguí llegar a la esquina. Ya sólo me quedaba otra calle más. Corrí de nuevo, jadeando, con el rostro empapado de sudor. El sol me quemaba la piel; brillaba tanto que su intenso reflejo sobre el cemento blanco me cegaba. Me sentía peligrosamente vulnerable. Añoré la protección de los verdes bosques de Forks, de mi casa, con una intensidad que jamás hubiera imaginado.

Al doblar la última esquina y llegar a Cactus, pude ver el estudio de ballet, que conservaba el mismo aspecto exterior que recordaba. La plaza de aparcamiento de la parte delantera estaba vacía y las persianas de todas las ventanas, echadas. No podía correr más, me asfixiaba. El esfuerzo y el pánico me habían dejado extenuada. El recuerdo de mi madre era lo único que, un paso tras otro, mc mantenía en movimiento.

Al acercarme vi el letrero colocado por la parte interior de la puerta. Estaba escrito a mano en papel rosa oscuro: decía que el estudio de danza estaba cerrado por las vacaciones de primavera. Aferré el pomo y lo giré con cuidado. Estaba abierto. Me esforcé por contener el aliento y abrí la puerta.

El oscuro vestíbulo estaba vacío y su temperatura era fresca. Se podía oír el zumbido del aire acondicionado. Las sillas de plástico estaban apiladas contra la pared y la alfombra olía a champú. El aula de danza orientada al oeste estaba a oscuras y podía verla a través de una ventana abierta con vistas a esa sala. El aula que daba al este, la habitación más grande, estaba iluminada a pesar de tener las persianas echadas.

Se apoderó de mí un miedo tan fuerte que me quedé literalmente paralizada. Era incapaz de dar un solo paso.

Entonces, la voz de mi madre me llamó con el mismo tono de pánico e histeria.

—¿Bella? ¿Bella? —me precipité hacia la puerta, hacia el sonido de su voz—. ¡Bella, me has asustado! —continuó hablando mientras yo entraba corriendo en el aula de techos altos—. ¡No lo vuelvas a hacer nunca más!

Miré a mi alrededor, intentando descubrir de dónde venía su voz. Entonces la oí reír y me giré hacia el lugar de procedencia del sonido.

Y allí estaba ella, en la pantalla de la televisión, alborotándome el pelo con alivio. Era el Día de Acción de Gracias y yo tenía doce años. Habíamos ido a ver a mi abuela el año anterior a su muerte. Fuimos a la playa un día y me incliné demasiado desde el borde del embarcadero. Me había visto perder pie y luego mis intentos de recuperar el equilibrio. «¿Bella? ¿Bella?», me había llamado ella asustada.

La pantalla del televisor se puso azul.

Me volví lentamente. Inmóvil, James estaba de pie junto a la salida de emergencia, por eso no le había visto al principio. Sostenía en la mano el mando a distancia. Nos miramos el uno al otro durante un buen rato y entonces sonrió.

Caminó hacia mí y pasó muy cerca. Depositó el mando al lado del vídeo. Me di la vuelta con cuidado para seguir sus movimientos.

—Lamento esto, Bella, pero ¿acaso no es mejor que tu madre no se haya visto implicada en este asunto? —dijo con voz cortés, amable.

De repente caí en la cuenta. Mi madre seguía a salvo en Florida. Nunca había oído mi mensaje. Los ojos rojo oscuro de aquel rostro inusualmente pálido que ahora tenía delante de mí jamás la habían aterrorizado. Estaba a salvo.

—Sí —contesté llena de alivio.

—No pareces enfadada porque te haya engañado.

—No lo estoy.

La euforia repentina me había insuflado coraje. ¿Qué importaba ya todo? Pronto habría terminado y nadie haría daño a Charlie ni a mamá, nunca tendrían que pasar miedo. Me sentía casi mareada. La parte más racional de mi mente me avisó de que estaba a punto de derrumbarme a causa del estrés.

—¡Qué extraño! Lo piensas de verdad —sus ojos oscuros me examinaron con interés. El iris de sus pupilas era casi negro, pero había una chispa de color rubí justo en el borde. Estaba sediento—. He de conceder a vuestro extraño aquelarre que vosotros, los humanos, podéis resultar bastante interesantes. Supongo que observaros debe de ser toda una atracción. Y lo extraño es que muchos de vosotros no parecéis tener conciencia alguna de lo interesantes que sois.

Se encontraba cerca de mí, con los brazos cruzados, mirándome con curiosidad. Ni el rostro ni la postura de James mostraban el menor indicio de amenaza. Tenía un aspecto muy corriente, no había nada destacable en sus facciones ni en su cuerpo, salvo la piel pálida y los ojos ojerosos a los que ya me había acostumbrado. Vestía una camiseta azul claro de manga larga y unos vaqueros desgastados.

—Supongo que ahora vas a decirme que tu novio te vengará —aventuró casi esperanzado, o eso me pareció.

—No, no lo creo. De hecho, le he pedido que no lo haga.

—¿Y qué te ha contestado?

—No lo sé —resultaba extrañamente sencillo conversar con un cazador tan gentil—. Le dejé una carta.

—¿Una carta? ¡Qué romántico! —la voz se endureció un poco cuando añadió un punto de sarcasmo al tono educado—. ¿Y crees que te hará caso?

—Eso espero.

—Humm. Bueno, en tal caso, tenemos expectativas distintas. Como ves, esto ha sido demasiado fácil, demasiado rápido. Para serte sincero, me siento decepcionado. Esperaba un desafío mucho mayor. Y después de todo, sólo he necesitado un poco de suerte.

Esperé en silencio.

—Hice que Victoria averiguara más cosas sobre ti cuando no consiguió atrapar a tu padre. Carecía de sentido darte caza por todo el planeta cuando podía esperar cómodamente en un lugar de mi elección. Por eso, después de hablar con Victoria, decidí venir a Phoenix para hacer una visita a tu madre. Te había oído decir que regresabas a casa. Al principio, ni se me ocurrió que lo dijeras en serio, pero luego lo estuve pensando. ¡Qué predecibles sois los humanos! Os gusta estar en un entorno conocido, en algún lugar que os infunda seguridad. ¿Acaso no sería una estratagema perfecta que si te persiguiéramos acudieras al último lugar en el que deberías estar, es decir, a donde habías dicho que ibas a ir?

»Pero claro, no estaba seguro, sólo era una corazonada. Habitualmente las suelo tener sobre las presas que cazo, un sexto sentido, por llamarlo así. Escuché tu mensaje cuando entré a casa de tu madre, pero claro, no podía estar seguro del lugar desde el que llamabas. Era útil tener tu número, pero por lo que yo sabía, lo mismo podías estar en la Antártida; y el truco no funcionaría a menos que estuvieras cerca.

»Entonces, tu novio toma un avión a Phoenix. Victoria lo estaba vigilando, naturalmente; no podía actuar solo en un juego con tantos jugadores. Y así fue como me confirmaron lo que yo barruntaba, que te encontrabas aquí. Ya estaba preparado; había visto tus enternecedores vídeos familiares, por lo que sólo era cuestión de marcarse el farol.

»Demasiado fácil, como ves. En realidad, nada que esté a mi altura. En fin, espero que te equivoques con tu novio. Se llama Edward, ¿verdad?

No contesté. La sensación de valentía me abandonaba por momentos. Me di cuenta de que estaba a punto de terminar de regodearse en su victoria. Aunque, de todos modos, ya me daba igual. No había ninguna gloria para él en abatirme a mí, una débil humana.

—¿Te molestaría mucho que también yo le dejara una cartita a tu Edward?

Dio un paso atrás y pulsó algo en una videocámara del tamaño de la palma de la mano, equilibrada cuidadosamente en lo alto del aparato de música. Una diminuta luz roja indicó que ya estaba grabando. La ajustó un par de veces, ampliando el encuadre. Lo miré horrorizada.

—Lo siento, pero dudo de que se vaya a resistir a darme caza después de que vea esto. Y no quiero que se pierda nada. Todo esto es por él, claro. Tú simplemente eres una humana, que, desafortunadamente, estaba en el sitio equivocado y en el momento equivocado, y podría añadir también, que en compañía de la gente equivocada.

Dio un paso hacia mí, sonriendo.

—Antes de que empecemos...

Sentí náuseas en la boca del estómago mientras hablaba. Esto era algo que yo no había previsto.

—Hay algo que me gustaría restregarle un poco por las narices a tu novio. La solución fue obvia desde el principio, y siempre temí que tu Edward se percatara y echara a perder la diversión. Me pasó una vez, oh, sí, hace siglos. La primera y única vez que se me ha escapado una presa.

»El vampiro que tan estúpidamente se había encariñado con aquella insignificante presa hizo la elección que tu Edward ha sido demasiado débil para llevar a cabo, ya ves. Cuando aquel viejo supo que iba detrás de su amiguita, la raptó del sanatorio mental donde él trabajaba —*nunca* entenderé la obsesión que algunos vampiros tienen por vosotros, los humanos—, y la liberó de la única forma que tenía para ponerla a salvo. La pobre criaturita ni siquiera pareció notar el dolor. Había permanecido encerrada demasiado tiempo en aquel agujero negro de su celda. Cien años antes la habrían quemado en la hoguera por sus visiones, pero en el siglo XIX te llevaban al psiquiátrico y te administraban tratamientos de electrochoque. Cuando abrió los ojos fortalecida con su nueva juventud, fue como si nunca antes hubiera visto el sol. El viejo la convirtió en un nuevo y poderoso vampiro, pero entonces yo ya no tenía ningún aliciente para tocarla —suspiró—. En venganza, maté al viejo.

—Alice —dije en voz baja, atónita.

—Sí, tu amiguita. Me sorprendió verla en el claro. Supuse que su aquelarre obtendría alguna ventaja de esta experiencia. Yo te tengo a ti, y ellos la tienen a ella. La única víctima que se me ha escapado, todo un honor, la verdad.

»Y tenía un olor realmente delicioso. Aún lamento no haber podido probarla... Olía incluso mejor que tú. Perdóname, no quiero ofenderte, tú hueles francamente bien. Un poco floral, creo…

Dio otro paso en mi dirección hasta situarse a poca distancia. Levantó un mechón de mi pelo y lo olió con delicadeza. Entonces, lo puso otra vez en su sitio con dulzura y sentí sus dedos fríos en mi garganta. Alzó luego la mano para acariciarme rápidamente una sola vez la mejilla con el pulgar, con expresión de curiosidad. Deseaba echar a correr con todas mis fuerzas, pero estaba paralizada. No era capaz siquiera de estremecerme.

—No —murmuró para sí mientras dejaba caer la mano—. No lo entiendo —suspiró—. En fin, supongo que deberíamos continuar. Luego, podré telefonear a tus amigos y decirles dónde te pueden encontrar, a ti y a mi mensajito.

Ahora me sentía realmente mal. Supe que iba a ser doloroso, lo leía en sus ojos. No se conformaría con ganar, alimentarse y desaparecer. El final rápido con que yo contaba no se produciría. Empezaron a temblarme las rodillas y temí caerme de un momento a otro.

El cazador retrocedió un paso y empezó a dar vueltas en torno a mí con gesto indiferente, como si quisiera obtener la mejor vista posible de una estatua en un museo. Su rostro seguía siendo franco y amable mientras decidía por dónde empezar.

Entonces, se echó hacia atrás y se agazapó en una postura que reconocí de inmediato. Su amable sonrisa se ensanchó, y creció hasta dejar de ser una sonrisa y convertirse en un amasijo de dientes visibles y relucientes.

No pude evitarlo, intenté correr aun sabiendo que sería inútil y que mis rodillas estaban muy débiles. Me invadió el pánico y salté hacia la salida de emergencia.

Lo tuve delante de mí en un abrir y cerrar de ojos. Actuó tan rápido que no vi si había usado los pies o las manos. Un golpe demoledor impactó en mi pecho y me sentí volar hacia atrás, hasta sentir el crujido del cristal al romperse cuando mi cabeza se estrelló contra los espejos. El cristal se agrietó y los trozos se hicieron añicos al caer al suelo, a mi lado.

Estaba demasiado aturdida para sentir el dolor. Ni siquiera podía respirar.

Se acercó muy despacio.

—Esto hará un efecto muy bonito —dijo con voz amable otra vez mientras examinaba el caos de cristales—. Pensé que esta habitación crearía un efecto visualmente dramático para mi película. Por eso escogí este lugar para encontrarnos. Es perfecto, ¿a que sí?

Le ignoré mientras gateaba de pies y manos en un intento de arrastrarme hasta la otra puerta.

Se abalanzó sobre mí de inmediato y me pateó con fuerza la pierna. Oí el espantoso chasquido antes de sentirlo, pero luego lo *sentí* y no pude reprimir el grito de agonía. Me retorcí para agarrarme la pierna, él permaneció junto a mí, sonriente.

—¿Te gustaría reconsiderar tu última petición? —me preguntó con amabilidad.

Me golpeó la pierna rota con el pie. Oí un alarido taladrador. En estado de *shock,* lo reconocí como mío.

—¿Sigues sin querer que Edward intente encontrarme? —me acució.

—No —dije con voz ronca—. No, Edward, no lo hagas...

Entonces, algo me impactó en la cara y me arrojó de nuevo contra los espejos.

Por encima del dolor de la pierna, sentí el filo cortante del cristal rasgarme el cuero cabelludo. En ese momento, un líquido caliente y húmedo empezó a extenderse por mi pelo a una velocidad alarmante. Noté cómo empapaba el hombro de mi camiseta y oí el goteo en la madera sobre la que me hallaba. Se me hizo un nudo en el estómago a causa del olor.

A través de la náusea y el vértigo, atisbé algo que me dio un último hilo de esperanza. Los ojos de James, que poco antes sólo mostraban interés, ahora ardían con una incontrolable necesidad. La sangre, que extendía su color carmesí por la camiseta blanca y empezaba a formar un charco rápidamente en el piso, lo estaba enloqueciendo a causa de su sed. No importaban ya cuáles fueran sus intenciones originales, no se podría refrenar mucho tiempo.

Ojalá que fuera rápido a partir de ahora, todo lo que podía esperar es que la pérdida de sangre se llevara mi conciencia con ella. Se me cerraban los ojos.

Oí el gruñido final del cazador como si proviniera de debajo del agua. Pude ver, a través del túnel en el que se había convertido mi visión, cómo su sombra oscura caía sobre mí. Con un último esfuerzo, alcé la mano instintivamente para protegerme la cara. Entonces se me cerraron los ojos y me dejé ir.

El ángel

Mientras iba a la deriva, soñé.

En el lugar donde flotaba, debajo de las aguas negras, oí el sonido más feliz que mi mente podía conjurar, el más hermoso, el único que podía elevarme el espíritu y a la vez, el más espantoso. Era otro gruñido, un rugido salvaje y profundo, impregnado de la más terrible ira.

El dolor agudo que traspasaba mi mano alzada me trajo de vuelta, casi hasta la superficie, pero no era un camino de regreso lo bastante amplio para que me permitiera abrir los ojos.

Entonces, supe que estaba muerta…

… porque oí la voz de un ángel pronunciando mi nombre a través del agua densa, llamándome al único cielo que yo anhelaba.

—¡Oh no, Bella, no! —gritó la voz horrorizada del ángel.

Se produjo un ruido, un terrible tumulto que me asustó detrás de aquel sonido anhelado. Un gruñido grave y despiadado, un sonido seco, espantoso y un lamento lleno de agonía, que repentinamente se quebró…

Yo en cambio decidí concentrarme en la voz del ángel.

—¡Bella, por favor! ¡Bella, escúchame; por favor, por favor, Bella, por favor! —suplicaba.

Sí, quise responderle. Quería decirle algo, cualquier cosa, pero no encontraba los labios.

—¡Carlisle! —llamó el ángel con su voz perfecta cargada de angustia—. ¡Bella, Bella, no, oh, no, por favor, no, no!

El ángel empezó a sollozar sin lágrimas, roto de dolor.

Un ángel no debería llorar, eso no está bien. Intenté ponerme en contacto con él, decirle que todo iba a salir bien, pero las aguas eran tan profundas que me aprisionaban y no podía respirar.

Sentí un punto de dolor taladrarme la cabeza. Dolía mucho, pero entonces, mientras ese dolor irrumpía a través de la oscuridad para llegar hasta mí, acudieron otros mucho más fuertes. Grité mientras intentaba aspirar aire y emerger de golpe del estanque oscuro.

—¡Bella! —gritó el ángel.

—Ha perdido algo de sangre, pero la herida no es muy profunda —explicaba una voz tranquila—. Echa una ojeada a su pierna, está rota.

El ángel reprimió en los labios un aullido de ira.

Sentí una punzada aguda en el costado. Aquel lugar no era el cielo, más bien no. Había demasiado dolor aquí para que lo fuera.

—Y me temo que también lo estén algunas costillas —continuó la voz serena de forma metódica.

Aquellos dolores agudos iban remitiendo. Sin embargo, apareció uno nuevo, una quemazón en la mano que anulaba a todos los demás.

Alguien me estaba quemando.

—Edward —intenté decirle, pero mi voz sonaba pastosa y débil. Ni yo era capaz de entenderme.

—Bella, te vas a poner bien. ¿Puedes oírme, Bella? Te amo.

—Edward —lo intenté de nuevo, parecía que se me iba aclarando la voz.

—Sí, estoy aquí.

—Me duele —me quejé.

—Lo sé, Bella, lo sé —entonces, a lo lejos, le escuché preguntar angustiado—. ¿No puedes hacer nada?

—Mi maletín, por favor… No respires, Alice, eso te ayudará —aseguró Carlisle.

—¿Alice? —gemí.

—Está aquí, fue ella la que supo dónde podíamos encontrarte.

—Me duele la mano —intenté decirle.

—Lo sé, Bella, Carlisle te administrará algo que te calme el dolor.

—¡Me arde la mano! —conseguí gritar, saliendo al fin de la oscuridad y pestañeando sin cesar.

No podía verle la cara porque una cálida oscuridad me empañaba los ojos. ¿Por qué no veían el fuego y lo apagaban?

La voz de Edward sonó asustada.

—¿Bella?

—¡Fuego! ¡Que alguien apague el fuego! —grité mientras sentía cómo me quemaba.

—¡Carlisle! ¡La mano!

—La ha mordido.

La voz de Carlisle había perdido la calma, estaba horrorizado. Oí cómo Edward se quedaba sin respiración, del espanto.

—Edward, tienes que hacerlo —dijo Alice, cerca de mi cabeza; sus dedos fríos me limpiaron las lágrimas.

—¡No! —rugió él.

—Alice —gemí.

—Hay otra posibilidad —intervino Carlisle.

—¿Cuál? —suplicó Edward.

—Intenta succionar la ponzoña, la herida es bastante limpia.

Mientras Carlisle hablaba podía sentir cómo aumentaba la presión en mi cabeza, y algo pinchaba y tiraba de la piel. El dolor que esto me provocaba desaparecía ante la quemazón de la mano.

—¿Funcionará? —Alice parecía tensa.

—No lo sé —reconoció Carlisle—, pero hay que darse prisa.

—Carlisle, yo… —Edward vaciló—. No sé si voy a ser capaz de hacerlo.

La angustia había aparecido de nuevo en la voz del ángel.

—Sea lo que sea, es tu decisión, Edward. No puedo ayudarte. Debemos cortar la hemorragia si vas a sacarle sangre de la mano.

Me retorcí prisionera de esta ardiente tortura, y el movimiento hizo que el dolor de la pierna llameara de forma escalofriante.

—¡Edward! —grité y me di cuenta de que había cerrado los ojos de nuevo. Los abrí, desesperada por volver a ver su rostro y allí estaba. Por fin pude ver su cara perfecta, mirándome fijamente, crispada en una máscara de indecisión y pena.

—Alice, encuentra algo para que le entablille la pierna —Carlisle seguía inclinado sobre mí, haciendo algo en mi cabeza—. Edward, has de hacerlo ya o será demasiado tarde.

El rostro de Edward se veía demacrado. Le miré a los ojos y al fin la duda se vio sustituida por una determinación inquebrantable. Apretó las mandíbulas y sentí sus dedos fuertes y frescos en mi mano ardiente, colocándola con cuidado. Entonces inclinó la cabeza sobre ella y sus labios fríos presionaron contra mi piel.

El dolor empeoró. Aullé y me debatí entre las manos heladas que me sujetaban. Oí hablar a Alice, que intentaba calmarme. Algo pesado me inmovilizó la pierna contra el suelo y Carlisle me sujetó la cabeza en el torno de sus brazos de piedra.

Entonces, despacio, dejé de retorcerme conforme la mano se me entumecía más y más. El fuego se había convertido en un rescoldo mortecino que se concentraba en un punto más pequeño.

Y mientras el dolor desaparecía, sentí cómo perdía la conciencia, deslizándome hacia alguna parte. Me aterraba volver a aquellas aguas negras y perderme de nuevo en la oscuridad.

—Edward —intenté decir, pero no conseguí escuchar mi propia voz, aunque ellos sí parecieron oírme.

—Está aquí a tu lado, Bella.

—Quédate, Edward, quédate conmigo…

—Aquí estoy.

Parecía agotado, pero triunfante. Suspiré satisfecha. El fuego se había apagado y los otros dolores se habían mitigado mientras el sopor se extendía por todo mi cuerpo.

—¿Has extraído toda la ponzoña? —preguntó Carlisle desde un lugar muy, muy lejano.

—La sangre está limpia —dijo Edward con serenidad—. Puedo sentir el sabor de la morfina.

—¿Bella? —me llamó Carlisle.

Hice un esfuerzo por contestarle.

—¿Mmm?

—¿Ya no notas la quemazón?

—No —suspiré—. Gracias, Edward.

—Te quiero —contestó él.

—Lo sé —inspiré aire, me sentía tan cansada…

Y entonces escuché mi sonido favorito sobre cualquier otro en el mundo: la risa tranquila de Edward, temblando de alivio.

—¿Bella? —me preguntó Carlisle de nuevo.

Fruncí el entrecejo, quería dormir.

—¿Qué?

—¿Dónde está tu madre?

—En Florida —suspiré de nuevo—. Me engañó, Edward. Vio nuestros vídeos.

La indignación de mi voz sonaba lastimosamente débil... Pero eso me lo recordó.

—Alice —intenté abrir los ojos—. Alice, el vídeo... Él te conocía, conocía tu procedencia —quería decírselo todo de una vez, pero mi voz se iba debilitando. Me sobrepuse a la bruma de mi mente para añadir—: Huelo gasolina.

—Es hora de llevársela —dijo Carlisle.

—No, quiero dormir —protesté.

—Duérmete, mi vida, yo te llevaré —me tranquilizó Edward.

Y entonces me tomó en sus brazos, acunada contra su pecho, y floté, sin dolor ya.

Las últimas palabras que oí fueron:

—Duérmete ya, Bella.

Punto muerto

Vi una deslumbrante luz nívea al abrir los ojos. Estaba en una habitación desconocida de paredes blancas. Unas persianas bajadas cubrían la pared que tenía al lado. Las luces brillantes que tenía encima de la cabeza me deslumbraban. Estaba recostada en una cama dura y desnivelada, una cama con barras. Las almohadas eran estrechas y llenas de bultos. Un molesto pitido sonaba desde algún lugar cercano. Esperaba que eso significara que seguía viva. La muerte no podía ser tan incómoda.

Unos tubos traslúcidos se enroscaban alrededor de mis manos y debajo de la nariz tenía un objeto pegado al rostro. Alcé la mano para quitármelo.

—No lo hagas.

Unos dedos helados me atraparon la mano.

—¿Edward?

Ladeé levemente la cabeza y me encontré con su rostro exquisito a escasos centímetros del mío. Reposaba el mentón sobre el extremo de mi almohada. Comprendí que seguía con vida, pero esta vez con gratitud y júbilo.

—¡Ay, Edward! ¡Cuánto lo siento!

—Shhh... —me acalló—. Ahora todo está en orden.

—¿Qué sucedió?

No conseguía recordarlo con claridad, y mi mente parecía resistirse cada vez que intentaba rememorarlo.

—Estuve a punto de llegar tarde. Pude no haber llegado a tiempo —susurró con voz atormentada.

—¡Qué tonta fui! Creí que tenía a mi madre en su poder.

—Nos engañó a todos.

—Necesito telefonear a Charlie y a mamá —me percaté a pesar de la nube de confusión.

—Alice los ha llamado. Renée está aquí, bueno, en el hospital. Se acaba de marchar para comer algo.

—¿Está aquí?

Intenté incorporarme, pero se agravó el mareo de mi cabeza. Las manos de Edward me empujaron suavemente hacia las almohadas.

—Va a volver enseguida —me prometió—, y tú necesitas permanecer en reposo.

—Pero ¿qué le has dicho? —me aterré. No quería que me calmaran. Mamá estaba allí y yo me estaba recobrando del ataque de un vampiro—. ¿Por qué le has dicho que me habían hospitalizado?

—Rodaste por dos tramos de escaleras antes de caer por una ventana —hizo una pausa—. Has de admitir que pudo suceder.

Suspiré, y me dolió. Eché una ojeada por debajo de la sábana a la parte inferior de mi cuerpo, al enorme bulto que era mi pierna.

—¿Cómo estoy?

—Tienes rotas una pierna y cuatro costillas, algunas contusiones en la cabeza y moraduras por todo el cuerpo y has perdido mucha sangre. Te han efectuado varias transfusiones. No me gusta, hizo que olieras bastante mal durante un tiempo.

—Eso debió de suponer un cambio agradable para ti.

—No, me gusta cómo *hueles.*

—¿Cómo lo conseguiste? —pregunté en voz baja.

De inmediato, supo a qué me refería.

—No estoy seguro.

Rehuyó la mirada de mis ojos de asombro al tiempo que alzaba mi mano vendada y la sostenía gentilmente con la suya, teniendo mucho cuidado de no romper un cable que me conectaba a uno de los monitores.

Esperé pacientemente a que me contara lo demás.

Suspiró sin devolverme la mirada.

—Era imposible contenerse —susurró—, imposible. Pero lo hice —al fin, alzó la mirada y esbozó una media sonrisa—. Debe de ser que te quiero.

—¿No tengo un sabor tan bueno como mi olor?

Le devolví la sonrisa y me dolió toda la cara.

—Mejor aún, mejor de lo que imaginaba.

—Lo siento —me disculpé.

Miró al techo.

—Tienes mucho por lo que disculparte.

—¿Por qué debería disculparme?

—Por estar a punto de apartarte de mí para siempre.

—Lo siento —pedí perdón otra vez.

—Sé por qué lo hiciste —su voz resultaba reconfortante—. Sigue siendo una locura, por supuesto. Deberías haberme esperado, deberías habérmelo dicho.

—No me hubieras dejado ir.

—No —se mostró de acuerdo—. No te hubiera dejado.

Estaba empezando a rememorar algunos de los recuerdos más desagradables. Me estremecí e hice una mueca de dolor.

Edward se preocupó de inmediato.

—Bella, ¿qué te pasa?

—¿Qué le ocurrió a James?

—Emmett y Jasper se encargaron de él después de que te lo quitase de encima —concluyó Edward, que hablaba con un hondo pesar.

Aquello me confundió.

—No vi a ninguno de los dos allí.

—Tuvieron que salir de la habitación... Había demasiada sangre.

—Pero Alice y Carlisle... —apunté maravillada.

—Ya sabes, ambos te quieren.

De repente, el recuerdo de las dolorosas imágenes de la última vez que la había visto me recordó algo.

—¿Ha visto Alice la cinta de vídeo? —pregunté con inquietud.

—Sí —una nueva nota endureció la voz de Edward, una nota de puro odio.

—Alice siempre vivió en la oscuridad, por eso no recordaba nada.

—Lo sé, y ahora, ella por fin lo entiende todo —su voz sonaba tranquila, pero su rostro estaba oscurecido por la furia.

Intenté tocarle la cara con la mano libre, pero algo me lo impidió. Al bajar la mirada descubrí la vía intravenosa sujeta al dorso de la mano.

—¡Ay! —exclamé con un gesto de dolor.

—¿Qué sucede? —preguntó preocupado.

Se distrajo algo, pero no lo suficiente. Su mirada continuó teniendo un aspecto siniestro.

—¡Agujas! —le expliqué mientras apartaba la vista de la vía intravenosa.

Fijé la vista en un azulejo combado del techo e intenté respirar hondo a pesar del dolor en las costillas.

—¡Te asustan las agujas! —murmuró Edward para sí en voz baja y moviendo la cabeza—. ¿Un vampiro sádico que pretende torturarla hasta la muerte? Claro, sin problemas, ella se escapa para reunirse con él. Pero una vía intravenosa es otra cosa...

Puse los ojos en blanco. Me alegraba saber que al menos su reacción estaba libre de dolor. Decidí cambiar de tema.

—¿Por qué estás aquí?

Me miró fijamente; confundido al principio y herido después. Frunció el entrecejo hasta el punto de que las cejas casi se tocaron.

—¿Quieres que me vaya?

—¡No! —protesté de inmediato, aterrada sólo de pensarlo—. No, lo que quería decir es ¿por qué cree mi madre que estás aquí? Necesito tener preparada mi historia antes de que ella vuelva.

—Ah —las arrugas desaparecieron de su frente—. He venido a Phoenix para hacerte entrar en razón y convencerte de que vuelvas a Forks —abrió los ojos con tal seriedad y sinceridad que hasta yo misma estuve a punto de creérmelo—. Aceptaste verme y acudiste en coche hasta el hotel en el que me alojaba con Carlisle y Alice. Yo estaba bajo la supervisión paterna, por supuesto —agregó en un despliegue de virtuosismo—, pero te tropezaste cuando ibas de camino a mi habitación y bueno, ya sabes el resto. No necesitas acordarte de ningún detalle, aunque dispones de una magnífica excusa para poder liar un poco los aspectos más concretos.

Lo pensé durante unos instantes.

—Esa historia tiene algunos flecos, como la rotura de los cristales...

—En realidad, no. Alice se ha divertido un poco preparando pruebas. Se ha puesto mucho cuidado en que todo parezca convincente. Probablemente, podrías demandar al hotel si así lo quisieras. No tienes de qué preocuparte —me prometió mientras me acariciaba la mejilla con el más leve de los roces—. Tu único trabajo es curarte.

No estaba tan atontada por el dolor ni la medicación como para no reaccionar a su caricia. El indicador del *holter* al que estaba conectada comenzó a moverse incontroladamente. Ahora, él no era el único en oír el errático latido de mi corazón.

—Esto va a resultar embarazoso —musité para mí.

Rió entre dientes y me estudió con la mirada antes de decir:

—Humm... Me pregunto si...

Se inclinó lentamente. El pitido se aceleró de forma salvaje antes de que sus labios me rozaran, pero cuando lo hicieron con una dulce presión, se detuvo del todo.

Torció el gesto.

—Parece que debo tener contigo aún más cuidado que de costumbre...

—Todavía no había terminado de besarte —me quejé—. No me obligues a ir a por ti.

Esbozó una amplia sonrisa y se inclinó para besarme suavemente en los labios. El monitor enloqueció.

Pero en ese momento, los labios se tensaron y se apartó.

—Me ha parecido oír a tu madre —comentó, sonriendo de nuevo.

—No te vayas —chillé.

Sentí una oleada irracional de pánico. No podía dejarle marchar... Podría volver a desaparecer. Edward leyó el terror de mis ojos en un instante y me prometió solemnemente:

—No lo haré —entonces, sonrió—. Me voy a echar una siesta.

Se desplazó desde la dura silla de plástico situada cerca de mí hasta el sillón reclinable de cuero de imitación color turquesa que había al pie de mi cama. Se tumbó de espaldas y cerró los ojos. Se quedó totalmente quieto.

—Que no se te olvide respirar —susurré con sarcasmo.

Suspiró profundamente, pero no abrió los ojos.

Entonces oí a mi madre, que caminaba en compañía de otra persona, tal vez una enfermera. Su voz reflejaba cansancio y preocupación. Quise levantarme de un salto y correr hacia ella para calmarla y prometerle que todo iba bien. Pero no estaba en condiciones de hacerlo, por lo que aguardé con impaciencia.

La puerta se abrió una fracción y ella asomó la cabeza con cuidado.

—¡Mamá! —susurré, henchida de amor y alivio.

Se percató de la figura inmóvil de Edward sobre el sillón reclinable y se dirigió de puntillas al lado de mi cama.

—Nunca se aleja de ti, ¿verdad? —musitó para sí.

—Mamá, ¡cuánto me alegro de verte!

Las cálidas lágrimas me cayeron sobre las mejillas al inclinarse para abrazarme con cuidado.

—Bella, me sentía tan mal…

—Lo siento, mamá, pero ahora todo va bien —la reconforté—, no pasa nada.

—Estoy muy contenta de que al final hayas abierto los ojos.

Se sentó al borde de mi cama.

De pronto me di cuenta de que no tenía ni idea de qué día era.

—¿Qué día es?

—Es viernes, cielo, has permanecido desmayada bastante tiempo.

—¿Viernes? —me sorprendí. Intenté recordar qué día fue cuando… No, no quería pensar en eso.

—Te han mantenido sedada bastantes horas, cielo. Tenías muchas heridas.

—Lo sé —me dolían todas.

—Has tenido suerte de que estuviera allí el doctor Cullen. Es un hombre encantador, aunque muy joven. Se parece más a un modelo que a un médico…

—¿Has conocido a Carlisle?

—Y a Alice, la hermana de Edward. Es una joven adorable.

—Lo es —me mostré totalmente de acuerdo.

Se giró para mirar a Edward, que yacía en el sillón con los ojos cerrados.

—No me habías dicho que tenías tan buenos amigos en Forks.

Me encogí, y luego me quejé.

—¿Qué te duele? —preguntó preocupada, girándose de nuevo hacia mí.

Los ojos de Edward se centraron en mi rostro.

—Estoy bien —les aseguré—, pero debo acordarme de no moverme.

Edward volvió a reclinarse y sumirse en su falso sueño.

Aproveché la momentánea distracción para mantener la conversación lejos de mi más que cándido comportamiento.

—¿Cómo está Phil? —pregunté rápidamente.

—En Florida. ¡Ay, Bella, nunca te lo hubieras imaginado! Llegaron las mejores noticias justo cuando estábamos a punto de irnos.

—¿Ha firmado? —aventuré.

—Sí. ¿Cómo lo has adivinado? Ha firmado con los Suns, ¿te lo puedes creer?

—Eso es estupendo, mamá —contesté con todo el entusiasmo que fui capaz de simular, aunque no tenía mucha idea de a qué se estaba refiriendo.

—Jacksonville te va a gustar mucho —dijo efusivamente—. Me preocupé un poco cuando Phil empezó a hablar de ir a Akron, con toda esa nieve y el mal tiempo, ya sabes cómo odio el frío. Pero ¡Jacksonville! Allí siempre luce el sol, y en realidad la humedad no es *tan* mala. Hemos encontrado una casa de primera, de color amarillo con molduras blancas, un porche idéntico al de las antiguas películas y un roble enorme. Está a sólo unos minutos del océano y tendrás tu propio cuarto de baño...

—Aguarda un momento, mamá —la interrumpí. Edward mantuvo los ojos cerrados, pero parecía demasiado crispado para poder dar la impresión de que estaba dormido—. ¿De qué hablas? No voy a ir a Florida. Vivo en Forks.

—Pero ya no tienes que seguir haciéndolo, tonta —se echó a reír—. Phil ahora va a poder estar más cerca... Hemos hablado mucho al respecto y lo que voy a hacer es perderme los partidos de fuera para estar la mitad del tiempo contigo y la otra mitad con él...

—Mamá —vacilé mientras buscaba la mejor forma de mostrarme diplomática—, *quiero* vivir en Forks. Ya me he habituado al instituto y tengo un par de amigas... —ella miró a Edward mientras le hablaba de mis amigas, por lo que busqué otro tipo de justificación—. Además, Charlie me necesita. Está muy solo y no sabe cocinar.

—¿Quieres quedarte en Forks? —me preguntó aturdida. La idea le resultaba inconcebible. Entonces volvió a posar sus ojos en Edward—. ¿Por qué?

—Te lo digo... El instituto, Charlie... —me encogí de hombros. No fue una buena idea—. ¡Ay!

Sus manos revolotearon de forma indecisa encima de mí mientras encontraba un lugar adecuado para darme unas palmaditas. Y lo hizo en la frente, que no estaba vendada.

—Bella, cariño, tú odias Forks —me recordó.

—No es tan malo.

Renée frunció el gesto. Miraba de un lado a otro, ora a Edward, ora a mí, en esta ocasión con detenimiento.

—¿Se trata de este chico? —susurró.

Abrí la boca para mentir, pero estaba estudiando mi rostro y supe que lo descubriría.

—En parte, sí —admití. No era necesario confesar la enorme importancia de esa parte—. Bueno —pregunté—, ¿no has tenido ocasión de hablar con Edward?

—Sí —vaciló mientras contemplaba su figura perfectamente inmóvil—, y quería hablar contigo de eso.

Oh, oh.

—¿De qué?

—Creo que ese chico está enamorado de ti —me acusó sin alzar el volumen de la voz.

—Eso creo yo también —le confié.

—¿Y qué sientes por él? —mamá apenas podía controlar la intensa curiosidad en la voz.

Suspiré y miré hacia otro lado. Por mucho que quisiera a mi madre, ésa no era una conversación que quisiera sostener con ella.

—Estoy loca por él.

¡Ya estaba dicho! Eso se parecía demasiado a lo que diría una adolescente sobre su primer novio.

—Bueno, *parece* muy buena persona, y, ¡válgame Dios!, es increíblemente bien parecido, pero, Bella, eres tan joven…

Hablaba con voz insegura. Hasta donde podía recordar, ésta era la primera vez que había intentado parecer investida de autoridad materna desde que yo tenía ocho años. Reconocí el razonable pero firme tono de voz de las conversaciones que había tenido con ella sobre los hombres.

—Lo sé, mamá. No te preocupes. Sólo es un enamoramiento de adolescente —la tranquilicé.

—Está bien —admitió. Era fácil de contentar.

Entonces, suspiró y giró la cabeza para contemplar el gran reloj redondo de la pared.

—¿Tienes que marcharte?

Se mordió el labio.

—Se supone que Phil llamará dentro de poco... No sabía que ibas a despertar...

—No pasa nada, mamá —intenté disimular el alivio que sentía para no herir sus sentimientos—. No me quedo sola.

—Pronto estaré de vuelta. He estado durmiendo aquí, ya lo sabes —anunció, orgullosa de sí misma.

—Mamá, ¡no tenías por qué hacerlo! Podías dormir en casa. Ni siquiera me di cuenta.

El efecto de los calmantes en mi mente dificultaba mi concentración incluso en ese momento, aunque al parecer había estado durmiendo durante varios días.

—Estaba demasiado nerviosa —admitió con vergüenza—. Se ha cometido un delito en el vecindario y no me gustaba quedarme ahí sola.

—¿Un delito? —pregunté alarmada.

—Alguien irrumpió en esa academia de baile que había a la vuelta de la esquina y la quemó hasta los cimientos... ¡No ha quedado nada! Dejaron un coche robado justo en frente. ¿Te acuerdas de cuando ibas a bailar allí, cariño?

—Me acuerdo —me estremecí y acto seguido hice una mueca de dolor.

—Me puedo quedar, niña, si me necesitas.

—No, mamá, voy a estar bien. Edward estará conmigo.

Renée me miró como si ése fuera el motivo por el que quería quedarse.

—Estaré de vuelta a la noche.

Parecía mucho más una advertencia que una promesa, y miraba a Edward mientras pronunciaba esas palabras.

—Te quiero, mamá.

—Y yo también, Bella. Procura tener más cuidado al caminar, cielo. No quiero perderte.

Edward continuó con los ojos cerrados, pero una enorme sonrisa se extendió por su rostro.

En ese momento entró animadamente una enfermera para revisar todos los tubos y goteros. Mi madre me besó en la frente, me palmeó la mano envuelta en gasas y se marchó.

La enfermera estaba revisando la lectura del gráfico impreso por mi *holter*.

—¿Te has sentido alterada, corazón? Hay un momento en que tu ritmo cardiaco ha estado un poco alto.

—Estoy bien —le aseguré.

—Le diré a la enfermera titulada que se encarga de ti que te has despertado. Vendrá a verte enseguida.

Edward estuvo a mi lado en cuanto ella cerró la puerta.

—¿Robasteis un coche?

Arqueé las cejas y él sonrió sin el menor indicio de arrepentimiento.

—Era un coche estupendo, muy rápido.

—¿Qué tal tu siesta?

—Interesante —contestó mientras entrecerraba los ojos.

—¿Qué ocurre?

—Estoy sorprendido —bajó la mirada mientras respondía—. Creí que Florida y tu madre… Creí que era eso lo que querías.

Le miré con estupor.

—Pero en Florida tendrías que permanecer dentro de una habitación todo el día. Sólo podrías salir de noche, como un auténtico vampiro.

Casi sonrió, sólo casi. Entonces, su rostro se tornó grave.

—Me quedaría en Forks, Bella, allí o en otro lugar similar —explicó—. En un sitio donde no te pueda causar más daño.

Al principio, no entendí lo que pretendía decirme. Continué observándole con la mirada perdida mientras las palabras iban encajando una a una en mi mente como en un horrendo puzzle. Apenas era consciente del sonido de mi corazón al acelerarse, aunque sí lo fui del dolor agudo que me producían mis maltrechas costillas cuando comencé a hiperventilar.

Edward no dijo nada. Contempló mi rostro con recelo cuando un dolor que no tenía nada que ver con mis huesos rotos, uno infinitamente peor, amenazaba con aplastarme.

Otra enfermera entró muy decidida en ese momento. Edward se sentó, inmóvil como una estatua, mientras ella evaluaba mi expresión con ojo clínico antes de volverse hacia las pantallas de los indicadores.

—¿No necesitas más calmantes, cariño? —preguntó con amabilidad mientras daba pequeños golpecitos para comprobar el gotero del suero.

—No, no —mascullé, intentando ahogar la agonía de mi voz—. No necesito nada.

No me podía permitir cerrar los ojos en ese momento.

—No hace falta que te hagas la valiente, cielo. Es mejor que no te estreses. Necesitas descansar —ella esperó, pero me limité a negar con la cabeza—. De acuerdo. Pulsa el botón de llamada cuando estés lista.

Dirigió a Edward una severa mirada y echó otra ojeada ansiosa a los aparatos médicos antes de salir.

Edward puso sus frías manos sobre mi rostro. Le miré con ojos encendidos.

—Shhh... Bella, cálmate.

—No me dejes —imploré con la voz quebrada.

—No lo haré —me prometió—. Ahora, relájate antes de que llame a la enfermera para que te sede.

Pero mi corazón no se serenó.

—Bella —me acarició el rostro con ansiedad—. No pienso irme a ningún sitio. Estaré aquí tanto tiempo como me necesites.

—¿Juras que no me vas a dejar? —susurré.

Intenté controlar al menos el jadeo. Tenía un dolor punzante en las costillas. Edward puso sus manos sobre el lado opuesto de mi cara y acercó su rostro al mío. Me contempló con ojos serios.

—Lo juro.

El olor de su aliento me alivió. Parecía atenuar el dolor de mi respiración. Continuó sosteniendo mi mirada mientras mi cuerpo se relajaba lentamente y el pitido recuperó su cadencia normal. Hoy, sus ojos eran oscuros, más cercanos al negro que al dorado.

—¿Mejor? —me preguntó.

—Sí —dije cautelosa.

Sacudió la cabeza y murmuró algo ininteligible. Creí entender las palabras «reacción exagerada».

—¿Por qué has dicho eso? —susurré mientras intentaba evitar que me temblara la voz—. ¿Te has cansado de tener que salvarme todo el tiempo? *¿Quieres* que me aleje de ti?

—No, no quiero estar sin ti, Bella, por supuesto que no. Sé racional. Y tampoco tengo problema alguno en salvarte de no ser por el hecho de que soy yo quien te pone en peligro..., soy yo la razón por la que estás aquí.

—Sí, tú eres la razón —torcí el gesto—. La razón por la que estoy aquí... *viva.*

—Apenas —dijo con un hilo de voz—. Cubierta de vendas y escayola, y casi incapaz de moverte.

—No me refería a la última vez en que he estado a punto de morir —repuse con creciente irritación—. Estaba pensando en las otras, puedes elegir cuál. Estaría criando malvas en el cementerio de Forks de no ser por ti.

Su rostro se crispó de dolor al oír mis palabras y la angustia no abandonó su mirada.

—Sin embargo, ésa no es la peor parte —continuó susurrando. Se comportó como si yo no hubiera hablado—. Ni verte ahí, en el suelo, desmadejada y rota —dijo con voz ahogada—, ni pensar que era demasiado tarde, ni oírte gritar de dolor... Podría haber llevado el peso de todos esos insufribles recuerdos durante el resto de la eternidad. No, lo peor de todo era sentir, saber que no podría detenerme, creer que iba a ser yo mismo quien acabara contigo.

—Pero no lo hiciste.

—Pudo ocurrir con suma facilidad.

Sabía que necesitaba calmarme, pero estaba hablando para sí mismo de dejarme, y el pánico revoloteó en mis pulmones, pugnando por salir.

—Prométetelo —susurré.

—¿Qué?

—Ya sabes el qué.

Había decidido mantener obstinado una negativa y yo me estaba empezando a enfadar. Apreció el cambio operado en mi tono de voz y su mirada se hizo más severa.

—Al parecer, no tengo la suficiente voluntad para alejarme de ti, por lo que supongo que tendrás que seguir tu camino... Con independencia de que eso te mate o no —añadió con rudeza.

No me lo había prometido. Un hecho que yo no había pasado por alto. Contuve el pánico a duras penas. No me quedaban fuerzas para controlar el enojo.

—Me has contado cómo lo evitaste... Ahora quiero saber por qué —exigí.

—¿Por qué? —repitió a la defensiva.

—*¿Por qué* lo hiciste? ¿Por qué no te limitaste a dejar que se extendiera la ponzoña? A estas alturas, sería como tú.

Los ojos de Edward parecieron volverse de un negro apagado. Entonces comprendí que jamás había tenido intención de permitir que me enterase de aquello. Alice debía de haber estado demasiado preocupada por las cosas que acababa de saber sobre su pasado o se había mostrado muy precavida con sus pensamientos mientras estuvo cerca de Edward, ya que estaba muy claro que éste no sabía que ella me había iniciado en el conocimiento del proceso de la conversión en vampiro. Estaba sorprendido y furioso. Bufó, y sus labios parecían cincelados en piedra.

No me iba a responder, eso estaba más que claro.

—Soy la primera en admitir que carezco de experiencia en las relaciones —dije—, pero parece lógico que entre un hombre y una mujer ha de haber una cierta igualdad, uno de ellos no puede estar siempre lanzándose en picado para salvar al otro. Tienen que poder salvarse el uno al otro *por igual.*

Se cruzó de brazos junto a mi cama y apoyó en los míos su mentón con el rostro sosegado y la ira contenida. Evidentemente, había decidido no enfadarse *conmigo.* Esperaba tener la oportunidad de avisar a Alice antes de que los dos se pusieran al día en ese tema.

—Tú me has salvado —dijo con voz suave.

—No puedo ser siempre Lois Lane —insistí—. Yo también quiero ser Superman.

—No sabes lo que me estás pidiendo.

Su voz era dulce, pero sus ojos miraban fijamente la funda de la almohada.

—Yo creo que sí.

—Bella, *no* lo sabes. Llevo casi noventa años dándole vueltas al asunto, y sigo sin estar seguro

—¿Desearías que Carlisle no te hubiera salvado?

—No, eso no —hizo una pausa antes de continuar—. Pero mi vida terminó y no he empezado nada.

—Tú eres mi vida. Eres lo único que me dolería perder.

Así, iba a tener más éxito. Resultaba fácil admitir lo mucho que le necesitaba.

Pero se mostraba muy calmado. Resuelto.

—No puedo, Bella. No voy a hacerte eso.

—¿Por qué no? —tenía la voz ronca y las palabras no salían con el volumen que yo pretendía—. ¡No me digas que es demasiado duro! Después de hoy, supongo que en unos días... Da igual, después, eso no sería nada.

Me miró fijamente y preguntó con sarcasmo:

—¿Y el dolor?

Palidecí. No lo pude evitar. Pero procuré evitar que la expresión de mi rostro mostrara con qué nitidez recordaba la sensación..., el fuego en mis venas.

—Ése es mi problema —dije—, podré soportarlo.

—Es posible llevar la valentía hasta el punto de que se convierta en locura.

—Eso no es ningún problema. Tres días. ¡Qué horror!

Edward hizo una mueca cuando mis palabras le recordaron que estaba más informada de lo que era su deseo. Le miré conteniendo el enfado, contemplando cómo sus ojos adquirían un brillo más calculador.

—¿Y qué pasa con Charlie y Renée? —inquirió lacónicamente.

Los minutos transcurrieron en silencio mientras me devanaba los sesos para responder a su pregunta. Abrí la boca sin que saliera sonido alguno. La cerré de nuevo. Esperó con expresión triunfante, ya que sabía que yo no tenía ninguna respuesta sincera.

—Mira, eso tampoco importa —musité al fin; siempre que mentía mi voz era tan poco convincente como en este momento—. Renée ha efectuado las elecciones que le convenían... Querría que yo hiciera lo mismo. Charlie es de goma, se recuperará, está acostumbrado a ir a su aire. No puedo cuidar de ellos para siempre, tengo que vivir mi propia vida.

—Exactamente —me atajó con brusquedad—, y no seré yo quien le ponga fin.

—Si esperas a que esté en mi lecho de muerte, ¡tengo noticias para ti! ¡Ya estoy en él!

—Te vas a recuperar —me recordó.

Respiré hondo para calmarme, ignorando el espasmo de dolor que se desató. Nos miramos de hito en hito. En su rostro no había el menor atisbo de compromiso.

—No —dije lentamente—. No es así.

Su frente se pobló de arrugas.

—Por supuesto que sí. Tal vez te queden un par de cicatrices, pero...

—Te equivocas —insistí—. Voy a morir.

—De verdad, Bella. Vas a salir de aquí en cuestión de días —ahora estaba preocupado—. Dos semanas a lo sumo.

Le miré.

—Puede que no muera ahora, pero algún día moriré. Estoy más cerca de ello a cada minuto que pasa. Y voy a *envejecer.*

Frunció el ceño cuando comprendió mis palabras al tiempo que cerraba los ojos y presionaba sus sienes con los dedos.

—Se supone que la vida es así, que así es como debería ser, como hubiera sido de no existir yo, y yo *no debería existir.*

Resoplé y él abrió los ojos sorprendido.

—Eso es una estupidez. Es como si alguien a quien le ha tocado la lotería dice antes de recoger el dinero: «Mira, dejemos las cosas como están. Es mejor así», y no lo cobra.

—Difícilmente se me puede considerar un premio de lotería.

—Cierto. Eres mucho mejor.

Puso los ojos en blanco y esbozó una sonrisa forzada.

—Bella, no vamos a discutir más este tema. Me niego a condenarte a una noche eterna. Fin del asunto.

—Me conoces muy poco si te crees que esto se ha acabado —le avise—. No eres el único vampiro al que conozco.

El color de sus ojos se oscureció de nuevo.

—Alice no se atrevería.

Parecía tan aterrador que durante un momento no pude evitar creerlo. No concebía que alguien fuera tan valiente como para cruzarse en su camino.

—Alice ya lo ha visto, ¿verdad? —aventuré—. Por eso te perturban las cosas que te dice. Sabe que algún día voy a ser como tú...

—Ella también se equivoca. Te vio muerta, pero eso tampoco ha sucedido.

—Jamás me verás apostar contra Alice.

Estuvimos mirándonos largo tiempo, sin más ruido que el zumbido de las máquinas, el pitido, el goteo, el tictac del gran reloj de la pared... Al final, la expresión de su rostro se suavizó.

—Bueno —le pregunté—, ¿dónde nos deja eso?

Edward se rió forzadamente entre dientes.
—Creo que se llama punto muerto.
Suspiré.
—¡Ay! —musité.
—¿Cómo te encuentras? —preguntó con un ojo puesto en el botón de llamada.
—Estoy bien —mentí.
—No te creo —repuso amablemente.
—No me voy a dormir de nuevo.
—Necesitas descansar. Tanto debate no es bueno para ti.
—Así que te rindes —insinué.
—Buen intento.
Alargó la mano hacia el botón.
—¡No!
Me ignoró.
—¿Sí? —graznó el altavoz de la pared.
—Creo que es el momento adecuado para más sedantes —dijo con calma, haciendo caso omiso de mi expresión furibunda.
—Enviaré a la enfermera —fue la inexpresiva contestación.
—No me los voy a tomar —prometí.
Buscó con la mirada las bolsas de los goteros que colgaban junto a mi cama.
—No creo que te vayan a pedir que te tragues nada.
Comenzó a subir mi ritmo cardiaco. Edward leyó el pánico en mis ojos y suspiró frustrado.
—Bella, tienes dolores y necesitas relajarte para curarte. ¿Por qué lo pones tan difícil? Ya no te van a poner más agujas.
—No temo a las agujas —mascullé—, tengo miedo a cerrar los ojos.
Entonces, él esbozó esa sonrisa pícara suya y tomó mi rostro entre sus manos.

—Te dije que no iba a irme a ninguna parte. No temas, estaré aquí mientras eso te haga feliz.

Le devolví la sonrisa e ignoré el dolor de mis mejillas.

—Entonces, es para siempre, ya lo sabes.

—Vamos, déjalo ya. Sólo es un enamoramiento de adolescente.

Sacudí la cabeza con incredulidad y me mareé al hacerlo.

—Me sorprendió que Renée se lo tragara. Sé que *tú* me conoces mejor.

—Eso es lo hermoso de ser humano —me dijo—. Las cosas cambian.

Se me cerraron los ojos.

—No te olvides de respirar —le recordé.

Seguía riéndose cuando la enfermera entró blandiendo una jeringuilla.

—Perdón —dijo bruscamente a Edward, que se levantó y cruzó la habitación hasta llegar al extremo opuesto, donde se apoyó contra la pared.

Se cruzó de brazos y esperó. Mantuve los ojos fijos en él, aún con aprensión. Sostuvo mi mirada con calma.

—Ya está, cielo —dijo la enfermera con una sonrisa mientras inyectaba las medicinas en la bolsa del gotero—. Ahora te vas a sentir mejor.

—Gracias —murmuré sin entusiasmo.

Las medicinas actuaron enseguida. Noté cómo la somnolencia corría por mis venas casi de inmediato.

—Esto debería conseguirlo —contestó ella mientras se me cerraban los párpados.

Luego, debió de marcharse de la habitación, ya que algo frío y liso me acarició el rostro.

—Quédate —dije con dificultad.

—Lo haré —prometió. Su voz sonaba tan hermosa como una canción de cuna—. Como te dije, me quedaré mientras eso te haga feliz, todo el tiempo que eso sea *lo mejor* para ti.

Intenté negar con la cabeza, pero me pesaba demasiado.

—No es lo mismo —mascullé.

Se echó a reír.

—No te preocupes de eso ahora, Bella. Podremos discutir cuando despiertes.

Creo que sonreí.

—Vale.

Sentí sus labios en mi oído cuando susurró:

—Te quiero.

—Yo, también.

—Lo sé —se rió en voz baja.

Ladeé levemente la cabeza en busca de... Adivinó lo que perseguía y sus labios rozaron los míos con suavidad.

—Gracias —suspiré.

—Siempre que quieras.

En realidad, estaba perdiendo la consciencia por mucho que luchara, cada vez más débilmente, contra el sopor. Sólo había una cosa que deseaba decirle.

—¿Edward? —tuve que esforzarme para pronunciar su nombre con claridad.

—¿Sí?

—Voy a apostar a favor de Alice.

Y entonces, la noche se me echó encima.

Epílogo
Una ocasión especial

Edward me ayudó a entrar en su coche. Prestó especial atención a las tiras de seda que adornaban mi vestido de gasa, las flores que él me acababa de poner en los rizos, cuidadosamente peinados, y la escayola, de tan difícil manejo. Ignoró la mueca de enfado de mis labios.

Se sentó en el asiento del conductor después de que me hubo instalado y recorrió el largo y estrecho camino de salida.

—¿Cuándo tienes pensado decirme de qué va todo esto? —refunfuñé quejosa; odio las sorpresas de todo corazón, y él lo sabía.

—Me sorprende que aún no lo hayas adivinado —me lanzó una sonrisa burlona, y el aliento se me atascó en la garganta. ¿Es que nunca me iba a acostumbrar a un ser tan perfecto?

—Ya te he dicho lo guapo que estás, ¿no? —me aseguré.

—Sí.

Volvió a sonreír. Hasta ese instante, jamás le había visto vestido de negro, y el contraste con la piel pálida convertía su belleza en algo totalmente irreal. No había mucho que pudiera ocultar, me ponía nerviosa incluso el hecho de que llevara un traje de etiqueta…

… Aunque no tanto como mi propio vestido, o los zapatos. En realidad, un solo zapato, porque aún tenía escayolado y protegido el otro pie. Sin duda, el tacón fino, sujeto al pie sólo por unos lazos de satén, no iba a ayudarme mucho cuando intentara cojear por ahí.

—No voy a volver más a tu casa si Alice y Esme siguen tratándome como a una Barbie, como a una cobaya cada vez que venga —rezongué.

Estaba segura de que no podía salir nada bueno de nuestras indumentarias formales. A menos que…, pero me asustaba expresar en palabras mis suposiciones, incluso pensarlas.

Me distrajo entonces el timbre de un teléfono. Edward sacó el móvil del bolsillo interior de la chaqueta y rápidamente miró el número de la llamada entrante antes de contestar.

—Hola, Charlie —contestó con prevención.

—¿Charlie? —pregunté con pánico.

La experiencia vivida hacía ahora ya más de dos meses había tenido sus consecuencias. Una de ellas era que me había vuelto hipersensible en mi relación con la gente que amaba. Había intercambiado los roles naturales de madre e hija con Renée, al menos en lo que se refería a mantener contacto con ella. Si no podía hacerlo a diario a través del correo electrónico y, aunque sabía que era innecesario pues ahora era muy feliz en Jacksonville, no descansaba hasta llamarla y hablar con ella.

Y todos los días, cuando Charlie se iba a trabajar, le decía adiós con más ansiedad de la necesaria.

Sin embargo, la cautela de la voz de Edward era harina de otro costal. Charlie se había puesto algo difícil desde que regresé a Forks. Mi padre había adoptado dos posturas muy definidas respecto a mi mala experiencia. En lo que se refería a Carlisle, sentía un agradecimiento que rayaba en la adoración. Por otro lado, se obstinaba en responsabilizar a Edward como principal culpable porque yo no me hubiera ido de casa de no ser por él. Y Edward estaba lejos de contradecirle. Durante los siguientes días fueran apareciendo reglas antes inexistentes, como toques de queda... y horarios de visita.

Edward se ladeó para mirarme al notar la preocupación en mi voz. Su rostro estaba tranquilo, lo cual suavizó mi súbita e irracional ansiedad. A pesar de eso, sus ojos parecían tocados por alguna pena especial. Entendió el motivo de mi reacción, y siguió sintiéndose responsable de cuanto me sucedía.

Algo que le estaba diciendo Charlie le distrajo de sus taciturnos pensamientos. Sus ojos dilatados por la incredulidad me hicieron estremecer de miedo hasta que una amplia sonrisa le iluminó el rostro.

—¡Me estás tomando el pelo! —rió.

—¿Qué pasa? —inquirí, ahora curiosa.

Me ignoró.

—¿Por qué no me dejas que hable con él? —sugirió con evidente placer. Esperó durante unos segundos.

—Hola, Tyler; soy Edward Cullen —saludó muy educado, al menos en apariencia, pero yo ya le conocía lo bastante para detectar el leve rastro de amenaza en su tono.

¿Qué hacía Tyler en mi casa? Caí en la cuenta de la terrible verdad poco a poco. Bajé la vista para contemplar el elegante traje azul oscuro en el que Alice me había metido.

—Lamento que se haya producido algún tipo de malentendido, pero Bella no está disponible esta noche —el tono de su voz cambió, y la amenaza de repente se hizo más evidente mientras seguía hablando—. Para serte totalmente sincero, ella no va a estar disponible ninguna noche para cualquier otra persona que no sea yo. No te ofendas. Y lamento estropearte la velada —dijo, pero lo cierto es que no sonaba como si no lo sintiera en absoluto.

Cerró el teléfono con un golpe mientras se extendía por su rostro una ancha y estúpida sonrisa.

Mi rostro y mi cuello enrojecieron de ira. Notaba cómo las lágrimas producidas por la rabia empezaban a llenarme los ojos.

Me miró sorprendido.

—¿Me he extralimitado algo al final? No quería ofenderte.

Pasé eso por alto.

—¡Me llevas al baile de fin de curso! —grité furiosa.

Para vergüenza mía, era bastante obvio. Estaba segura de que me hubiera dado cuenta de la fecha de los carteles que decoraban los edificios del instituto de haber prestado un poco de atención, pero ni en sueños se me pasó por la imaginación que Edward pensara hacerme pasar por esto, ¿es que no me conocía de nada?

No esperaba una reacción tan fuerte, eso estaba claro. Apretó los labios y estrechó los ojos.

—No te pongas difícil, Bella.

Eché un vistazo por la ventanilla. Estábamos ya a mitad de camino del instituto.

—¿Por qué me haces esto? —pregunté horrorizada.

—Francamente, Bella, ¿qué otra cosa creías que íbamos a hacer? —señaló su traje de etiqueta con un gesto de la mano.

Estaba avergonzada. Primero, por no darme cuenta de lo evidente, y luego por haberme pasado de la raya con las vagas sospechas —expectativas, más bien— que habían ido tomando forma en mi mente a lo largo del día conforme Alice y Esme intentaban transformarme en una reina de la belleza. Mis esperanzas, a medias temidas, parecían ahora estupideces.

Había adivinado que se estaba cociendo algún acontecimiento, pero ¡el baile de fin de curso! Era lo último que se me hubiera ocurrido.

Recordé consternada que, contra mi costumbre, hoy llevaba puesto rímel, por lo que me restregué rápidamente debajo de los ojos para evitar los manchurrones. Sin embargo, tenía los dedos limpios cuando retiré la mano; Alice debía haber usado una máscara resistente al agua al maquillarme, seguramente porque intuía que algo así iba a suceder.

—Esto es completamente ridículo. ¿Por qué lloras? —preguntó frustrado.

—¡Porque estoy *loca!*

—Bella…

Dirigió contra mí toda la fuerza de sus ojos dorados, llenos de reproche.

—¿Qué? —murmuré, súbitamente distraída.

—Hazlo por mí —insistió.

Sus ojos derritieron toda mi furia. Era imposible luchar con él cuando hacía ese tipo de trampas. Me rendí a regañadientes.

—Bien —contesté con un mohín, incapaz de echar fuego por los ojos con la eficacia deseada—. Me lo tomaré con calma. Pero ya verás —advertí—. En mi caso, la mala suerte se está convirtiendo en un hábito. Seguramente me romperé la otra pierna. ¡Mira este zapato! ¡Es una trampa mortal! —levanté la pierna para reforzar la idea.

—Humm —miró atentamente mi pierna más tiempo del necesario—. Recuérdame que le dé las gracias a Alice esta noche.

—¿Alice va a estar allí? —eso me consoló un poco.

—Con Jasper, Emmett... y Rosalie —admitió él.

Desapareció la sensación de alivio, ya que mi relación con Rosalie no avanzaba. Me llevaba bastante bien con su marido de quita y pon. Emmett me tenía por una persona divertidísima, pero ella actuaba como si yo no existiera. Mientras sacudía la cabeza para modificar el curso de mis pensamientos, me acordé de otra cosa.

—¿Estaba Charlie al tanto de esto? —pregunté, repentinamente recelosa.

—Claro —esbozó una amplia sonrisa; luego empezó a reírse entre dientes—. Aunque Tyler, al parecer, no.

Me rechinaron los dientes. No entendía cómo Tyler se había creado esas falsas expectativas. Excepto en los pocos días soleados, Edward y yo éramos inseparables en el instituto, donde Charlie no podía interferir.

Para entonces ya habíamos llegado al instituto. Un coche destacaba entre todos los demás del aparcamiento, el descapotable rojo de Rosalie. Hoy, las nubes eran finas y algunos rayos de sol se filtraban lejos, al oeste.

Se bajó del coche y lo rodeó para abrirme la puerta. Luego, me tendió la mano.

Me quedé sentada en mi asiento, obstinada, con los brazos cruzados. Sentía una secreta punzada de satisfacción, ya que el aparcamiento estaba atestado de gente vestida de etiqueta: posibles testigos. No podría sacarme a la fuerza del coche como habría hecho de estar solos.

Suspiró.

—Hay que ver, eres valiente como un león cuando alguien quiere matarte, pero cuando se menciona el baile... —sacudió la cabeza.

Tragué saliva. Baile.

—Bella, no voy a dejar que nada te haga daño, ni siquiera tú misma. Te prometo que voy a estar contigo todo el tiempo.

Lo pensé un poco, y de repente me sentí mucho mejor. Edward lo notó en mi semblante.

—Así que ahora... —dijo con dulzura—. No puede ser tan malo.

Se inclinó y me pasó un brazo por la cintura, me apoyé en su otra mano y dejé que me sacara del coche.

En Phoenix celebran los bailes de fin de curso en el salón de recepciones de los hoteles; sin embargo, aquí, el baile se hace en el gimnasio, por supuesto. Seguro que debía de ser la única sala lo bastante amplia en la ciudad para poder organizar un baile. Cuando entramos, me dio la risa tonta. Había por todos lados arcos con globos y las paredes estaban festoneadas con guirnaldas de papel de seda.

—Parece un escenario listo para rodar una película de terror —me reí por lo bajo.

—Bueno —murmuró él mientras nos acercábamos lentamente hacia la mesa de las entradas. Edward soportaba la mayor parte de mi peso, pero aun así yo debía caminar arrastrando los pies y cojeando—, desde luego hay vampiros presentes *más* que de sobra.

Contemplé la pista de baile; se había abierto un espacio vacío en el centro, donde dos parejas daban vueltas con gracia. Los otros bailarines se habían apartado hacia los lados de la habitación para concederles espacio, ya que nadie se sentía capaz de competir ante tal exhibición. Nadie podía igualar la elegancia de Emmett y Jasper, que vestían trajes de etiqueta clásicos. Alice lucía un llamativo vestido de satén negro con cortes geométricos que dejaba al aire grandes triángulos de nívea piel pálida. Y Rosalie era… bueno, era Rosalie. Estaba increíble. Su ceñido vestido de vívido color púrpura mostraba un gran escote que llegaba hasta la cintura y dejaba la espalda totalmente al descubierto, y a la altura de las rodillas se ensanchaba en una amplia cola rizada. Me dieron pena todas las chicas de la habitación, incluyéndome yo.

—¿Quieres que eche el cerrojo a las puertas mientras masacras a todos estos incautos pueblerinos? —susurré como si urdiéramos alguna conspiración.

Edward me miró.

—¿Y de parte de quién te pondrías tú?

—Oh, me pondría de parte de los vampiros, por supuesto.

Sonrió con renuencia.

—Cualquier cosa con tal de no bailar.

—Lo que sea.

Compró las entradas y nos dirigimos hacia la pista de baile. Me apreté asustada contra su brazo y empecé a arrastrar los pies.

—Tengo toda la noche —me advirtió.

Al final, me llevó hasta el lugar donde su familia bailaba con elegancia, por cierto, en un estilo totalmente inapropiado para esta música y esta época. Los miré espantada.

—Edward —tenía la garganta tan seca que sólo conseguía hablar en susurros—. De verdad, no puedo bailar.

Sentí que el pánico rebullía en mi interior.

—No te preocupes, tonta —me contestó con un hilo de voz—. Yo *sí puedo* —colocó mis brazos alrededor de su cuello, me levantó en vilo y deslizó sus pies debajo de los míos.

Y de repente, nosotros también estuvimos dando vueltas en la pista de baile.

—Me siento como si tuviera cinco años —me reí después de bailar el vals sin esfuerzo alguno durante varios minutos.

—No los aparentas —murmuró Edward al tiempo que me acercaba a él hasta tener la sensación de que mis pies habían despegado del suelo y flotaban a más de medio metro.

Alice atrajo mi atención en una de las vueltas y me sonrió para infundirme valor. Le devolví la sonrisa. Me sorprendió darme cuenta de que realmente estaba disfrutando, aunque fuera sólo un poco.

—De acuerdo, esto no es ni la mitad de malo de lo que pensaba —admití.

Pero Edward miraba hacia las puertas con rostro enojado.

—¿Qué pasa? —pregunté en voz alta.

Aunque estaba desorientada después de dar tantas vueltas, seguí la dirección de su mirada hasta ver lo que le perturbaba. Jacob Black, sin traje de etiqueta, pero con una camisa blanca de manga larga y corbata, y el pelo recogido en su sempiterna coleta, cruzaba la pista de baile hacia nosotros.

Después de que pasara la primera sorpresa al reconocerlo, no pude evitar sentirme mal por el pobre Jacob. Parecía realmente incómodo, casi de una forma insoportable. Tenía una expresión de culpabilidad cuando se encontraron nuestras miradas.

Edward gruñó muy bajito.

—*¡Compórtate!* —susurré.

La voz de Edward sonó cáustica.

—Quiere hablar contigo.

En ese momento, Jacob llegó a nuestra posición. La vergüenza y la disculpa se evidenciaron más en su rostro.

—Hola, Bella, esperaba encontrarte aquí —parecía como si realmente hubiera esperado justo lo contrario, aunque su sonrisa era tan cálida como siempre.

—Hola, Jacob —sonreí a mi vez—. ¿Qué quieres?

—¿Puedo interrumpir? —preguntó indeciso mientras observaba a Edward por primera vez.

Me sorprendió descubrir que Jacob no necesitaba alzar los ojos para mirar a Edward. Debía de haber crecido más de diez centímetros desde que le vi por vez primera.

El rostro de Edward, de expresión ausente, aparentaba serenidad. En respuesta se limitó a depositarme con cuidado en el suelo y retroceder un paso.

—Gracias —dijo Jacob amablemente.

Edward se limitó a asentir mientras me miraba atentamente antes de darme la espalda y marcharse.

Jacob me rodeó la cintura con las manos y yo apoyé mis brazos en sus hombros.

—¡Hala, Jacob! ¿Cuánto mides ahora?

—Metro ochenta y ocho —contestó pagado de sí mismo.

No bailábamos de verdad, ya que mi pierna lo impedía. Nos balanceamos desmañadamente de un lado a otro sin mover los pies. Menos mal, porque el reciente estirón le había dejado un aspecto desgarbado y de miembros descoordinados, y probablemente era un bailarín tan malo como yo.

—Bueno, ¿y cómo es que has terminado viniendo por aquí esta noche? —pregunté sin verdadera curiosidad.

Me hacía una idea aproximada si tenía en cuenta cuál había sido la reacción de Edward.

—¿Puedes creerte que mi padre me ha pagado veinte pavos por venir a tu baile de fin de curso? —admitió un poco avergonzado.

—Claro que sí —musité—. Bueno, espero que al menos lo estés pasando bien. ¿Has visto algo que te haya gustado? —bromeé mientras dirigía una mirada cargada de intención a un grupo de chicas alineadas contra la pared como tartas en una pastelería.

—Sí —admitió—, pero está comprometida.

Miró hacia bajo para encontrarse con mis ojos llenos de curiosidad durante un segundo. Luego, avergonzados, los dos miramos hacia otro lado.

—A propósito, estás realmente guapa —añadió con timidez.

—Vaya, gracias. ¿Y por qué te pagó Billy para que vinieras? —pregunté rápidamente, aunque conocía la respuesta.

A Jacob no pareció hacerle mucha gracia el cambio de tema. Siguió mirando a otro lado, incómodo otra vez.

—Dijo que era un lugar «seguro» para hablar contigo. Te prometo que al viejo se le está yendo la cabeza.

Me uní a su risa con desgana.

—De todos modos, me prometió conseguirme el cilindro maestro que necesito si te daba un mensaje —confesó con una sonrisa avergonzada.

—En ese caso, dámelo. Me gustaría que lograras terminar tu coche —le devolví la sonrisa.

Al menos, Jacob no creía ni una palabra de las viejas leyendas, lo que facilitaba la situación. Apoyado contra la pared, Edward vigilaba mi rostro, pero mantenía el suyo inexpresivo. Vi cómo una chica de segundo con un traje rosa le miraba con interés y timidez, pero él no pareció percatarse.

—No te enfades, ¿vale? —Jacob miró a otro lado, con aspecto culpable.

—No es posible que me enfade contigo, Jacob —le aseguré—. Ni siquiera voy a enfadarme con Billy. Di lo que tengas que decir.

—Bueno, es un tanto estúpido... Lo siento, Bella, pero quiere que dejes a tu novio. Me dijo que te lo pidiera «por favor».

Sacudió la cabeza con ademán disgustado.

—Sigue con sus supersticiones, ¿verdad?

—Sí. Se vio abrumado cuando te hiciste daño en Phoenix. No se creyó que... —Jacob no terminó la frase, sin ser consciente de ello.

—Me caí —le atajé mientras entrecerraba los ojos.

—Lo sé —contestó Jacob con rapidez.

—Billy cree que Edward tuvo algo que ver con el hecho de que me hiriera —no era una pregunta, y me enfadé a pesar de mi promesa.

Jacob rehuyó mi mirada. Ni siquiera nos molestábamos ya en seguir el compás de la música, aunque sus manos seguían en mi cintura y yo tenía las mías en sus hombros.

—Mira, Jacob, sé que probablemente Billy no se lo va a creer, pero quiero que al menos tú lo sepas —me miró ahora, notando la nueva seriedad que destilaba mi voz—. En realidad, Edward me salvó la vida. Hubiera muerto de no ser por él y por su padre.

—Lo sé —aseguró.

Parecía que la sinceridad de mis palabras le había convencido en parte y, después de todo, tal vez Jacob consiguiera convencer a su padre, al menos en ese punto.

—Jake, escucha, lamento que hayas tenido que hacer esto —me disculpé—. En cualquier caso, ya has cumplido con tu tarea, ¿de acuerdo?

—Sí —musitó. Seguía teniendo un aspecto incómodo y enfadado.

—¿Hay más? —pregunté con incredulidad.

—Olvídalo —masculló—. Conseguiré un trabajo y ahorraré el dinero por mis propios medios.

Clavé los ojos en él hasta que nuestras miradas se encontraron.

—Suéltalo y ya está, Jacob.

—Es bastante desagradable.

—No te preocupes. Dímelo —insistí.

—Vale... Pero, ostras, es que suena tan mal... —movió la cabeza—. Me pidió que te dijera, pero no que te *advirtiera*... —levantó una mano de mi cintura y dibujó en el aire unas comillas—: «Estaremos vigilando». El plural es suyo, no mío.

Aguardó mi reacción con aspecto circunspecto.

Se parecía tanto a la frase de una película de mafiosos que me eché a reír.

—Siento que hayas tenido que hacer esto, Jake.

Me reí con disimulo.

—No me ha importado *demasiado* —sonrió aliviado mientras evaluaba con la mirada mi vestido—. Entonces, ¿le puedo decir que me has contestado que deje de meterse en tus asuntos de una vez? —preguntó esperanzado.

—No —suspiré—. Agradéceselo de mi parte. Sé que lo hace por mi bien.

La canción terminó y bajé los brazos.

Sus manos dudaron un momento en mi cintura y luego miró a mi pierna inútil.

—¿Quieres bailar otra vez, o te llevo a algún lado?

—No es necesario, Jacob —respondió Edward por mí—. Yo me hago cargo.

Jacob se sobresaltó y miró con los ojos como platos a Edward, que estaba justo a nuestro lado.

—Eh, no te he oído llegar —masculló—. Espero verte por ahí, Bella —dio un paso atrás y saludó con la mano de mala gana.

Sonreí.

—Claro, nos vemos luego.

—Lo siento —añadió antes de darse la vuelta y encaminarse hacia la puerta.

Los brazos de Edward me tomaron por la cintura en cuanto empezó la siguiente canción. Parecía de un ritmo algo rápido para bailar lento, pero a él no pareció importarle. Descansé la cabeza sobre su pecho, satisfecha.

—¿Te sientes mejor? —le tomé el pelo.

—No del todo —comentó con parquedad.

—No te enfades con Billy —suspiré—. Se preocupa por mí sólo por el bien de Charlie. No es nada personal.

—No estoy enfadado con Billy —me corrigió con voz cortante—, pero su hijo me irrita.

Eché la cabeza hacia atrás para mirarle. Estaba muy serio.

—¿Por qué?

—En primer lugar, me ha hecho romper mi promesa.

Le miré confundida, y él esbozó una media sonrisa cuando me explicó:

—Te prometí que esta noche estaría contigo en todo momento.

—Ah. Bueno, quedas perdonado.

—Gracias —Edward frunció el ceño—. Pero hay algo más.

Esperé pacientemente.

—Te llamó guapa —prosiguió al fin, acentuando más el ceño fruncido—. Y eso es prácticamente un insulto con el aspecto que tienes hoy. Eres mucho más que hermosa.

Me reí.

—Tu punto de vista es un poco parcial.

—No lo creo. Además, tengo una vista excelente.

Continuamos dando vueltas en la pista. Llevaba mis pies con los suyos y me estrechaba cerca de él.

—¿Vas a explicarme ya el motivo de todo esto? —le pregunté.

Me buscó con la mirada y me contempló confundido. Yo lancé una significativa mirada hacia las guirnaldas de papel.

Se detuvo a considerarlo durante un instante y luego cambió de dirección. Me condujo a través del gentío hacia la puerta trasera del gimnasio. De soslayo, vi bailar a Mike y Jessica, que me miraban con curiosidad. Jessica me saludó con la mano y de inmediato le respondí con una sonrisa. Angela también se encontraba allí, en los brazos del pequeño Ben Cheney; parecía dichosa y feliz sin levantar la vista de los ojos de él, era una cabeza más bajo que ella. Lee y Samantha, Lauren, acompañada por Conner, también nos miraron. Era capaz de recordar los nombres de todos aquellos que pasaban delante de mí a una velocidad de vértigo. De pronto, nos encontramos fuera del gimnasio, a la suave y fresca luz de un crepúsculo mortecino.

Me tomó en brazos en cuanto estuvimos a solas. Atravesamos el umbrío jardín sin detenernos hasta llegar a un banco debajo de los madroños. Se sentó allí, acunándome contra su pecho. Visible a través de las vaporosas nubes, la luna lucía ya en lo alto e iluminaba con su nívea luz el rostro de Edward. Sus facciones eran severas y tenía los ojos turbados.

—¿Qué te preocupa? —le interrumpí con suavidad.

Me ignoró sin apartar los ojos de la luna.

—El crepúsculo, otra vez —murmuró—. Otro final. No importa lo perfecto que sea el día, siempre ha de acabar.

—Algunas cosas no tienen por qué terminar —musité entre dientes, de repente tensa.

Suspiró.

—Te he traído al baile —dijo arrastrando las palabras y contestando finalmente a mi pregunta—, porque no deseo que te pierdas nada, ni que mi presencia te prive de nada si está en mi mano. Quiero que seas *humana,* que tu vida continúe como lo habría hecho si yo hubiera muerto en 1918, tal y como debería haber sucedido.

Me estremecí al oír sus palabras y luego sacudí la cabeza con enojo.

—¿Y en qué extraña dimensión paralela habría asistido al baile *alguna vez* por mi propia voluntad? Si no fueras cien veces más fuerte que yo, nunca habrías conseguido traerme.

Esbozó una amplia sonrisa, pero la alegría de esa sonrisa no llegó a los ojos.

—Tú misma has reconocido que no ha sido tan malo.

—Porque estaba contigo.

Permanecimos inmóviles durante un minuto. Edward contemplaba la luna, y yo a él. Deseaba encontrar la forma de explicarle qué poco interés tenía yo en llevar un vida humana normal.

—¿Me contestarás si te pregunto algo? —inquirió, mirándome con una sonrisa suave.

—¿No lo hago siempre?

—Prométeme que lo harás —insistió, sonriente.

—De acuerdo —supe que iba a arrepentirme muy pronto.

—Parecías realmente sorprendida cuando te diste cuenta de que te traía aquí —comenzó.

—Lo *estaba* —le interrumpí.

—Exacto —admitió—, pero algo tendrías que suponer. Siento curiosidad… ¿Para qué pensaste que nos vestíamos de esta forma?

Sí, me arrepentí de inmediato. Fruncí los labios, dubitativa.

—No quiero decírtelo.

—Lo has prometido —objetó.

—Lo sé.

—¿Cuál es el problema?

Me di cuenta de que él creía que lo que me impedía hablar era simplemente la vergüenza.

—Creo que te vas a enfadar o entristecer.

Enarcó las cejas mientras lo consideraba.

—De todos modos, quiero saberlo. Por favor.

Suspiré. Él aguardaba mi contestación.

—Bueno, supuse que iba a ser una especie de… ocasión especial. Ni se me pasó por la cabeza que fuera algo tan humano y común como… ¡un baile de fin de curso! —me burlé.

—¿Humano? —preguntó cansinamente.

Había captado la palabra clave a la primera. Observé mi vestido mientras jugueteaba nerviosamente con un hilo suelto de gasa. Edward esperó en silencio mi respuesta.

—De acuerdo —confesé atropelladamente—, albergaba la esperanza de que tal vez hubieras cambiado de idea y que, después de todo, me *transformaras*.

Una decena de sentimientos encontrados recorrieron su rostro. Reconocí algunos, como la ira y el dolor, y, después de que se hubo serenado, la expresión de sus facciones pareció divertida.

—Pensaste que sería una ocasión para vestirse de tiros largos, ¿a que sí? —se burló, tocando la solapa de la chaqueta de su traje de etiqueta.

Torcí el gesto para ocultar mi vergüenza.

—No sé cómo van esas cosas; al menos, a mí me parecía más racional que un baile de fin de curso —Edward seguía sonriendo—. No es divertido —le aseguré.

—No, tienes razón, no lo es —admitió mientras se desvanecía su sonrisa—. De todos modos, prefiero tomármelo como una broma antes que pensar que lo dices en serio.

—Lo digo en serio.

Suspiró profundamente.

—Lo sé. ¿Y eso es lo que deseas de verdad?

La pena había vuelto a sus ojos. Me mordí el labio y asentí.

—De modo que estás preparada para que esto sea el final, el crepúsculo de tu existencia aunque apenas si has comenzado a vivir —musitó, hablando casi para sí mismo—. Estás dispuesta a abandonarlo todo.

—No es el final, sino el comienzo —le contradije casi sin aliento.

—No lo merezco —dijo con tristeza.

—¿Recuerdas cuando me dijiste que no me percibía a mí misma de forma realista? —le pregunté, arqueando las cejas—. Obviamente, tú padeces de la misma ceguera.

—Lo sé.

Suspiré.

De repente, su voluble estado de ánimo cambió. Frunció los labios y me estudió con la mirada. Examinó mi rostro durante mucho tiempo.

—¿Estás preparada, entonces? —me preguntó.

—Esto… —tragué saliva—. ¿Ya?

Sonrió e inclinó despacio la cabeza hasta rozar mi piel debajo de la mandíbula con sus fríos labios.

—¿Ahora, ya? —susurró al tiempo que exhalaba su aliento frío sobre mi cuello. Me estremecí de forma involuntaria.

—Sí —contesté en un susurro para que no se me quebrara la voz.

Edward se iba a llevar un chasco si pensaba que me estaba tirando un farol. Ya había tomado mi decisión, estaba segura. No me importaba que mi cuerpo fuera tan rígido como una tabla, que mis manos se transformaran en puños y mi respiración se volviera irregular… Se rió de forma enigmática y se irguió con gesto de verdadera desaprobación.

—No te puedes haber creído de verdad que me iba a rendir tan fácilmente —dijo con un punto de amargura en su tono burlón.

—Una chica tiene derecho a soñar.

Enarcó las cejas.

—¿Sueñas con convertirte en un monstruo?

—No exactamente —repliqué. Fruncí el ceño ante la palabra que había escogido. En verdad, era eso, un monstruo—. Más bien sueño con poder estar contigo para siempre.

Su expresión se alteró, más suave y triste a causa del sutil dolor que impregnaba mi voz.

—Bella —sus dedos recorrieron con ligereza el contorno de mis labios—. Yo *voy a estar* contigo…, ¿no basta con eso?

Edward puso las yemas de los dedos sobre mis labios, que esbozaron una sonrisa.

—Basta por ahora.

Torció el gesto ante mi tenacidad. Esta noche ninguno de los dos parecía darse por vencido. Espiró con tal fuerza que casi pareció un gruñido.

Le acaricié el rostro y le dije:

—Mira, te quiero más que a nada en el mundo. ¿No te basta eso?

—Sí, es suficiente —contestó, sonriendo—. Suficiente para siempre.

Y se inclinó para presionar una vez más sus labios fríos contra mi garganta.

Agradecimientos

Gracias a mis padres, Steve y Candy, por toda una vida de amor y apoyo, por leerme libros magníficos cuando era niña, por seguir sosteniéndome de la mano cuando me altero.

Gracias a mi esposo, Pancho, y a mis hijos Gabe, Seth y Eli, por compartirme tan a menudo con mis amigos imaginarios.

Gracias a mis amigos de Writers House: Genevieve Gagne-Hawes, por darme aquella primera oportunidad, y Jodi Reamer, por hacer realidad mis sueños imposibles.

Gracias a mis hermanos, Paul y Jacob, por su experto asesoramiento en todas mis preguntas sobre automóviles.

Y gracias a mi familia *online,* los escritores de increíble talento de fansofrealitytv.com, en especial a Kimberly «Shazzer», por el estímulo, consejo e inspiración.

Índice

Prefacio 9
Primer encuentro 11
Libro abierto 36
El prodigio 59
Las invitaciones 74
Grupo sanguíneo 91
Cuentos de miedo 116
Pesadilla 135
Port Angeles 157
Teoría 184
Interrogatorios 201
Complicaciones 223
Juegos malabares 241
Confesiones 266
Mente versus cuerpo 291
Los Cullen 317
Carlisle 339

El partido 353
La caza 381
Despedidas 396
Impaciencia 411
La llamada 429
El juego del escondite 439
El ángel 458
Punto muerto 464
Epílogo: Una ocasión especial 486
Agradecimientos 505

Este libro se terminó de
imprimir en los talleres
gráficos de Dédalo Offset, S. L.,
Pinto (Madrid), en el mes de
noviembre de 2008.